10
The Alexis
Empire chronicle
我が驍勇にふるえよ天地
―アレクシス帝国興隆記―
あわむら赤光
Illustration
卵の黄身

対、策、は、ある、
ケケケ……

ガビロン帝国大攻勢、迫る——
だが『伝説伝承』の力は揺るがない！
閣下に代わって
ご説明いたします

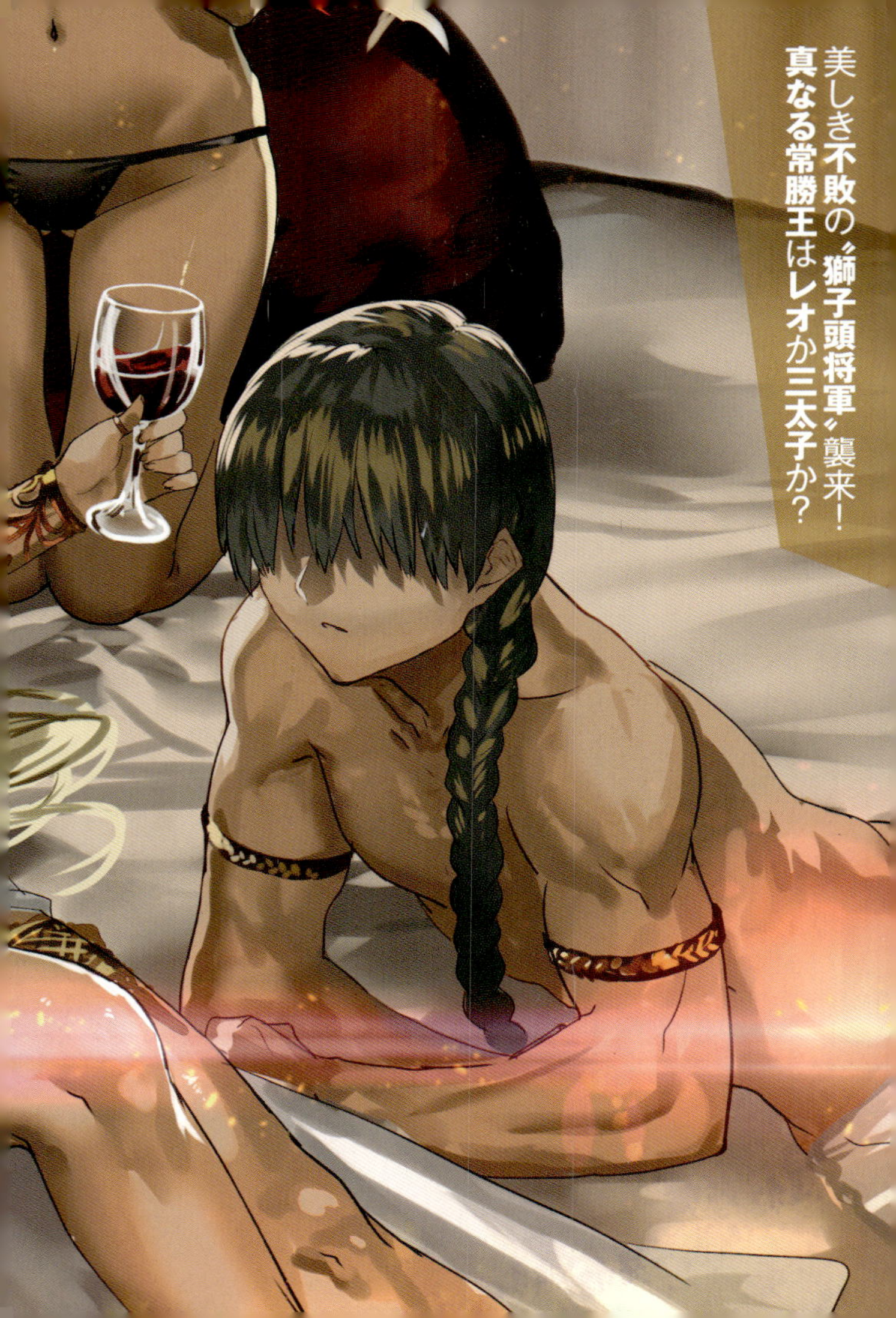
美しき不敗の〝獅子頭将軍〟襲来！
真なる常勝王はレオか三太子か？

久しぶりに可愛がってやろう……
マルドゥカンドラ
ガビロン帝国第三太子。獅子頭将軍と呼ばれ、常勝不敗の名将。男でも女でもない両性具有の王者。

まさか実在したのか……

クロード帝国にありえざる**大虎出現！**
一角聖クルスの流儀が冴えわたる――

我が驍勇にふるえよ天地

The Alexis Empire chronicle

―アレクシス帝国興隆記―

CONTENTS

我が驍勇にふるえよ天地10
～アレクシス帝国興隆記～

あわむら赤光

GA文庫

我が驍勇にふるえよ天地
―アレクシス帝国興隆記―

登場人物一覧

クロード帝国第八皇子。アドモフを征服し大元帥の座に。

レオの覇道を支える美貌の軍師。『伝説伝承』構想を立案。

レオの親友。エイドニア州の若き領主。現在は別行動中。

アドモフ帝国《元帥皇女》。レオと二頭体制を敷く。

アドモフ随一の智将。レオに従い、北方戦線にて暗躍中。

『双頭の蛇《アンフィスバエナ》』と異名どる精強無比なる二槍の使い手。

『一角聖《ユニコーン》』。すべての女性の味方を自称する騎士。

伝説の名将の子孫たる美男子。レオの挙兵に応じて集う。

『単眼巨人《サイクロプス》』の異名を持つ凄腕の射手。

『百獣王《ケルヌンノス》』と呼ばれ、動物と心を通わせる女。

戦争をこよなく愛する天才計略家。自称『殺戮の悪魔《グラシャラボラス》』。

ナイア

アレクシス精鋭騎士の新副官。亡き父バウマンの遺志を継ぐ。

トラーメ

『不可捕の狐』。生き残る術に長けた知恵者。

アリスティア

第13皇女。四公家の血を引く姫だが、腐敗貴族を憎む。

マルドゥカンドラ

ガビロン帝国第三太子。通称獅子頭将軍《ナラシンハ》。常勝不敗の名将。

カトルシヴァ

ガビロン帝国第四太子。民に慕われ武勇優れる若き王者。

キルクス

《冷血皇子《ボレアス》》と異名どる、冷酷なるクロード帝国第四皇子。

シェヘラザード

パリディーダ皇太子の寵姫。その実は帝室を操る《魔女》。

ロザリア

レオに生きる道を示した亡き伯母。リントに眠る。

ゲレル

ナランツェツェグの弟。彼もまたダラウチの強き者。

ネブカドネザル

九財の夜叉王、ガビロン第一太子。民政・経済の天才。

ナディン

ガビロン第二太子。謀略と諜報の〝ガンダルヴァ〟。

ベルリッツェン

アドモフ総参謀本部局長。現在はレオに仕える。

illust. 卵の黄身

前回までのあらすじ

アドモフ帝国の実権掌握も完了し、次いで祖国を実効支配する決意を固めたレオナート。それは帝国すら超える大帝国の勃興を人々に予感させた。だが、渾沌以来の「大帝」になろう彼を阻止すべく、パリディーダ帝国の魔女シェヘラザードが蠢動。騎士の国ツァーラント、南の大国ガビロンと同盟し、“吸血鬼退治作戦”を開始する。この空前の包囲網に対し、レオナートは三正面作戦を決断。北のツァーラント軍へはアドモフ軍第一軍団を当て、率いるレイヴァーンは痛み分けに持ち込む一方、敵本土への浸透突破と攪乱を見事に成功させる。だが残る強敵はまだ二つ。東より迫り来るパリディーダ軍と冷血皇子キルクスには、アランと別動隊が決死の覚悟で時間稼ぎに当たった。そしてレオナート率いる本隊は、ガビロン軍との決戦へ――

織の道
クロード帝国
トラーメ
帝都クラーケン
クルス
ガライ
グレンキース
アリスティア
メリジェーヌ
レオナート
ナーナク
ジュカ
シェーラ
ティキ
アレクシス軍
旧アードベック州
マルドゥカンドラ
アクバル
三太子直卒軍
大西海
コルク地峡
ガビロン帝国
大陸西部
帝国情勢図
Continent west Map

Prologue
プロローグ
The Alexis Empire chronicle

壁に飾られた東方眞帝国《ヂエン》の墨絵や、北東帝国《クンタイト》渡来の剝製白狼《はくせいはくろう》。

出入り口の左右に並べられているのは、最北の帝国《ツアーラント》産の見事な甲冑《かっちゅう》と南方帝国《ガビロン》産の異国情緒あふれる神像だ。

白樫《しらかし》製の調度品は、西方帝国《クロード》から取り寄せた匠《たくみ》の逸品ばかり。

本棚に並ぶのは中央帝国《パリディーダ》が誇る学術書と、北西帝国《アドモフ》自慢の軍事書が半々。

と――大陸七帝国の名物が所狭しと並べられた、にぎやかな部屋だった。

アドモフ帝国軍総参謀本部・作戦局長官室。

かつてのレゴ〝好戦帝〟の、質実剛健の気風が色濃く反映され、どこもかしこも殺風景な内観をした総参謀本部内にあって、ここだけが異質で異様な雰囲気に彩《いろど》られている。

部屋の主の好みが、如実に表れた結果である。

かつての〝渾沌《こんとん》大帝〟は、大陸各地のありとあらゆる文化を、分け隔てなく愛したという。

ゆえに〝渾沌〟を敬してやまないこの部屋の主は、彼に倣《なら》って大陸中の名品・珍品を蒐集《しゅうしゅう》し、在りし日の彼を想像しながら、それらを愛《め》でるのだ。

アドモフ軍人ならば誰もが崇拝する〝好戦帝〟なんぞの気風には決して染まらず、尻《しり》を向け、むしろ自分好みに塗り替えてしまう――それがこの部屋の主、すなわちジャン・ジャック・ベルリッツェン大将その人であった。

「はてさて、面白《おもしろ》いことになったものよなあ」

ベルリッツェンは老いさらばえた体を揺り椅子《いす》に収め、前後にユラユラと遊ばせながら、寝言のように呟《つぶや》いた。

数々の政敵を退け、あるいは社会的に葬りながら、わずか三十七の若さで作戦局長官の地位まで登り詰めた後、三十年以上もこの部屋に君臨するのがベルリッツェンだ。

妖怪《ようかい》、と言われる所以《ゆえん》だ。

「……はい、大将閣下。いいえ、小官には面白いどころか、心休まらぬ事態であります」

対面する直属の部下は、頻《しき》りに額《ひたい》を拭《ぬぐ》いながら受け答えをした。

名をポジェといい、階級は中将である。

ベルリッツェンの昇進速度には及ばずも、四十六歳の若さで作戦局副長官に抜擢《ばってき》した気鋭。

アレクシス侯レオナートがアドモフ一国を牛耳った政変後も、ベルリッツェンは変わらずポジェを傍《そば》に置き、重用していた。

ただし、一見としては冴《さ》えない、才気走ったところなどどこにもない中年男だった。

真面目《まじめ》で、小胆で、細やかな計画を立てさせたら右に出る者はいない、そういう人材。最優ゆえに鼻柱も強い参謀ばかりが集う作戦局で、ベルリッツェンのような破天荒な人物に仕え、長官の片腕となって英才たちをとりまとめるには、このポジェのような人物こそが適任というわけだ。

無論、野心などと大それたものを持てない性格も、実に都合がいい。

その小心者《ポジェ》が、額の汗を拭《ふ》き拭き言った。

「……アレクシス侯はあまりにも恐るべき敵手たちと、無勢を以って戦わなくてはならないのです。小官が直接参陣するわけではありませんが、想像しただけで胃が痛くなります」

ほとんどうめき声であった。

ベルリッツェンは椅子に揺られながらほくそ笑む。

「そのような苦境だからこそ面白いのだよ。我が心の陛下がどのように処すか、見物というもの。だからこそ、レオナート様の器を推し量れようというもの」

「た、大将閣下はまったくお人が悪い……」

「知らんのかね？　ワシは妖怪《ひとでなし》なのだよ。皆、そう陰口を叩《たた》いておろう」

「ご、ご冗談を……」

ニタリと微笑《ほほえ》みかけたベルリッツェンに、ポジェは額の汗をますます滲《にじ》ませていた。

そんな二人の間には、クロード製の重厚な執務机が横たわっている。

そして、机の上に並ぶ四枚の紙。

それぞれに極めて精巧で写実的な、似顔絵が描かれていた。

誰もが羨《うらや》むような、美男子ばかりである。


彼ら――女傑《じょけつ》と名高いガビロンの正妃が生んだ、四人の皇子たち。

それぞれ違う分野の天才たち。

〝九財の夜叉王《クベーラ》〟の異名を持ち、民政と経済に辣腕《らつわん》を振るう、一太子《レン・エーク》のネブカドネザル。

〝香陰《ガンダルヴァ》〟の異名を持ち、謀略と諜報《ちょうほう》で右に出る者はない、二太子《レン・ドー》のナディン。

〝獅子頭将軍《ナラシンハ》〟の異名を持ち、常勝不敗の名将である三太子《レン・ティーン》のマルドゥカンドラ。

〝摩醯首羅《マヘーシュヴァラ》〟の異名を持ち、ガビロン一千万人の頂点に立つ最強戦士、四太子《レン・チャール》カトルシヴァ。


「しかも性質が悪いことに、この四人の皇子たち全員が互いを尊敬し、あるいは尊重し、すこぶる兄弟仲が良いという話です。かつてパリディーダやヂェンが、あらゆる手段を駆使して仲違いさせようと画策しました。四兄弟が団結している限り、ガビロンに付け入る隙《すき》はないからです。しかし、それらの離間の計は尽《ことごと》く空振りに終わっております。彼ら四兄弟の絆《きずな》に亀裂を入れることは恐らく不可能なのでしょう」

「ま、離間が不可能はワシも同意見よ」

ポジェの所感に、ベルリッツェンは気軽にうなずいてみせる。

だが、これが実に重い首肯だった。この大アドモフで最も権謀術策に長け、時の皇帝の権力すら一面凌駕《りようが》するとも畏怖《いふ》され、長年に亘《わた》って宮廷に巣食った妖怪が断じた「不可能」なのだ。

それはもはや地上の何人にも為《な》し得ないということ――と、ポジェはそう考えたのだろう。

「まさに完全無欠の四兄弟です……」

額を拭う手すら止め、蒼褪《あおざ》めた顔で嘆息《たんそく》した。

「しかし、付け入る隙は本当にないのかね？」

一方でベルリッツェンは、素知らぬ顔のまま揺り椅子で遊んでいた。

「はい、大将閣下……。政治・策謀・軍事・武勇の天才が揃《そろ》い、しかも互いに協力し合い、その関係は決して壊れることはないのですから、隙など存在しません。少なくとも小官の如《ごと》き非才の身では見い出せません」

「まだまだ青いなあ、貴官は」

齢《よわい》七十の妖怪は、五十前の中年をつかまえて笑った。

くつくつと、口の端《は》を歪《ゆが》めるようにして。

「憶えておきなさい。万物には必ず表裏というものがある。一体となって、分かち難《がた》く、ある」

「ヂェンの陰陽《インヤン》思想ですか？」

「いいや、一対ではなく一個の物の見方の話だ。ある面では長所に思える要素でも、必ず裏を返せば短所となり得るのだ。必ずだ」

「必ず……ですか？」

「貴官は完全無欠だなどと軽々しく言ったが、そんなものは形而上にしか存在せんよ。我らは神ではない、人なのだ。あの〝渾沌〟ですら人だったのだ。ましてガビロンの孺子《じゅし》どもをやだ。ゆえに奴《やつ》らには短所が存在する。長所をひっくり返したその裏にな。べったりとな」

戯《たわむ》れるように椅子を揺らしながら、講釈を垂れるベルリッツェン。

やや頭の固いところのあるポジェは、にわかに信じ難い様子で目をしばたたかせる。

しかし、それでよい。それが普通だ。

「だからこそ、この試練を打破できた時――御身《おんみ》の破格が際立つ」

ベルリッツェンは前後にユラユラと揺られながら、寝言のように呟いた。

そう、夢見るように独白した。

第一章　一騎戦

The Alexis Empire chronicle

村に、怨嗟《えんさ》と悲嘆《ひたん》の声が溢《あふ》れていた。

助け合いながら日々を暮らす五百人ほどの村民が、その人口を著しく減らしていた。

鋤《すき》や鍬《くわ》を武器に、勇敢に戦った男たちの屍《しかばね》が、道端のあちこちに転がっていた。

老人や女子どもは一か所に集められ、焼き殺されていた。

残ったのはわずか二百人ほど。働き盛りの青年たちと、うら若い娘たちだけ。

奴隷として価値の高い者たちだけ。

彼らは村を襲撃した異国の兵たちを恨み、また家族や友人の死を嘆き、そして異国へ連れ去られる己《おのれ》の悲運に啜《すす》り泣いていた。

「どうしてオレたちが、こんな目に遭わないといけないんだ……」

「ご領主様は……軍隊は……どうしてアタシたちを守ってくれないの……っ」

「毎年、あんなに威張り散らして、税をむしりとっていったのに……！」

時間とともに恨みの範囲は広がっていき、嘆きの声は強まっていく。

彼らは知らない。この村があるシリース州の領主は、とっくにクロード貴族の身分を捨て、家財をまとめ、一族郎党を引き連れ、パリディーダに亡命をしていた。ゆえに現在、シリース州内の防衛・治安機構は全く機能していなかった。百年に亘《わた》って特権だけを貪り続けた領主家は、その義務を果たすことなきまま彼ら領民を見捨て、保身に邁進《まいしん》したのである。


そんな憐《あわ》れな彼らに、襲撃者たちは容赦《ようしゃ》しなかった。

槍《やり》で脅しつけ、恐ろしげな胴間声で命令を続けた。

赤銅色の肌も露《あら》わな、およそ千人のガビロン兵たちだ。

「早く服を脱げ！　全部だ！　隠すな！」

「脱いだら列を作って並べい！　もたもたするな！」

「口を開けろ！　歯を見せろ！」

ガビロン兵たちは殺さなかった村民たちの体つきや歯を調べて、健康状態を検分する。

どこかを患っている者は売り物にならない。体力のない者は過酷な奴隷生活に耐えられない。

ゆえにこの場でもう間引く。強制的に、死体の山に仲間入りさせる。

奴隷をガビロンまで連れ帰り、いざ市場に並べるまでは当然、飯を食わせなくてはいけないし、逃げ出さないように見張るのも、言うことを聞かせるのにいちいち脅しつけるのにも、全て管理費《コスト》がかかる。だから、大して高く売れそうにない者まで連行することは、全くの無駄なのだ。

子どもたちも本来は値がつくのだが、体力のない彼らは本国まで移動する間に脱落してしまうので、もう殺してしまう。赤子に至るまで皆殺しだ。

三百年前に渾沌《こんとん》大帝が大陸全土で奴隷制度を禁止し、二百年前にガビロンだけが大帝国から独立すると同時に奴隷制度を復活させた。だからこそ「人間」を「商品」として扱い、利益を上げる手管を心得ていた。


暦《こよみ》は十一月も目前。

しかし、温暖なクロード南部の気候に加え、ただでさえ今年は残暑がきつく、村の空気は未《いま》だうだるようだというのに。燃える死体の山のせいで、さらにぐつぐつと煮立てられているかのようであった。どこまでも息苦しいものになっていた。

そして、商品の確保にも一段落がつくと、ガビロン兵による暴虐はいよいよ酸鼻を極める。

売り物にならないと見做《みな》した娘たちや、連行するには体力が保《も》たない童女たちを、どうせ間引いて殺すならと、その前に自分たちで食い物にするのである。腰が抜けるまで凌辱《りょうじょく》の限りを尽くすのである。

ガビロン兵たちが暴力で村娘を従わせ、下卑《げび》た言葉で囃《はや》し立てながら道端で組み敷く。

娘たちは絹を裂くような悲鳴を上げ、あるいは抵抗を諦《あきら》めて啜り泣く。

男どもの嘲笑《ちょうしょう》と女たちの嗚咽《おえつ》が、村のそこかしこで混ざり合う。

だが——

その悲劇の協奏曲を敢然と打ち破るように、無数の馬蹄《ばてい》の音がにわかに轟《とどろ》いた。

「て、敵襲うううううううっ」

「黒竜紋旗だ！　アレクシス軍だ！」

「迎え撃て！」

「いつまで腰を振ってるつもりだ⁉　その汚い尻《しり》を早くしまえ！」

ガビロン兵たちは獣欲を満たすどころではなくなり、大慌《あわ》てで戦闘態勢をとろうとする。

しかし、遅い。

否《いな》、襲撃者たちがあまりに速く、手際が良かった。

ガビロン兵たちが腰布を巻き直す前に、武器をひろって構える前に、隊伍を組んで槍衾《やりぶすま》を作り上げる前に、アレクシス騎兵たちは馬蹄で蹴散《けち》らし、槍で突き、軍刀で喉《のど》を掻《か》っ捌《さば》く。

その徹底的且《か》つ整然たる奇襲に対応する術《すべ》を、ガビロン兵たちは有していなかった。襲撃者はわずか三百騎ほどにすぎなかったが、千いる彼らがいいように討ち取られていった。

そう——まともな武器もない村人相手には、いくらでも嵩《かさ》にかかれた彼らが、軍対軍の戦いになった途端、無様なまでの弱兵ぶりをさらけ出していたのだ。

そもそもガビロンは、人口の九割近くが奴隷階級という前時代的なお国柄。すなわち彼ら末端兵もまた、実は戦闘奴隷にすぎないのである。その士気と練度の低さは、大陸七帝国でも最低。物笑いの種。

ただし、ガビロン軍の全てが、奴隷兵で構成されているわけではない。各級指揮官は無論、奴隷兵を監視・督戦する憲兵たちなども皆、臣民（多くの自由を保障されたガビロン独自の階級）によって成り立っている。この彼らは士気も練度も高く、他国に引けを取るものではない。

奴隷兵たちが半泣きになって逃げ惑う中、彼らだけは速《すみ》やかに、対処のために動いた。村の中心に建つ屋敷へと駆けると、村長一家を殺した後に食堂で寛いでいた、一人の巨漢に迷わず助けを求めたのだ。

「ギルナメ様！」

「お目覚めください、将軍閣下！」

「敵襲です！　アレクシス軍の奇襲です！」

「噂《うわさ》通りに、恐ろしく練度の高い連中ですっ！」

彼らは皆あらん限りの大声で叫んだ。鎧姿《よろいすがた》のまま土間にごろんと寝転だっている将軍を囲み、よってたかって揺り起こそうとした。

ギルナメと呼ばれたその三十路《みそじ》男は果たして、

「……うーん……晩飯の時間……か……？」

寝惚《ねぼ》けた頭で、悠長な譫言《うわごと》を呟《つぶや》いた。

ふてぶてしく鼾《いびき》をかき、周囲に散乱する牛肉を手当たり次第、惰眠とともに貪っていた。

「起きてください、将軍！」

「寝ながら食べるのもやめてください、ギルナメ様！」

「お願いですから！」

皆が顔面蒼白《そうはく》になって、もう必死にギルナメの体を揺する。

五人、十人がかりでだ。

ギルナメという男は、それくらい規格外の巨体の持ち主であった。

立ち上がれば、なんと身の丈八尺（二四〇センチメートル）近いという大男。

ガビロンにはひどく個性的な特徴を持つ少数部族が、未だ無数に存在する。ギルナメはバダ族という集落の出身だった。バダ族の者は男ならみな身の丈が七尺、女でも六尺は超えるという大柄揃《ぞろ》い。中でもギルナメは最も巨《おお》きく、最も豪勇極まる英雄なのだ。

戦争の申し子マルドゥカンドラの下に集った、綺羅星の如《ごと》き直臣たちの一員なのだ。

ギルナメがその巨軀《きょく》と豪勇をいくさ場に顕現させれば、たちまち敵は戦々恐々、味方は意気《いき》軒昂《けんこう》となること疑いなし。

ただ――この猛将には大きな欠点がある。ひどく怠惰で、一日の大半を食うか寝るかして暮らすという悪癖だ。ゆえに古来の神話になぞらえ、ついたあだ名が〝大眠大食の巨人《クンバカルナ》〟。

「い、一向に起きてくださらんぞ……っ」

「嘘《うそ》だろ⁉　ずっと食べっ放しだぞ⁉」

「ええい、今はそんな是非などどうでもよいっ」

「将軍閣下には是が非ともお目覚めいただく――やれい！」

「御免ッ」

憲兵の一人が小刀を抜くと詫びの言葉とともに、ギルナメの尻へと刺した。分厚い贅肉《ぜいにく》に覆われたそこへ、軽くブスリと。しかし、激痛には違いない。

「んごおおおおおおおおおおおおおおおおお⁉」

ギルナメは飛び跳ねるようにして起き上がった。

「やった！」

「成功だ！」

憲兵たちは血濡《ぬ》れた刃をそっと隠しながら、わっと喜んだ。

「お聞きください、ギルナメ様！」

「現在、我が部隊はアレクシス軍による奇襲を受けております！」

「なんだとぉ⁉　痛いっ。オレのケツが痛いぞぉっ」

「それもアレクシス軍の仕業です、ギルナメ様！」

「なんだとぉ⁉　許さんっ、許さんぞぉぉぉぉぉっ」

ギルナメは剃髪した頭頂部まで真《ま》っ赤《か》に染めて、憤怒を露わにした。

土間に転がしていた得物をとり、のしのしと出陣していった。

まるで滑稽極まる姿だったが、本来のギルナメは間抜けには程遠い男だ。寝起きで混乱していたこと、また部下を信頼する度量の持ち主であることが、この喜劇を生んだだけの話。おっとり刀で村長の家を出るころには、冷静に周囲の様子を観察する余裕を取り戻していた。

(この馬蹄の音……兵どもの悲鳴……敵の数はそう多くはあるまいぞ)

と、状況を素早く把握するや否や、

「〝大眠大食の巨人《クンバカルナ》〟のギルナメとはこのオレのことよ！　巨人殺しの勇名が欲しくば、この首獲ってみせい！　オレは逃げも隠れもせん！」

ギルナメは巨軀に相応の凄《すさ》まじい大音声で、名乗りを上げた。部下たちを襲っているアレクシス兵の注意を、まずは自分に惹《ひ》きつけるためだ。

これがもし敵兵の数が多すぎるようなら、身一つでも雲隠れして逃げるべきであった。が、ギルナメは己の勇猛を以ってすれば、まだまだ逆転可能な状況だと踏んだ。将たるものに不可欠な戦術眼だ。

つまりは、彼がただ剛力頼りの愚鈍ではない証左。常勝将軍《マルドウカンドラ》の幕下に、席を与えられているのは決して伊達《だて》ではない。

そんなギルナメの名乗りに、最も近くにいたアレクシス兵が五騎、反応した。

「おう、〝大眠大食の巨人《クンバカルナ》〟か！」

「大将首ぞ。値千金ぞ」

「かかれぇぇぇぇぇぇぇぇッ」

「おう！」

騎馬をけしかけ、槍をしごき、一斉にギルナメへと殺到してくる。

ただし、「一斉に」といっても騎兵のことだ。歩兵のように完璧《かんぺき》に歩調を合わせ、綺麗《きれい》に包囲して、同時に槍を突き出すという真似《まね》はできない。いや、パリディーダ人やクンタイト人のように自在に畜生《うま》を操《あや》つれる者たちも実在するが、この五人はさすがにそこまで馬術に卓越していない。

結果としてアレクシス兵五人が順に、次々と騎馬で突撃してくるという格好になった。

その時間差を、ギルナメは見逃さない。

「オオオオオオオオオオオオッ」

肚《はら》の底から雄叫《おたけ》びを上げると、自慢の得物を振り上げる。

実に刃渡り四尺（一メートル二十センチ！）を超える、分厚い大段平《おおだんびら》だ。まさしく蛮刀とし か言う他《ほか》ない代物《しろもの》だ。

並の男なら持ち上げるだけで精一杯のそれを、ギルナメは両手で構えて軽々と扱う。

よほどの古参兵でも尻尾《しっぽ》を巻く騎兵突撃の迫力を前にして、堂々と立ち向かう。

否――ギルナメの魁偉《かいい》に、むしろアレクシス騎兵たちの方が気圧《けお》されつつあった。

騎兵対歩兵なのだ。本来は馬上から見下ろし、威圧し、長柄《ながえ》武器で一方的に仕留められるという構図。当然の目算。

ところが彼我《ひが》の距離を詰めるに従い、アレクシス騎兵たちは気づいた。

鞍上《あんじょう》にいる己らと、地面に仁王立ちするギルナメの目線が、ほとんど変わらないことに。

それだけギルナメの背丈が、規格外に巨きいことに。

気づけば騎兵が歩兵に、畏《おそ》れを抱かされているあべこべに！


八尺近い長身を持つとは、そういうことだ。

「カアアアアアアアアアアアッ」

ギルナメが咆《ほ》えた。

大段平が空気を裂いて唸《うな》りを上げた。

先頭を駆るアレクシス騎兵の、しごいた槍が届くより先に、馬上のさらに頭上から——体格と腕力に物を言わせて——胴を斜めに両断した。

恐ろしく原始的で、だからこそ理不尽なまでに完璧な暴力であった。

ギルナメは返す太刀《たち》で続くアレクシス騎兵を輪切りにし、さらに返して三人目を斬殺した。

「ひいいいいいいいっ」

「ばっ、ばっ、ばばっ、化物だっ」

残る二人のアレクシス騎兵は、とうとう恐慌を来たして顔面を引きつらせた。

その恐怖に凍りついた表情のまま、ギルナメに撫《な》で斬りにされた。自在にできない騎馬では、急転身して逃げることなど敵《かな》わなかった。

「口ほどにもない奴《やつ》らめ！　次はどいつだ⁉　〝大眠大食の巨人《クンバカルナ》〟はお代わりをお望みだぞ！」

ギルナメは蛮刀に付着した大量の血を払いつつ、大音声で恫喝した。

それを耳にし、また最前の彼の獰猛《どうもう》ぶりを目にしたアレクシス騎兵たちは、一人残らず慄《おのの》いた。奇襲に成功し、面白《おもしろ》いようにガビロン兵を狩っていた、その手を止めて勢いを失った。

逆に息を吹き返したのは、ガビロン兵たちである。

「将軍さまは、なんというお強さじゃあああぁっ」

「まさに天下無双とはこのことぞ！」

「〝大眠大食の巨人《クンバカルナ》〟！　〝大眠大食の巨人《クンバカルナ》〟！　〝大眠大食の巨人《クンバカルナ》〟！」

一度は底着いた勇気を鼓舞され、ギルナメの異名を連呼するとともに奮い立たせる。すっかり蒼褪《あおざ》めたアレクシス騎兵に、逆攻勢をしかける。

「よいぞ、オレに続けェッ！」

目論見通りに劣勢を覆してみせたギルナメもまた、手近なアレクシス騎兵へと突撃していく。

大段平を一振りするごとに、一騎を屠《ほふ》っていく。

万対万の合戦場ならばいざ知らず、小勢同士の局地戦ではこれこの通り、圧倒的な個人武勇のみを以って戦況を支配することは不可能ではなかった。

そう――

ここは個人武勇が物を言う戦場だと、アレクシス軍もまた知っていたようだ。

「天下無双の看板は、そう軽くはないんじゃないかしら？」

大音声でのギルナメの名乗りを聞きつけた一騎の戦士が、伝説に挑戦せんとやってくる。

颯爽《さっそう》とたなびく、長い黒髪。美貌《びぼう》の女戦士である。しかも両手にそれぞれ槍を携える、奇抜な構えをとっていた。

外連《けれん》、とギルナメは断じなかった。

なぜなら彼は、彼の巨軀を見かけ倒しと侮《あなど》る間抜けを、数えきれず葬ってきたからだ。

「アレクシス軍の〝双頭の蛇《アンフィスバエナ》〟とは貴様のことか、女！」

「よく調べてるわね！　光栄――というよりは薄ら寒いかなあ」

「おう、当然よ！　〝獅子頭将軍《ナラシンハ》〟は兎《うさぎ》を狩るにも全力を尽くす！　ゆえの常勝無敗と知れい」

「ご立派！」

軽口を応酬している間にも、女戦士は騎馬を駆ってグングンと近づいてくる。

ギルナメは呼吸を引き絞って待ち構える。

雄叫びを上げたりなどしない。そんな虚仮脅《こけおど》しが通用する相手ではないと見切っている。

恵まれた体格任せの、雑な戦い方で蹴散らそうとすれば、殺されるのはこちら。

「アレクシス軍のマチルダよ！　すぐに巨人殺しのマチルダになるわ！」

「ほざけ」

ギルナメは蛮刀を力任せに振るのではなく、速く鋭く斬りつける。

いきなり女戦士《マチルダ》を狙《ねら》うのではなく――まずはその騎馬を。

敵手の槍の間合いの遥《はる》か外から、長い腕を伸ばすように段平を叩《たた》きつける。そうして野太い馬首を斬り飛ばし、一撃で絶命させた。

「ちょっと！　図体に似合わず小賢しい真似してくれるじゃない！」

マチルダが柳眉《りゅうび》を逆立てて批難してくる。

「ハン、格好の良い戦い方など生憎《あいにく》と知らぬわ！　どんな手段を用いようと、勝てばそれでよい。オレにとっての名誉とは、マルドゥカンドラ様の下で戦い続けること、それ自体よ！　ご主君の不敗の御旗《みはた》に、泥をなすくろうと企《たくら》む不届き者らの前に立ち、この大きな体で受け止め、汚れることこそがオレの勲《いさお》よ！」

ギルナメは忸怩《じくじ》を覚えるどころか、むしろ勝ち誇った。

その間にもマチルダは、前のめりに頽《くずお》れる騎馬の鞍上から、ひらりと跳び下りて着地を決める。諸共に倒れる危機を脱する。

簡単そうに見えて至難の軽業を、こともなげに披露してみせるとは！　まとった鎧も鉄ではなく革を用いた軽装だったが、どうやら身軽さが身上の戦士か。

マチルダは両手に槍を構えながら、なお怒鳴った。

「そんなのは、いくさ場じゃ当たり前でしょ！　アタシの愛馬《うま》を返せって怒ってんの！」

「なるほど、それは済まなんだ！」

ギルナメは「ふは」と笑った。マチルダの竹を割ったような気持ちの良い啖呵《たんか》に、思わず笑ってしまった。

だが、決して手心は加えない。

段平を振りかぶり、猛然と女戦士へ躍りかかる。

マチルダは女性にしては長身だが、それでも六尺には届かない。八尺弱のギルナメと比べれば、まさに大人と子どもの体格差。

騎馬を失ったマチルダへ、ギルナメは大上段から押し潰《つぶ》すように攻めまくる。刃渡り四尺の鉄塊《てっかい》が、彼の筋力にかかれば棒切れの如く軽々と躍る。まさに嵐《あらし》もかくやの烈《はげ》しい連続攻撃だ。

マチルダはそれを、右に左にステップしながら凌《しの》ぎ続ける。

槍対刀なのだ。本来は槍の方がリーチを活かし、刀の方が防戦一方に追い込まれるはずが、あべこべの構図になっている。ギルナメの規格外の巨軀が、リーチ差を埋めて余りあった。

「どうした⁉　すぐに巨人殺しになると言った、あれはいったい何年後のすぐだ？」

「うっさいわね」

反撃の隙《すき》を虎視眈々《こしたんたん》と窺《うかが》っていたマチルダが、苦笑とともに右の槍を見舞ってくる。まさに鋭鋒《えいほう》。これほどの刺突、滅多にお目にかかれるものではない。

だが哀しいかな！

ギルナメの心臓を狙った一突きは、彼の胴体を覆う鋼鉄の鎧に弾《はじ》き返される。そう、規格外の体格を持つ彼が、見合うサイズの鉄鎧を誂《あつら》えれば、もうそれだけで金剛不壊の代物となるのである。鍛えたりとはいえ、女の腕で貫き通せる鎧ではない。

ギルナメは刺突をかわす必要もなく当たるに任せ、むしろ痛烈な逆撃をお返しした。

「堅《か》っつった！」

マチルダはいっそ呆《あき》れ顔になりつつ、すぐに退《さ》がってそのカウンターをかわす。

しかし、槍を突いた不安定な体勢からでは、どうしても逃げ足が鈍る。

結果、ギルナメの段平の切っ先が、マチルダの鎧と皮膚を斬り裂く。

間一髪、肉を斬るまでには至らなかったが、彼女も俊敏さが売りの戦士ならば、「当てられた」というその事実はさぞプレッシャーになるだろう。

「なんてやり辛《づら》い奴！」

マチルダが舌打ちしながら、左の槍を繰り出してきた。

その矛先が狙っているのは――ギルナメの右目。

（まあ、そう来るしかあるまいよ！）

ギルナメは胴鎧の他、籠手《こて》と脛当《すねあ》てを装備している。

鎧《よろ》われていないのは二の腕と大腿部《だいたいぶ》、そして首から上だけのみだ。

マチルダの槍が鎧を貫通できない以上、自然と狙いはその三点に絞られる。

ゆえにギルナメとしても、守りに見当をつけやすい。

特に首から上。確かにどこを刺されても人体の急所というべき箇所だが……これだけ身長差があると、どうしても狙いが見え見えの動作になってしまう。そうじゃなければマチルダの槍は届かない。となれば恐るべき鋭鋒も、鈍りを免れないということ。

ギルナメとしても、ますます守り易いことこの上ない。


「温いわ！」

ギルナメはついに咆哮《ほうこう》すると、大段平を揮《ふる》った。

己の目元へと繰り出された、その刺突ごと払うようにマチルダを薙《な》ぐ、暴風の如き斬撃だ。

マチルダは後の先をとられたと悟り、深追いせずに刺突を中断、咄嗟《とっさ》に飛び退《すさ》る。

しかし左の槍は、柄《え》の半ばでギルナメに叩き折られる格好となった。

マチルダの美貌に焦《あせ》りの色が浮かぶ。

「〝双頭の蛇《アンフィスバエナ》〟もこうなってはただの蛇、形無しよな！」

ギルナメはここぞとばかりに攻めかかる。刀の形をした巨大な鉄塊を剛腕で一振りするたびに、激しい太刀風《たちかぜ》が巻き起こる。マチルダの長い黒髪の先を吹き散らかす。防戦一方に再び追い込む！

「もう勝った気かしら？　しつこくて、油断ならないのよ。蛇って！」

ギルナメの大段平を、マチルダは機敏な足捌き《フットワーク》でかわし続けながら、気丈に叫んだ。

女戦士は無事な槍をあくまで右手一本で構えたまま、こちらの攻勢をこれ以上調子づかせないよう、小癪《こしやく》にも穂先をチラつかせて牽制してくる。

どうせならば、両手で一本を構えればよかろうに。

捨てられないようだ。我流の二槍構えを。半ばで折れた左の槍同様に。

（まあ、それもわからんでもない）

ギルナメは――両腕では寸分の手加減もしないまま――胸中では憐れんだ。

マチルダは掛け値なしに猛者《もさ》である。強者である。

しかし、女だ。肉体的性差は如何《いかん》ともし難《がた》いはずだ。

ここまでの実力を得るのに、想像を絶する努力を積み重ねたことだろう。男と同じことをしていただけでは、決してここまでの強さは得られなかったことだろう。勝つためならば、なんだって試してきただろう。

ゆえがこその奇抜な我流。ゆえがこそ辿《たど》り着いた二槍の境地。

槍のリーチを活かして、相手《おとこ》より先に、正確に突き殺せばよいという発想。それも一本ではなく二本使うことで、より先手をとり易くなるという発想。

マチルダはまさしく、女戦士《おんな》の中の女戦士《おんな》だ。

(しかし、やはり哀しいかな！)

ギルナメは対照的なまでに、戦士《おとこ》の中の戦士《おとこ》だった。

あまりにも恵まれ過ぎた体格。筋骨。マチルダがどれだけ戦技に優れていようと、圧倒的な身体能力の差が、超えられぬ壁となって立ちはだかる！


「天下無双の看板は、オレには重いと言ったな、女⁉」

「ええ、言ったわねっ」

「その通りだ！　天下無双とは、四太子《レン・チャール》カトルシヴァのためにある言葉！」

「大きな体に似合わず謙虚なのねっ」

「だが、オレにとて野心はある！　四太子《レン・チャール》に続く、天下第二位の勇者の号はオレのものだ！」

ギルナメは吠えた。

大上段を超える大々上段から、強烈な斬撃を叩きつけた。

マチルダは間一髪飛び退ったが、勢い余った蛮刀が地面を抉《えぐ》り、土煙を立ち昇らせた。

大きく跳ぶ判断が一瞬でも遅れていたら、文字通り脳天から叩き潰されていた。


そのあまりの迫力に、遠巻きにしていた者たちが一斉に沸く。

「なんという剛剣じゃあ！」

「ガビロンに勇者ギルナメありでござる！」

「〝大眠大食の巨人《クンバカルナ》〟！　〝大眠大食の巨人《クンバカルナ》〟！　〝大眠大食の巨人《クンバカルナ》〟！」

と――喜び勇んだガビロンの兵たちが。

「マチルダ様！」

「無理はせんでください、姐《あね》さん！」

「こんな化物相手、逃げたってなんにも恥じゃありませんぜぇ！」

と――恐懼頻《きょうくしき》りのアレクシス騎兵たちが。

皆もはや戦いの手を止め、固唾《かたず》を呑《の》み、両軍を代表する猛将同士の決闘を見守っていた。

これもまた万対万の合戦では起こり得ない、局地戦だからこその風景であった。


そして、敵味方の視線が何十何百と集まる中で――

マチルダはにわかに立ち込める土煙に紛れ、ギルナメに右方から急襲する。

「目覚めている時の〝大眠大食の巨人《クンバカルナ》〟を舐《な》めるな！　気配も勘づけぬ愚鈍に見えてか⁉」

ギルナメの対応は迅速《じんそく》だった。

体ごと振り回すように大段平で右方を薙ぎ払い、マチルダを迎撃。

同時に太刀風で、土煙を吹き払うほどの強振。

「まあ、そう来るだろうって思ってたわよ！」

マチルダは突進速度を落とさぬまま姿勢を低くし、そのギルナメの横薙ぎを掻い潜ると、〝大眠大食の巨人《クンバカルナ》〟の懐《ふところ》へと潜り込む。超接近戦の間合いに入る。本来ならば、槍のリーチがかえって邪魔になる距離だ。

だが――

「あたしはアンフィスバエナ！　双頭の蛇よ！」

――半ばで折られた左の槍ならば、ちょうどよい間合いだった。

ささくれた柄の先を、ギルナメの鎧われていない右腿へ突き刺し、思いきり捻《ね》じる。

「ギィッ、アアアアアアアアッ」

さしもの大男も絶叫し、思わず蛮刀を取り落とし、前屈みとなる。

マチルダは最後に見事な働きをしてくれた左の相棒を手放すと、すかさず後方へ跳び、右の槍を繰り出すに適した間合いを確保！　右腕ごと突き入れるような全力の刺突を、下がったギルナメの眉間《みけん》に見舞う。

「舐めるなと言ったアアアアアアア‼」

だが、ギルナメも然《さ》る者だ。マチルダの右手一本突きを、左の掌《てのひら》で受けて防いだ。眉間を貫かれるよりはマシと、己の肉を犠牲にしたのだ。

実際、〝大眠大食の巨人《クンバカルナ》〟の掌は分厚く、一度貫くと、穂先を引き抜くのは容易ではなかった。ましてギルナメは力を込め、筋肉を締めて、それを邪魔する。

とんでもない痛みだろうに、なんという執念だろうか。

おかげでマチルダは左に続き、右の槍も使い物にならなくされてしまう。

ギルナメは額《ひたい》に脂汗を垂らしながら、見事な痩《や》せ我慢で、ニィと物騒に笑ってみせる。


そして、その凄絶《せいぜつ》な笑顔のまま〝大眠大食の巨人《クンバカルナ》〟は永眠した。


マチルダの一連の攻撃は、まだ終わっていなかったのだ。

最後に蹴り上げたのである。地面に転がっていた、最初に折られた左の槍の、半ばから先を。

爪先《つまさき》にひっかけるようにして、ギルナメの喉へと真《ま》っ直《す》ぐ、蹴って突き入れた。

正統の槍術《そうじゅつ》ではなく、我流の使い手だからこそ――戦場で磨《みが》いたお行儀の悪い、勝つためならなんでもしてきたマチルダだからこそ、為《な》し得た業であった。

「生憎、天下第二位を狙ってんのは、あんただけじゃないのよ」

もんどりうつギルナメへ、マチルダは流し目とともに死出の餞《はなむけ》を贈る。

「もう一つ――天下無双の看板は、レオナート閣下のものだわ？」


主将《ギルナメ》を失ったガビロンの奴隷狩り部隊は、蜘蛛《くも》の子を散らすように逃げていった。

巨人殺しの偉業を成し遂げた女傑《じょけつ》を相手に、挑戦する意気地のある者は存在しなかった。

一方、マチルダは追撃を号令し、部下たちとともに騎馬を駆ると、逃げ惑うガビロン兵を散々に駆り立てた。相手は村で非道の限りを尽くした連中だ。容赦も斟酌《しんしやく》もなく、背中から突き殺した。

可能な限りの戦果を挙げたところで、マチルダたちは村へと取って返す。

生き残った村人たちは皆、途方に暮れていた。

（無理はないわね）

マチルダは胸を痛めつつ、部下に犠牲者の埋葬を命じる。彼女自身も率先垂範《すいはん》し、粛々と土を掘っていると、呆然《ぼうぜん》自失のていだった村の生き残りが、一人、また一人と手伝い始めた。

ぽつり、ぽつりと話もするようになった。

「兵隊さまたちァ、アレクシス軍と言いなすったかね」

「アレクシス州たァ、もっとずっと北の方ではあらせんかったかね」

「そんな遠くから、わざわざ助けにきてくだすったのかね」

「ええ、そうよ。慈悲深きアレクシス侯は、あたしたちにガビロンの侵略兵を打ち攘《はら》い、近隣の平穏を取り戻せと仰《おお》せなの。……ただ、ごめんなさいね。あたしたちもアレクシス侯も、全知全能ではないわ。全ての村を守り、全ての人を救うことはできない」

マチルダは歯噛《はが》みする想《おも》いで、嘘偽《うそいつわ》りないところを吐露した。

「どうかお気になさらず、兵隊さま……」

「アレクシスから駆けつけてくだすっただけで、オラたち感激だァ……」

「シリースのご領主さまは、なんにもしてくれなんだァ……」

「ありがとう、兵隊さま」

「ありがたや、アレクシスのご領主様」

村の生き残りたちは涙ぐみ、怒りに震えながらも、感謝の言葉を訴えてきた。

埋葬と簡素な鎮魂が終わった後、そんな彼らにマチルダは告げた。辛い事実を告げねばならなかった。

「ガビロンの連中をコルク地峡の向こうへ叩き返すまで、まだまだ時間はかかるわ。村に残れば、また奴隷狩りが来るかもしれない」

「じゃあオレらァは、どうすりゃァいいんですかい……？」

「クラーケンまで行って欲しいの。そこならみんなを受け容れる態勢ができてるから」

「ううむ……クラーケンといいますと、かの帝都の……？」

「遠く噂話には聞いたことがありますがのぅ……オレらァには縁遠いところじゃ……」

「しかし、背に腹ァ代えられんぞな」

「むしろアレクシスのご領主さまに、感謝するべきじゃろうのぅ」

「ありがたや、ありがたや……」

村人たちはしばし神霊にでも祈るようにした後、悄然と旅支度を始めた。

クラーケンへの道中に必要な、路銀や食糧の不安はなかった。村の蓄えは決して多くなかったが、皮肉なことに村民の大半が殺されたことで、残った者たちに充分量が行き渡ったのだ。

また現在、クラーケンは帝都とは名ばかりの、半ば焼け野原となっている。

先年冬に〝冷血皇子《ボレアス》〟キルクスが無残に焼き払った後、〝吸血皇子《ノスフエラトウ》〟レオナートが意欲的に復興中という状況だ。

金や物資ならある。実質上の属国であるアドモフから、また交易の要衝《ようしょう》としてクラーケンがなくては困る商人たちから――無論、投資という形をとって――供出させている。

だが復興に携わる労働力が、圧倒的に足らない状況であった。ゆえにこの村人たちがクラーケンに赴いても、働き口にはまるで困らないだろう。いわゆる難民状態にはならないのだ。

（でも不幸中の幸い……なんて、口が裂けても言えないけど……ね）

マチルダは鉛のようなわだかまりが、胃の腑《ふ》でもたれる不快感に歯噛みする。

クラーケンへと旅立った村人たちの列を、部下たちと一緒に馬上から見送る。

街道を歩く彼らの足取りは重く、荷車を曳《ひ》く馬でさえどこか意気消沈しているように見えた。なんとも物寂《ものさび》しい背中、背中、背中が、道に沿って連なっていた。

居たたまれない光景だった。

後方の安全な場所——せめてグレンキース州都カイロン——まで、護衛してやればよいのだが、それもままならない事情がある。ガビロン軍の奴隷狩り部隊は、今もテヴォ河流域に跳梁跋扈《ちょうりょうばっこ》している。マチルダと麾下《きか》三百人はその連中を索敵し、撃滅する任務を負っている。

そう、戦乱の被害はこの村だけに留まらないのだ。頼みのはずの領主に見捨てられたまま、救援を必要とする民がまだ大勢いる。本当に、うんざりするほど大勢いるのだ！

「なんでこんな戦《いくさ》になっちゃったんだろ……」

ぼやきが、思わずマチルダの口を突いて出た。

戦災に喘《あえ》ぐ無辜《むこ》の民の泣き顔を、あと何回目の当《ま》たりにしなければならないのかと思うと、気が滅入《めい》るばかりというもの。

「でも……愚痴ってるヒマあったら、次に行かなくちゃね……」

部下たちに号令をかける声にも、いつもの張りはない。

皆の馬首を巡らす動作も、どこか緩慢だった。

アレクシス軍とガビロン軍との決戦のはずが、なぜこんな様相を呈してしまっているのか。

事の端緒《たんちょ》はおよそ二週間前。十月十五日まで遡《さかのぼ》る。

クロード歴二一三年のことであった。

第二章　大戦の幕開け

The Alexis Empire chronicle

アレクシス軍、麾下《きか》三万の兵が尽《ことごと》く、不快な汗をかいていた。

残暑の熱気によるものだけではない。

激戦の予感がもたらす、緊張の汗だ。

斥候隊《せっこうたい》が迫るガビロン軍五万を発見し、もうじき姿を見せると報告があった。

アレクシス侯レオナートの名で、ただちに迎撃態勢をとるよう号令があった。

兵らは立てた槍《やり》を並べ、整列していた。

野戦陣地に立て籠《こ》もっていた。

三重の空壕《からぼり》と土塁《どるい》に囲まれた陣地である。東西四半里（約一キロメートル）、南北三町（約三百メートル）の、横長の楕円形をした簡素な要塞ともいうべきものだ。石壁に囲まれた本物の城塞とは比べるべくもないが、即席の野戦陣地としては相当に念の入った部類といえよう。

昨年、アードベック公の叛乱軍《はんらんぐん》と、カトルシヴァのガビロン軍による連合部隊が攻めてきた折に、その侵攻路となった〝茶の道〟を扼《やく》すため、突貫工事で築造した。

総指揮は〝元帥皇女〟メリジェーヌ手ずから執り行った。

〝茶の道〟は数万の大軍でさえ滞りなく行進させることのできる、天下の大街道。しかもクロード南部のこの辺りでは、平野部を真《ま》っ直《す》ぐに貫いて走る。まさしく「守るに難《かた》い地形」であり、その難きを行うためには大掛かりな野戦陣地が必要だったのだ。

地面を深く掘って空壕を造り、同時に掘った時に出た土は、すぐ後ろに積み上げて塁壁と成す——発想も構造もいたってシンプルなものだが、ただそれだけでも馬鹿《ばか》にできぬほど相手を攻めづらくさせる。事実、去年の戦《いくさ》では、その陣地防御力を如何《いかん》なく発揮した。

「今回の戦でも、そう期待したいところね」

マチルダが自分の長い髪を、鬱陶《うっとう》しげにかき上げながら呟《つぶや》いた。

十月も半ばだというのに、秋の到来を報《しら》せてくれるような風は一向に吹かない。

外縁部に当たる「一の土塁」のすぐ内側に立てられた物見櫓《やぐら》に彼女は立っていたが、この高いところにいても涼しさ、爽《さわ》やかさは味わえなかった。

「というより、この陣地が役に立ってくれねば我らはひとたまりもないさ。相手は五万なんだ」

右隣にいた僚将《りょうしょう》が、この急場には相応《ふさわ》しくない春風のような微笑を湛《たた》えて言った。

「フッ。新参者の貴様は知らんだろうがな、アレクシス軍は兵数で凌駕《りょうが》する相手に、ずっと勝利を収めてきたのだ。ガビロン軍、なんぞか怖れん」

左隣にもいた僚将が、張り合うように反論した。

奇しくも二人とも、白を好む男たちである。

そして奇しくも、ともにマチルダのことを好いてくれているらしい。

「それは地の利を巧く活かした上での勝利であろう？　しかし、こうも開けた土地では、数の暴力がそのまま物を言うからな」

前線にもかかわらず鎧《よろい》を着けず、汚れ一つない外套《マント》を纏《まと》った美青年が、春風の微笑を絶やさず答える。

彼の名は、オスカー・ユーヴェル。

渾沌《こんとん》大帝の二十八宿将の中でも特に秀でたと伝えられる、〝六全《りくぜん》たる昴星《すばるぼし》〟を祖先に持つ二十九歳。

彼自身も名将の風格があり、その実力は未《いま》だ底が知れない。

「しかし、我らには頼もしき両軍師殿がおられる。特にジュカ殿は戦争の申し子だ。また奇想天外な策を考案し、ガビロン軍を撃滅してくれるに違いない」

外套《がいとう》のみならず鎧や籠手《こて》、脚甲まで白ずくめの伊達者《だてもの》が、ムキになって再反論する。

彼の名は、クルス・ブランヴァイス。

世界の半分（すなわち女性！）の味方を標榜し、〝一角聖《ユニコーン》〟の異名を持つ二十七歳。

容貌《ようぼう》の甘やかさではややオスカーに軍配が上がるが、クルスだとて俳優にもなれよう好男子だし、何より武人としての腕前はオスカーになんら劣るものではない。

「策を弄《ろう》するに適した地と、そうでない地というものがあるのだ。この開けた地では、如何《いか》に“殺戮の悪魔《グラシャラボラス》”といえど、知恵を絞る余地がないだろうさ。まして相手が愚鈍な将ならばともかく、あまたの智将と幕僚《ばくりょう》を従えた、常勝不敗の三太子《レン・ティーン》ときてはな」

「それでもジュカ殿ならばあるいは！」

「彼女の策は、決して呪術《じゅじゅつ》の如《ごと》き神秘の類《たぐい》ではないぞ？　まして彼女は本物の悪魔でもない」

「ぐぬうっ……」

オスカーの舌鋒《ぜっぽう》の前にもう反論の言葉を失い、悔しそうに唸《うな》るクルス。

「はいはい、戦の前にケンカしないの」

マチルダは苦笑を作ってクルスを宥《なだ》める。

彼には能弁なところがあり、己《おのれ》の武勇伝を語り聞かせる時や戦で堂々と口上を述べる時などは、それこそ役者もかくやの惚《ほ》れ惚《ぼ》れとした喉《のど》で吟じてみせる。

だが、小賢しく相手を論破するような舌は、とんと回らないのである。

彼の槍術《そうじゅつ》の筋と同様に、真っ直ぐな男なのだ。クルスは。

それでいいし、そこがいいとマチルダは思っている。

「マチルダ殿の仰《おつしや》る通りだな。口を用いて戦う時間は終わったようだ」

オスカーが洒脱《しやだつ》な仕種《しぐさ》で肩を竦《すく》めると、あちらを見ろとばかりに顎《あご》をしゃくった。

マチルダたちはすぐさま従う。

野戦陣地の南へと、果てなく伸びゆく大街道とどこまでも広がる大平原。

丘陵とも呼べないわずかな起伏があるのみの、見る物を何も遮《さえぎ》ることのない、雄大な景色。胸の空く景色。

だが、博識なシェーラによれば、地平線というのはわずか一里（約四キロメートル）ぽっち先の景色なのだそうだ。櫓の上から見える地平線は、もうちょっと先か。ともあれ、「果てがない」などと錯覚も甚《はなは》だしい。

現実を知るとロマンもへったくれもないその地平線に、重い現実を思い出させてくれるような不穏な黒雲が、にわかに湧《わ》き起こっていた。

いや、雲ではない。長く長く横に連なる、無数の人影だ。

大軍の影だ。

「来たぞおおおおお！」

「ガビロン軍だあああ！」

他《ほか》の物見櫓から、兵たちの警句が聞こえる。

その間にもガビロン軍は、恐るべき速さで南の地平線より迫る。

シルエットが徐々に現れていく。

騎兵だ！

恐らく万は下るまい、騎兵のみで構成された大軍だ！

進軍の速さも納得。そして、凄《すさ》まじい威圧感であった。

精悍《せいかん》な騎馬が、これだけの数で逞《たくま》しく大地を蹴立《けた》てる様は、まさに陸を呑《の》む海嘯《かいしょう》の如し。

さぞ良馬なのだろう。思い思いの馬具で飾られ、騎手が大切にしている様が伝わる。

一方、その騎手たちは揃《そろ》いの胸当てを装備し、陽光をきらびやかに照り返す。

まさに威風堂々。

立てた「一ツ目」ガビロン紋旗が、無数の槍が、真っ直ぐに天頂を向いている。だらしなく傾いた物など一本たりとありはしない。

マチルダは手に汗握っていた。

ガビロン軍は弱兵だなどと、いったい誰が言ったのだろうか！

これを見て、まだ言えるだろうか！


「壮観だな」

ずばり一言で評したのは、アレクシス侯レオナートであった。

今年で二十歳になる青年の面構《つらがま》えは、日に日に貫録を増すばかり。野戦陣地の中心に立てられた本櫓の上で、巍然《ぎぜん》と南の大地を眺望する。

だがさしもの彼も迫る万の騎兵の重圧に、いつもよりなお仏頂面《ぶっちょうづら》となっていた。

「王室騎兵隊――ウガルルムというそうですよ」

すぐ傍《そば》に控えていたシェーラが即答する。

この美貌《びぼう》の女軍師は普段通りににこやかだったが、果たして本心か強がりか。

伸ばした銀髪だけが不安げに揺れていた。にわかに風が出ていた。まるで〝王室騎兵隊《ウガルルム》〟が引き連れてきたような、不穏な気配のする風が。

「ガビロン軍が弱兵揃いと言われているのは、ウリディムマと呼ばれる奴隷兵の部隊が、軍の大半を占めているからです。彼らは当然ながら忠義薄く、士気低く、劣勢と見れば我先に逃げ出していきます。ですから脆《もろ》くて弱い」

「去年ここでオレたちが戦ったガビロン兵も、そうでしたよね？」

だったら今回も恐くないのでは——期待を込めて確認したのは、ガライだった。

戦の前の緊張と恐怖で、七尺（約二一〇センチメートル）近い巨軀《きょく》を情けないほど縮めている。いい図体をして臆病者《おくびょうもの》なのだ。

これでひとたび戦いとなれば、〝単眼巨人《サイクロプス》〟の異名に相応しい、誰劣ることなき魔弾の射手に化けるのだが。

「バーカ。あのツヨッソーな騎兵を見て、まだそう思うんならおめでたい奴《やつ》だな」

すかさず悪態ついて、ガライをからかったのはジュカであった。

弱冠十六歳の少女ながら、シェーラと双《なら》んで両軍師と畏敬《いけい》される、〝殺戮の悪魔《グラシャラボラス》〟。

こちらも外面と内面のギャップでは、ガライに負けていない。珍しい赤毛混じりの金髪《ストロベリーブロンド》を持つ、可憐《かれん》な容貌からは想像もつかないほどの外道である。

戦争こそを「我が恋人」と呼んでやまないこの少女は、敵の威容を見てすっかり昂揚《こうよう》しているようだ。

「そうかあ……そうだよなあ……強そうだもんなあ……」

と、ますます肩を落として首を竦めるガライのことを、「ナサケネー」と笑い飛ばす。

一方、そんな恋人《ガライ》の大きな体を、小さな体をいっぱいに使って後ろから抱き締め、慰めるようにしたのはティキであった。

童顔で天真爛漫《てんしんらんまん》な性格をしているが、歴とした大人の女。二十三歳。

禽獣《きんじゅう》と心を交わす力を持ち、〝動物王《ケルヌンノス》〟の異名で知られる。

そんなティキが、ジュカより優しく答えてくれそうなシェーラに訊《たず》ねる。

「要するにガビロン軍には、強い兵隊屋さんも弱い兵隊屋さんもいるってことだよね？」

「そうなんです。ガビロン軍は多様性豊かな兵科を有する軍隊で、それぞれティアマト女神が産んだ十一の怪物《こども》にちなんで、名づけられています。で、〝奴隷兵部隊《ウリディムマ》〟以外は全部、構成員が臣民なんです。帝室への忠義厚く、士気高い、精兵部隊なんですよ。あの王室騎兵隊《ウガルルム》なんかまさにそうです。ウガルルムってのは神話にいう獅子《しし》の魔物ですね」

「お馬さんの軍隊なのに、獅子なの？」

「ウガルルムは、ティアマト女神の権力と軍勢の強さを示す存在だっていわれてます。ガビロン騎兵もまさにダマッカス王室の権威と精強の象徴ですから、モチーフとしてちなんでるわけですね」

「うーん……？」

「いーんだよ、ただのハッタリなんだから、深く考えなくても。味方がなんとなーく『オレらツヨソー』って自信持って、敵がなんとなーく『あいつらコワソー』って思ってくれりゃ、万々歳なんだ。オマエラが〝単眼巨人《サイクロプス》〟に〝動物王《ケルヌンノス》〟ってタマかよって話とおんなじだよ」

「なるほど！」

自分が例だと腑《ふ》に落ちたのか、ティキがぽんと手を叩《たた》く。

一方、レオは仏頂面でシェーラに確認。

「それも伝説伝承《フォークロア》か？」

「これも伝説伝承《フォークロア》ですね」

シェーラは苦笑顔で相槌《あいづち》を打った。

「まあもっとも、ガビロンが私たちみたいに普段から、意識的に伝説伝承《フォークロア》の力を駆使しているかというと、大いに疑問ですけど。各兵科を〝十一の子ら《ウーマーマーヌ》〟になぞらえて呼ぶようになったのも、大昔の話ですし。先帝までは代々、特別に迷信深い家風だったそうですから、時の呪術師かなんかに進言されて命名したとか、そんな程度の真相だと思いますね」

歴史にも精通したシェーラの言葉なので、レオナートは納得してうなずいた。

「もう一個いい？」

「どうぞ、ティキさん」

「さっきから気になってたんだけど、なんで王室騎兵隊なの？　ガビロンでも一番偉いのは皇帝さんなんでしょ？　帝室騎兵隊じゃないの？」

「そこに気づくとは、ティキさんも成長しましたね！」

「えへへー。アタシだってよくわかんないなりに、ちゃんと聞いて考えるようにしてんだー」

褒《ほ》められたティキが、くすぐったそうにはにかんだ。

「ガビロンやヂェンでは皇子たちに、王の称号とともに土地を封ずるんですよ。だから三太子《レン・ティーン》マルドゥカンドラはダマッカス王ですし、四太子《レン・チャール》カトルシヴァはエシュヌンナ王なんです。その直属は王室騎兵隊《ウガルルム》になるんです」

「じゃあレオナート様もガビロンに生まれてたら、ナンタラ王になれてたの？」

「俺《おれ》はクロードに生まれてよかったと思っている」

レオナートは即答した。断言した。

ティキのそれは、よしなしごとの類だとわかっている。朴念仁《ぼくねんじん》のレオナートでも理解できている。それでも彼は、敢《あ》えて大真面目《おおまじめ》に答えたのだ。

「皇帝《ちちおや》はろくでなしで、母上は不当に貶《おとし》められ、俺は帝族貴族《まわり》から雑種と嘲《あざけ》られ続けたが、それでもクロードに生まれてよかった。伯母上と出会えた――それ以上の僥倖《ぎょうこう》は俺にとってない」

伯母ロザリアの薫陶《くんとう》で、レオナートは神を信じない。

しかし、天の配剤というものには、感謝しかなかった。

「…………」

おしゃべりなシェーラが、にわかに黙り込む。レオナートをじっと見つめる。

身分は違えど同じ亡き先代侯爵夫人の教えを受けた者として――同志として――わかる、と。共感できる、と。百万言より雄弁に、何より真摯《しんし》に眼差《まなざ》しで訴えてくる。

ティキやガライも感じるものがあったのだろう、空気を読んで口をつぐむ。

ジュカだけが「急にしんみりさせんな」とばかり、素直じゃない態度でレオナートの足を蹴って小突いた。


そして、レオナートは自分の言葉に、再確認させられていた。

これからガビロン軍と一戦交える、その意義を。

大義ならとっくにわかっていた。「侵略者から祖国と民を守る」。これ以上の名分はない。

戦略目標だって理解している。リントの都を千年王城にするためには、アレクシス一州栄えさせればよいというものではなく、強大な国力を有さなくては砂上の楼閣でしかない。そのための南のクロードであり、北のアドモフだ。みすみす領土を奪われるわけにはいかない。

それらに加えての、意義だ。

(俺はこの国に生まれてよかった)

そのシンプルな気持ち一つあれば、どんな強敵相手でも戦い抜くことができるだろう。


シェーラたちがどう思っているかはわからない。

ただ各々が無言になって、想《おも》いを新たに、噛《か》みしめていることだろう。

そんな静謐《せいひつ》な空気を——

「ふ……ぁあああああああああああああああああ」

横柄《おうへい》な大あくびが、台無しにした。

レオナートたちは一斉に、あくびの主に注目する。

櫓台の柵に背を預け、うつらうつらとしていた、小柄で異国情緒溢《あふ》れる美女だ。

〝人馬一体《ケンタウロス》〟と異名どる、大草海屈指《クンタイト》の弓馬《ゆんば》の達人でもある。

名を、ナランツェツェグ。

のんびりと伸びをしながら、

「ようやく獲物が来よったようじゃな。退屈すぎて、ちとウトウトしてしもうたぞ」

「もうすぐ敵襲だってのに、あんたって本当に緊張感ないよね……」

半眼になって突っ込んだティキに、ナランツェツェグは眠たげな目をしたまま答える。

「緊張？　なぜ、わたしがせねばならぬ？」

「あれを見ても言える⁉」

ムキになったティキが、南より迫る騎兵の大軍を指す。

この陣地から、そろそろ四半里（約一キロメートル）ほどのところまで接近してきただろうか。四万の馬蹄《ばてい》が大地を蹴る音が、遠雷のように聞こえてきていた。

ナランツェツェグはその陣容を眠たげな目で眺めると、

「見かけ倒しの、クソのような騎兵どもじゃな。やはり騎兵とは、我らクンタイトの者だけを指して呼ぶべきであろうの」

気負うでもなく、威張るでもなく、ただただ平然と嘯《うそぶ》いてみせた。

「あ、姉上――いや、お姉様！」

それを双子の弟のゲレルが、慌《あわ》てて窘《たしな》める。

「あの騎兵の部隊は恐らく先遣隊で、遅れて何万って歩兵の大軍が来るはずだよ！　皆の前で敵を侮《あなど》るのも、大言壮語もやめようよっ。お姉様の悪い癖《くせ》だよっ」

姉のような美貌を授《さず》からなかったものの、団子鼻が愛敬のある顔つきをした彼は、如何にも優等生な発言をする。

でもガビロン騎兵がクソだという部分は、決して否定しなかった。お人好しに見えても、彼もまたクンタイト人なのだ。草海の勇者、剽悍《ひょうかん》たる騎馬の民なのだ。

「あんたら双子と接してると、ホント調子狂うわ……」

ティキが半眼のままぼやくと、ナランツェツェグがころころと笑う。

「そう褒められると、悪い気はせんの」

「呆《あき》れてんのよっっっ」

「照れるな、照れるな。ティキ殿はまっこと素直ではないの」

「アタシほど裏表ない女、珍しいって昔から評判なんだけど⁉」

血相を変えて嚙みつくティキ。

柳に風と受け流すナランツェツェグ。

いつもの光景、いつもの空気、だからこそ皆すっかり緊張がほぐれている。

厳密には「いつもの光景」ではない。

今の陣中には、副将格として兵の人望厚いアランがいない。

守城戦の名人である〝青銅仕掛けの自動人形《タロス》〟フェルナンドや、万事卒なくこなす〝不可捕の狐《テウメッソス》〟トラーメといった面々も不在。

ガビロン、パリディーダ、ツァーラントの三帝国に攻められるという、史上初の大包囲網に対処するため、将と戦力の分散を余儀なくされている。

それでも、あの頼もしい男たちがいなくとも、「いつもの空気」を保つことができている。

この頼もしい味方たちと、〝獅子頭将軍《ナラシンハ》〟に大戦を挑むのだ！

「とはいえ、兵らは気が気でないでしょう。小官が落ち着かせて参ります」

どこか少年《ボーイッシュ》めいた女騎士《な》が敬礼した。

名は、ナイア。

レオナートの股肱《ここう》だった父バウマンに代わり、今は彼女が副官を務めている。

正確にはまだ肩書に「見習い」の文字が付いたままなのだが、戦が始まってしまった以上は、ヒヨコの尻《しり》に付いた卵の殻同様にとってしまうしかない。

いわば、これが最終試験となるだろう。ナイアが大過なく務め上げてみせれば、誰もが副官として認める。逆に大きな失着を犯せば、その時点で試験終了。ゼインなりメロウなり、古株のアレクシス騎士がとって代わる。ナイアにはもう二度とチャンスはないし、否《いや》が応《おう》もない。

平時ならともかく、戦時に成長を見守ってやれる余裕が持てるほど、「アレクシス侯の副官」という任は軽くない。

(まあ、上手《うま》くやってくれそうだがな)

ナイアが甲冑《かっちゅう》姿のまま、危なげなく梯子《はしご》を下りていく様を見送る。

副官としては初陣のはずなのに落ち着き払っているし、自分がやるべきこともしっかりわかっていると感じる。本番に強いタイプなのかもしれない。

思えば、バウマンがそうだった。普段は温厚で、少しドジで三枚目なところもあったが、いざ兵事となるとあれほど頼りになる副官もいなかった。バウマンがミスらしいミスを犯した記憶など、レオナートにはなかった。

「じゃあ、アタシたちも持ち場に行こっか」

「うむ、狩りの時間じゃな」

「おいらたちの出番、早く来るといいねー」

他の者たちもナイアに続いて、櫓を下りていく。

残ったのはレオナートと両軍師のみ。

ここから戦場を俯瞰《ふかん》し、味方を督戦し、敵の動きを監視するのだ。

が――

「止まったな。連中」

レオナートはへの字口になった。

ガビロンの騎兵部隊は結局、五町（約五百メートル）のところまで来ると、それ以上は距離を詰めてこなかった。

整然と横陣を組んで、昂然《こうぜん》と野戦陣地を睨《にら》みつけてくるだけで、何もしてこない。

レオナートには意味のある軍事行動に見えなかったが、

「ゲレルさんの仰る通り、彼らは先遣隊ですからね。後続の歩兵部隊が到着するまでは、ああして待っているつもりでしょう」

「騎兵で攻城戦を仕掛けるバカはいねーからな」

「だけど、ああやって睨み合いに持ち込むことで、こちらを休ませないというか、気疲れさせる算段でしょうね。地味ですけど、なかなかに厭《いや》らしい手ですね。三太子《レン・ティーン》、手強《てごわ》いですね」

「一万もの騎兵を揃えられるからこそ、打てる手だけどな。オレ様たちの騎兵の方がずっと少ねーから、出陣して蹴散らすわけにもいかねーし。見透かされてらー」

両軍師はさすがにこともなげに、状況分析を報告する。

が、次の瞬間——

「えええ……？」

「はあああああああ⁉」

智謀、人後に落ちない彼女らが当惑し、素《す》っ頓狂《とんきょう》な驚声を上げた。

上げずにいられない、とんでもない事態が起こったのだ。

ガビロンの騎兵部隊がいきなり、馬首を巡らせて退却していく。

そう、何の脈絡もなく唐突にだ。

それはもう見事なまでに、一切《いっさい》の逡巡なく来た道を帰っていく。

意味のある軍事行動に見えなかった。いや、万もの騎兵部隊を出陣させて、何もせず引き返すなど、大量の騎馬を無意味に酷使する愚策ではないか。

「これはいったいどういう理由だ？」

レオナートは去りゆく騎馬の尻、尻、尻を眺めながら、左右に諮《はか》る。

「「…………」」

シェーラとジュカもまた、すぐには測りかねるようだった。

振ればすぐさま答えを吐き出す知恵袋たちが、声を失っていた。

この二人が同時に、あんぐりと阿呆口《あほうぐち》をさらすところなど、滅多に見られるものではない。

その表情をレオナートはちらりと一瞥《いちべつ》すると、一言ぽつり。

「解せんな」

シェーラとジュカは、芸もなく相槌を打つのみだった。

この二人をして、そうするしかない不可解な状況。まして騎士や兵たちをやだ。「いざ大いくさでござる」と気を張り詰めていた彼らが、ひどい肩透かしを受け、脱力すること如何ばかりか語るまでもないことであった。

アレクシス軍の野戦陣地はどこもかしこも、困惑の空気が渦巻いていた。

そして実のところ――困惑頻《しき》りなのは、ガビロン軍の諸将も同じであった。

彼らは現在、テヴォ河の南に野営陣地を築いている。物糧を集積し、無数の天幕を張り、馬坊柵で周りを囲んだだけの簡単な代物《しろもの》だ。いつでも身軽に移し替えることができるし、捨てても惜しくない。

アレクシス軍のような大掛かりな迎撃陣地は、ガビロン軍には必要なかった。五万という空前の兵数、それそのものが何より強固な要塞となさしめているのである。

兵が多ければ、それだけ歩哨や斥候《せっこう》に割ける数も多い。そもそも平野部において大兵での夜討ち朝駆けなど不可能だし、では千や二千の敵部隊が仕掛けてきたとしても、こちらは五万だからびくともしない。

フンババ帝室紋である「一ツ目」を描いた旗が、あちこちに掲げられ、強くなってきた晩夏の風に旒々《りゅうりゅう》とたなびいている。

そんな野営陣地の中央に張られた大天幕が、三太子《レン・ティーン》直卒軍の司令部となっていた。

マルドゥカンドラから選び抜かれた諸将と幕僚たちが、渋面《じゅうめん》を突き合わせていた。

否《いな》、幕僚たちはさすが顔色に出す迂闊《うかつ》は避けている。大天幕の外縁に沿って円周状に、そしらぬ顔で整列している。

一方、長方形の軍議机に並んで腰かけた将軍らの大半は、不本意そうな表情を隠そうともしなかった。マルドゥカンドラが身支度を整えて現れるのを待つ間、好き勝手に言い合っていた。

「なんで一戦も交えずに退却しなきゃいけなかったわけー？　アタイ、意味わかんないんですけどー？」

と――一番不平を唱えて憚《はばか》らないこの女、名をダルシャンという。

歳《とし》は二十八。野性味溢れる色気の持ち主で、虎の毛皮で作った短衣を、あだっぽく着崩している。この場に二人いる女将軍のうちの片方だが、〝人喰い虎《マンティコア》〟の異名を持ち、一目も二目も置かれている猛将でもある。

「延々と何里も歩かされて、行って見て帰って終わりとか、骨折り損なんですけど――」

「三太子《レン・ティーン》殿下は時折、不可解なご差配をなさることがあるが、今日のそれはひとしおですな」

と、ダルシャンよりは柔らかい表現を選んだのは、ウダラジャであった。

恰幅の良い中年男で、鎧は纏わず、ガビロン風の腰布一枚という服装をしているから、突き出た腹がよく目立つ。顔も愛敬のある造りで、人好きがする。

しかし、彼とて三太子《レン・ティーン》が直臣に加えた武功者であり、〝不可止の巨獣《ジャガンナート》〟と呼び怖れられる。

「両将軍の仰る通り……」

「同じ退くにしても、一太刀《ひとたち》交えてからでなくば正直、気が収まらぬ」

「噂《うわさ》に名高い常勝不敗のアレクシス軍、その実力を確かめたくござった」

「虚名であろう。常勝不敗とは、我らが三太子《レン・ティーン》殿下のためだけにある言葉だ」

「まあまあ、どちらにその御旗《みはた》が相応しいかは、遠からず証明されるわけで」

「証明するためにも今日、力比べをしたかった！」

「鬱憤《うっぷん》が溜《た》まるばかりである！」

と――

場に居並ぶ宿将、老将、猛将、勇将、智将、謀将、良将、客将……錚々《そうそう》たる顔ぶれたちが、喧々諤々《けんけんごうごう》と意見を交わす。

もし異国の者がこの場を見れば、きっと目を瞠《みは》るであろう。彼らの多くは主君である三太子《レン・ティーン》の采配《さいはい》に、堂々と不満を唱えて憚らないのだから。普通ならば首が飛んでもおかしくない不敬。ただし〝獅子頭将軍《ナラシンハ》〟を侮るような発言はどこからも、一切出ない。

つまりは、マルドゥカンドラという皇子は、総大将は、部下に自由な発言を許す器量の持ち主だという証左であった。


そのマルドゥカンドラが、側近中の側近を三人連れて、天幕に現れる。

真ん中を闊歩するのは、獅子頭《ししがしら》の剝製《はくせい》付の毛皮を顔からかぶった青年である。まさに偉丈夫、毛皮以外は腰布一枚と金銀宝石の装飾を身に着けるのみで、縄のように隆々とした筋肉が露《あら》わになっている。それでいて均整の取れた、戦士として完璧《かんぺき》な体つきだった。

その彼が、右に眼光鋭い老人と左に飄々《ひょうひょう》とした若者を、付き従えるようにしている。

さらに背後には、「絶世の美女」という形容でもまだ足りない、「この世のものとは思えない美貌」とでも表現するしかない、万人の目を惹《ひ》いてやまない人物の姿も。

大天幕の中に四人が入ってくるなり、諸将たちが一斉に起立した。

すぐさま幕僚たちとともに深々と一礼。

下がったままの彼らの頭に向けて、左の飄然《ひょうぜん》とした若者が嘲弄《ちょうろう》混じりに揶揄《やゆ》をした。

「おやおや？　皆さんそのご様子だと、なぜ三太子殿下《レン・ティーン》が撤退とご判断なさったか、おわかりでない？　まさか？　本当に？」

途端、あちらこちらで歯軋《はぎし》りの音がする。

「黙らんか、クティル！　この腰巾着が！」

「貴様の如き佞臣《ねいしん》を、三太子殿下《レン・ティーン》が重用なさっておられる理由こそが、一番わからぬわ！」

「先祖の威光を笠に着て、貴様まで調子に乗るなよ、若僧！」

と、口に出して悪しざまに言う将もいた。

ただ、頭《こうべ》を垂れたままではまるで迫力がない。

「先祖の名前で側近を選ぶほど、三太子殿下《レン・ティーン》は愚かな御方じゃないですよ」

と、クティルと呼ばれた彼もせせら笑うばかり。

如何にも才気走った――優秀だが、鼻持ちならない青年であった。

「今のはクティルの言い方が悪い。皆、鎮まれ。そして面《おもて》を上げよ」

と、マルドゥカンドラが苦笑する。

三太子殿下《レン・ティーン》その人に窘められればクティルも態度を改め、諸将も憤懣《ふんまん》を呑まざるを得ない。

「遅れてすまなかったな。汗がひどくて湯あみをしてきた」

一同が顔を上げると、マルドゥカンドラは鷹揚《おうよう》にうなずいてみせる。

言葉の上では謝罪しているが、その実、臣下の容赦《ようしゃ》など端から求めていない。この辺りはやはり皇子の皇子たる所以《ゆえん》である。

諸将や幕僚たちだとて、たとえ自分らは重い鎧を脱ぐこともできず、行軍の汗を流せぬままに待たされていたとしても、その些末事に関して不満を抱く軟弱者など一人もいなかった。

現れた主君に、皆一様に敬愛の視線を注《そそ》ぐ。

真っ直ぐ、まるで少年少女のような情熱とひたむきさで、獅子頭の毛皮をかぶった偉丈夫——ではなくその背後にいた、妖《あや》しいまでの美貌の人物へ。

「皆もご苦労だった。ま、座れ」

マルドゥカンドラが諸将に許可をするると、まず自分が着席してみせる。

いきなり、獅子頭の毛皮をかぶった偉丈夫が四つん這いになると、その逞しい背中に、美女然とした人物が優雅に尻を下ろしたのだ。

そう——

三太子《レン・ティーン》マルドゥカンドラとは、この凄絶《せいぜつ》たる麗貌《れいぼう》の持ち主の方であった。

偉丈夫の方は、護衛兼付き人兼影武者にすぎない。〝獅子頭将軍《ナラシンハ》〟の異名を知らぬ者はなく、毛皮を被《かぶ》らせて置いておくだけで、「なるほど、さすが武人としても一流なのだな」「イメージ通りだ」と人は勝手に勘違いをするのだ。マルドゥカンドラ本人に似ている必要は全くない。

誰が想像しようか？　どこからどう見ても妙齢の美女にしか見えない彼が、まさか常勝不敗の雷名高き三太子《レン・ティーン》とは。

ちなみに、正確には「彼」でも「彼女」でもない。

両性具有者なのだ。

大陸でもガビロンにおいてのみ、一万人に一人の割合というレアケースで生まれてくる。股間には男根と女陰の両方が備わっているが、生殖能力はない。男相手でも女相手でも夜の営み自体はできるが、孕《はら》むことも孕ませることもできないということだ。

両性具有者はガビロンでは伝統的に男子として扱われ、フンババ帝室でも皇子として認められている。ただし、子はなせないので帝位継承権はない。

マルドゥカンドラが持つ、この世のものとは思えない妖しいまでの美貌は、ここに由来するものであった。

男のように背が高く、肩幅もあるが、体つきは女のように優美な曲線を描いている。

手足の先はすっきりと逞しく、胸元《むなもと》にはたわわな乳房が実っている。

まさに男性らしい美と女性らしい美のいいとこどりをした、超人類的存在。

齢《よわい》はまだ二十八の若さ。

それが、マルドゥカンドラ・ティーン・ダマッカス・フンババ・ソーマなのだ。

「皆、余が干戈《かんか》も交えず撤退させたことが、疑問のようだな」

諸将が着席したのを見計らって、マルドゥカンドラは切り出す。

なお、クティルと眼光鋭い老将は立ったまま、主君の左右脇を固めている。

「アレクシス軍が立て籠もっておった、あの迎撃陣地な。余の目で実際に見て、思った。あれは五万では陥ちん」

世間話のようなあっさりとした口調で、重大事の判断をきっぱりと言ってのける三太子《レン・ティーン》。

大天幕の中に衝撃が走り、諸将と幕僚たちがざわつく。

空前の大軍を用意していながら、しかも戦う前から「陥落不可能」と断言してみせたのだ。

驚くなという方が無理な話。

ただし、マルドゥカンドラの判断に異を唱える者は、誰一人いなかった。この場の全員、知っているからだ。彼が戦の天才であることを。〝獅子頭将軍《ナラシンハ》〟の戦術眼が、もはや神秘の力を宿した魔眼めいていることを。こと戦争に関してマルドゥカンドラが不可能と断じれば、それは天地をひっくり返しても不可能だということを。

「アレクシス軍には、アドモフからつれてきた参謀が、恐らくいることかと存じます――」

そう発言したのはルバルガンダという将軍だった。

贅肉《ぜいにく》を完璧に削《そ》ぎ落とした体つきの壮年で、逆に髪と髭《ひげ》は伸ばし放題、半ば鬣《たてがみ》と化している。

ガビロンが一度、渾沌の大帝国に併呑される前から――すなわち三百年以上の古くから

――フンババ帝室に仕え、代々優秀な武人を輩出する名門の生まれ。

ルバルガンダ本人もまた、〝蝗《バズズ》の魔王〟の異名を持つ速射弓術の名手で、加えて軍事全般に関する博覧強記でも知られている。

まさに知勇兼備《けんび》の良将というべき彼だが、悪癖もあり――

「皆様もご存じの通り、アドモフは大陸に冠する軍事大国。彼らが培い、発明した様々な軍事技術には、目を瞠るものがございます。そもそもアドモフは国土全体がひどく開けた土地柄でございまして……や！　これは説明するまでもなく、かの国の莫大な穀物生産量を鑑みれば、当然理解できることで（中略）土地が開けているということは、地の利を活かしづらいということ。ならば野戦築城の技術を突き詰めることで、地の利を生み出すしかないということ。有名な『自然など人間の手でねじ伏せよ』でございますな。これはかのレゴ〝好戦帝〟が重用した、アドモフ軍総参謀本部作戦局の重鎮であるランペーランジョルヌ中将が……や！　大陸歴一一〇年の当時はまだ大佐で（中略）彼らの野戦築城技術が中でも卓越しているのは（後略）」

――という具合に、とにかく話が無駄に長い。

居並ぶ者たち、みな聞き流している。理解を放棄している。

一方でマルドゥカンドラは、

「要するにあの迎撃陣地は一見、地味で、簡素で、凡庸《ぼんよう》に見えて、アドモフ軍百年の粋を集めて造ったものだろうということだな。なれば、余の目に難攻不落と映ったのもむべなるかなだ」

と、ルバルガンダが話し終えようとしないうちから、要訣だけを見事に咀嚼《そしやく》してみせた。

この理解力がなくては、如何にルバルガンダが優良だろうと遠ざけていたかもしれない。

これもまた三太子《レン・ティーン》の将器である。

「ハイハイ、あの陣地が陥《お》とせないのはわかりましたよ。戦わず撤退も理解できました――」

「しかし、ならば作戦の変更が必要です。下手をすれば戦略の見直しも」

ダルシャンが不承不承という態度で納得し、ウダラジャが新方針を求める。

「作戦変更するとして――さて、皆の意見は？」

マルドゥカンドラは試しかけるように、諸将と幕僚たちに諮る。

ガビロン全土よりかき集め、さらに三太子《レン・ティーン》手ずから目をかけ、練兵場と実戦場で磨《みが》き抜いた人材たちは、我先を争うように意見具申を始めた。

「献策いたします、三太子《レン・ティーン》殿下！」

「アレクシス軍は我が軍に南より、キルクス・ツァーラント軍に東より攻め立てられ、戦線を広げることを余儀なくされ、結果として後方の守りを手薄にしております！」

「〝諜報工作隊《バシュム》〟の報告によれば、帝都クラーケンの守備兵はわずか五千！」

「であらば、我が軍は半数の二万五千をこの地に残し、テヴォ河を挟んで睨み合いに持ち込み、互いに攻め合わず兵力を温存！　その間にもう半数は別動隊として、あの迎撃陣地を迂回《うかい》して進軍！　そのままクロード帝都を陥落せしむることは容易《たやす》いことかと！」

「然様…… 〝吸血皇子《ノスフエラトウ》〟が座して滅びるをよしとせず、迎撃陣地を打って出てきたならば、その時こそ堂々たる会戦にて雌雄を決してやればよろしいかと」

「待て待て。構想はよいが、クラーケンは〝冷血皇子《ボレアス》〟の手によって焼け野原になったと聞くぞ？ そんな都を手に入れる価値が、果たしてあるか？」

「ならばアレクシス州都リントやディンクウッド州都レームを、手に入れるのはどうか？」

「なるほど。課報工作隊《バシユム》によれば、そちらの守備兵もせいぜい三千ほどだとか」

「キンダットゥの言やよし！ 迂回進軍作戦、採るべし！」

活発な意見が飛び交い、切磋琢磨《せつさたくま》されていき、一つの作戦案として形作られていく。

そこへ――


コホン。


と、静かな咳払《せきばら》いが聞こえた。

そう、ひどく落ち着いた所作にもかかわらず、喧々諤々たる議論が行われる中で、不思議とその音はよく通り、皆の口をつぐませた。

咳払いの主へと一斉に注目させた。

「異論があるようだな、プラデーシュ？」

マルドゥカンドラは面白《おもしろ》そうに相好を崩すと、末席に座るその男へと諮る。

全身の体毛がなく、どこか爬虫類のように体温を感じさせせない壮年だった。

だがその眼差しはどこまでも穏やかで、涼やか。

帝族たる三太子《レン・ティーン》の諮問《しもん》に対し、まず発声なしの首肯で答える。これは本来なら、周囲の忠臣たちが問答無用で無礼討ちに処すほどの咎《とが》に当たる。だが、このプラデーシュだけは許される。

なぜなら彼は解放奴隷であり、かつて心なき主人の酷刑により、声帯を焼き潰《つぶ》されているからだ。本心では「はい、我が殿下」と答えたくても、不可能だからだ。

言葉をしゃべることのできない彼は、用意してあった紙を用いて筆談した。

ただし、皆をあまり待たせぬよう、簡潔に。

「戦線拡大の危険性」

――とだけ。

しかし、それを目にした諸将らは、すぐさまハッと気づかされる。

この場にいる者、みな愚鈍ではない。それだけ警句をもらえば、己らの策に落とし穴があることくらい理解できぬ者などいない。そんな凡愚、とっくに〝獅子頭将軍《ナラシンハ》〟の幕下から淘汰されている。

「プラデーシュの申す通りだ」

マルドゥカンドラの右に立つ老将が、重たい口を開いた。

顔中体中傷だらけの、歴戦の男である。

齢六十を重ねるが、鍛えられた肉体は老いを全く感じさせない。諸将らをお目付け役然と睥睨《へいげい》し、昂然と背筋を伸ばして直立している。

名を、アクバル。

例えばキルクス軍において、〝隻腕の軍神《ヌアザ》〟オーゲンスが第四皇子の戦の師であれば、ガビロンの三太子《レン・ティーン》に兵事のなんたるかを叩き込んだのは、この宿将であった。

「クラーケンはまだしも、さらに北のレームやリントまで奪いに行けば、戦線があまりに広がりすぎる。両州のすぐ上はアドモフ領だ。青き軍用犬どもが我らを討つため、次々と南下してくる恐れがある。今、アレクシス軍こそ多方面作戦を余儀なくされ、兵力の分散に喘《あえ》いでいるというのに、我らまで好んで敵を増やすなどと、愚の骨頂だ。討つべきはアレクシス侯その人と直卒軍。藪《やぶ》をつついて蛇を出すまいぞ」

アクバルの言葉を諸将らは真摯に受け止め、うなずいた。

老将もまた別段、叱責《しっせき》などはしない。彼らはただ三太子《レン・ティーン》に意見を求められ、真剣に答えただけであり、間違った意見を言ったからと咎めがあろうものなら、活発な議論などもう二度と望めないからだ。

マルドゥカンドラも一つ鷹揚にうなずき、

「では、改めて如何《いかが》する?」

「三太子殿下《レン・ティーン》、このクティルの脳漿《のうしょう》に妙策あり！」

得意げにポーズまで決めて即応したのは、皇子の左に立つ才気走った青年であった。

たちまち諸将の半数くらいが顔を顰《しか》める。

一度は議論が出尽くし、自分たちがよいと思った作戦を立案し、しかしプラデーシュに欠陥を指摘され、マルドゥカンドラにやり直しを求められても、そう咄嗟《とっさ》に名案が出るわけがない。

そんな気まずい空気の中で、クティルがまさに「満を持しての発言」という形を、自ら演出してみせた、その鼻持ちならない態度が気に障ったのだ。

「ふふ、聞こうか？」

その一方で、マルドゥカンドラはさすがの度量を見せ、面白そうにした。

クティルは飄々と答えた。

「ここは戦線を拡大しましょう、殿下」

聞いた諸将らの大半が、「は？」と目をしばたたかせる。

「貴様、今しがたの話を聞いておったのか⁉」

「戦線拡大は愚策だと、プラデーシュ殿に窘められたばかりであろうが！」

「無論、聞いておりましたよ。敵を無暗に増やすのは巧くない。わかっておりますよ。プラデーシュ殿にご指摘されるまでもなく最初から。僕は、ね」

「一言も二言も余計だ、クティル！」

「ならばどういう了見だ⁉」

「もったいぶらずにさっさと申せ！」

「貴様の悪い癖だぞ！」

「ならば申しましょう」

気障《きざ》たらしいところを非難されてなお、クティルは一拍置いてもったいぶると、

「半数の二万五千を本隊とし、ここへ置いたままアレクシス侯と睨み合う――ここまでの発想は悪くないかと」

レオナートの直卒軍は三万いるが、まさか防衛陣地を空にできるわけもないので、もし連中がテヴォ河を越えて攻めてくるとしても、兵数は二万五千前後と予想される。つまりは、こちらも二万五千残しておけば対等だ。

「しかし残る半数の使い方を、僕ならこうします。一千人ずつの隊に小分けにして編成し、それぞれを諸兄らに率いていただきます。そしてテヴォ河流域に浸透し、クロード南部を食い荒らすのです！　村を焼き、町を劫略《ごうりやく》して、兵らの士気を高めると同時に奴隷狩りを行います」

「「「なっ……」」」

この場にいる大半が、にわかに声を失った。

予想だにもしない方向から斬り込んできた、クティルの献策の意外性に。

あるいは、せっかく五万もの兵を揃えた軍のやることかと、呆れ返って。

そんな場の空気など、クティルは意にも解さず滔々《とうとう》と説明を続ける。

「アレクシス侯が民を憐《あわ》れみ、あるいはクロード南部が無人の国土となるのを怖れ、ノコノコと迎撃陣地を出てきた時は、雌雄を決すればよいでしょう。諸兄らも望むところでしょう？　一方、アレクシス軍があくまで亀のように陣地へ立て籠もるというのなら、それも結構。我々は掠奪《りゃくだつ》し放題、奴隷の狩り放題です。つかみどりですよ？」

「パリディーダらとの同盟はどうなる？　〝吸血鬼退治〟作戦を、我らガビロンだけが怠っていると抗議をされるのではないか？」

「アレクシス軍で最も恐るべきは、〝吸血皇子《ノスフェラトゥ》〟その人です。軍事大国アドモフを、電撃的に攻め滅ぼした怪物です。その一番厄介《やっかい》な男を、我々はクロード南部に釘付《くぎづ》けにできているのですよ？　むしろ、これ以上なく貢献しているではないですか、〝吸血鬼退治〟に！　後はツァーラントなり、キルクス殿下なりが、アレクシス侯不在の方面を突破してきてくだされればよろしい。そうなればアレクシス侯も袋の鼠《ねずみ》、如何にあの野戦陣地が堅牢だろうと、三軍を以ってすれば陥とせましょう」

「不甲斐《ふがい》なくも、ツァーラントめらが北や東を突破できず、ここまで辿《たど》り着けなかった場合は？」

「〝吸血鬼退治〟は失敗ですな！　しかし、非難されるは他二国であり、我々ではありません。そして、我々は——我々だけはクロード南部から富と人を奪い、アレクシス侯の領土に十年では回復できない爪痕《つめあと》を残し、凱旋《がいせん》します」

「貴様の描いた戦略図はわかった！」

「しかし、絵に描いたパンではないか？」

「アレクシス軍がこちらの本隊に攻め入るのではなく、奴らもまた分隊を出すことで、こちらの奴隷狩り部隊の駆逐を図った場合、どうするのだ？」

「いくら我らが直卒するとはいえ、わずか一千では抗戦にも限度があるぞ」

「各個撃破の憂《う》き目に遭うのではないか？」

「愚か！　これすなわち戦力分散の愚なり！」

「いやいや、待ってくださいよ、諸兄。逆ですよ、逆。わずか一千だからこそ、型にはまらず機敏に動けるんでしょう？　仮にアレクシス軍の分遣隊が迫ってきたとして、勝てそうなら迎撃すればいいいし、勝てなそうなら遁走《とんそう》すればいい。そこは臨機応変に、如何様にでもやりようはあるでしょう？」

クティルは言葉の上では問いかけるような体裁をとってはいたが、口調では「まさかそれくらいもできないんですか？」と馬鹿にし腐っていた。

諸将らの大半が「ぐぬ」と怒りで顔を染め、歯軋りをした。

だが、誰も何も言わなかった。クティルの言うことが全て、正論だったからだ。

この場にいる多くが、この若僧の小生意気な人間性を毛嫌いしている。

だが、この場にいる全員が、クティルの才幹に偽《いつわ》りないことを認めているのだ。

伊達に二十四の若さで〝獅子頭将軍《ナラシンハ》〟の左腕――アクバルに続く、ガビロン軍のナンバースリーに抜擢《ばってき》されていないことを、知悉《ちしつ》しているのだ。

渋々ながら！

どこからも異論が出なくなって、クティルは得意絶頂、自画自賛する。

「クロード南部域の総人口は、二百万を下りますまい。そこから若く健康な男女だけを祖国に連れ帰るとして、四十万人は見込めるでしょう。経済効果は計り知れませんな」

「ぐぬ。武人が金勘定を語るか……っ」

「語りますよ。当然でしょう。ねえ、三太子殿下《レン・ティーン》？」

調子に乗ったクティルに馴《な》れ馴《な》れしく水を差し向けられ、マルドゥカンドラは鷹揚に、苦笑混じりに首肯する。

「余は兄上に常々、口を酸っぱくして言われておるよ。『三弟《ティーン》、おまえは戦の天才かもしれんが、頭に乗って国を危うくするなよ』『兵事はあくまで、政治経済を活性化させるためにあると知れ』『如何に領土を奪ってくるか、という意識は捨てろ』『如何に祖国を富ますかという風に、考える癖をつけろ』……などなど挙げればキリがない。耳にタコができたわ」

口真似《くちまね》、声真似、表情真似を交えて、マルドゥカンドラは戯《たわむ》れを語り聞かせる。

「それは一太子殿下《レン・エーク》のお言葉ですか？　二太子殿下《レン・ドー》のお言葉ですか？」

「両方さ」

マルドゥカンドラは屈託《くつたく》なく微笑《ほほえ》んで答えた。万軍の頂点に立つ最高司令とは、思えぬほどの無邪気さであった。「ああ、この御兄弟は本当に仲が良い」と、臣下たちの温かい笑みを誘うものであった。

おかげでクティルの粋《いき》がりに腹を立てていた面々も、すっかり和んでいる。軍議を行うに適した空気となっている。

マルドゥカンドラは決してこれを計算でやったわけではなく、すなわち彼の、万軍の頂点に立つ最高司令に相応しい人柄《カリスマ》がもたらした効果であった。

兄たちを想い、一頻り笑った後、彼もまた〝獅子頭将軍《ナラシンハ》〟の顔つきに戻る。不敵で不遜《ふそん》、危険で物騒、子飼いの臣下たちを見守るような、軍議を楽しんでいるような、達観と覇気を見事に同居させた表情で諸将に諮る。

「クティルの策を採るとする。もう異論はないか?」

「はい、三太子《レン・ティーン》殿下!」

「我ら異論ございませぬ!」

「この上は才知を振り絞り、作戦に当たる所存!」

「どうぞ、ご命令を。殿下」

諸将らの目にもまた活力の光が灯《とも》っていた。

どんなに気に食わない若僧の提案でも、そこに理アリと見れば、低次元の反発心など抱かない。そういう将たちだ。そういう将たちを集めてきた。

マルドゥカンドラは満足しつつ、最後にもう一人だけ念を押して確認する。

「プラデーシュも異存ないな？」

いつも進んで末席に座る、物静かな男を真っ直ぐに見つめる。

この智将は、ガビロンにおいて最も冷静沈着な将軍だと知られている。プラデーシュの慎重論は何度も、欠陥を内包した作戦の実行を未然に防いでいる。戦場においては待ち伏せ策を得意とし、ついた異名が〝伏蛟《アガースラ》〟。

果たして、プラデーシュは「異存ございません」とばかり、穏やかに首を左右にした。

完全無欠の作戦など、この世には存在しない。叩けば埃《ほこり》のように、懸念点がいくらでも出てくるものだ。クティルの策とてそうだ。プラデーシュほどの知恵者があげつらおうと思えば、十でも二十でも指摘できるはずだ。

だが、プラデーシュはしなかった。

マルドゥカンドラはますます満足する。彼がプラデーシュを重用する理由がここにある。プラデーシュは滅多に意見をしない男だった。それがよい。

慎重論というのは、会議の場では強い。強すぎて積極論と戦った場合、たいてい勝ってしまう。ゆえに慎重論者という連中は、組織の最終的成功を目指すよりも議論上での個人の勝利に終始し、また満足してしまう、糞《くそ》ほども役に立たない人間だというケースが往々にしてある。

その点、プラデーシュは違う。一刻を争い、主導権を争ういくさ場では、果敢な積極論こそが大切だということを知り抜いている。

ゆえに、のべつまくなしに慎重論を唱えたりしない。本当に致命的な問題があると思った時だけ、奥ゆかしく咳払いを挟むのだ。

声帯の有無など関係ない、プラデーシュはその本質が寡黙な男であり、そこがマルドゥカンドラにとってひどく魅力的《チャーミング》だった。

「では、具体的な細部を詰めていくが――その前に。プラデーシュ、今夜は余の閨に来い。久しぶりに可愛《かわい》がってやろう。無論、激しく抗戦してくれても、余は構わんぞ？」

マルドゥカンドラは妖しいまでの秋波を末席に送る。

プラデーシュは恐縮しつつも、断りはしなかった。

諸将らが羨望《せんぼう》の眼差しでプラデーシュを見る。悔しげにしている者もいる。女将軍のダルシャンや、ハルスィエセという面々も例外ではない。

またそれまで得意面《とくいづら》だったクティルが、狼狽《ろうばい》で血相を変えて、

「で、殿下⁉　妙策をご提示したのは僕ですが⁉」

「おまえは明日の晩だ」

「うっ。そ、そういうことでしたら……」

「男を磨いて待っておれ」

マルドゥカンドラは喉の奥で笑い声を転がしながら、まるで純情な少年を弄《もてあそ》ぶ態度で言った。

臣下が戦で武功を樹《た》てた時、あるいは軍議で優れた意見を述べた時、マルドゥカンドラはその者に一夜の情けを与えると決めている。

臣下たちもまた、この世のものとは思えない美貌を持つ両性具有者にして、ガビロンで最も尊貴な血筋を引く三太子《レン・ティーン》との、めくるめくような悦楽《えつらく》を求めてやまない。

〝獅子頭将軍《ナラシンハ》〟とその直臣たちは、ただ忠義のみで繋《つな》がるに非ず。より強固で、淫靡《いんび》な、愛欲という絆《きずな》によって結ばれているのである。

「では改めて――まず各自の担当地域を割り振る。クティル、言いだしっぺには一番遠くまで行ってもらうぞ?」

「御意です。僕でなくてはいざという時の、引き返すタイミングの判断が難しいですからね」

また一言余計というか、他人の神経を逆撫《さかな》でするクティル。

アクバルが軍議机に広げられたクロード南部の地図上に、クティルの隊を表す駒を置く。叩きつけるように強く、言葉を使わずクティルの稚気《ちき》を咎める。

もちろんクティルはふてぶてしくも、何も気づかないふりをしたが。

ともあれ、マルドゥカンドラは次々と諸将の名を呼び、掠奪と奴隷狩りを行う担当地域を決定していった。そのたびにアクバルが駒を一つ、地図上に配置していった。クロード南部の概略地図が駒だらけになっていった。

また本陣に指揮官不在では話にならないため、マルドゥカンドラ自身とアクバル以下、数名はここに残ることとする。

担当地域が決まった後も、密に連絡を取り合うための段取りや、アレクシス軍が動いた時のケースバイを想定した事前対応策など、協議することが山ほどあった。が、〝獅子頭将軍《ナラシンハ》〟とその幕将たちは一つ一つ丹念に問題を潰していった。

「良ろし。本日の軍議は以上とする」

マルドゥカンドラはいたく満足して、最後に宣言する。

「「「はッ！」」」

諸将らは一斉に起立し、腰の後ろで両手を組んで拝命する。

「各自、連れていく兵はよくよく見繕《みつくろ》っておけよ」

「「「はい、三太子殿下《レン・ティーン》！」」」

「隊の編成は二日以内に終え、済んだ者から出立するように」

「「「御意！」」」

「では、ご苦労。解散」

「「「〝獅子頭将軍《ナラシンハ》〟に栄光あれ！　常勝不敗の御旗は永劫《えいごう》、我らの上に翻《ひるがえ》り！」」」

諸将らと参謀たちは唱和すると、一人、また一人と大天幕を後にする。

ガビロン軍が、いよいよ本格的な軍事行動を開始する。

〝獅子頭将軍《ナラシンハ》〟マルドゥカンドラ。

その左右である、重鎮のアクバルと気鋭のクティル。

〝人喰い虎《マンティコア》〟ダルシャン、〝不可止の巨獣《ジャガンナート》〟ウダラジャ、〝蝗の魔王《パズズ》〟ルバルガンダ、〝伏蛟《アガースラ》〟プラデーシュら主だった者の他、テオテッサ、フシャルフシャル、ナーナク、シャバタカ、キンダットゥ、ギルナメ、ハルスィエセ、セベクエムサ、リンツ――

綺羅星の如き武人たちが常勝不敗の旗を掲げ、意気揚々とクロード蹂躙《じゅうりん》に赴く。


同時代の史家ウィリアム・レイバッへは、ガビロンの三太子《レン・ティーン》を評してこう著述している。

『マルドゥカンドラが持つ軍事的才能は、一つ一つを数え挙げればきりがないほどであった。その最たるものは、人を誑《たら》し、使いこなす天賦《てんぷ》であった。彼の幕下に集った多士済々の諸将は、彼のために常に全身全霊を尽くした。だからこそ〝獅子頭将軍《ナラシンハ》〟の直卒軍は、如何なる戦況においても、尽く勝利を収めることができた。夜戦が必要ならばそれが得意な者を、海戦が必要ならばそれが得意な者を、マルドゥカンドラは適材適所に抜擢し、気前よく全権を与えた。任された者は完勝を主君に捧げた。どれほどの軍事的天才であろうと、個人にできる範囲などたかが知れている。この時代、大陸各地に数多《あまた》存在した名将たちと、マルドゥカンドラの戦歴が一線を画した要因とは、ひとえにこの点に尽きる』

『そして、一癖も二癖もある臣下たちの人心をまとめ、多士済々の人材を使いこなすことにかけては、アレクシス侯レオナートもまた天賦と呼ぶしかないものを有していた。この時代において彼とガビロンの三太子だけが、常勝不敗の名声を勝ち得ていたのは、決してゆえのないことではなかった』

『軍事国家とまで謳《うた》われ、大陸最大の人材を擁したはずのアドモフが、いともあっけなく滅亡した要因も、彼ら二人にあってレイ・フェルテ・ウィランになかったものが、明暗をわけたのだということは言うまでもない』

と――

アレクシス侯レオナートと三太子《レン・ティーン》マルドゥカンドラ、この時代に双《なら》び立ち、ついに激突する両雄の類似性を指摘している。

なお最後の一文は、後世の史家たちが指摘するまでもなく、ウィリアム・レイバッヘ一流の自虐癖である。

「――つまり、ガビロン軍はただの一度もまともに戦おうとはせず、略奪《りゃくだつ》と奴隷狩りに終始していると仰るか……？」

うめくようにそう言ったのは、コーザンゼ男爵だった。

狩猟を嗜《たしな》み、そこそこ鍛えられた体つきをしているものの、出る腹は隠せない年波の四十路《よそじ》。

人口五千を有し、町としては一応大きな部類に当たるコーザンゼと、そのごくごく周辺地域のみを領地とする最下級貴族である。

領主館の貴賓室で、三人掛けのソファに妻と一緒に腰かけ、今にも頭を抱えんばかりの様子となっていた。三つ年上の良妻が、支えるようにそっと夫の膝《ひざ》に手を置いていた。

「ええ、その通りです」

対面に一人で腰かけていた〝一角聖《ユニコーン》〟クルスは、苦りきった声で、だがはっきりと肯定。

そして、説明を続ける。

「アレクシス侯は無論、見過ごせぬと仰いました。我ら麾下の諸将に数百騎ずつを与え、各地を巡回し、ガビロン人どもを発見すればこれを討ち、襲われた町村あらばこれを救い、まだ無事な町々に対しては疎開を呼びかけるよう、お命じになられました」

「疎開……疎開ですか……」

コーザンゼ男爵がうらめしげに繰り返した。クルスに対して「簡単に仰ってくれるものだ」と、皮肉っていた。

隣で夫人が「あなた……」と窘めるように呼びかけた。八つ当たりしてどうなるかと。

それで男爵も「失礼。クルス殿」と謝罪しつつ、

「五千の領民にここでの暮らしを捨てて、遥々《はるばる》クラーケンまで旅をさせるとなると、数えきれぬ困難が予測されます。しかも、いつここに戻ってこられるか、わからぬのでしょう?」

「ええ。ガビロン軍の総兵力は膨大で、主導権は奴らにあります。我々から軽々に短期決戦を挑むわけにはいかないというのが、実情です」

クルスは忸怩《じくじ》たる想いを呑み込んで、正直に話した。

「それでは戦火を逃れたところで、民も不安が募る。仮に一年も町を空ければ、元の暮らしを取り戻すのに、どれだけの労力と時間がかかることか……。特に田畑を耕して生計を立てている者は、絶望的だ」

男爵はため息を吐《つ》いた。重く。長く。何度も。何度も。

だが、その嘆息《たんそく》もついに尽き果てると、

「……クルス殿。しかし南蛮どもは、必ずこのコーザンゼを襲撃すると決まっているわけではないのでしょう?」

男爵は何かを期待するような、上目遣《うわめづか》いになって訊《き》いてきた。

この期に及んで往生際が悪いとか、そんな都合の良い話があるわけがないだろうだとか、馬鹿にする気にはなれなかった。男爵が武人ではないのは一目見ればわかることだし、彼の重責を思えば決して笑うことはできなかった。

クルスは忍耐強く説得に当たる。あくまで正直と誠実を心がけて。

「ガビロン軍が手出しをしない可能性は、確かにあります。この町は比較的大きく、陥とすのに手間がかかりすぎると、奴らが考えてもおかしくありませぬ」

「おおっ……」

「しかし、大きな町だからこそ、宝の山だと判断するかもしれませぬ。何部隊かが協力し、恐るべき兵力を結集させてくるかもしれませぬ」

「ううう……」

とうとう男爵は崩れ落ちるようにうずくまり、頭を抱えた。

恐怖と重圧で啜《すす》り泣きだした夫の背中を、夫人が慰めるようにさすり続ける。よくできた奥方だった。グッと涙を堪《こら》える表情が健気《けなげ》で、憐れを誘う。

どれほどの時間、コーザンゼ男爵は体を震わせていただろうか。

急かさず、じっと待っていたクルスに涙声で訊ねてきた。

「失礼なお話を訊いても、よろしいでしょうか？」

「無論、私に答えられることならなんなりと」

「仮にクルス殿が兵一千でこの町を陥とすとなると、可能でしょうか？」

クルスは即答した。

「私が陣頭指揮を執って攻めれば、実力の違いを思い知らせるのに、半日もかかりますまい。

あなた方は堀の中に閉じこもり、助けが来る一縷《いちる》の望みにかけて、震え上がることしかできなくなる。一方、我々は外から大声で脅しつけ、また偽りの救済を呼びかけます。男爵の首を持って門を開ければ、民は助けると。夜間には間者を忍び込ませ、内から扇動《せんどう》もさせます。恐怖と閉塞感に参った民が、鍬《くわ》や鋤《すき》を武器にこの館まで押しかけるまで、保《も》って一週間ほどかと」

声のトーンが、どうしても淡々としたものになる。

クルスのような生粋《きっすい》の武人は、こんな搦《から》め手《て》を使わない。あくまで正面から攻め陥とす。しかし、クルスのような真っ直ぐな男でも、このくらいは思いつくのだ。まして三太子《レン・ティーン》とその幕将たちなら、もっと悪逆非道な策を採っても不思議ではない。

「……そうか……そうかあ……」

男爵はクルスの話を聞き、嚙みしめるように何度も繰り返した。

そして、最後に消え入りそうな声で、疎開を承諾した。

「胸クソが悪い！」

クルスは鞍上《あんじょう》で揺られながら、悪態を吐いた。

普段の彼なら絶対に口にしないような品のない言葉の類が、口を衝《つ》くのを抑えられない。

男爵を説得し、町の郊外に待機させている兵たちの元へ帰る、道すがらのことである。周りには帯同した騎士が三人、同じく馬で随行している。

「いつまでこんな真似を続けねばならんのかっ」

クルスは天を仰いで慨嘆《がいたん》した。

男爵の心を懸命に支えようとしていた、夫人の健気な姿が脳裏にチラついて離れない。本当に泣きたいのは、か弱き女性《にょしょう》の方であろうに！

「まったくクルス卿の仰る通りですよ」

周囲の騎士たちもまたぼやいた。

「かの〝獅子頭将軍《ナラシンハ》〟が、常勝不敗の名将が、五万もの大軍を揃えて侵攻してきたんですよ？」

「我が軍もまた三万もの兵を以って臨み、すわ百年ぶりの大合戦かと、意気込むではないですか、普通は」

「両軍合わせて八万の会戦となれば、間違いなく歴史に残ろういくさ場でござる。某《それがし》など、そこに皆と轡《くつわ》を並べられる幸運に奮えており申した」

「何も恥ずかしいことではなかろう。かくいう俺とてそう勇んでおった」

皆一様の憮然顔《ぶぜんがお》で、グチグチとこぼし続ける。

まさかまさか、いざ戦が始まってみれば予想とは正反対の様相を呈しようとは……。

激戦、死闘になるどころか、両軍ともに兵を小部隊に分散させ、テヴォ河流域で無数の小競り合いを繰り返すのみ。それもガビロン軍はクロード南部を蚕食《さんしょく》し、掠奪と奴隷狩りに腐心する始末なのだ。

おかげでアレクシス軍は民を守るために日夜、奔走《ほんそう》させられていた。こんな面倒と忍耐ばかりを強《し》いられるドサ回りみたいな戦など、不本意極まりない。

民の――特に女性の――苦しむ顔や泣き顔など、見たくもない。

もちろん本来の話で言えば、戦争の形には「上」も「下」もない。

戦火に巻き込まれる民からすれば、等しく「悪」でしかない。

だがそれでもクルスらのような武人には、偽らざる本音の話、望む戦の形というものがあり、意気に感じ、武者震いするような闘いの形というものがある。

ガビロンという強敵は、その悦《よろこ》びをくれると思っていたのに！

こんなひどい話、あるだろうか？

「クソ……クソ……絶対に許さんぞ、南蛮どもめ……っ」

怒りと苛立《いらだ》ちで、クルスほどの伊達者が芸のない台詞《せりふ》しか思いつけない。

そんな憤懣やる方ない想いを抱えて、待たせた三百騎のところへ到着する。

次の町を目指して移動する前に、留守を任せた古株の騎士が報告に来た。

「ティキ殿より、伝令が入ってござる」

その彼の肩には大鷲《おおわし》が、猛禽《もうきん》とも思えぬ大人しさで留まっていた。

「おう。助かる」

その大鷲の足に括《くく》りつけられていたのだろう文を、クルスは受けとる。素早く目を通す。

「おお！　マチルダ殿が〝大眠大食の巨人《クンバカルナ》〟を討ち取ったらしいぞ！」

「さすがですな！」

「いや、胸が空くとはこのことでござるっ」

「ただ……いいことばかりではない。ベルブラース州の被害がひどく、急行せよとのシェーラ殿のお達しだ」

クルスは読み終えた文を、他の騎士たちにも目を通すよう渡した。

また大鷲にはたっぷりとエサを与え、空に帰すよう命じた。


広いテヴォ河流域で、いくつもの小部隊を展開し、また蠢動《しゅんどう》するガビロンの奴隷狩り部隊を索敵撃滅するに当たっては、ティキが使役する禽獣の伝令・哨戒網《しょうかいもう》が恐ろしく役に立った。

もちろん、絶対確実なものではない。

所詮《しょせん》は畜生どもであり、〝動物王《ケルヌンノス》〟がどれだけ言い含めても、広いクロード南部を行き交う間に、野性に目覚めるというか、ティキのお願いを忘れて逐電することも多々ある。

他の動物に狩られてしまうこともある。

なので、人と馬を使った伝令・哨戒網もちゃんと敷いているのだが、今回のようにティキの使いが上手く文を届けてくれると、やはり圧倒的に物事が速い。


クルスは麾下三百騎に出立を号令し、一路ベルブラース州へと向かった。

そこで待っているのも武人の戦場などではなく、無辜《むこ》の人々に疎開を説得する気の重い作業であり、奴隷狩り部隊を虱潰《しらみつぶ》しに探し、まともに戦おうとせずに逃げる連中を追い散らすだけのつまらない労役だ。自然、皆の顔も暗い。

ただ今日はまだマシだった。やはり、マチルダの〝巨人殺し〟の偉業に発奮させらるものがあった。特にクルスなどは、愛《いと》しい彼女の活躍を我がことのように喜び、鞍上で胸を張った。

と――

雲の少ない秋空に、一羽の隼《はやぶさ》が飛翔する姿をクルスは見つけた。

どこかを目指して飛んでいくのではなく、まるで何かの合図のように、クルスらの隊の遥《はる》か頭上をぐるぐると旋回飛行している。

「ティキ殿の使いではありませんか、クルス殿？」

「ああ、そのようだな。皆、大声で呼ぶぞ！」

クルスは隊に行軍停止を命じた。

なだらかな山林を貫いて走る、小街道の中腹のことである。

皆で青空を仰ぎ、勇ましく飛翔する隼に向けて、自分たちはここだと大声で知らせ、両腕を振り回して手招きする。

しかし——

「む……」

「一向に下りてきませんな」

「ただの野鳥が、たまたまあのように戯れているだけなのでしょうか？」

珍しいことだが、過去なかったわけではない。

もう少し呼びかけを続けよう——クルスがそう命じかけた時のことだった。

突如、彼の愛馬がぶるりと体を震わせ、落ち着かなげな様子になった。何かを探し、警戒するように、視線を忙しなく配っていた。

しかもその異変は、クルスの乗る白馬にのみ起こったものではなかった。隊員たちの乗る騎馬が皆、同様に不安げにしていた。

彼らが乗っているのは軍馬だ。本来は臆病な生き物を、多少のことでは動じないようにと、大金と時間をかけて調教されているのだ。

それがここまで浮き足立つなど、いったい何が起きているのか？　起きようとしているのか？

答えはすぐさま判明した。

クルスらから見て左——街道脇の森の中から、数百頭という獣の群れが、いきなり飛び出してきたのだ。無論、不意打ちだ。

それも、見たこともない恐ろしげな猛獣であった。

猫に似ている。

しかし、黄色地に黒の縞模様という異様に派手な毛並みをしており、何よりそのサイズが人間を凌駕するという野獣であった。表情と唸り声は猛々《たけだけ》しかった。

クルスの記憶がにわかに刺激される。この獣を、絵としてなら目にしたことがあるのを思い出す。アリスティアのグレンキース家紋が、まさにこの猛獣をモチーフとしていたことを。

「まさか、実在したのか……」

貴族の家紋にありがちな、架空の生物の類だと思っていたのに。

クルスたちは知らなかったが、それは「虎」という生き物であった。

ガビロンの森林地帯とヂェンの一部に棲息《せいそく》する、人喰《ひとく》いの野獣だった。

そいつらが一斉に、クルスらの乗る騎馬へと躍りかかる。

刃物じみた爪で横腹を切り裂き、押し倒して組み伏せると、太い馬首にかじりつき、ごっそりと肉を抉《えぐ》って咀嚼する。

また騎手らも愛馬とともに転倒させられ、落馬の衝撃で怪我《けが》や骨折をする者が続出した。

謎《なぞ》の猛獣に突然の奇襲をしかけられた上に、奴らは巨体に似合わぬ俊敏さで迫り、巨軀に相応しい膂力《りょりょく》で、一撃で騎馬を組み伏せてきたのだ。無事に騎乗を続けられた者など一人もいなかった。

それはクルスほどの馬術達者でも例外はない。ただし彼は、愛馬こそ助ける余裕はなかったものの、自身は咄嗟の判断でひらりと鞍上から飛び退き、事なきを得ることができた。さすがアレクシス軍屈指の武人の、面目躍如たるものであった。

「おのれ、よくも我が友を！」

白いはずの愛馬の毛並みが、鮮血で染まった様を目の当《ま》たり《あ》にさせられ、クルスは怒りに猛《たけ》って愛槍を構える。

そして、巨体で覆いかぶさるように襲ってきた虎の一頭の、眉間《みけん》を一刺しにして屠《ほふ》る。役者が見得を切るような伊達ぶりで血を払うと、一度深呼吸をし、周囲の状況を把握。

そして、部下たちやその騎馬を食い殺さんと暴れる虎どもへ、逆に躍りかかっていく。

クルスの槍は矛先が小剣のような両刃状となっており、突くも斬るも自在の得物。

虎の眼窩《がんか》を串刺しにし、顎門《あぎと》を一閃《いっせん》のもと上下に断ち切り、銀槍が陽光で尾を曳《ひ》いて躍動するごとに、猛獣どもを一匹また一匹と絶命させていく。その獅子奮迅《ふんじん》ぶりは、部下たちを鼓舞するに足る英雄的な一幕であった。

そもガビロンやヂェンでは伝統的に、虎殺しは勇者の行いとされる。クロード人にそんな知識はなかったが、派手な毛並みを持つ恐ろしい野獣どもを、ものともせずにばったばったと斬り伏せていく白銀の騎士《クルス・ブランヴァイス》の勇姿は、吟遊詩人たちが詠う神代の戦士もかくやであった。

「我らもクルス殿に続け！」

「「「応ッ」」」

騎馬を失った部下たちが、しかし敢然と抜刀し、あるいは鞍《くら》から吊《つ》るしていた槍をとって、虎どもに立ち向かう。

どうしていきなり、こんな見たこともない野獣が大量に現れたのか？　何より、こんな恐ろしい猛獣に勝てるのか？　どうして自分たちが襲われねばならないのか？　――と、それらの混乱から立ち直るのは、到底容易なことではなかったが、クルスの誰劣ることなき武勇が至難を可能にしたのである。

しかも、クルスの戦いぶりに感銘を受けたのは、彼の部下たちだけではなかった。

「聞きしに勝る戦士とはこのことだね！」

と、女の声が不意に聞こえた。

虎どもの獰猛《どうもう》な唸り声に混じってなお轟《とどろ》く、男勝りな野太い声だ。

クルスは肉薄した一頭を、槍で仕留めるその手は止めずに、声が聞こえた方を注視。

森の中から、他より一回り巨《おお》きく強靭《きょうじん》な体軀《たいく》を持つ虎が、ぬっと現れた。

その背に、女戦士が跨っていた。

そう、まるで馬に騎乗するが如く猛獣の背中に鞍を付けて上に乗り、見事に操《あやつ》っているのである。なんとも曲芸団めいた奇矯な様だ。こんな場合でなければクルスは興趣を覚えて、口笛を吹いていただろう。

「何者だ！」

「アタイはダルシャン！　〝人喰い虎《マンティコア》〟のダルシャンさ！」

自身も虎の毛皮を纏い、あだっぽく着崩した女戦士が大胆不敵に名乗りを上げる。

乗騎ならぬ乗虎を操って、じりじりと距離を詰めてくる。

他の虎たちはもう女王に獲物を譲るように、クルスには襲いかかってこなくなる。

「おう、貴女がか！」

クルスもその名は知っていた。三太子《レン・ティーン》マルドゥカンドラ幕下でも、有数の将だ。

異名もまた知っていた。しかし「〝人喰い虎《マンティコア》〟？　女だてらに、さぞ血腥《ちなまぐさ》い武勲を重ねてきたのだろうな」くらいに思っていただけで、まさかこのような猛獣使いだと誰が思おう。

（フッ。私もまだまだ視野《せかい》が狭い！）

自嘲《じちょう》の笑みを浮かべるクルス。

そして、見得を切るように愛槍を構え、役者のように声を張って名乗り返す。

「私の名はクル――」

「わざわざ名乗る必要はないよ、クルス・ブランヴァイス！　白銀の騎士！　〝一角聖《ユニコーン》〟！

世界の半分の味方！」

「……よく存じておられる。光栄だな」

言葉とは裏腹に、クルスは警戒を強めた。

ダルシャンはわざわざ彼の異名まで、一つずつ挙げていった。「世界の半分の味方」と呼ばれた時、クルスの背筋を嫌な悪寒が走った。

彼ほどの勇者が、一瞬とはいえ気圧《けお》されたのだ。

ダルシャンもまた動物的勘で、その様子を見逃さなかった。肉食獣のような物騒な笑みを浮かべ、舌舐《な》めずりすると、

「アタイは三太子《レン・ティーン》殿下のご指名で、あんたを喰らうように言われてきたんだ。あんたの部隊を捜してたんだ」

「……重ね重ね光栄だな」

クルスの声がまたも強張《こわば》る。


脳裏に走る光景があった。大空で円を描く、隼の姿が浮かんだ。

あれはてっきり、ティキの使いだと思い込んでいたが……。

猛獣を操る女がいるなら、猛禽を操る女もまた、いてもおかしくないのではないか？

アレクシス軍にティキがいるように、ガビロン軍にもいてもおかしくないのではないか？

考えていられる時間は長くなかった。

ついにダルシャンが乗虎をけしかけ、突撃してきたのだ。

彼女が跨《また》がる虎は、決して見かけ倒しではなかった。選りすぐった個体なのだろう、他のどれよりも雄々《おお》しい体軀を持っていながら、同時に最も俊敏だった。

信じられるか！　七十貫（約二百六十キログラム）はあろう巨体が、人間よりも遥かに速いスピードで迫ってくるのだ。

クルスはもう横に大きく跳んで、その突進をかわす以外なかった。他の個体と同じように、額《ひたい》や喉を一刺しにしてやって、逆撃でしとめるわけにはいかなかった。

「やるじゃん！　この虎に睨まれた奴《コ》ァ、普通ビビっちまって足が竦むもんなのに！」

ダルシャンが乗虎を転回させながら、哄笑《こうしょう》した。

「いくら恐るべき猛獣といえど、アレクシス侯より強いということはあるまい！」

クルスも体ごと白い外套《マント》を翻しながら、勇敢に咆《ほ》えた。

「ハハハ、そりゃ豪快な皇子サマだねえ！　じゃあでも、二対一ならどうよ!?」

乗虎に再突撃させながら、ダルシャンもまた得物を構えた。

くびれた腰に巻きつけていた、鞭《むち》だ。

通常、戦場で用いる武器ではない。クルスは鎧を着ているし、鉄甲の上から叩かれても、痛痒《つうよう》も覚えないだろう。

しかし、この場合は危険極まりない武器であった。もし四肢に巻きつけられ、ほんのわずかにでも動きを拘束されれば、一巻の終わりだ。たちまち猛虎に組み伏せられ、喉笛を喰いちぎられてしまうだろう。

「そらっ！」

「ちぃッ」

鞍上から振られた鞭を、クルスは跳び退ってかわす。

鞭としても相当に長い代物だ。振り回すダルシャンの腕力を窺《うかが》わせる。大げさなくらい跳んで、間合いを切らなくてはひとたまりもない。

「ハハハハ、逃げてばっかりじゃんか、色男！」

ダルシャンに嘲弄《ちょうろう》されるが、クルスは安い挑発に乗る男ではない。

ただし、軽口に軽口で返す余裕はなかった。たとえ先陣切って大軍に挑みかかった時であろうと、どんな武人との戦いの最中であろうと、常に雄弁だったクルス・ブランヴァイスがだ！

「どうだい、手も足も出ないだろう⁉　どうして三太子《レン・ティーン》殿下は、あんたの討伐をアタイにご指名なさったと思う⁉」

ダルシャンは調子に乗って虎を駆り、得物を振り回す。

クルスはその爪牙《そうが》と鞭のコンビネーションの対処で、手いっぱいにさせられる。

「アタイらは知ってるんだよ、世界の半分の味方サン――」

ダルシャンが舌舐めずりをした。

「――あんた、女には手を上げられない性分なんだってねえ？　かっこいいねえ？」

嘲《あざけ》られ、クルスは目を剝《む》いた。

なぜ、連中はそんなことまで知っているのかと。

「あんたのことだけじゃないよ、色男！　アタイらは、三太子殿下《レン・ティーン》は、全部知っているんだ！　二太子殿下《レン・ドー》は、あんたらのことなんて全部お見通しなんだ！」

「ハッタリを申すな！」

クルスは大声で反駁《はんばく》した。しかし、強がりでしかなかった。

ダルシャンの言葉が、どこまで真実かはわからない。ただ少なくとも己のことに関してならば、まったく正鵠《せいこく》を射ていた。

もし鞍上の彼女を、すれ違いざまに突き殺すだけならば、彼には造作もないことであった。

だが、それは白銀の騎士の流儀ではないのだった――

〝不可捕の狐《テウメッソス》〟トラーメは現在、兵五千とともに帝都クラーケンに駐留していた。

この部隊は戦略レベルの総予備として位置づけされ、南部戦線のレオナート直卒軍や、東部戦線のアラン軍に一朝事ある時は、すぐさま駆けつける役目を負っている。

また三大街道の玄関口であるクラーケンは、兵站線《へいたんせん》における重要拠点でもある。アレクシス州都リントから送られる輜重《しちょう》段列が、北方より〝麦の道〟を通ってクラーケンへ至り、そこで一旦《いったん》集積された物糧が今度は、南方に伸びる〝茶の道〟と東方に走る〝織の道〟をそれぞれ使って、レオナートとアランの軍に届く手筈《てはず》となっている。

トラーメと五千の兵は、何はなくともその兵站線を守護する任を担っているのである。

さらにはクラーケンは現在、復興途上という状態であり、修復の手は戦時だからといって全く止まっていなかった。アドモフを実質的に征服したレオナートには、止めずにいられる財政的余裕があった。

本来、復興の監督指揮はアランが執っていたが、彼は対キルクス・パリディーダ戦線へと出征中。この役目も現在はトラーメが代行していた。

といっても、特別にやることはない。アランが置いていった能吏たちに現場は一任して、トラーメは書類に「お任せ」とサインするだけの簡単なお仕事だ。

ただ現在のトラーメは、事実上の「クラーケン総督代理」ともいうべき身分なわけで、覚えめでたきを得ようとする商人や町の有力者たちが、後を断たなかった。面会希望者で、昼も夜もなく行列ができていた。

そして、トラーメはその尽《ことごと》くと会食した。先々何か美味《おい》しい話が転がって来たり、彼らとの人脈《コネ》が役に立つかもしれないからだ。昔から、こういうことには骨惜しみしない性格だった。上面《うわつら》だけで他人と談笑するのも、心にもない美辞麗句を並べ立てるのも、トラーメは得意中の得意だった。

無論、「先々何か」などといわず、彼らが持参する「お土産」は、トラーメにとって即物的な魅力に溢《あふ》れていた。ヂェン渡来の高価な絹織物であったり、箱一杯の宝石であったり、すこぶるつきの美女だったり、「お土産」の形は様々だったが、トラーメはそれらの三分の一を懐《ふところ》に収め、残る三分の二は酒代に変えて部下や兵たちに振る舞った（美女はしっかり一夜を共にした後で、丁重にお引き取り願った）。

それらの「お土産」とは要するに賄賂《わいろ》なわけだが、ただしトラーメは何を受けとっても、彼らに殊更の便宜《べんぎ》を図ることはなかった。遠回しに催促されるたび、得意の口八丁でのらりくらりとやりすごした。

理由は明白、首と胴はまだ繋《つな》がったままでいたいからだ。レオナートの逆鱗《げきりん》に触れて、今あるこの地位を失いたくないからだ。

レオナートの家臣団には、〝法曹界の悪魔《アスタロト》〟や〝暗黒街の悪魔《アンドロマリウス》〟といった、おっかない女どもがいるのだ。彼女らの監査の目を掻《か》い潜って、商人らと悪しき共生関係を構築するのは不可能だった。〝不可捕の狐《テウメッソス》〟の勘がそう告げていた。

だから、トラーメは商人らが袖《そで》の下を持参した時、最初は固辞すると決めている。

例えば——

「いえいえ、●●殿。このような高価なお品物、受けとるわけには参りません」

「そう仰《おつしや》いますな、トラーメ様。こんなものはただのご挨拶《あいさつ》です。なんでもございません」

「ううむ。しかしですな、●●殿は大変な勘違いをなさっておられるようだ。確かにアラン様はアレクシス侯の右腕でいらっしゃるが、その代理にすぎない私はいいとこ中堅騎士止まり。このような『ご挨拶』をしていただくのは過分だと申しておるのです」

「またまた、ご謙遜《けんそん》を！　トラーメ様のお力やアレクシス侯からのご信任厚きを、知らぬ者も疑う者もおりませんとも！」

「ううむ。しかしですな、このようなものをいただいても、私は無力ゆえ●●殿に何も便宜を図ることはできませんぞ？」

「フフフ、承知してございますとも。わたくしどもには一切《いっさい》の下心はございません。ですから、軽い気持ちでお受け取りくだされ」

「ククク、●●殿も悪《ワル》ですな。わかり申した。そこまで仰るなら、ありがたく頂戴いたしましょう」

「フフフフフ――」

「ククククク――」


――という具合なのだが、最初からちゃんと断っているにもかかわらず、最後には「お土産」が懐に収まってしまう。不思議と。

相手が下心もないし、便宜も図って要らないと言っているので、本当にありがたく頂戴だけしているわけだ。彼らがいったい何を「承知してございます」と言っているのか、トラーメは「よくわからないなあ」と側近たちと笑っている。

そして、袖の下は受けとれど、実際にトラーメが便宜を図ったりしない限り、〝法曹界の悪魔《アスタロト》〟も〝暗黒街の悪魔《アンドロマリウス》〟も座視するだけだった。なにせ、断罪する罪そのものがない。彼女らに限って冤罪《えんざい》裁判など起こさない。

そう、あの女悪魔たちの優秀さを逆手にとって、トラーメは甘い蜜をたっぷりと吸いまくっているのである。これがこの男の食えないところであった。並の神経なら〝法曹界の悪魔《アスタロト》〟と

〝暗黒街の悪魔《アンドロマリウス》〟を畏《おそ》れて、「お土産」に触れることさえ厭《いと》うであろう。

その日もまた、トラーメはホクホク顔で家路に就いた。

傭兵《ようへい》時代からずっと連れている、子飼いの五人も釣られて笑顔になっていた。

今ではクラーケン総督代理と、その側近たる上級騎士にまで成り上がった彼らだが、相変わらず身なりは悪いし、談笑の内容も品がない。最近買った街娼の話で盛り上がっていた。

荒れ果てた帝都の町風景も合わさって、まるで馬賊の一党が盗品自慢をしているかのような雰囲気である。知らない者が見れば襲われないようにと、そっと逃げ出すであろう。

帝都の復興はまず官公庁街や港湾機能、及び付随する商業区画から重点的に行われている。

トラーメは日中、その官公庁街に即席で建てられた、臨時総督府に出勤している。

アランはそのまま住み込みで起居していたのだが、トラーメは少し離れた場所にある、運よく焼け残った商人の屋敷を接収し、仮住まいとしていた。公私の別はきっちりとやっておかないと、なし崩し的に仕事を押しつけられることとなる。それは真っ平御免だった。

ところどころ焼け崩れた門塀を抜け、庭に入ると、食欲を誘う匂《にお》いがぷんと鼻腔をくすぐった。

手下どもが腹をさすりながら、クラーケン自慢の魚介を、鍋で煮ているのだろう。

「ああ、堪《たま》んねえや」

「イルマの作るメシは格別だからなあ」

「しかも、労働の後のメシってのがまたね！」

「労働だあ？　テメエは団長の横でクダ巻いてただけじゃねえか」

「しゃあねえじゃん、護衛の仕事なんて普段はヒマなもんだろ」

などと、他愛のない口論を始める。

（仮にも戦時中だというのに、緊張感のないことだ）

トラーメは内心そう思ったが、殊更に注意はしなかった。

区々たることにまで目くじらを立てていたら、人はついてこないからだ。


六人でドカドカと屋敷の玄関に入ると、そのまま各自の部屋に散っていく。

これが本当の上流階級なら、帰ってきたことを使用人に告げ、誰か迎えに出てくるのを待つものだが、育ちの悪い彼らにそんな習慣はないし、改める気もさらさらない。

それにこの屋敷には、使用人は一人しかいない。

名をイルマといい、艶《なま》めかしい赤銅色の肌を持つ、妙齢の美女である。

元はガビロンから連れてこられた奴隷で——レオナートがディンクウッド州を領有した折に——トラーメとはひょんな縁から知り合った。自分の権限で解放してやり、見舞金まで渡したのだが、イルマに行き場がないとすがりつかれて、そのまま女中として雇ってやっているという経緯がある。

ひどく働き者で、おかげで他《ほか》の人間を雇わずとも、トラーメら六人の身の回りの世話くらい苦も無くこなしてくれる。

トラーメの懐事情なら召使いの十人や二十人、雇ったところで屁でもないのだが、信用ならない人間を傍《そば》に置くのは性に合わないので、大いに助かっている。

とはいえ最初はちゃんと確認したのだ。「もう数人くらい雇った方がよくないか？」と。

しかし、イルマは「私一人で充分ですよ」と、茶目っけたっぷりに自分の胸を叩《たた》いてみせた。

「普通はこっそり手を抜いてでも、増員を要求するものだがな」とトラーメが言っても、「じゃあ、たまーにお休みをくださいませ。お優しいご主人様」と彼女は冗談めかすだけだった。

「つくづくおかしな女だ」と、トラーメは思った。

そのイルマは今、全員分の夕食の準備に忙しくしていることだろう。

それを用もないのにわざわざ出迎えさせるなど、愚にもつかない。格式だの権威だのは犬に食わせておけばいい。トラーメはそういう主義だ。

手下たちは一階にある部屋を自室に使い、二階はトラーメとイルマで使っている。

階段を上り、何気なく自室のドアノブに手をかける。

瞬間——トラーメの背筋を、得も言われぬ悪寒が駆け抜けた。

狐《きつね》のように細い彼の目が、さらに鋭利な形に変わる。

ドアノブを握ったまま、息を殺して気配を探る。

扉の向こう、トラーメの部屋に誰かがいた。侵入していた。

〝不可捕の狐《テウメッソス》〟の勘がそう告げていた。

手下たちを呼び集めるべきだろう。本来ならば。

しかし、トラーメはそうしなかった。これも〝不可捕の狐《テウメッソス》〟の勘だ。

思いきってドアノブをひねり、静かに扉を開ける。

やはり、いた。

侵入者だ。

イルマを人質にとっていた。後ろから手で口を塞《ふさ》ぎ、喉元《のどもと》には刃を当てていた。

トラーメは震え上がる彼女を今は無視し、侵入者の方を値踏みする。

年齢不詳の男だった。二十代前半でも通るし、四十代と言われても納得できる。中肉中背の、特徴のない体つき。何より顔の作りが、異様なまでに無個性だった。トラーメは他人の顔を憶えるのが得意な方だが、次にこいつと会った時、果たして同一人物かどうか判別できる自信がない。十中八九、密偵や工作員の類《たぐい》だろう。

（それも腕っ扱《こ》きの、な……）

冷や汗が止まらない。

長く日陰で生きてきたトラーメだ。間者と呼ばれる人種だってたくさん見てきたし、彼をして一杯食わされるほどの輩もいた。レイヴァーン・ブラッカードの腹心で、ディンクウッド公を相手にダブルスパイをかましてくれた、アンジュ少佐がそうだ。

しかし、いま目の前にいるこの男は、さらに別格の凄腕《すごうで》に見えた。〝不可捕の狐《テウメッソス》〟をして、こんなのっぴきならない状況になるまで、察知させなかった。

ただ、これほどつかみどころのない外見をした男でも、隠しきれないものが一つあった。赤銅の肌の色だ。ガビロン人だという素性だ。

（……いや。隠してないのは、敢《あ》えて、か）

トラーメは侮《あなど》ることなく、そう踏んだ。

部屋の中に入ると、後ろ手に扉を閉めて、その間者に問いかけた。

「謀略と諜報《ちょうほう》の申し子と名高いガビロンの二太子殿下《レン・ドー》が、オレのような木端《こつぱ》に御用か？」

返事はない。

ただ、我が意を得たりとばかり、間者は薄っすらと笑みを浮かべるのみ。

「やれやれ、恐っそろしいお方に目をつけられちまったようだな。災難だぜ。オレも。巻き込まれたおまえもな」

肩を竦《すく》めるトラーメ。

イルマは赤銅色の肌を可哀想《かわいそう》なほど蒼褪《あおざ》めさせながらも、「私のことは構いませんから、ご主人様はお逃げください」と目で訴えていた。

気丈なことだ。健気《けなげ》なことだ。つくづく変わった女だ。

トラーメは文机から椅子《いす》を引っ張り出すと、どっかと腰を下ろす。

「で？　ご用件は？」

「我が君は、アレクシス軍の情報を欲しておられる」

トラーメは単刀直入に問い、間者もまた合わせてきた。

口調は平坦、声音まで全く個性と特徴のない男だった。

トラーメはいっそ感心を覚えたが、おくびにも出さない嘆き節で、

「あーあ、やだやだ！　どいつもこいつも、このオレなら簡単に口を割るって、見縊《みくび》ってんのかねえ！　アレクシス軍のトラーメといやあ、レオナート閣下への忠義厚きこと人後に落ちねえって評判なのにねえ！」

「戯言《たわごと》はよせ。返答は？」

「オレみたいな木端にご諮問《しもん》なさらずとも、そんなもん二太子殿下《レン・ドー》ならいくらでもご存じだろう？　諜報の天才サマなんだろう？」

「より密で、より細やかな情報を欲しておられるということだ。例えば主だった将らの人柄などだ。何を求め、何を好み、何を嫌い、何に怒るのか」

「手っ取り早く弱点を教えろって言えよ」

「何が弱点であるかは、二太子殿下《レン・ドー》がご判断なさる。貴様はただ知っている限りのことを教えればよい」

「ハッ。アレクシス侯に絶対の忠誠を誓うオレが、そんな内通を働くとでも？」

「断れば、この女の命はない」

間者が刃を持つ右手を動かした。

イルマの細い喉元に、横一文字の朱線が薄く刻まれた。

「んんんんっ」

イルマが暴れる。恐怖からではない。自分はどうなってもいいから、と。教える必要はない、と。盛んに首を左右にしているのだ。その激しい動作で、己《おのれ》の首に刃が当たって、さらに朱線が一本、二本と増えていっても、まるで臆《おく》していない。

（つくづく変わった女だぜ……）

トラーメは嘆息《たんそく》をこぼす。

それから、

「別に殺したきゃ殺せよ。ただの使用人なんて、代わりはいくらでもいる」

「貴様の情婦なのだろう？」

「おいおい！　二太子殿下《レン・ドー》サマの密偵ってのは、その程度の調査能力なのか？　オレはそいつの乳首の色すら知らんよ」

本当のことだったので、演技の必要すらなくトラーメは言った。

見目麗しい侍女が、主人のお手付きになるなど珍しくもない話だし、子分たちですら邪推しているようだが、彼がイルマと褥《しとね》をともにしたことは一度もない。

別に誠実や硬派を気取るつもりもない。ただ、イルマの「ご主人様」に対する信頼と尊敬しきった眼差《まなざ》しを前にすると、勃《た》つものも勃たないだけだ。もっとどこにでもいる女だったら、顔が今ほど整っていなかったとしても、とっくに情婦にしていたことだろう。

「…………」

間者は無言で、トラーメの表情を観察していた。ハッタリか。否《いな》か。探っていた。

しかし結局、狐めいた食えない顔からではなくて、イルマの様子から答えを悟ったようだ。トラーメの品のない台詞《せりふ》を聞いて、初々しくも頬《ほお》を赤らめてしまった態度から、嘘《うそ》ではないと。

「つまらんな」

人質の価値なし。間者はそう見做《みな》すと、イルマの首を掻っ捌《さば》こうとした。

「なあ」

その機先を完璧《かんぺき》に制して、トラーメは声をかけた。

出鼻をくじかれ、刃を持つ間者の手がピタリと制止した。

それから、目が「なんだ？」と問いかけてくる。

「オレが二太子殿下《レン・ドー》のお望みの情報を吐いたら、なにかでっかい『お土産』は頂戴できないのかよ？　オレはムチよりアメが好きな男なんだよ」

「いいだろう」

間者はイルマに当てていたナイフを下ろした。

「何が欲しい？　地位か？　領地か？」

「そういうのはいいから。吸血野郎が死んだ後で、やっぱり返せって取り立てられるのは御免だから。金をくれ」

「わかった。いくら欲しい？」

「そうだねえ」

悩むふりをして、まずは先制攻撃。ふっかけてやろうと、トラーメは今の自分の人生が十回買えるだけの、莫大な金額を口にした。

「わかった。その倍を出そう」

間者はこともなげに請け負った。

これは不意打ちだ。さしものトラーメも、糸のように細い目を瞠《みは》る。

「……さすが、ガビロンの皇子サマはお金持ちでいらっしゃることで」

「憎まれ口を叩くな」

間者は感情を見せない声音で言うと、イルマを突き飛ばすようにして返す。

まろびつ、胸の中に飛び込んでくる彼女を、トラーメは椅子に腰かけたまま受け止める。

「申し訳ありません……申し訳ありません……っ」

イルマは目元を潤ませながら、ひたすら謝罪を繰り返した。

「話は聞いていただろう？　おまえのせいじゃねえ。オレはな、前から機会を窺《うかが》ってたんだ。あのムカつく吸血野郎の、最高の売り時ってやつをな。それがまさに今ってだけの話さ」

トラーメは素っ気なく言った。イルマの頭を撫《な》でてやるとか、背中をさするとか、慰めるような真似《まね》は一切しなかった。

でも、すぐに出ていけとも言わず、震える彼女の体を抱いたまま、間者に向き直ると、

「じゃあ、どこから話そうかね。長くなるぜ？　紙とペンの用意はいいのか？」

「必要ない」

「さすがよく訓練されてることで」

「憎まれ口は叩くなと言ったぞ？」

間者は釘《くぎ》を刺しつつ、欲しい情報を順に挙げていった。

トラーメはそれら一つ一つに、丁寧に答えていった。

抗《あらが》おうという気は、微塵《みじん》もわかなかった。


レオナートと直卒軍が、クラーケンから南へと発って一週間後。

そして、クルスとダルシャンが対峙《たいじ》したその日より、遡《さかのぼ》ることおよそ一月前のことであった。

妖《あや》しい匂いが、立ち込めていた。

広間のあちこちで焚《た》かれた様々な香《こう》が、混ざり合って蕩《とろ》けているかのようだった。

ガビロンでは香文化が発達し、奴隷たちの間でさえ親しまれている。高温多湿で、国土の三割が密林に覆われたお国柄だ。古くからの生活の知恵で、暑気払いや虫払いといった用途で使われる。他国では珍重される香木も、ここでは大量に採れ、安価で流通している。

ただしもちろん、伽羅《きやら》のようなガビロン国内でも貴重な香木もあり、それらが醸し出す神秘的な香りは、純粋な嗜好品《しこうひん》として富裕層の間で楽しまれている。

この広間で用いられているのも、後者だった。

最上等の香の数々が、昼もなく夜もなく、惜しげもなく焚かれ、刺激的で蠱惑的《こわくてき》な空気を作り、広間を満たしているのだ。

さらに、床には絹で覆われた綿が敷き詰められ、どこでも心地よく寝転ぶことができる。時には多数の寵姫《ちようき》が呼ばれ、皆で戯《たわむ》れ、睦み合う催しも開かれる。

換気はしっかり計算された造りの一方、採光は最小限に設計され、昼なお薄暗かった。おかげで端の方は闇《やみ》に呑《の》まれて見えず、実際以上に、やや不気味なほどに広々とした空間だと錯覚する。それが妖しい香りの効果とも相まって、ますます淫靡《いんび》で頽廃的《たいはいてき》な雰囲気を演出している。

――と。

そんな広間丸々一つが、二太子《レン・ドー》ナディンの帝宮における居間であった。

そして、部屋の主もまた、どこか頽廃的で厭世的《えんせいてき》な美貌《びぼう》を持つ壮年である。

齢《よわい》は三十一を数えるが、彼の弟たち同様、実年齢よりずっと若く見える。

ガビロンの貴人の様式に漏《も》れず、腰布一枚という格好に、宝石や金銀細工の装飾品をじゃらじゃらと帯びる。露《あら》わな上半身は筋肉がほとんどついておらず、赤銅の肌もずいぶんと色素が薄く、まるで高級男娼《だんしょう》のように艶《なま》めかしい。

特大の座布団《ざぶとん》に寄りかかるように横臥《おうが》し、煙管を吸う。

細く、長く、吹くように紫煙を吐き出す。

室内に気だるく揺蕩《たゆた》う匂いの中に、ひときわ妖しい匂いが混ざる。

香と煙草《たばこ》――二つの煙をこよなく愛し、愉《たの》しむ。

それが彼、ナディン・ドー・ダラムシャーラー・フンババ・ガビロン・ソーマだ。

〝香陰《ガンダルヴァ》〟の異名は伊達《だて》ではない。ガンダルヴァとは神話にいう、香りを食べて栄養とする楽神のことである。

彼もまた兄弟や寵姫たちにせがまれれば、琵琶の腕前を披露することもある。

だがナディンが最も得意とするのは、陰謀という名の旋律で、ガビロンの国益を損なう者どもを、きりきり舞いにさせること。

「──そして、戦《いくさ》において最も正確な敵情を知る手段とは、その敵自身から聞き出すことだ」

ナディンは紫煙を吸い、吐き、意地の悪い顔で微笑した。

それがなんともサマになる、陰性の貴公子だった。

だが、ナディンのその所作と表情を目にしている者は、誰もいない。

彼が話しかけた男は、二太子《レン・ドー》の御前でずっと叩頭拝跪《こうとうはいき》していた。綿の上へ敷かれた絹布に、額《ひたい》をつけたまま決して面《おもて》を上げようとしない。

「二太子殿下《レン・ドー》の仰る通りでございまする」

と、その姿勢のまま恭《うやうや》しく同意した。

「殿下がお目をつけられたトラーメという将軍、金に目が眩《くら》み、本当によく歌ってくれました」

裏切り者を侮蔑《ぶべつ》するでもなく、自分の手腕を誇るでもなく、一切の感情を排して、ただ事実のみを淡々と報告する。

顔、体格、声音、口調、それら全てに個性というものが存在しない、年齢不詳の男だ。

ナディンの、十数年来の懐刀であり、諜報工作隊《バシュム》の頭領だ。

名は、存在しない。

必要がない。密偵にあってはならない。

ナディンも他の隊員たちも、単に「隠密頭《かしら》」と呼んでいる。会話の流れなどでどうしても必要な時は、そのまますばり「バシュム」と呼ぶ。諜報工作隊の由来ともなった、ティアマト女神が産んだという二本の角を持つ毒蛇の怪物の名である。

ナディンはこの隠密頭をクラーケンに派遣し、トラーメに接触するよう命じた。

通常、隠密頭はこの帝都メディアを離れず、あくまでナディンに側仕えし、諜報と工作は数百人の部下を手足の如《ごと》く使って行う。だが今回の任務の重要度を勘案し、トラーメを確実に内通させるためにも、隠密頭手ずから事に当たらせたのだ。

そして、ナディンのその判断は間違っていなかった。隠密頭を派遣したのも。内通相手にトラーメという男を選んだのも。

「あの男、アレクシス侯の旗揚げ時から付き従っているような、股肱《ここう》というわけではない。にもかかわらず、侯はトラーメを重用し、常に大事な局面や役目を任せている。またトラーメの方でも、侯への忠義を常々口にし、武功目覚ましく、働きぶりはまめまめしいものがある。それでいて驕《おご》らず、泥臭い任務や他人の嫌がるような裏方も、きっちりと遂行してみせる」

——というのが、ナディンが事前に得ていた情報だ。

トラーメに対する、世間のごく真っ当な評だ。

よほど本人に近しく、人柄に精通していない限りは、彼の姿はそう映って見えるのである。

しかし、

「それが余には臭った。胡散《うさん》臭い」

謀略と諜報の天才たるナディンの嗅覚《きゆうかく》は、だませなかったというわけだ。

トラーメがこれまでになしてきたことは全て事実でも、それを美談として装飾し、流布させる、誰かの意図を〝香陰《ガンダルヴァ》〟は嗅《か》ぎ取った。

その誰か――銀髪の女軍師シェーラ――の正体まではさすがに嗅ぎ分けられなかったが、巧妙に隠蔽された宣伝工作の痕跡を決して嗅ぎ逃さなかったのだ。

「アレクシス侯は単にトラーメという便利な男を、扱《こ》き使っているだけ。トラーメの方も出世欲に駆られているだけの、面従腹背《めんじゆうふくはい》。余の鼻はそう言っていたのだ」

「畏れ入るばかりでございます、二太子殿下《レン・ドー》」

隠密頭はますます額を敷き布へ、こすりつけるばかりにした。

彼はナディンの天才を、最も傍で、肌で知る男だ。


帝都メディアから動かぬという話なら、この二太子《レン・ドー》こそ筋金入りである。何しろ帝宮――それもこの広間を中心とした一帯から、外に出ること自体が滅多にはないという徹底ぶり。

人間という生き物の、心の奥の奥まで知悉《ちしつ》したこの謀略家は、他者というものを容易には信用しない。見知らぬ相手ならばなおさらだ。

ゆえに己が絶対安全と信じるテリトリーに引き籠《こ》もり、これぞと見込んだ者以外、たとえ小間使いでも近づけない。そういう神経質なところがある。

にもかかわらず、ナディンほど遠くのことがよく見えている者は、ガビロン人一千万の中に他にいないであろう。

否、よく嗅げているというべきか。やはり、目で遠くの物を見るのは限界がある。だからこそナディンは帝都の深淵に留まったまま、諜報工作隊《バシュム》が届ける伝聞という形の鮮度も確度も低いはずの情報に触れるだけで、広い世界の様相を、少し未来の行く末を、誰よりも精密に把握することができるのだ。

兵事における、三太子《レン・ティーン》マルドゥカンドラの眼力同様に。

「二太子《レン・ドー》殿下の勅命《ちょくめい》に従いまして、トラーメより得た情報は細大余さず、三太子《レン・ティーン》殿下にもご報告申し上げておりまする」

隠密頭は額ずいたまま、まるで皇帝その人へ奏上するように言った。

ナディンは「ご苦労」とねぎらい、

「『彼を知り己を知れば百戦殆《あや》うからず』……とは、ヂェンの箴言《しんげん》だったか？　アレクシス軍の詳細な情報まであれば、三弟《ティーン》に限って後れをとることはあるまいよ」

ナディンは煙管に口をつけ、時間をかけて紫煙を堪能すると、満足げに吐き出した。

こと戦において、二太子《あに》の役割は敵情を集めてくるまでで、それを前線においてどのように用いるか等、一切を三太子《おとうと》に任せている。

ナディンにさほどの将才はなく、下手に口出ししても逆効果だとわかっているからだ。

隠密頭の報告によれば――マルドゥカンドラは正面決戦を避け、略奪《りやくだつ》と奴隷狩りに終始しているという。アレクシス軍も討伐隊を出し、テヴォ河流域の各地で小競り合いが頻発しているという。

マルドゥカンドラはそんな混沌《こんとん》とした戦場を作り出した上で、ナディンが届けさせた敵情の活用を始めた。

例えば、〝一角聖《ユニコーン》〟クルスというアレクシス軍でも重要な将が、女に手を上げることのできない流儀の男だとわかれば、女将軍のダルシャンをこれに当て、弱点として衝《つ》くといった風に。

マルドゥカンドラの幕将たちもアレクシス侯の直臣たちも、どちらも負けず劣らず多士済々の顔ぶれだが、であれば情報を制した方が圧倒的に有利となる。マルドゥカンドラはアレクシス軍の諸将がそれぞれ苦手とするだろうタイプを考察し、幕下から最適の手駒を選出し、ぶつけてやるという戦術が採れるのだから。

マルドゥカンドラが奴隷狩りに走ったのは、ただ経済活動のみにあらず、この戦況を見据えてのことであろう。戦力的有利と情報的有利――その二つがもたらす主導権で、あくまで戦に勝ちに行く。

やはり獅子《しし》なのだ、あの弟は。

ナディンがしばし思索と喫煙に没頭していると、隠密頭がおずおずと申し出た。

「ただ……三太子殿下《レン・ティイーン》は、決して楽観なさってはおらぬご様子です」

「三弟《ティイーン》が何を懸念しているか当ててやろうか？　〝動物王《ケルヌンノス》〟とかいう、御大層な異名の女騎士の存在であろう？」

「ご賢察、畏れ入るばかりでございます」

隠密頭がこれ以上にないほど低頭した。

「広い土地に散った小部隊同士の混戦となりますと、索敵と哨戒《しょうかい》の質や、伝令と連携の速さが、何にも増して肝要かと存じます。その点、禽獣《きんじゅう》を用いることで、高い次元で警戒網と連絡網を構築するのが、我らガビロンの伝統芸というべきもの。しかしながら、アレクシス軍にも禽獣使いがおるというのです。それもトラーメから得た情報によれば、鳥だろうが獣だろうが、見境なしに使役できるのだとか」

「その女騎士も、いずれガビロンにルーツを持つのだろうが……フン、皇后陛下《ははうえ》と同じ域か」

「口の端《は》に上らせるのも、憚《はばか》られることでございますが」

「よい。その手の恐縮は無用だ」

実利を重んじるナディンは、隠密頭に命じた。

それから、少し難しい顔になった。

ガビロンでは極稀《ごくまれ》に、禽獣と意思疎通をし、使役することのできる女子が生まれてくる。

真実定かならぬほどの大昔の話だ。やはり禽獣を自在に操《あやつ》ったと伝えられる、母系社会を営んでいた少数部族がかつていた。現在も生まれてくる禽獣使いの彼女らは、今は滅びたその民らの、先祖返りなのではないかと言われている。

三太子《レン・ティーン》マルドゥカンドラの幕下にも、虎を従えるダルシャンと隼《はやぶさ》を使役できるハルスィエセという女将軍たちがおり、また四太子《レン・チャール》カトルシヴァに側仕えしている〝猫頭の守護者《バステト》〟ナビリエは、その異名通りネコ科の動物ならばなんでも操ることができる。

逆に言えば、彼女らはその他の動物や鳥たちとは、全く意思疎通できないし、言うことを聞かせることも不可能だ。

どんな禽獣相手でも心を通わせ、従わせてしまう女など――ガビロン広しといえど――現皇后、唯一人のはずだった。

ナディンら四人の天才皇子を産んだ、自身も一代の女傑《じょけつ》である。

アレクシス軍の〝動物王《ケルヌンノス》〟は、その偉大な母に匹敵《ひってき》する禽獣使いだというのだから、これは端倪《たんげい》すべからざる敵手といえよう！

「まあ、三弟《ティーン》ならばなんとかするであろうよ。それに、これは決闘ではなく戦なのだ。何もハルスィエセ一人で、その〝動物王《ケルヌンノス》〟に対抗せねばならぬ道理はあるまい。諜報工作隊《おまえたち》も補佐してやれ」

「御意」

ナディンは難しい顔をやめて、また優雅に煙管を吸った。

結局は戦の申し子たるマルドゥカンドラへの信頼が、揺るぎなかった。

「三弟《ティーン》の状況は理解した。もう一人の弟の様子はどうだ?」

「はッ。先ほど、ちょうど四太子《レン・チャール》殿下よりお預かりした書簡が、帝都に届きましてございます」

隠密頭は面を下げたまま、恭しく差し出した。

前線にいるカトルシヴァから言付かり、彼の部下が運んできたものだ。

ナディンは鷹揚《おうよう》の態度で受けとると、ざっと目を通す。

報告書というよりは日記めいた内容が、それはもう楽しそうに綴《つづ》られている。

「四弟《チャール》め。相変わらず、地虫がのたくったような字だな」

「そのご感想への言及は、慎ませていただきまする」

どこまでも生真面目《きまじめ》な隠密頭の反応に、ナディンは肩を竦めた。

同時に、カトルシヴァの手紙を投げ出す。字が汚くて読むのが疲れる。

すると当意即妙、隠密頭が口頭でカトルシヴァの置かれた状況の報告を始めた。

「四太子《レン・チャール》殿下が同道しておられるキルクス・パリディーダ軍は、三日に一城を陥《お》とす破竹の勢いで、〝織の道〟を西進中にございます」

「ほほう、四弟《チャール》もやるようになったではないか。三弟《ティーン》の元で兵馬のなんたるかを、少しは学べたようだな。三弟《ティーン》に鍛えさせていたのは間違いではなかったようだ」

「誠に畏れながら……キルクス・パリディーダ軍連勝の要因は、ひとえに〝隻腕の軍神《ヌアザ》〟の軍事的手腕と、〝冷血皇子《ボレアス》〟に対する兵らの半ば畏怖《いふ》にも近い忠誠、また城を守るクロード貴族とその私兵どもの弱卒ぶりによるものでございます。三太子殿下《レン・ティーン》は、アラン・エイドニア率いるアレクシス軍とぶつかるまでは本気になれぬご様子で、毎日まるで物見遊山の――」

「ああ、もうよい！　あのうつけめ、大方そんなことだろうと思っておったわ。余もちょっと兄馬鹿《ばか》の気分に浸りたかっただけだ。察しろ」

「たとえ二太子殿下《レン・ドー》の厳命でございましょうと、お断りいたします。正確な情報を伝達し、ご主君と共有することこそが、我ら密偵の生命線でございますれば。ご冗談だとわかっていても、聞き流すような真似はできかねまする」

どこまでも愚直に、また皇子の勘気を怖れることなく、忠言を繰り返す隠密頭。

こういうところがナディンも気に入り、長らく腹心に据える理由であった。

ナディンは苦笑とともに一服すると、

「続けよ。四弟《チャール》のうつけぶり、しかと聞いておこう。後で説教をくれてやらねばならん」

「御意」

カトルシヴァにも付いている諜報工作隊《バシュム》から上がってきた報告を、隠密頭は細大漏らさず主君に語る。

ナディンも煙管の煙を吹かしながら聞き入る。カトルシヴァの不真面目さに、いちいち憤慨するどころか、実に楽しげに。

そして、全てを聞き終えるか終えないかという、まさにそのタイミングだった。

隠密頭がピクリと肩を震わせ、口をつぐんだ。

ナディンもまた、スンと鼻を鳴らした。

二人、ほとんど同時に気づいたのだ。広間にやってくる一団の気配を。

もちろん、何者かも悟っている。

ゆえに隠密頭は、そそくさと暇《いとま》を告げた。

「二太子殿下《レン・ドー》。臣は失礼させていただきまする」

「ああ、大儀」

ナディンがねぎらうと、隠密頭は最後まで叩頭拝跪の姿勢のまま、額と両膝《りょうひざ》を擦るようにしてスス……と後退《あとずさ》っていく。広間の隅、闇の帳《とばり》の中へ、溶けるように消えていく。

隠密の姿など、主君以外に見せるものではない。気配は完全に失せ、あたかも最初からナディン独りで寛いでいたかのような雰囲気となった。

ナディンもまた素知らぬ顔で、来客を迎える。

彫りの深い顔立ちの、盲目の壮年だった。

右手に杖《つえ》を突き、左を〝近衛禁士隊《ムシユフシユ》〟の古参に支えられながら、ゆっくりとやってくる。

「これは一兄《エーク》！　こんな遠くまでわざわざご足労くださらなくとも、他でもない一兄《エーク》がお呼びとあれば、わたしの方から馳《は》せ参じましたものを」

「はは、よくぞほざいたな、二弟《ドー》。呼んでも呼んでも、なんのかんのと理由をつけて断る、引き籠もり皇子が」

盲目の壮年は毒づいたが、全く悪意のない温和な声音であった。


彼こそが、このガビロンの皇太子。

正式な名を、ネブカドネザル・エーク・イスマイリア・フンババ・ガビロン・ソーマという。

政治にまつわる天賦《てんぷ》あり、十代のころから皇帝《ちちおや》を補佐し、様々な重職を歴任、現在は文官の長たる宰相を務めている。

根は温厚だが、為政者《いせいしゃ》としては厳格。辣腕《らつわん》。十九歳の時に眼病を患い、失明したが、むしろ従前よりも精力的、活発的に政務を執行したという鉄の男だ。

今年で三十三歳のまさに男盛り。

ネブカドネザルの特技に、他人の話を同時にいくつでも聞き分けて、脳内で並行処理できるというものがある。

民の陳情を受ける時、部下に報告させる時、宰相府の謁見広間に十人でも二十人でも集めて、同時に話をさせるのである。会議の場でもそうだ。いくつもの案件を、チームごとの卓に着かせて、一度にまとめて議論させる。

ネブカドネザルは瞑目《めいもく》してそれらに耳を傾け、犀利《さいり》な頭脳を以って解決法を導き出し、全案件に正しい裁定を下すというのが、現宰相府の日々の光景だった。

つまりは、判断力と決断力に富み、しかも大きな権限を有した宰相が、十人も二十人も宮廷に存在するようなもので、これはネブカドネザルの天才と言うしかない。

兵馬における三太子《レン・ティーン》の魔眼、諜報における二太子《レン・ドー》の嗅覚と同様の、為政における一太子《レン・エーク》の超人的な聴力である。


そんな尊敬すべき長兄が、忙しい執務の合間を縫って、しかも盲目のハンデを負って、わざわざ足を運んでくれたのだ。

根が横柄《おうへい》なところのあるナディンも、立ち上がって出迎える。

「いらっしゃるにしても、せめて輿《こし》を用意させてください」

と、小言めいたことを言いつつ、自分が使っていた特大の座布団を勧める。

「ははは。たかだか弟を訪ねるのに、そんな仰々しい真似をせよと？　頭の中が祭りのように浮かれているのかと、笑われてしまうよ」

と、ネブカドネザルは一笑に付しつつ、禁士の介助を受けて座布団に身を横たえる。

「よいではないですか。一兄《エーク》には少し諧謔味《かいぎやくみ》が足りない。たまにはそれくらいやってみせた方が、臣下も親しみを覚えようというものですよ」

「馬鹿者。為政に諧謔味など要るか。恐ろしいわ」

「そういうものですか。わたしの仕事は、部下にせっせと掘らせた落とし穴へ、大嫌いな奴《やつ》がハマる様を高みの見物して、指を差して嘲笑《あざわら》ってやるという諧謔味溢れた職なので」

「楽しそうだな」

「ええ、楽しいですよ。一兄《エーク》が宰相を免職《クビ》になったら、使って差し上げます」

毒のある諧謔を交えながらも、ナディンは屈託《くったく》のない笑顔になった。

父母兄弟《かぞく》以外の誰にも――寵姫にさえも決して向けはしない、無邪気な笑みだ。

今の彼の表情を見て、彼がガビロンに冠絶する策略家だと、いったい誰が思うだろうか？

ネブカドネザルもまた執務中とは違う温和な顔つきになって、兄弟水入らずの会話を楽しむ。

「一兄《エーク》の用件はわかっております。四弟《チャール》のことでしょう？」

「はは、さすがにお見通しだな」

もちろんですと、ナディンは大いにうなずく。

盲目のネブカドネザルのため、やや芝居がかったくらいの所作を意識的にしているのだ。そうすれば目に見えずとも気配で伝わる。

そして、隠密頭から受けたばかりの報告を、カトルシヴァの近況を、おもしろおかしく冗談を交え、兄に伝え聞かせる。

「四弟《チャール》の奴……自分が〝冷血皇子《ボレアス》〟に同行したいと志願したくせに、ほとんど遊び惚《ほう》けているだけだというのか？」

「まったく戯《たわ》けた奴です。いったい誰に似たのでしょうか？」

「それは無論、二弟《ドー》だろう？」

「とんでもない、一兄《エーク》では？」

「間をとって、三弟《ティーン》ということにしよう」

「さすがは名宰相殿。素晴らしいお裁きに、心服するばかりです」

ここにはいない三弟《ティーン》を悪者に仕立て上げて、上の兄二人はまた無邪気に笑い合う。

「まあ、うつけの四弟《チャール》が〝冷血皇子《ボレアス》〟の厳しさに間近で当てられて、一皮剝《む》けて帰ることを期待しましょう」

「そうだな。そうでなくては困る。あれに軍を付けて派遣するのも、タダではないのだ」

笑みにだんだんと苦いものが混じりながらも、やはり兄二人の口元は緩んだままだった。楽しげに末弟のことを語り続けた。

最近は、互いの激務の合間に暇を作っては、こうして語り合う機会が増えている。

なんの心配もいらない三弟《ティーン》と違い、四弟《チャール》のことは手がかかるからこそ、目に入れても痛くないほど可愛《かわい》がっていた。

そんなカトルシヴァが帝都メディアを発って、もう二か月が経《た》っていた――

そもそもの話として、ナディンは三国同盟に懐疑的なスタンスだった。

提唱者であるシェヘラザードという女が、なんとも気に食わない。胡散臭い。

同様に、マルドゥカンドラも疑問を呈した。

パリディーダは、果たして盟友足り得るのか？　具体的には、アレクシス軍を相手にできるだけの戦力を捻出《ねんしゅつ》できるのか？　北の雄であるツァーラントとともに包囲網を敷いたはいいが、パリディーダ軍が脆《もろ》さを露呈して衝き破られたら、同盟した意味がないのだ。

もちろん、パリディーダにだってアルバタールのような優れた将はいる。精兵もいる。だが、彼らは漏れなくシェヘラザードの政敵ばかり。にわかに国政を牛耳った素性も知れぬ小娘と、対立する既得権益者《ろうじん》たちだ。今回の包囲網に参陣するとは思えない。

「二弟《ドー》と三弟《ティーン》が口を揃《そろ》えて反対だという同盟に、敢えて加わる気にはならんな。といって一国の正式な要請を、無下《むげ》に扱うわけにもいかん。四弟《チャール》、おまえがパリディーダを訪問し、丁重にお断りしてきなさい」

宰相ネブカドネザルが最終判断をし、末弟に役目を託した。

「いいか、くれぐれも粗相のないようにだぞ」

「これも帝族の習い、修行だと思え」

ナディンとマルドゥカンドラも左右から釘を刺した。

かくしてカトルシヴァは、使節団の長としてパリディーダへ赴いた。

若干《じゃっかん》の不安がなかったではないが、可愛い子には旅をさせろというやつである。

そして、使者の任を終えたカトルシヴァは、帝都に帰還するなり三人の兄に向かって言った。


「ごっめーん！　同盟に調印してきちゃった」

「は？」

「は？」

「は？」


ナディンたちは一様に、阿呆口《あほうぐち》を開けて凍りついた。

この英明な三皇子たちをしてこんな間抜け面《づら》にさせられる者など、ガビロン広しといえども
カトルシヴァ一人である。

「……おまえは兄たちの話を聞いていなかったのか、四弟《チャール》？」

不安が的中し、ネブカドネザルがこめかみを揉《も》みながら問い質《ただ》した。

「やだなぁ、聞いてたってば！　でも、実際にパリディーダに行って、これは話に乗るべきだって思ったの。気が変わったの」

カトルシヴァはぬけぬけと返答した。

これにはナディンとマルドゥカンドラも苛立《いらだ》たされ、

「なぜ本国の――兄たちの判断を仰《あお》がなかった！」

「事は急を要すると思ったのさ。早馬を飛ばしても、往復一月近くかかるんだよ？　そんなの待ってられないよ」

「だからとて、祖国の一大事をおまえが勝手に決めるとは！」

「だからこうやって、事後承諾になってゴメンって謝ってるんだよ」

と、カトルシヴァは口先だけで謝罪した。

二十三歳にもなって、まだ甘えん坊な末っ子気質が抜けないこの四弟《チャール》は――本音のところ――ナディンたちが結局最後は許してくれるだろうと、タカを括《くく》っているのだ。

「……調印という判断に至った、理由は聞かせてくれるのだろうな？」

兄弟の中で最もオトナなネブカドネザルが、額に青筋を浮かべながら忍耐強く訊《たず》ねた。

「だって面白《おもしろ》そうだったから！」

カトルシヴァはあっけらかんと答えた。

ナディンはもう無言でマルドゥカンドラと目配せを交わし、逆さ吊《づ》りの罰にすべきか、尻叩《しり》きの罰にすべきか、算段を始めた。

「待って待って待って！　ぼくの話を最後まで聞いて二兄《ドー》！　三兄《ティーン》！」

殺気を感じとったカトルシヴァが、ここに来てようやく必死になる。

「〝冷血皇子《ボレアス》〟がいたんだよ！　パリディーダ軍を率いる客将として、シェヘラザードが招聘《しょうへい》したんだ！」

「ほう」

「シェヘラザードとやら、思いきった真似をするではないか」

ナディンとマルドゥカンドラは殺気を消した。

無論、聞く耳を貸すに足る話だと思ったからだ。

「でしょ？　でしょ？　ぼくもびっくりさあ。でも、〝冷血皇子《ボレアス》〟がパリディーダに力を貸すなら、話は全然変わると思ったんだ。皆で協力して〝吸血鬼退治〟も面白いなって思ったんだ」

「なるほど……三弟《ティーン》の意見は？」

「キルクスという皇子、相当の出来物だと認めざるを得ん。昨年のテヴォ河における奴の一連の軍事行動について以前、プラデーシュらに詳細を報告させたことがある。皆ともよくよく検討した上で、『一目置くべし』という結論に至った。〝冷血皇子《ボレアス》〟がパリディーダに与《くみ》するのならツァーラント同様、包囲の一角を任せるに足りよう。少なくとも戦力上の問題では」

「では、二弟《ドー》の意見は？」

「シェヘラザードの人事、まさに絶妙と申し上げるしかない。あの妖しげな女は胡散臭い。しかし、〝冷血皇子《ボレアス》〟はあんな女の掌《てのひら》の上で踊る凡夫ではないし、こと〝吸血皇子《ノスフェラトウ》〟を討つという一点にかけて、彼は必ず貫徹するでしょう。ならば〝冷血皇子《ボレアス》〟が率いるパリディーダ軍は、戦力上の問題だけでなく、信用上の問題でも友軍に相応《ふさわ》しいかと」

「なるほど、絶妙だな。仮にシェヘラザードが国内の名将を口説き落としたのだったら、いくら戦力がマシになっても、結局は信用できないことに変わりはなかったという話になる」

「その通りです。結果から見ればごく当たり前のことと思えても、実際には無限に指し手が存在する中で、〝冷血皇子《ボレアス》〟という駒をとって妙手を打ったシェヘラザードの戦略センス――端倪すべからざるかと」

「うむ。心しておこう」

兄三人の意見がまとまり、一斉に末弟へ顔を向ける。

「今回はお小言はなしだ」

「しかし、あまり調子に乗るなよ？」

「自分が愚者だとわからぬ愚者ほど、この世で始末に悪いものはないぞ」

「えへへ、ありがとう、一兄《エーク》！　二兄《ドー》！　三兄《ティーン》！」

カトルシヴァは満面に笑みを浮かべた。

そこに「ほら、やっぱり兄上たちはぼくに甘い」と書いてある気がして、ナディンは苦虫を嚙《か》み潰《つぶ》すような想《おも》いだった。

なんせ事実なのだから、これほど苦々しいことはない。

「甘えついでなんだけどさあ、一兄《エーク》」

「まだ何かあるのか……」

「ぼくは今回の出征、三兄《ティーン》の下で戦うんじゃなくて、〝冷血皇子《ボレアス》〟と轡《くつわ》を並べたいんだ」

「……それも面白そうだからか？」

「そう！　〝冷血皇子《ボレアス》〟とは一度戦場で相見《あいまみ》えた仲だし、どれだけ強いかは肌でわかってる。そんな奴と一緒に戦うってワクワクすると思わない？　だ、だ、だ、だってこれが最後の機会なんだし」

変わらず、あっけらかんと言ってのけるカトルシヴァ。

だが、ナディンたちは目を瞠らされた。

カトルシヴァは兄たちの表情の変化に気づかず、得意げに続ける。

「首尾よく〝吸血鬼退治〟ができたらさ、今度は〝冷血皇子《ボレアス》〟がガビロンの邪魔になると思うんだ。だから今のうちに味方面して、手の内を探っておいたらさ、これ一石二鳥でしょう？　ぼくにしては名案でしょう？」

敬愛する兄たちに、褒《ほ》めて欲しそうに瞳《ひとみ》を輝かせる。

(これだ！　これがこいつの非凡なところだ)

ナディンは実の弟に、何か空恐ろしいものでも見るような目を向ける。

上三人の兄たちの賢才に比べ、カトルシヴァははっきり言って、阿呆《あほう》だ。

考えなしに行動することも多々。

しかし、物事の本質をつかみ、急所を衝くことにかけて、動物的な勘の良さを持っていた。

今回のこれもそうだ。

アレクシス侯レオナートを討ち果たし、クロードとアドモフの国土を皆でうまうまと切り分けた後に、果たしてどんな大陸情勢《せかい》が姿を見せるのか？

ナディンは叡智を振り絞ることで、おおよその推測はできる。

ネブカドネザルやマルドゥカンドラと膝を交えることで、さらに確度を高めることはできる。

しかし、カトルシヴァはそんな理屈などすっ飛ばして、パリディーダのシェヘラザードでもなく、ツァーラントの騎士公たちでもなく、まだ小国の僭王《せんおう》にすぎない〝冷血皇子《ボレアス》〟キルクスこそが、次の難敵として台頭すると予見せしめているのだ。

「わかった。行ってこい」

ネブカドネザルが長兄として、宰相として、カトルシヴァのワガママを許可した。

「誰か気の利《き》く奴と一緒に、兵もつけてやる」

それでマルドゥカンドラも、大手を振って末っ子を甘やかした。

「言っておくが、遊びのつもりで行くなよ？　〝冷血皇子《ボレアス》〟から大いに学び、盗み、一回りも二回りも成長して帰ってこなければ、許さないからな？」

仕方なくナディンが、憎まれ役を買って出る。

「うん、わかった！　ありがとう、一兄《エーク》！　二兄《ドー》！　三兄《ティーン》！」

カトルシヴァが調子よく即答した。

本当にわかっているのか、こいつは……と、兄三人で苦い顔を見合わせる。

「言い直そう――覚悟しておけよ、四弟《チャール》。〝冷血皇子《ボレアス》〟に同道するとなれば、こたびの出征はおまえにとって、これまでになく厳しいものとなるだろう」

その表情のまま憎まれ役を続けるナディン。

だが、

「へーき、へーき。そりゃ三兄《ティーン》の下で気楽に戦うのとは勝手が違うけど、自分で軍を率いた経験なら去年のテヴォ河であるんだからさ。これが初めてってわけじゃないよ」

能天気なカトルシヴァは「忘れないでよ、二兄《ドー》」と、まるでナディンの方が考え違いをしているとばかりの口ぶりで反論した。

これにはマルドゥカンドラも嘆息一つ、

「やはり、わかっておらぬな。〝冷血皇子《ボレアス》〟とともに戦うということは、いつ如何《いか》なる時も油断ができぬということだ。直接的に寝首を掻いてくるような短慮は、奴もしてこないだろう。しかし、澄まし顔で提案してきた作戦の裏に、おまえを死地に追いやるような罠《わな》が潜んでいるかもしれん。そういういちいちに、おまえは常に留意せねばならぬのだ」

「へーき、へーき。三兄《ティーン》が誰か頼りになる奴を付けてくれるんでしょ？　ぼくが抜けてても、そのお目付け役が気をつけてくれるさ」

「わたしが一番心配しているのは、いざアレクシス侯を討ち取った後のことだ。〝冷血皇子《ボレアス》〟は突然、牙《きば》を剥いて、おまえを人質にとってしまう可能性がある。ガビロンに対して、有利に交渉を進めるためにな」

どこまでも楽天的で、兄二人のお小言もまるで堪《こた》えた様子のない末弟に、ナディンはなお口を酸っぱくして言った。

「へーき、へーき。ぼくも捕まらないようにがんばるけど、もしそうなったら、ぼくのことなんか見捨ててくれていいからさ。四太子《レン・チャール》の身一つ、ガビロン一国とは秤《はかり》にかけられないよ。それくらいはさすがにぼくでも、帝族の習いだって覚悟してるさ」

しかし、底抜けお気楽な末っ子は一向に、事の重大さを理解しようとしない。

ゆえに――

ネブカドネザルは、重い口を開かねばならなかった。

「それはならぬ」

長兄に相応しい威厳と、等量の慈愛を混淆《こんこう》させた声音で。態度で。表情で。

ネブカドネザルは末弟に諭した。

「四弟《チャール》。おまえは生きて帰らねばならぬ。人質になってもならぬ。これは絶対にだ」

「えっ？　なになに、一兄《エーク》？　急にそんな改まって……」

さしものカトルシヴァも、ネブカドネザルの尋常ならざる様子に気づき、ぎょっとなる。

「いい機会だ。おまえに伝えておくことがある、四弟《チャール》」

続く長兄の台詞に、ナディンとマルドゥカンドラもハッとなる。ネブカドネザルが言わんとすることを悟る。二人ともに居住まいを正す。

そんな弟たちも含め全員に、一人ずつうなずいてみせてから、長兄は言った。

「父上の後を継ぎ、このガビロンの次代皇帝となるのは――おまえだ、カトルシヴァ」

「は？」

今度はカトルシヴァがあんぐりとなる番だった。

よほど意外だったのだろう。

ナディンとていきなり聞かされていれば、同じ間抜け面をさらした自信がある。

しかしこれは、以前によくよく話し合っていたことだった。

当の本人を除いた、兄弟三人でだ。

だから、蚊帳《かや》の外だったカトルシヴァ一人だけ狼狽《ろうばい》しきった様子で、

「なんで？　なんで⁉　皇太子《レン・エーク》はネブカドネザル兄上だ！」

「因習に従えば、長子たる余が継嗣《けいし》となるべきであろう。だが、余はこの目だ。皇帝となるには問題がある。これもまた因習だ」

ネブカドネザルは自嘲《じちょう》気味に、光を失った己の両目を指し示した。

この時代、この大陸の人々は——開明的な思想を持つナディンからすれば——度し難《がた》いほどに、迷信深い。誰かが病で盲目になったと聞けば、天罰が当たっただとか、悪魔に呪われただとか、愚にもつかぬことを考える人間が掃いて捨てるほど存在するのだ。

それは皇帝が相手だろうと変わりはない。

否、皇帝のケースの方がもっとタチが悪い。盲目の君主を戴いたと知れ渡れば、ひいてはその国自体に恐ろしい天罰なり呪いなりが降りかかるのではないかと、多くの臣民が気味悪がるだろう。もし本当に荒天にでもなろうものなら、盲目の皇帝のせいにされるだろう。

他国だって喜々としてあげつらい、風評被害を撒《ま》き散らすに違いない。

ネブカドネザルがどれほど聡明で公平な統治者であろうと、ただ目が見えないというだけで皇帝として弱みをさらしてしまうのである。まさに無知蒙昧《もうまい》も極まれりだが、それがこの時代、この大陸の有り様なのだ。

「わかるな、四弟《チャール》？」

ネブカドネザルは——本来ならば至尊の冠を戴くはずだった長兄は、まるで他人事《ひとごと》のように淡々と、末弟へ噛んで含めるように説明した。

「……一兄《エーク》……」

カトルシヴァは不服げだった。

でも、威厳と慈愛に満ちたネブカドネザルの居住まいの前に、不承不承呑み込んだ。

「……でも……じゃあ……次の順番は二兄《ドー》でしょ……?」

「わたしは偏狭で神経質な男だ。皇帝の器ではない。父母兄弟《かぞく》以外でわたしより優れた臣下など、絶対に許せない。恐ろしくて重用できない。もし、わたしを玉座に着かせてみろ? ガビロンに血と粛清の嵐《あらし》が吹き荒れるぞ?」

ナディンはおどけて答える。

冗談めかして言ったが、混じりっけなしの本音だった。

そんな二兄《ドー》の気質は、カトルシヴァも承知だったのだろう。ネブカドネザルの時よりはあっさりと引き下がり、

「じゃあ、三兄《ティーン》が――」

「おれは両性具有者だ。子を成せぬ体質だ。どうして継嗣となれよう?」

「あ……」

カトルシヴァは一瞬、言葉を失った。

「……………冗談じゃ、ないんだね………」

一兄《エーク》、二兄《ドー》、三兄《ティーン》と順に見回し、そこにある真剣な表情を目の当《ま》たりにし、肩を落とした。

「みんな、どうかしてるよ。よりにもよって、ぼくみたいなうつけを次の皇帝にだなんて」

「だが、おまえは昔から人に愛される。我々兄弟だけでなく、重臣だろうが、臣民だろうが、

奴隷だろうが、な。存外、皇帝の器かもしれんぞ？」

と、ネブカドネザルが言えば、

「そんなの無茶苦茶だよ！　馬鹿で無能な皇帝とかどうすんの⁉　ガビロン滅んじゃうよ⁉」

「そんなことは兄たちがさせん。そうならんよう、兄たちがおまえを支える。だから、おまえは別に大それたことはできなくていいし、しなくていい」

と、マルドゥカンドラが言えば、

「それもう、ぼくただのお飾りだよね⁉　というか兄上たちの傀儡《かいらい》だよね⁉」

「やっと気づいたか？　そうだ、わたしたちが裏で上手にやってやるから、おまえは黙って操られておけばよい」

「なんだあ……」

ナディンのひどい言い様にもかかわらず、カトルシヴァは逆に胸を撫で下ろした。

「そういうことなら、うん、わかったよ。やるよ。ぼくが。傀儡《こうてい》」

生来の能天気さがまたすぐ顔を出し、お気楽な態度で引き受けた。

帝族とも思えぬこの天真爛漫《てんしんらんまん》さこそが、カトルシヴァの魅力なのだと自覚なく。

兄たちが胸に秘めた、末弟への本物の期待に頓着なく。

為政に辣腕を振るう男が、皇帝として優れているとは限らない。

権謀術数に長けた男が、皇帝として優れているとは限らない。

戦上手な男が、皇帝として優れているとは限らない。

だが、天下万民を惹《ひ》きつける魅力を持った男は、きっと優れた皇帝になれる。

「この兄たちのようになれとは言わん。しかし次のガビロン皇帝が、〝冷血皇子《ボレアス》〟の存在感に呑まれるような、情けないところは見せるな」

「逆に食ってこい。そして、必ず生きて帰ってこいよ」

「人質になるのもなしだぞ」

「わかった！　兄上たちの言う通りにしてれば、間違いないからね！」

カトルシヴァは調子よく自分の胸を叩いた。

本当にわかっているのか、こいつは……と、兄三人で苦い顔を見合わせた。

結局、最後まで。


と——そんなことがあって、カトルシヴァを送り出して、もう二か月が経つのだ。

「やはりわかってなかったかな？」

「わかってなかったかもしれませんなあ」

ナディンはネブカドネザルとともに苦笑を浮かべ、うなずき合った。

しかし、物見遊山気分が抜けない末っ子の報告書《てがみ》を、ナディンは大切に懐にしまった。

「まあ、あいつがうつけておる分は、我々がしっかりすればよい」

「兄とは損な役回りですな」

「一番損なのは三弟《ティーン》だ。今回、一番働いてもらわねばならぬ」

「三弟《ティーン》ならば、必ずや〝吸血皇子《ノスフェラトウ》〟を退治してみせるでしょう。そして、まだまだ危なっかしい四弟《チャール》を楽にしてやるでしょう」

「そうだな。間違いない。あれは出来た弟だ」

ナディンはネブカドネザルとともに確信し、うなずき合った。

前線にてその天才を遺憾なく発揮しているだろう、もう一人の可愛い弟に想いを馳せた。

第四章 遭遇戦

The Alexis Empire chronicle

〝双頭の蛇《アンフィスバエナ》〟の異名を持つマチルダは、アレクシス軍きっての武人であり、猛将である。

後にウィリアム・レイバッへが完成させる「帝国正史」においても、

『アレクシス大帝レオナートは、能臣であれば男女の別なく重用し、彼の幕下には数多《あまた》の才媛《さいえん》女傑《じょけつ》が名を連ねた。中でもマチルダは、最も多くの武功を勝ち得た女将軍であった』

と激賞されている。


そのマチルダが三百騎の部下とともに、尻尾《しっぽ》を巻いて逃げるしかなかった。

風上から怪しげな灰色の煙が、濛々《もうもう》と吹き寄せてくる。

毒の煙であった。

もう部下の何人が煙に巻かれ、騎馬諸共に泡を吹いて斃《たお》れたことか。

どれほどの豪傑であろうと、精兵であろうと、毒には敵《かな》わない。逃げるしかない。

だが、それもまた困難だった――

マチルダたちの部隊は、ガビロン軍による奴隷狩りを防ぐための作戦を依然、続行中。最も被害がひどいと連絡を受けた、ベルブラース州の街道を騎行しているところだった。

小さな森に差し掛かり、マチルダらは左右の林を警戒しながら行進した。

兵を伏せるのに、如何《いか》にもといった地形だった。

そして案の定、ガビロンの小部隊が待ち伏せしていたのだが……襲い来る第一波は兵の形をしておらず、なんと恐るべき毒の煙であったのだ。

街道は森の東西を走り、風は北から南へと吹いていた。自然、マチルダらは煙から逃れるために、街道を外れて南の林へと馬首を巡らせる以外なかった。

騎兵部隊が森に踏み込むのは、兵法的には褒《ほ》められたことではない。ただ、比較的に木々の疎《まば》らな林で、且《か》つ隊が小勢ということもあり、馬を走らせるのは不可能ではなかった。

ただし当然というか、馬術達者でない者から順に遅れが出る。木々を避けて走るのに手間どり、整地されていない悪路に騎馬の足が乱れる。

そして、遅れた者から吹き寄せる煙に呑《の》まれていく。脱落した仲間たちを見て、別の者たちが浮足立つ。恐怖や焦《あせ》りで判断と馬術が鈍る。その彼らまで後ろから迫る毒煙の餌食《えじき》となる。するとまた混乱が隊に伝播《でんぱ》するという悪循環だ。

(マズイわね……。このままじゃ、皆がやられるのも時間の問題だわ)

マチルダの額《ひたい》に冷や汗がにじんだ。

自分一人ならば、どうとでも逃げきる自信があった。が、それは隊を預かる者の考え方ではない。この窮地を打開する決断が必要だった。

「停止、停止ッ！　馬を捨てるわよ！　できるだけ姿勢を低くして、口を布で覆いなさい！」

マチルダは部下たちを振り返り、大声で号令する。

隊がどうにか急停止するのを見計らい、率先垂範《すいはん》して鞍《くら》から下りると、そこに提げた二本の槍《やり》をとる。それから軍馬の尻《しり》を叩《たた》いて、好きなように逃走させる。一方で自分はその場にしゃがみ込んで、手拭《てぬぐ》いで口を覆い、できる限り煙を吸い込まないようにする。

皆が遅滞なく真似《まね》するのを確認して、ひとまず安堵《あんど》。高価な軍馬を三百も失ったのは痛いが、命には代えられなかった。

「この後どうしますか、姐御《あねご》っ」

「しっ」

問いかけてくる部下を、マチルダは鋭く制した。しゃべると無駄に煙を吸いかねない。

（賭《か》けになるけど、このまま待ちの一手よ）

目で伝えると、ブレアデト教導傭兵《ようへい》団時代からのその部下は、汲み取ってくれた。周りの者たちにも「待て」と手振り《ジエスチヤー》で周知させていく。

（――ったく、煙攻めとは味な真似をしてくれるわね）

マチルダは浅い呼吸を繰り返しながら、内心で舌打ちした。

毒の煙を起こすこと自体は、そう難しい手口ではない。有毒性の植物を大量に用意して、焚《た》けばいいだけの話だ。薬屋に生まれたマチルダは、本職ほどではないが知識がある。毒性植物についての心当たりも、いくつか思い浮かぶ。

ただ、発生したその煙を移動中の敵部隊に浴びせようと思えば、途端に難しくなる。風向きを読み、風の強さを読み、敵部隊の動きを読み、焚き始めるタイミングを読み——と全ての条件が揃《そろ》わなければ、こうは効果的に煙攻めなどできない。

傭兵暮らしが長いマチルダは、その難しさがわかる。

つまりはこの襲撃者は、よほどの手練《てだ》れということだ。

(見事の一言よ。だけど限界ってものがあるでしょ?)

有毒性の植物を用意するにしても、何時間も焚き続けられるような備蓄があるとは思えない。あるいは風向きが変わるかもしれないし、止まるかもしれない。いくらこの襲撃者が煙攻めの手練れだからといって、妖術師《ようじゅつし》でもあるまいし風そのものを操《あやつ》ることはできないはずだ。

姿勢を低くし、呼吸を浅くし、煙が晴れるまでやり過ごす。それが薬屋の娘として、また傭兵として、知識と経験があるマチルダだからこそ咄嗟《とっさ》に思いついた対処法だった。

と——その判断が、対処法が、誤りだったと責めるのはあまりに酷であろう。

しかし、事実としてマチルダは悪手を打ってしまった。

そのことに気づくまで、大した時間はかからなかった。

毒の煙を孕《はら》んだ風が、北から吹いてくる。

その濛々たる灰色の風とともに、無数の敵影が押し寄せてきた。

異様な光景だった。

毒に満ちた大気の中を、そいつらは平然と闊歩しているのだから！

「な、何よ、あいつら⁉」

マチルダは思わず素《す》っ頓狂《とんきょう》な声を上げる。

はずみで毒煙を吸い込んでしまわないよう、慌《あわ》てて口をつぐむ。

だが部下たちの中には、驚きのあまり腰を上げてしまったり、息を呑む拍子に煙を吸ってしまった者たちがいて、少数ながら犠牲者が出る。

そんなマチルダたちの困惑をよそに、敵兵どもは毒煙とともに襲いかかってきた。

腰布一枚という格好、赤銅色の露《あら》わな肌、ガビロン兵だというのは間違いない。

だが、全員が同じ模様の入れ墨を全身に施し、ひどく野蛮な統一感と重圧感があった。

マチルダは知らない。

彼らはダーフラ族の戦士たちであった。ダーフラとはガビロンに数多存在する、奇妙で奇怪な少数民族の一つであった。

ダーフラの集落には、その昔から夾竹桃《きょうちくとう》の亜種が自生している。

この植物には果実はおろか、花や葉、根に至るまで毒性があり、周囲の土壌まで汚染する。

毒性自体は原種よりもずっと弱いものだが、さりとてダーフラ族はその毒に満ちた生態系《せかい》の中で生まれ、故郷とするわけだ。長じるにつれ、あるいは親から子へ世代が移るにつれ、彼らは毒に対する耐性を徐々に獲得し、現在に至る。

今では原種の生木を燃やした時に発する毒煙を吸っても、彼らが中毒を起こすことはない。むしろ逆に元気になる。


「ものども、かかれいッ！　女を捜せ！　ギルナメ殿の仇《かたき》を討つぞぉ！」

ダーフラ族の先頭を駆ける男が、雄叫《おたけ》びを上げて号令した。

胴部がやけに長く細い割に、手足はずんぐりと短い、アンバランスな体軀《たいく》。

声は笛のように甲高《かんだか》かった。

これもマチルダは知らなかったが――この男は名をセベクエムサといい、マルドゥカンドラの幕将の一人であった。

毒を使った戦いを得意とする奇将で、〝化蜥蜴《バジリスク》〟の異名を持つ。

セベクエムサは左手に盾《たて》を構えつつ、右手の彎刀《わんとう》でアレクシス兵たちを、当たるに幸い斬り払う。腕の短さもあり、その斬撃は小回りが利《き》いて鋭く、手数も多かった。

毒煙のせいで低い姿勢を保たねばならないアレクシス兵に、これは回避できない。どころか、そんな格好ではまともに反撃できない。戦闘にならない。

堪《たま》らず立ち上がって迎え撃つ者が続出するが、いくらもしないうちに毒煙を吸って、バタバタと斃れていく。

「ハハハハハハハハハハハハハ！」

「馬鹿《ばか》な奴《やつ》らだ！」

「この煙の中でまともに戦えるのは、我が部族の者たちのみよ！」

ダーフラ族の戦士たちが嘲笑《ちようしよう》とともに突撃してきて、マチルダの部下たちが次々と討ち取られていく。

(好き勝手やってくれるわね……！)

歯噛《はが》みするマチルダ。

しゃがんだまま、左の手に持つ槍をギリギリと握りしめる。

そして、我慢がならず叫んだ。

一瞬、呼吸が深くなるリスクなど、顧みていられない。

「どこに目がついてるの⁉　〝大眠大食の巨人《クンバカルナ》〟を討った女は、このあたしよ！」

「おう、貴様か！　我が僚将《とも》の仇、とらいでか！」

たちまちセベクエムサが聞きつけ、振りかぶった彎刀とともに突進してきた。

（こいつが大将でしょ？　じゃあこいつを討ち取ったら、手下は全部逃げるかもよね）

その一縷《いちる》の望みに賭けるしかない、絶望的な状況。

マチルダは手拭いを捨て、槍を構えた。

ただし、片膝《かたひざ》はついたまま、腰を屈めた体勢で。

戦うにはおよそ適さない姿勢で。

それでもこのセベクエムサを討ち取らねば、全滅は必至――


〝単眼巨人《サイクロプス》〟ガライと彼の率いる弓兵隊七百が、奴隷として連行されるクロードの民を発見したのは、暦《こよみ》が十一月に変わったその日のことであった。

正確には、斥候《せっこう》の一人が駆け戻ってきて、その様子をガライに報告した。

場所は、グレンキース州東部ネブレナ地方。アレクシス軍が本陣を敷く迎撃陣地からは、さほど離れていない地域での奴隷狩りとは、ガビロン軍の大胆不敵さもいよいよ極まっている。

「待ち伏せして、矢の雨を喰《く》らわせてやろうや」

年嵩《としかさ》の部下がそう提案した。

声には、同胞を無下《むげ》に扱われる怒りが滲《にじ》んでいる。

今やアレクシス軍でも指折りの上級騎士となったガライに対し、口調がずいぶんと気安いのは、子どもの時分から世話になった間柄だからだ。

この年嵩の部下だけではない。弓兵隊七百全員、ガライの故郷であるライン銀山出身の、元狩人たちばかりだった。アレクシス軍の一員となって早や二年余り、誰もが兵士としての面構《つらがま》え、心構えができてきたが、こういう細かなところでまだ昔の癖《くせ》が抜けないでいる。

だが、実戦場で積む二年の経験というものは、並々ならない。

伏撃をするとガライが決めるや、七百総員が整然と軍事行動を始める。敵の奴隷狩り部隊の行く手に、身を隠すのに適した場所を素早く見繕《みつくろ》い、移動する。

グレンキース州の地理は、〝茶の道〟も走る西部は平地ばかりという一方、東に行くにつれ、良鉄を産む山岳地帯となっていく。このネブレナも山間の地方だった。

起伏の激しい街道の、ちょうど急な上り坂となった辺りで、ガライは直卒した五百人とともに、両脇にある山林の西側に潜伏する。元は狩人たちだ、森の中で気配を消すのはお手の物だ。

ほどなく、ガビロン兵どもと連行されるクロード人とが、姿を見せた。

根が優しいガライは後者を見て、心を痛めた。

千人は超えよう若き男女が、街道に沿って長蛇を為《な》し、鎖に繋《つな》がれ、歩みを強要される。一路南へ、ガビロンへと。肩を落として、両足を引きずるようにして。乱暴を受けたのか、ところどころ引き裂かれた衣服を纏《まと》ったままの、女性の姿が目立った。根が気弱なガライをして、義憤に駆られずにいられない情景だった。

草むらに伏せたまま右目をひん剝《む》き、ギロリとガビロン兵どもを睨《にら》みつける。

斥候の報告では、奴隷狩り部隊はクロード人の前後を挟むようにして、およそ五百ずつで長い行軍隊形をとっているという。

これが丸々敵部隊なら、全員が通り過ぎるのを待ち、背後から矢を浴びせるのが定石《セオリー》。敵兵は何が起きたか咄嗟にわからず、混乱しているところへ追撃を加えることができる。

しかし今回は、敢《あ》えてそれを避ける。定石に則って後方の部隊から攻撃すると、連行されているクロード人まで当惑しかねない。結果、敵味方が入り乱れることになりかねない。さすれば夥《おびただ》しい犠牲者が出るのは必然。

長い戦場暮らしで、ガライたちもその程度の判断、予測はできるようになっていた。


木陰に身を潜めたまま、ガライは機を窺《うかが》った。

何も知らないガビロン軍の前方部隊が、呑気《のんき》に街道を行進していく。

彼我《ひが》の距離、およそ半町（五十メートル）。

潜伏したガライたちの前を、奴らがある程度、通り過ぎていくまで、待つ。待つ。待つ。

そして、ガビロンの前方部隊が半分ほど通過していったところで、ガライは静かに深呼吸。

木陰から上体だけを乗り出し、六尺（約一八〇センチメートル）もの長弓を構える。

慎重に矢を番《つが》える。

右目をひん剝き、左目を眇《すが》める独自、独特の目付。

狙《ねら》うはガビロンの各級指揮官たち。歩兵ばかりの奴隷狩り部隊で、騎馬の者がチラホラいるので、すぐ判別がつく。

中でも一番、偉そうな奴に見当をつけて、ガライはひょうと矢を射放った。

魔弾――と味方からも畏怖《いふ》される彼の矢は、過たず標的の脳天をバスンと射抜く。

それが合図。

同じく部下五百人が木陰から身を乗り出し、五百本の矢箭《やせん》を敵前方部隊へと降り注《そそ》がせた。

「ぎゃああああああああああああ」

「な、なんだ⁉　なんだあああああ⁉」

「てき、てき、て、て、敵襲うううううううううう！」

唐突に矢の雨を浴びる羽目となって、敵部隊はたちまち恐懼《きょうく》と惑乱の坩堝《るつぼ》と化した。

そのまま斃れる者や、頭を抱えてしゃがみ込む者、仲間を盾にして隠れる者が続出した。

臆病《おくびょう》というべきか、目端《めはし》が利くというべきか、ガライらが布陣する西とは反対側の森へと、さっさと遁走《とんそう》する者も少なくなかった。

奴隷兵で大半が構成されるガビロン軍は、劣勢に陥《おちい》ってからの瓦解までが、とにかく早い。

彼らに交ざった〝督戦憲兵隊《ギルタブリル》〟が、大声で呼び止め、また刃をちらつかせて脅迫するが、逃亡抑止効果はほとんどない。ガライらが休むことなく浴びせ続ける矢の方が、奴隷兵どもにとって明らかに脅威だからだ。

前方部隊が総崩れになって潰走《かいそう》するまで、さほどの時間を要さなかった。

その様を見計らい、ガライは直卒した五百人全員とともに街道へ飛び出す。すわ何事かと呆然《ぼうぜん》となっている、鎖に繋がれた同胞たちへ大声で呼びかける。

「オレたちはクロード人だ！」

「アレクシス侯のご命で、助けにきた！」

「坂の上に向かって走れ！　走り続けろ！」

「そうしたら、おまえさんらあ全員、助かるで！」

とにかくシンプルにシンプルに、「同胞だ」「助けに来た」「助かる」――それら三つの言葉を繰り返す。

困惑の極にいたクロード人奴隷たちも、それで状況を理解していく。表情が徐々に明るくなっていき、「逃げよう」「逃げるんだ」と声を掛け合う。ガライらが大きく手招きする街道の先、坂の上へと、皆が走り出していく。

救出は成功だ。

ガライらは続けて、そのまま止まらず逃げきれと、同胞らを後方へ送り出す。

そう、彼ら弓兵隊は一緒に逃げるわけにはいかない。

ガビロン兵どもは、まだ全滅したわけではない。後方にいた部隊が丸々残っている。せっかく捕まえた奴隷だ、逃がすものかと追いかけてくる連中を、ガライらが撃退せねばならないのだ。

街道に陣取ったまま、坂下からやってくる敵部隊を、五百人でいざ迎え撃たん。弓矢という武器は、自然《じねん》、上から下へと降らせる方が強い。しかも、この急坂だ。敵部隊は距離を詰めようにも、容易ならざるはずだ。

地の利はガライらにある。

あるように好適地を選んで、伏撃を仕掛けたのだから。


ガライらの脇を、解放された同胞たちが一心不乱に駆け抜けていく。

彼らが全員、逃げきるのを待ち、それを追ってくるガビロン兵どもを待つ。

そして、敵の後方部隊五百が、ガライ直卒五百の眼下に姿を見せた。


「うっ……」

と息を呑むガライ。

部下たちもまた残らず絶句した。

敵は、それほど異様な部隊だったのだ。

歩兵ばかりで構成されているのは同じ。否《いな》——馬上の者が皆無なのは、ガビロン軍においいても異質か。これでは誰が指揮官級なのか判別つかない。

人種的身体特徴なのだろうか？　全員が背が低く、手足が短く、すこぶる逞《たくま》しい体つきをしていた。見るからに頑丈そうなその肉体を、揃いの文様の入れ墨で雄々《おお》しく彩《いろど》っていた。

何より、敵兵は全員が全員、大きな盾を構えていた。

そうして堅牢な陣を敷き、粛々と急坂を登ってくる。

焦らず、騒がず、堅実な行進で、着実に距離を詰めてくる。

重厚なるプレッシャーを静かに湛《たた》えながら！

「怯《ひる》むな！　たっぷりと矢を喰らわせてやれ！」

気の利く部下が号令し、皆に発破をかけた。

それで全員が、たちまち己《おのれ》のなすべきことを思い出した。鞭《むち》で打たれたように射の準備を始めた。弓に矢を番え、射放った。

敵の後方部隊の異様な姿にすっかり怯んでしまっていたガライは、部下の当意即妙にあらん限りの感謝をする。

ただし、安心するには、いささか時期尚早であったろう。

五百の弓兵が放った五百本の矢は、驟雨《しゅうう》の如《ごと》く坂下へ降り注ぎ——しかし、猛威を振るうことなく——あらかた大盾に阻まれ、弾《はじ》き返されてしまったのだ。

おかげで敵部隊は黙々と行進を続行し、着々と近づいてくる。より重く、分厚いプレッシャーをこちらへかけてくる。

「構うものか！　次はもっと狙え！　盾を外して射よ！」

また気の利く部下が、ガライに代わって号令した。

先ほどと打って変わって、即座に従った者はほとんどいなかったが……。

当然だろう。敵部隊の奇妙な兵たちはみな小柄で、体のほとんどが盾にすっぽり隠れている。隠れていない場所を狙えと簡単に言われても、あまりに的が小さく、実行は困難だ。

（こんな時こそ、せめてオレが皆を引っ張らねば！）

ガライは右目をひん剝き、矢を番えた。

率先垂範して射放ち、迫る敵兵の一人の、盾からわずかにはみ出した左腕を射抜く。

おおっ！　と部下たちから歓声が沸き、我も我もと続く。

魔弾と謳《うた》われるガライほどに弓射が達者な兵はさすがにおらず、その命中率は知れたものだった。だが五百人が一斉に射れば、確率の問題でそこそこ中《あた》る。「やれるぞ！」と、みな気が大きくなってくる。

（――いや。これはマズい）

内心、首を振ったのは、一番臆病で気の小さいガライだった。

ゆえに慎重さでも一番のこの大男が、最初に気づいた。

敵部隊の行進速度が、全く落ちてないことを。

矢で人間を即死させようと思えば、頭か心臓を射抜くしかない。

無論、敵兵もそれはわかっているので、その二か所は厳重に盾で守っている。

やむなくガライらは肩だの腕だの脛《すね》だのと、盾からはみ出している部分を狙って射ているわけだが、これでは命中したところで致命傷には程遠い。

（だからといってしかし、ここまで足並みが乱れないのは異常だ……）

ガライは全身冷や汗まみれになっていた。

たとえ致命傷ではなくとも、体のどこかに矢を浴びれば、耐えがたい激痛があるはずだ。怖れ、心が萎《な》え、折れ、士気を激減させ、動きを鈍らせるはずだ。

もちろん世の中には、レオナートやマチルダのような、それでも怯まぬ武人や猛将は実在する。ガライだってもう知っている。

だが、末端兵の一人一人に至るまで、全員が痛み知らずの戦士だなんて、あり得るのか？

「クソッ」

ガライは信じがたい想《おも》いを堪《こら》えて、また矢を番えた。

どんなに考えにくい話でも、目の前にある光景が現実だ。

だから、やり方を変えた。

同じ盾から露出した部分でも、敵兵の足の甲を射ぬいて、地面に縫い付ける狙いである。

（これならさすがに止まるだろう……止まってくれ！）

祈るような気持ちで矢を射放つ。

ガライの魔弾は過たず、標的とした一人の兵の、右足を貫いた。

だが、またも目を疑うような結果となった。件《くだん》の兵は己の足の甲を貫通した矢を、いとも無造作に引き抜くと、傷ついた足で平然と行進を再開したのである。まるで痛みなど微塵《みじん》も感じていないかのような、もはや非人間的な不気味さすら覚える、異様な所作だった。

（なんなんだ……なんなんだ、こいつらは……っ）

次の矢を番えるのを忘れて思わず呻《うめ》くガライ。

その間にも敵の盾兵部隊は、整然と隊伍を為して黙々と急坂を登ってくる。

圧倒的な地の利を得ているのは、こちらのはずなのに——

追い詰められているのは自分たちではないかと、ガライは立ちくらみを覚えた。

足元がぐにゃぐにゃに揺らいでいるかのようだった。


ガライは知らない。

このガビロンの盾兵部隊は全員、ボグダ族の戦士たちで構成されていた。

ボグダとは、〝化蜥蜴《バジリスク》〟セベクエムサ率いるダーフラ族と似た生活環境、様式、文化を持つ、

ガビロンの少数民族である。

ダーフラと違うのは、ボグダの郷《さと》は一面の芥子《けし》の世界だということだ。

彼らは太古より、阿片《あへん》の精製と取扱に熟知していた。常用は堅く禁じ、輸出をする他《ほか》は痛み止めとして使用にするに留めた。

そして、戦《いくさ》の折には部族の戦士たちが服用し、恐怖と痛みを知らぬ勇者の軍団と化して、不退転の行進を貫徹するのである。

しかもボグダの戦法は、今では進化を遂げている。大国ガビロンの勢力に呑まれ、臣従を誓ったことで、彼らの未熟な製鉄技術では鍛造不可能だった、鋼《はがね》の大盾を与えられたのだ。これにより彼らの行進は無敵となったのだ。

今、この部隊を率いる将の名を、ナーナクという。

〝山亀《アクーパーラ》〟の異名を持ち、マルドゥカンドラ幕下切っての堅将として知られる男である。

〝単眼巨人《サイクロプス》〟の魔弾に対する切り札として、三太子《レン・ティーン》の勅命《ちよくめい》を帯びた刺客である。

シャバタカは〝馬頭《キンナラ》〟の異名を持つ、マルドゥカンドラ幕下の将である。

まだ二十七歳の若さでその地位まで登り詰めた俊英と、諸将らにも一目置かれている。

祖父のそのまた祖父の代からずっと、王室騎兵隊《ウガルルム》の上級指揮官を輩出したという武門の生まれで、シャバタカ自身も騎兵を率いさせればガビロン屈指と謳われている。

ただ実際には、二十四で〝獅子頭将軍《ナラシンハ》〟の左を務める、クティルの方が数段才気走っているのだが、クティルはその若さを常々鼻にかけるため、周りは素直に認めたくない。比べてシャバタカは礼儀正しく、謹厳実直。ゆえに誰からも敬意を払われるというわけだ。


そのシャバタカが、三太子《レン・ティーン》から「殺ってこい」と勅命を受けた敵将を視界に収めていた。

本陣より率いてきた千騎とともに急襲を仕掛けていた。

相手の兵力は五百騎。

その全員がクンタイト騎兵——音に聞こえた草海の勇者たちであり、敬意と全霊を以って挑むべき好敵手であると、シャバタカは心得ている。

現在、クンタイト人たちは昼餉《ひるげ》の真っ最中であった。

もはや混沌《こんとん》と戦火の坩堝と化した、ベルブラース州。

広くなだらかなアーセイラー盆地を走る、同名の中街道。

そのすぐ傍《かたわ》らの野っ原で、連中は呑気に火を焚き、羊肉を炙り、馬乳酒をあおっていた。

そう、森に身を潜めるでもなく、丘陵裏に隠れるでもなく、柵と壕に囲まれた宿場で安んじるでもなく。

なんとも豪胆というか、いっそ小気味がいいほどの油断っぷりだが、シャバタカは遠慮なくそこを衝《つ》かせてもらうことにした。麾下《きか》とともにアーセイラー街道を一気に駆けて、クンタイト人の休憩地に強襲をかけた。

標的であるこのクンタイト騎兵隊を発見できたのも、まだ遠いうちから昼食中だと察知できたのも、全て隼《はやぶさ》どもによる索敵・哨戒網《しょうかいもう》のおかげだった。僚将《りょうしょう》ハルスィエセの手柄だった。

「クンタイト人たちがその勇者ぶりを発揮する前に、討てるだけ討ち取るぞ！」

「「「はい、閣下ッ‼」」」

シャバタカが号令をかけると、麾下千騎が鯨波《げいは》にも似た応答を叫ぶ。

この開けた土地だ。日の高い刻限だ。奇襲といえどどうしても、早い時点で敵に見つかってしまう。ならばクンタイト人たちが、部隊という一個の生き物となるための準備を整える前に、シャバタカたちがどれだけ速く一撃を加えられるかが、戦いの趨勢《すうせい》を決める。

疾《と》く、疾く――兵たちを叱咤激励《しったげきれい》しながらここまでやってきたのだが、

（ひどい有様だな、クンタイト人たちは……）

敵部隊の様子を直に見て、シャバタカは苦笑を禁じ得なかった。

あちらも既にこちらの襲撃を察知しているだろうに、どいつもこいつものろのろ、のろのろ、一向に準備が整う気配がない。食後で腹がくちくなっているのはわかるが、あくびをしている者さえいる始末。敵の休憩地を包む雰囲気は未《いま》だ、のどかそのものだった。

（率いる将がなっていないのだろうな）

部下に舐《な》められているから、こんな無様になる。

将とはただ与えられた地位によって、権力が保証されているわけではない。そんなもの、戦地に出ればクソの役にも立たない。兵を従わせる実力や将器というものが必要なのだ。それがあってこそ、シャバタカのように叱咤激励が効くのだ。末端まで届くのだ。

（聞いた通りの凡夫ということか）

思わず嘆息《たんそく》が漏《も》れる。


シャバタカは知っていた。

この敵部隊を率いる男の名を、ゲレルという。

彼ら翼の大氏族《ダラウチオルス》族長の息子だそうだが――二太子殿下《レン・ドー》からもたらされた情報によれば――優秀な双子の姉の、金魚のフンにすぎないという。

姉のナランツェツェグの方は、まさにクンタイトの大草海が産んだ正真の怪物。

しかし、その弟は似ても似つかない凡夫であると。

現在はガビロン、アレクシス両軍ともに、多数の小部隊を運用する戦況となっているため、常に一緒にいるはずのこの姉弟もまた、別行動を余儀なくされているというわけだ。凡庸《ぼんよう》な弟の方だけを、狙い撃ちにできるというわけだ。

これまた二太子殿下《レン・ドー》の情報によれば、アレクシス軍に付き従うクンタイト騎兵は一千。そして、わずか一千とはいえ端倪《たんげい》すべからざるこの草海の勇者たちの、うち半数をここで壊滅させることができれば、その戦略的意義は大きい。

「羊に率いられる獅子《しし》も憐《あわ》れ！　鎧袖一触《がいしゅういっしょく》、せめて華々しく逝《い》かせてやれ！」

武人としては残念という想いを禁じ得ない。

しかし、兵たちの命を預かる将としては、敵は弱く不甲斐《ふがい》ないに限る。

容赦《ようしゃ》も斟酌《しんしゃく》もなく、シャバタカは剣を振り上げ、敵部隊へと斬り込んだ。


レオナートとマルドゥカンドラが、一軍の総帥として似通っているのであらば、彼らが統《す》べるその軍団もまた似通うのが必然。

一つ例を挙げれば、幕下の将の質量ともに優れたることなど、まさに共通していた。

ただしアランらが欠けた現在、「量」に関してはマルドゥカンドラの直卒軍に軍配が上がっていた。

そして、その事実を理屈ではなく、肌身で思い知らされている男がいた。

メロウという名の、アレクシス騎士である。

豊かな髭《ひげ》をたくわえた、三枚目だが愛敬たっぷりの中年。またこう見えて、〝百騎夜行《ナイトウオーカーズ》〟の古参にして、特に主だった騎士の一人でもある。

その陽気な顔が、今は鬼気迫る表情に歪《ゆが》んでいた。

「退却、退却、退却だァ！　死に物狂いでついてこい、おまえらあ！」

声の限りに叫んでいた。

一方、彼が率いる軽騎兵三百――アレクシス騎士たちではなく、馬術達者な兵卒――たちは、指揮官に応答する余裕すらない。やはり必死の形相になって、馬腹を蹴《け》っている。

メロウの部隊は追われていた。

巻いたその尻尾を、追われまくっていた。

渦中のベルブラース州。

レオナートの勅命により、町村の救済と疎開説得を続けるさながら、行く手にガビロンの騎兵部隊を発見した。ティキの構築した、猛禽《もうきん》による索敵・哨戒網に引っかかった。

斥候も出して目視で確認させると、数は同じ三百ほど。

「一丁、揉《も》んでやるか」

と、気のいいことを言って、メロウが兵を笑わせていたのは最初だけ。

あちらもこちらに気づいていた様子で、ほどなく交戦となり、矛を合わせてすぐに思い知らされた。

「こ、こいつら強えぇ……！」

ガビロン兵一人一人の武勇や練度も然《しか》ることながら、率いる将がまた凄《すさ》まじい。

左手に戦鎚《せんつい》、右手に鉄鎖を携えて、馬上から巧みに操る壮年だ。

やや間合いの離れた相手に対しては、鉄鎖のリーチを活かして打つ、叩く、薙《な》ぎ払う。また先端が鉤状になっており、騎手を引っかけて落馬させたり、騎馬の足を狙って転倒させたりと、搦手《からめて》も使う。まさに剛柔自在の鉄鎖術だ。

こんな奇妙な武器を、高度に使いこなすことのできる戦士など、メロウは主君レオナートの他に知らなかった。レオナートの方がもっと巧みで、まるで生きた蛇もかくやに鉄鎖を操るが、この敵将が恐るべき使い手であることに変わりはなかった。

そして、間合いの近い相手には戦鎚を振るって応戦する。それも鉄槌の部分ではなく、反対についている鉤状の部分を主に用いていた。鋭く振り下ろすと、相手の脳天や心臓といった急所を一撃で穿《うが》ち、絶命させる。兜《かぶと》や胸当て程度では防ぐこともできない。風穴を開けられる。彼我の実力差によほど自信があるのだろう、だから一撃必殺を狙って鉤の方を使うのだ。

鉄鎖と戦鎚――その鉤となった部分を左右同時に操る様は、どこか双頭の猛禽を彷彿《ほうふつ》させた。あるいは、怒涛《どとう》を思わせる攻撃力であった。

メロウは知らない。

この猛将、名をキンダットゥという。

ガビロン本国では〝ニヌルタ〟の異名で呼ばれることも多い。

元は「剣奴」と呼ばれる奴隷階級の出身だ。ガビロンでは盛んに興行される剣闘大会において、命を落とすことも珍しくない残虐な試合に、出場を強制される。

その代わりに七年間生き延びることができれば、自由の身になれると国法で保証されている。

奴隷として生を享《う》け、奴隷のまま一生を終える者が人口のほとんどを占めるガビロンにあって、珍しく解放条件が明確且つ短期であるため、志願して剣奴になる者は後を絶たない。

しかし半数が一年以内に闘技場で果て、三年生存できる者は二割を切るという、恐ろしく過酷な世界であった。

それでもキンダットゥは志願をし、十五の時に剣奴となった。

無論、自らの手で自由をつかみとりたいという、向上心ゆえだ。

そして、二十二の時に晴れて解放され、臣民の地位を勝ち得た。

しかも四百戦全勝という大記録と、絶対王者の名声を獲得した上でだ。

さらには、その凄まじい武勇がマルドゥカンドラの目に留まり、三太子《レン・ティーン》の近衛として抜擢《ばってき》されるに至ったのである。剣奴上がりの軍人としては、これ以上にない栄光であろう。

誰もがそう思った。キンダットゥ自身もそう思った。

しかし、マルドゥカンドラの「眼」はもっと高いところを見ていた。

「余がおまえを気に入ったのはな、ただ匹夫《ひっぷ》の勇を買ってのことではない。剣奴時代、おまえの戦いぶりには機智の輝きが見てとれた。相手をよく観察し、勝ちを焦らず、着実、堅実に相手の肉と武装と集中力を削《そ》いでいき、それでいて勝機とあらば見逃さず、一息に仕留める──ふふふ、それでこそ、七年無敗の絶対王者にもなれようというものよな」

マルドゥカンドラはそう激賞すると、試しかけるように訊《たず》ねた。

「余は、おまえが将としても一廉《ひとかど》以上になれると見ているのだがな。学ぶ意欲はあるか？」

──と。

人一倍に上昇志向の強い、キンダットゥに否やはなかった。

まして既に絶世の両性具有者《マルドゥカンドラ》の愛欲の虜になっていた彼は、主君の寵愛をより強いものにするため、がむしゃらになって学んだ。

それはまさに海綿が水を吸うが如し。

ほどなく実戦場で試され、メキメキと頭角を現していった。始めに宿将アクバルの下について一部隊長を務めると、あれよあれよと副将まで上り詰め、そこからさらにガビロンで最も厳格と知られるこの老将からお墨付きを──それもわずか二年で──いただくと、マルドゥカンドラ直下の将として席を与えられた。

以後、類稀《たぐいまれ》な武勇を持つ猛将として、その名を鳴り響かせることになった。

彼の異名のニヌルタとは、ガビロンの神話に言う〝戦士の王〟である。双頭の鷲《わし》を象徴《シンボル》とする闘神である。


メロウたちが出くわした相手は、それほどの雄敵だったということだ。

しかも数百人規模の戦闘では、個人武勇は希釈されることなく猛威を振るう。

真っ向勝負を挑んで、始めから勝てる相手ではなかった。

まさか、まさか、これほどの敵手に自ら仕掛けてしまうとは。

嘆くべきは、全知ならぬ人の身の限界か。

恐るべきは、〝獅子頭将軍《ナラシンハ》〟幕下の人材の豊富さか。


戦火と干戈《かんか》の坩堝と化した、テヴォ河流域。

しかし戦況がどれだけ混沌としたものになろうと、新たに入った情報は全て、逐一、マルドゥカンドラの元へ整然と集まってくる。

彼の薫陶《くんとう》の行き届いた諸将らは筆まめだったし、ハルスィエセの構築した隼どもによる索敵・情報網は、電信手段のないこの時代において破格だった。

ただし、いくら空を翔《かけ》る隼どもの速度とて、最長で三十里（約百二十キロメートル）隔てた全戦域の情報がマルドゥカンドラのいる本陣に届くまでには、どうしても大きなタイムラグがある。

「――新たに〝一角聖《ユニコーン》〟の捕捉に成功し、三太子殿下《レン・ティーン》のご采配《さいはい》通り、ダルシャンの猛虎隊に急行させております。また〝双頭の蛇《アンフィスバエナ》〟、〝単眼巨人《サイクロプス》〟、及びクンタイトの不出来な弟の居場所は、依然として追尾できております。セベクエムサ、ナーナク、シャバタカらが会敵するのも時間の問題です」

ハルスィエセがおっとりとした声で報告する、これらの情報もリアルタイムのものではない。ゆえに今この時にもダルシャンらが敵部隊と交戦している可能性はあるし、既に決着がついている可能性だってある。

「例の〝六全《りくぜん》たる昴星《すばるぼし》〟の子孫とやらは、発見できたか？」

「申し訳ございません、三太子殿下《レン・ティーン》。仰《おお》せの通り、最優先で臣の下僕どもに捜索させているのですが、未だ捕捉できておりません」

「謝罪は無用だ、ハルスィエセ。見つからぬなら構わぬ。敵本陣に残っている可能性もあるのだからな。ただ、〝昴星《ユーヴェル》〟撃退を任じたキンダットゥは、鬱憤《うっぷん》を溜《た》めておろうよ」

「御意。キンダットゥには引き続き遊撃に当たらせております。本日もまた一つ、敵軍の小隊を駆逐したとの報告が上がっております」

「あれは出来る男だからな。今ごろは名のある将と遭遇して、討ち取っておるやもしれんぞ?」

マルドゥカンドラは鷹揚《おうよう》の態度で微笑した。

タイムラグの大きな情報しか手に入らないことに——本当は今どうなっているのだとか、臣下たちは上手《うま》く作戦を遂行できているのだろうか、などと——いちいち気を揉んだりしない。王者の気概として、あるいは優れたる総帥の資質として、諸将らの才腕に任せ、いずれ吉報が届くのを待つのみだった。

そう、彼が鍛え上げた直臣たちの有能は疑いがないし、なおかつ各自にとって相性の良い敵将をマルドゥカンドラが見繕い、ぶつけるように采配しているのだから。


テヴォ河南に宿営する三太子直卒軍《レン・ティーン》、本陣。

その中心部に張られた大将軍用の天幕。

他の物より一際《ひときわ》大きく、灯《とも》された燭火《しょっか》は贅沢《ぜいたく》に、さらには豪奢《ごうしゃ》な寝台《ベッド》さえ皇子のために用意され、前線のことにもかかわらず居心地は悪くない。

マルドゥカンドラはそのベッドにしどけなく横たわり、ハルスィエセの報告を受けていた。

左右には美しい少年と少女を一人ずつ侍《はべ》らせている。

身の回りの世話をさせる侍童たちだ。何かと不便な前線暮らしの中、主君の生活を少しでも快適にすべく、まめまめしく働いてくれている。

今はその褒美《ほうび》として、同衾《どうきん》を許していた。夕刻。側近たちから一日の最後の報告を聞く間も、マルドゥカンドラは戯《たわむ》れをやめない。少年の陽物を弄《もてあそ》び、また己のそれを少女の好きにさせる。いたいけな少年少女と睦み合う、そんな主君の背徳的な姿を目の当《まあ》たりにして、しかしハルスィエセも、ともにやってきたアクバルも顔に動揺の色はなかった。慣れたものだ。

マルドゥカンドラはしばし少年と少女の唇を交互に吸った後、口元を拭いながら諮《はか》った。

「まずは順調と言ってよかろうな、アクバル？」

「御意。ギルナメを早々に失ったことだけは、残念でしたが」

顔中体中傷だらけの老将は、マルドゥカンドラの所見にしかつめらしく同意した。

敵味方が小隊にわかれて入り乱れるこの戦況では、不測の事態をゼロにすることはできない。〝双頭の蛇《アンフィスバエナ》〟の部隊と不意に遭遇した〝大眠大食の巨人《クンバカルナ》〟ギルナメが、討ち死にしてしまったことがまさにそれだ。

一方で時間の推移とともに敵将の居場所が次々と判明し、マルドゥカンドラの意図通りの対戦カードが続々と組み上がりつつあるのも事実。

「まったくハルスィエセの手柄ですな」

アクバルが傷だらけの顔で、苦み走った笑みを浮かべた。

マルドゥカンドラの右腕であり、兵馬の師であり、厳格無比で知られるこの老軍人が、他人を褒めるのも笑顔を見せるのも滅多にあることではない。

しかし実際、隼どもと心を通わせるこのハルスィエセがいなかったら、そもそも「幕将たちと相性のよい敵将を選んで当て、仕留める」という作戦自体が成立しなかったのだから、その功績は比類ない。

二太子《レン・ドー》ナディンから借りた諜報工作隊《バシュム》の補佐もあり、ハルスィエセの索敵・情報網はこの広すぎる戦場を充分にカバーしていた。上々の機能を果たしていた。

たとえ出陣をせずとも、作戦成功の暁にはハルスィエセこそが勲功《くんこう》第一等であると、アクバルはそう言っているのである。

「畏《おそ》れ多いことにございます」

ハルスィエセが恐縮した。

軍のナンバーワンとナンバーツーに手放しで称賛され、かえって気後れしてしまったようだ。

顔の造作もそうなのだが、地味で控え目な女なのだ。すぐ調子に乗るクティルと足して割ったらちょうどいい塩梅《あんばい》なのにと、僚将たちからは惜しまれている。

だが陣中において鼻つまみ者のクティルと違い、ハルスィエセに寄せられる信頼は厚い。

禽獣《きんじゅう》を使役できる稀有《けう》な女たちは皆、ガビロン軍では重用される。中でも猛禽の類を操らせたら、ハルスィエセの右に出る者などいないのである。

ゆえに、ついた異名が〝大隼神《ホルス》〟。

なお今回は従軍していないが、実力二位は彼女の年の離れた妹で、こちらも〝小隼神《ホル・パ・ケレド》〟と並び称されている。

実にガビロンでも異数の姉妹たちといえた。

そんな能臣へと、マルドゥカンドラはたおやかな右手を雄々しく差し伸べ、

「褒美の前渡しと洒落《しゃれ》込むか、ハルスィエセ？　久々に可愛《かわい》がってやろう」

甘く艶《つや》のある声とともに手招きする。

絶世の美貌《びぼう》とカリスマを持つ両性具有者の、妖しい誘惑だ。

ハルスィエセは覿面《てきめん》に、頬《ほお》を薔薇色《ばらいろ》に染めた。

「あ、ありがたき幸せ……です」

控え目な性格のハルスィエセだがこの誘いには抗《あらが》えず、消え入りそうな声で応《こた》える。皇子の寝床へとおずおず、しずしずとやってくる。

まさに陣中の珠玉たる〝大隼神《ホルス》〟を、マルドゥカンドラはあたかも宝物を扱うような手つきで抱き寄せた。

ハルスィエセの痩《や》せた肢体に指を這《は》わせ、侍童たちと三人がかりで愛撫《あいぶ》してやる。

そうする一方でマルドゥカンドラは、毅然《きぜん》と直立したままのアクバルにまで秋波を送る。

「いっそおまえも交ざるか？」

「ご冗談を。臣まで戯れに耽《ふけ》ったとあれば、いったい誰がこの本陣を督するので？」

宿将たるアクバルは、皇子に対しても遠慮のない口調で苦言を呈す。

「つまらぬ奴だ。おまえの体中の傷という傷を、たっぷりと舐めてやろうと思ったのにな」

「それもまたご冗談を。ハルスィエセのおこぼれを預かろうものならば、以後、目付け役の示しがつかなくなりますな。臣はあくまで己が実力で武功を樹《た》て、堂々と御身《おんみ》の寝所に参らせていただく所存。そして、臣の方が殿下をたっぷりと可愛がって差し上げますよ」

アクバルはふてぶてしい口調と諧謔《かいぎゃく》で言い返した。ただ真面目《まじめ》一辺倒の武人ではない。何十年と修羅場をくぐり抜けてきた男だけが備える、円熟味があった。

マルドゥカンドラには、それが誠に好ましい。

アクバルは不敵な態度のまま、しかし深々と一礼すると、

「それでは、本陣の采配は臣がよろしくやっておきまするゆえ。三太子殿下《レン・ティーン》は、ハルスィエセをどうぞ甘やかしてくださりますよう」

「うむ。苦しゅうない」

マルドゥカンドラは鷹揚に応え、実際に情熱的且つ官能的な抱擁《ほうよう》と手管を以って、ハルスィエセを夢見心地にしてやる。

アクバルがきびきびと去っていった後は、本格的に責める。

侍童たちも交えて四人で、互いの肌と肉がドロドロに蕩《とろ》け合うような淫楽に耽った。

これぞまさに超大国の帝室に生まれた皇子の、どこまでも浮世離れした、「果報は寝て待て」の境地に相違ならなかった。

第五章 情報戦

The Alexis Empire chronicle

〝香陰《ガンダルヴァ》〟ナディンよりもたらされた、アレクシス軍諸将の弱点情報。

〝大隼神《ホルス》〟ハルスィエセよりもたらされる、正確且《か》つ広域の戦況情報。

その二つがあれば、ガビロン軍は優勢にして敗《ま》けるはずなし。

敗けるはずがなかった。

だが――ここに、疑念を抱く者が現れる。

恐るべき猛虎どもを手足の如《ごと》く使役し、〝人喰い虎《マンティコア》〟の異名で呼ばれる女将軍、ダルシャンであった。

重量七十貫（約二百六十キログラム）を超える大虎《だいこ》に跨《またが》る彼女は、左右を森に挟まれた小街道にて、敵将と交戦中。

相手は〝一角聖《ユニコーン》〟の異名で呼ばれるクルス・ブランヴァイス。また「世界の半分の味方」を自称する甘ちゃんで、女性に手を上げることができないと、二太子《レン・ドー》が入手した情報からわかっていた。ならば、女であるダルシャンが敗けるはずなし。

（――そのはずだよねえ！）

ダルシャンは右手を振りかぶって、大虎の背から鞭《むち》を振るう。

狙《ねら》いは雑。クルスの腕でもいい、胴でもいい、足でもいい、とにかく巻き取って、わずかにでも動きを制限してやれば、後は彼女の乗虎が仕留めてくれる。猛獣ならではの突進力で押し倒し、体重でねじ伏せ、牙《きば》で喰《く》い殺す。いくらクルスが名うての戦士であろうとも、人間の膂力《りよりよく》や体格では格闘戦で虎に勝てるわけがない。

「そおら！」

ダルシャンの気合一閃《いっせん》、鞭が走り、斜め上からクルスに打ちかかった。

しかし、空転。クルスはヒョイと後退《あとずさ》っただけで、この鞭撃《べんげき》を容易に回避してしまう。

(洒落《しゃら》臭い奴《やつ》！)

かわされたのは、もう何度目だろうか？　ダルシャンは舌打ちを禁じ得なかった。

先端は音速を超えるという鞭の軌道を、クルスは目で見て避けているわけではあるまい。この水際立った武人が見切っているのは、ダルシャンの鞭の間合い《リーチ》だ。鞭撃がどれほど速かろうが、届かないところまで退《さ》がれば、絶対に当たらないのが理屈。

「あんた、良い師範《せんせい》に槍《やり》を習ったんだってねえ！」

これも二太子《レン・ドー》が入手した情報で、クルスはコテコテの正統派の槍術《そうじゅつ》を極めているのだという。

なるほど槍使いという人種は、得物の間合いを見切ることに長じている。そして、直線的な攻撃を捌《さば》くことに関しても。ゆえにダルシャンの乗虎が間髪入れずに突撃を仕掛けても、それが常人には不可能な速度の体当たりでも――人ならざるゆえに、どうしても芸のない直進軌道しかできない猛虎の突進を――クルスはヒラリと右方へ転身すると、鮮やかに回避してみせる。

「然様！　我が師はクロードの近衛騎士たちを相手に、二年も師範を務めたほどの御仁よ」

「ハ！　たったの二年かい？」

「清廉潔白《せいれん》なお方だったのでな。宮中の毒が合わず、惜しまれながらも身を引いたのさ！」

と、快活に笑う余裕さえ見せるクルス。

並の神経の持ち主ならば、猛虎どもの凶相や魁偉《かいい》な体躯《たいく》を見ただけで、足が竦《すく》むというのに。襲われたが最後、恐慌して逃げ惑い、糞尿《ふんにょう》を垂れ流しながら喰い殺されるのが常なのに。

この男、いったいどんな胆力をしているのか？　敵として出会ったのでなかったら、ダルシャンこそ一度、口説かれてみたいほどだ。

（――ああ、そうだよ。違和感しかないんだよ）

乗虎を回頭させ、再びクルスへと突進させながら、ダルシャンは胸騒《むなさわ》ぎを覚える。振るう鞭にも逡巡を覚える。

戦いが始まってからこっち、一方的に攻撃を仕掛けているのはダルシャンたちだ。クルスは鞭の間合いを見切って避けるだけ。大虎の突進を、右に左によけるだけ。そんな防戦一方の苦境に、追い込まれているはずなのに。

（なぜ、そんな風に笑っていられるんだよ？　余裕風を吹かせてられるんだよ？）

それが不気味で仕方がない。

（アタイが女だから反撃できない……本当に、そんな理由なのか？　これほどの戦士《おとこ》が？）

クルスへの襲撃を仕掛けて、どれほど経《た》っただろうか。今や有利なはずのダルシャンの方こそ、名状しがたい焦燥に駆られていた。

そして、彼女の懸念は的中した。

クルスが嘯《うそぶ》く。

「今でこそアレクシス侯の大志に助力している私だが、元は諸国漫遊を嗜《たしな》む身だった」

大虎の突進を左にかわし様、唐突に話題を切り出したのだ。

「それも二太子殿下《レン・ドー》はご存知さ！　その土地その土地の女漁《あさ》りをしてたんだろう！」

「む。麗しい女性たちとの出会いを否定するつもりはないが、見聞を広めるのが主たる目的だぞ、失敬な」

「へえ、例えばぁ!?」

「例えば、熊や猪《しし》といった猛獣相手を専門とする、凄腕《すごうで》の狩人と酌《く》み交《か》わしたこともある」

フフフ、とクルスが意味深にほくそ笑んだ。

まさにその時であった。

突如、ダルシャンの跨る乗虎が、命令もしていないのに足を止めたのだ。

(し、しまったっ)

狼狽《ろうばい》するダルシャン。悲鳴を呑《の》み込むのが精一杯だった。


熊や猪、あるいは虎や獅子《しし》といった猛獣ども。

それらは皆、恐るべき膂力を生まれつきに備えている。

巨体に似合わぬ俊敏性を発揮できる。

あるいは狼《おおかみ》や狐《きつね》、果ては兎《うさぎ》といった野の獣どもでさえ本質的には、体躯に見合わない膂力や俊敏性を有している。

なぜなら獣どもの筋肉は瞬発力に特化し、それら二つを短時間で振り絞ることに適した構造をしているからだ。

人間とはそも筋肉の造りからして異なるがゆえの、身体能力の絶対的な格差。

しかし、裏を返せば――

獣どもの筋肉は、持久力に欠けているということ。

人間よりも遥《はる》かに疲れやすいということ。


虎使いであるダルシャンは無論、その性質を承知している。

しかし、異様なしぶとさを発揮するクルスとの戦いに専念するあまり、失念していた。

無理からぬことであろう。なにしろ猛虎どもをけしかけて、短期決着できなかったことなど、彼女にとってはこれが初めてのこと。未《いま》だかつてないシチュエーションが、熟練の猛獣使いをしてミスを犯させたのだ。

一方でクルスもまた、野獣どもの筋肉構造、その性質を知っていたのは明白だった。彼が防戦一方だったのは、決して女性相手に戦うことができなかったわけではない。専守防衛していれば、やがて虎どもが勝手に疲れ果てると計算していたのだ。

まるでダルシャンたちのお株を奪うように、虎視眈々《こしたんたん》と！

大虎の足が止まったその瞬間、クルスは一転して反撃に出た。

「ぬん……！」

右手で白銀の槍を振りかぶると、なんと虎上のダルシャン目掛けて投げ放ったのだ。

乗虎の背に跨っていた態勢のダルシャンでは、これを咄嗟《とっさ》にかわすことはできなかった。みぞおちに、まともにもらってしまった。

クルスは槍の穂先でなく、石突の方を向けて投げたため、ダルシャンに傷はない。そうじゃなければ、これで致命傷だったはずだ。

しかし衝撃でもんどりうち、落馬ならぬ落虎させられる。

主人がやられて、大虎が咆《ほ》えた。疲弊をおして、クルスへと躍りかかった。

「ま、待ちな！」

とダルシャンは乗虎に制止をかけたが——時すでに遅し。

クルスは戦場の習いで、予備の武器を携帯していた。腰に短剣を佩《は》いていた。それを抜くと、襲い来る大虎の突進をかわし様、虎の額《ひたい》へ渾身《こんしん》で突き立てたのだ。

ダルシャンの鞭と乗虎の連携攻撃《コンビネーション》には手を焼いていたクルスも、主を失った畜生のみが相手であれば苦にしなかった。それがどれほど危険な猛獣であろうとも、この戦士の敵ではない。

ダルシャンは乗虎を失い、深く思い知らされた。

と同時に、回収した愛槍を突きつけてくるクルスに、敗北の味を舐《な》めさせられる。

「一つ……いや、二つ聞いてもいいかい？」

ダルシャンはへたり込んだまま、潔く諸手を挙げて降参の意を示しつつも、確認せずにはいられなかった。

「もちろんだとも。このクルス・ブランヴァイス、ご婦人との談笑の機会に口をつぐむような野暮《やぼ》ではないよ」

「あんたはお行儀のいい槍の使い手だと聞いていた……」

「確かに少し前の私であれば、槍を投げるという発想すら出せなかっただろう。しかし人は学び、己《おのれ》の世界を広げ、成長するものさ」

（二太子殿下《レン・ドー》の調査不足だったということか……？）

ダルシャンはほぞを噛《か》むが、それは仕方ない。落胆まではしない。

土台、敵将のありとあらゆる情報を、完璧《かんぺき》に得られると思う方が甘いのだ。ダルシャンだってそこまで依存してはいないし、現に敗北した要因もクルスに「お行儀の悪い」槍術を使われたことではない。より問題が根深いのは――

「あんたは女に手を上げられない男だと聞いていた……」

「無論、好みではないさ。だが女性であろうと、これぞと見込んだ武人であれば手合わせを願うくらいはするし、戦場で相見《あいまみ》えれば矛を交えるしかあるまい。命を獲るまでは厳に慎むのが、私の流儀だがね」

「……なるほど。じゃあもう抵抗しないから、アタイを捕虜にしてくれ。大事に扱ってくれ」

「承知した。〝一角聖《ユニコーン》〟の名に懸けて」

開き直ったダルシャンの態度に、クルスが屈託《くったく》なく微笑した。

笑うとますます好男子に見えた。

こちらに手を差し伸べ、引っ張り起こしてくれる腕も逞《たくま》しい。

もっと別の場所で、別の立場で出会いたかったという想《おも》いを強くするダルシャン。

しかし、胸のわだかまりが晴れることはない。

（女と戦うことはできないという情報と、命を獲るまではできないが、戦うことができないわけじゃないという真相は、似ているようで違う……）

二太子《レン・ドー》の情報を元にマルドゥカンドラは作戦を立てたのに、その根本となる情報にわずかとはいえ齟齬《そご》があったのでは、砂上の楼閣ではないか。

まるで詐欺に遭ったかのような、釈然としない気持ちにさせられる。

（……いや、それはアタイの甘えか。負けた言い訳か）

ダルシャンは無理やりにでも呑み込み、腹の中に収めるしかなかった。

不幸中の幸いは、女の身で捕虜になっても、手荒な真似《まね》をされずにすみそうなこと。

クルスが「世界の半分の味方」だという情報には、微塵《みじん》の齟齬もなかったのだから。


「まるで詐欺に遭ったかのような」気持ちを抱く羽目になった、ダルシャン。

しかし、齟齬のある情報に翻弄《ほんろう》されたのは、彼女一人であろうか？

果たして――


〝山亀《アクーパーラ》〟の異名を持つ堅将ナーナクは、同胞たるボグダ族の部下たち五百人を率い、全員で揃《そろ》いの大盾《おおだて》を構え、登りの山道をじりじり進軍していた。

対するはアレクシス軍、〝単眼巨人《サイクロプス》〟ガライ率いる弓兵隊五百、、小癪《こしゃく》にも、坂上から矢の雨を降らせてくる。

が、その程度のことで慌《あわ》てふためく者など、ボグダの戦士には一人もいない。総じて背は低いものの頑健な体軀を持つ彼らは、どっしりと鋼《はがね》の盾を構え、矢の雨を弾《はじ》き返しながら粛々と行進を続ける。

大盾でもカバーしきれない脛《すね》や足の甲を射抜かれることもあるが、それでもやはりボグダの男たちは慌てず、騒がず。黙々と矢を抜いて、何事もなかったかのように前進する。一族の儀式に則り、戦いの前に阿片《あへん》を吸入した彼らは皆、恐れも痛みも知らぬ不撓不屈《ふとうふくつ》の戦士と化すのである。

そして、敵部隊との距離を詰めることができれば、後は抜刀して斬り込むのみ。白兵戦にさえ持ち込むことができれば、弓兵隊など恐るるに足らずだ。

しかも二太子《レン・ドー》の情報によれば、〝単眼巨人《サイクロプス》〟らはほんの二年前まで、ただの狩人として暮らしていたという。なるほど弓矢の腕前は達者だが、しかし職業軍人ではない。万が一にも、剣の腕まで立つということはあり得ない。

彼我《ひが》の数も同数。

阿片に高揚《こうよう》したナーナクたちは、そのまま殺戮《さつりく》に酔い痴《し》れることになるだろう。

「この戦況ならば、とっくに撤退を指示すべきだぞ、〝単眼巨人《サイクロプス》〟?」

油断なく大盾を構えたまま進みながら、ナーナクは独白する。

嘲《あざけ》りではなく、憐《あわ》れみを敵将にかける。

こんな戦況でも〝単眼巨人《サイクロプス》〟は撤退を判断できないと踏んだからこそ、マルドゥカンドラは〝山亀《アクーパーラ》〟を刺客に送り出したのだ。

〝単眼巨人《サイクロプス》〟は並ぶ者のない魔弾の射手だが、指揮官としての経験は浅く、兵法を知らない。また、未だ武人として冷徹になりきれない甘さがある。

この二つもまた二太子《レン・ドー》よりもたらされた情報である。


今――〝単眼巨人《サイクロプス》〟ら弓兵隊五百の背後には、逃げ惑うクロードの民らの姿があった。ナーナクの部隊が奴隷狩りを行い、連れ歩いていた若い男女だ。

〝単眼巨人《サイクロプス》〟らはこちらに奇襲を仕掛け、巧く同胞たちを救い出すことができたと思っていることだろう。勘違いも甚《はなは》だしい。それこそナーナクの用意した罠《わな》である。

いくさ場のことも知らず、恐慌した民草など、足手まといにしかならない。にもかかわらず、〝単眼巨人《サイクロプス》〟は彼らが安全地帯に逃げきるまで背に庇《かば》い続けるだろう。たとえナーナクらの接近を許し、白兵戦になったとて、自らを盾にして死守するだろう。戦況不利と見て作戦を変更し、民の救出を諦《あきら》め、自分たちだけが撤退する冷徹さを、持ち合わせていないだろう。

その甘さが全滅を招くというのに。

ああ、憐れ。憐れ。

「せめて高潔な戦士として、彼らを丁重に弔ってやろう」

ナーナクはそう心に決めた。

阿片に酔い、自分に酔っていた。

そのまま夢見心地で絶命できていれば、どれほど幸運だったろうか。

だが、ナーナクが目の当《ま》た《あ》りにするのは、悪夢の如き現実だった。突如――二百本もの矢が、彼らの斜め後方より飛来したのだ。

完全に不意を衝《つ》かれた。

盾を構えていない無防備な背中に、弓射を浴びせられた格好だ。頑健なボグダ族の戦士たちがバタバタと斃《たお》れていった。ナーナクに傍仕《そばづか》えする選りすぐりの者たちも、幾人も命を失った。

と――それらの状況を、ナーナクは阿片に侵された頭で、常よりも数秒遅れで認識した。

把握し、真《ま》っ青《さお》になった。

「き、奇襲⁉　どこから⁉　いや誰が⁉」

思わず口走ってしまったが、どこから不意打ちを受けたかは明白だった。今この時にも山道の脇、斜め後方の山林の中から第二射が飛来している。正面の坂上からも依然として矢の雨が降ってきているので、十字に弓射を浴びせられている最悪の形勢だ。

では、この敵伏兵の正体や如何《いか》に？

ナーナクは阿片に酔った頭で必死に考えたが、実は答えは単純極まりなかった。

ガライ率いるライン銀山出身の弓兵の数は、正確には全部で七百いた。

そう、五百ではなく七百だ。クロード人奴隷を連行するナーナク隊を強襲するに当たり、直前に二百を別動隊として分けていたというのがその真相。ガライの本隊が向こう正面を張り、丘上から弓射制圧を仕掛けている間に、別動隊が山林に紛れてガビロン軍の横合いや後方へ移動し、二方向から攻撃するという作戦だった。

兵法としては、初歩も初歩というべきものであろう。いくら疎いガライでも、軍属となって二年、この程度の手習いはいい加減、覚えていた。

では一方、ナーナクが――〝獅子頭将軍《ナラシンハ》〟の肝煎《きもい》りともあろう男が、なぜその程度の児戯を看破できなかったのか？　それはもちろん、「ガライは指揮官としての経験浅く、兵法を知らぬ」という先入観に囚われていたからだ。

加えてライン出身の元狩人たちの、山中での隠密活動はさすが手慣れたものだった。

阿片によって痛みも恐怖も忘れたボグダの戦士たちだが、しかし驚くという感情まで失われたわけではない。思わぬ方向から一斉弓射の奇襲を受け、たちまち混乱に陥《おちい》った。脊髄反射的に斜め後方へ大盾を向け直し、結果、正面坂上からの矢で落命する者が続出した。

愚かと笑うには、あまりに凄惨《せいさん》な光景だった。急所に矢を受けても痛みがないゆえに、苦悶も漏《も》らさず男たちが斃れていく様は、まさしく悪夢の如く不気味な光景だった。

「立て直せ！」

「速《すみ》やかに両方向の攻撃へ対応しろ！」

各級指揮官たちが金切り声で部下に命じるが、具体性を欠く指示では混乱が増すばかり。兵ら各々が自己判断で、バラバラに大盾を構えるのみ。布陣としては全く機能せず、盾を構えた逆方向からの矢でやられる。

この場合の最適解は、兵の半数は正面に向かって盾を構え、もう半数は斜め後方へ盾を構え、全員で整然と両面をカバーし合う形に組陣し直すことである。

しかし、これがまさに机上の論理でしかなく、現実はそう上手《うま》くいかない。軍隊というものは——それがたとえ五百人程度の小部隊でも——土台、不意の事態に対して咄嗟に意思統一を図ることなど、できるものではないのだ。

（クソッ、なんたるザマだ！　兵を預かる者として、このままでは同胞たちにも三太子《レン・ティーン》殿下にも顔向けできん！）

ナーナクは絶望的な想いを味わわされつつも、将としての責任感で己を奮い立たせる。

阿片による高揚感や陶酔感など、とっくになくなっていた。懸命に知恵を絞り、兵らがすぐ呑み込めるほど単純明快でありながらも、速やかにこの状況を打開できる案を模索する。

決して容易ではない。しかし、できなければ、待っているのは全滅だ。

「皆、前を向けい！　ひたすら坂上の敵へと突き進めい！」

ナーナクは大音声で部隊全員へと命じた。

号令一下、みな速やかに盾を前方へ向けて、進軍を再開した。部族の英雄であり、戦争の申し子《マルドゥウカンドラ》が見込んだ将軍であるナーナクの、これ以上ないほど簡潔明瞭な指示に、従わぬ者など一人もいなかった。

敵別動隊からの弓射に対して完全に無防備になってしまうが、阿片を吸った彼らに恐れというものはない。いくさ場におけるボグダ族の男とは、不退転の勇者と同義なのだと証明するかのように、我先に坂上を目指した。

（うむ、それでこそ！）

ナーナクは同胞たちに頼もしさを覚える。

しかし、まさか本当に部下たちの背中を、別方向からの矢撃にさらし続けるわけにはいかない。それではこの劣勢は覆らない。

「良ろし。では、我々のみで敵伏兵の矢に備える！」

ナーナクは声量を調整し、傍仕えする戦士たちにだけ次の命令を伝えた。

約五十人の、部族から選りすぐられた剛の者たちが、これも速やかに従う。斜め後方からの弓射に対し、盾を整然と構え、残る同胞たちの背を守るのだ。

理想では部隊を半々に分けたいところで、わずか五十の盾でどれだけ敵別動隊の矢を防げるか苦しいところだが、この際贅沢《ぜいたく》は言っていられない。

「我に続けッ！」

ナーナクもまた正面に向けていた盾を、斜め後方に向け直した。

敵別動隊の矢を、自ら率先して食い止めようとした。

だがその一瞬後――坂上から飛来した一本の矢が、ナーナクの頭をバスンと貫いた。

そう――
大音声で部隊総員に号令をかけた指揮官が、盾を別方向へ構え直したその隙《すき》を見逃す、ガライの魔弾ではなかったのである。

「二太子《レン・ドー》よりもたらされた敵将の情報に、誤りとは言えずとも、わずかながら齟齬がある」

「そして、そのわずかな齟齬が命取りになっている」

前線にて判明したこれらの重大事項は、ただちにマルドゥカンドラ直卒軍全体で警告、共有、対策されなければならない問題だった。

しかし、電信のような高速連絡手段の存在しないこの時代では、どれだけ努力をしようと「ただちに」といっても限度がある。それはハルスィエセの操《あやつ》る隼《はやぶさ》の速度を以ってしてもだ。

前線のA部隊からB部隊へと、猛禽《もうきん》どもに警告文を運ばせ、報《しら》せて回ることができればまだよかったのだが、使役できるのがハルスィエセしかいない以上、それは不可能だった。

前線でできることは唯一つ。本陣との定期連絡用に、数日おきに送られてくる隼どもに警告文を託して、〝大隼神《ホルス》〟の元へ帰巣させることのみだ。

それを受けとったハルスィエセが、また警告文を隼どもに運ばせ、前線の各部隊に送り届けるというワンクッションが必要だった。

よって、いくら隼どもの天翔る速度が、騎馬による伝令とは比べ物にならないほど速いとはいえ、警告が全軍に行き渡るまでには煩悶《はんもん》とするほどの時間を要する。

テヴォ河流域はあまりに広く、マルドゥカンドラたちは戦線を拡大しすぎた。

ゆえに前線の諸将らは「当初の作戦」通りに行動し、遂行するため邁進《まいしん》していた。

〝戦士の王《ニヌルタ》〟キンダットゥもまた、その一人だった。

彼がマルドゥカンドラより賜《たまわ》った主任務は、その類稀《たぐいまれ》な武勇を以って、かの〝六全《りくぜん》たる昴星《すばるぼし》〟の末裔《まつえい》を討ち取ること。

しかし、オスカー・ユーヴェルは未だ居場所が特定されず、遭遇もできていない。

よって副任務である、遊撃作戦に邁進していた。ハルスィエセの索敵網に引っかかった敵部隊――それも孤立した部隊を、近場のものから手当たり次第に駆逐していくのである。僚将《りょうしょう》たちとは異なり、キンダットゥは奴隷狩りを免除されているのだ。まさに勇将の本懐たる役目だった。

そして現在はベルブラース州の街道上、アレクシス軍の軽騎兵隊三百を追撃中。

キンダットゥも同数の軽騎兵を率い、自ら先陣を切って、必死の態で逃げている敵部隊の尻《しり》に噛みついた格好だ。

手綱もつかまず両の足だけで騎馬を操り、自慢の戦鎚《せんつい》と鉄鎖を両の腕で振るい、アレクシス兵どもを当たるに幸い薙《な》ぎ払う様は、まさに闘神の如し。

「弱卒どもではこの〝戦士の王《ニヌルタ》〟の相手は務まらぬぞ！　少しは骨のある奴はいないのか⁉」

新たに一兵蹴《け》散《ち》らしながら、キンダットゥは気炎を吐く。

自分でもやや芝居がかった言い回しだと思うが、こういう口八丁も将には必要であることを、今では学んでいる。実際、キンダットゥに喝破されたアレクシス兵どもはますます怯《おび》え、率いるガビロン兵たちはますます勇む。

（まあ、本当に骨のある奴がいれば、ハルスィエセが警告してくれていただろうがな）

アレクシス軍にはレオナートを筆頭に、名だたる武人豪傑たちが居並んでいると聞くが、キンダットゥは未だに遭遇していない。どうも巡りが悪いようだ。

（まあ、それならそれで、俺《おれ》は区々たる勝利を確実なものとし、ご主君に捧げるまでよ）

また一兵の首に背後から鉄鎖を巻き付け、馬上から引きずり落としながら、嘆息《たんそく》する。

「次！」

まるで稽古《けいこ》をつけてやるかのような口調で叫びつつ、キンダットゥは新たな獲物を物色。

すると敵部隊の前方から、キンダットゥが大暴れしている後方まで、馬足を落とすことでゆるりと下がってくる騎士を見つけた。

立派な漆黒《しっこく》の胸甲《きょうこう》といい、優れた馬格の乗騎といい、恐らくはこの部隊の指揮官だ。

豊かな顎髭《あごひげ》を蓄え、どこか愛敬のある人相をしている。

左手一本で巧みに手綱を操り、利《き》き腕には堂々と片手半剣を構えるが、

「応！　ならばこのオレが相手よ！」

と吠える様には、どこか迫力がない。

（俺と張り合う自信があるのか？　それとも殿軍《しんがり》を務め、自らを犠牲に兵らを逃がすつもりか？　まあ、どちらにせよ、将の責任の取り方としてはアリだな）

キンダットゥは馬腹を蹴ると、下がってきたその騎士に追いつき、並行して走らせる。

（まずは様子見よ！）

右手の鉄鎖を振るい、遠間から敵騎士へと伸ばす。

この珍しい武器を相手に、咄嗟に対応できる者は少ない。リーチがあるので安全圏から先制

できるし、相手の力量を測るのにこれ以上のものはない。

「洒落臭いわ！」

敵騎士は鉄鎖の軌道を悠然と見切ると、片手半剣で打ち落としてみせた。

「うちの大将も鉄鎖は得意でね。しかも得意になるまで散々、オレがつき合わされたもんさ！」

この程度はなんでもないと、豪語する髭面《ひげづら》の騎士。

「ほう。やる」

キンダットゥは素直に感心すると、両足のみで愛馬を操る。

敵騎士の方へと寄せては戦鎚で攻め、引いては鉄鎖で攻めるを繰り返す。一振りごとに一兵を屠《ほふ》ってきた、〝戦士の王《ニヌルタ》〟の猛撃だ。

それがこの髭面の騎士には、尽《ことごと》く剣でいなされる。どうにも飄々《ひょうひょう》とした、なんとも攻めづらい相手だった。

（もしや名のある武人なのか？　いや、しかしな。守っているだけなら、一枚も二枚も格が落ちる奴だって、案外に戦えるものだ）

剣奴時代、我が身大事に守備技術ばかり磨《みが》く闘士は、たくさん見てきた。そういった連中は比較的長生きできるが、強さはせいぜい二流止まりだった。

この髭面の騎士は、果たして一流か？　二流か？

「改めて名乗ろう――」

相手の情報を引き出すため、試しにそう呼びかける。

「──俺の名はキンダットゥ！　栄えある三太子殿下《レン・ティーン》の常勝軍にその人アリと謳《うた》われ、世に〝戦士の王《ニヌルタ》〟と呼ばれる男よ！」

「応、貴殿がそうか！　オレはメロウ！　アレクシス騎士隊の三傑に数えられる男よ！」

（メロウ？　聞いたこともないな）

やはり二流止まりかと、キンダットゥは嘆息する。

「人の名を聞いて溜《た》め息をつくな貴様ァ！」

たちまち怒気を発す髭面の騎士。

キンダットゥはなお嘆息混じりに諭すような口調で、

「そもアレクシス騎士隊の三傑とは、〝後悔の巨人《エピメテウス》〟と今は亡き〝復讐の魔神《アリオッチ》〟、そして〝吸血皇子《ノスフェラトウ》〟のことであろう？」

「アレクシス侯を騎士の三傑に数えるのは不敬だろうが！　ああ、ああ、ああっ、みんな勘違いしてるんだよなあ！　オレの方が先輩なのに、昔っからフランクとエイナムばっか有名なんだよなあっ！」

髭の騎士は剽軽面《ひょうきんづら》を歪《ゆが》めて、嘆き節になった。

「悪いが、笑い話につき合うつもりはない」

相手の格が知れたところで、キンダットゥは攻めの圧を上げた。

「アレクシス騎士隊の三傑」については、二太子《レン・ドー》からもたらされた情報の中にあった。

しかし、そこにレオナートが入っているのが誤りだとは知らなかったし、本来入るべきメロウなどという男の名はもっと聞いたことがない。

情報に齟齬があったことはモヤッとしたが、さりとてこの二流止まりを相手するのに、さしたる問題はなかろうと判断した。

まったくキンダットゥは武断の人だった。


（それよりも気になるのは、だ……）

先端が鉤状になった左右の武器を、双頭の鷲《わし》めいて繰り出しながら、キンダットゥは敵騎兵隊が逃げる先を意識する。

街道が林に差し掛かろうとしていた。

兵を伏せるなら、打ってつけの地形ということだ。

（いや、しかしまさかな）

このメロウとやらが率いる軽騎兵隊は、周辺で孤立しているからこそ、ハルスィエセから討てと指令が飛んできたのだ。他《ほか》の敵部隊が実はいて、キンダットゥらに奇襲を仕掛けるために雌伏《しふく》しているとは考えにくい。また、このメロウらの慌てぶりも本物にしか見えず、キンダットゥらを釣るための偽退だとは到底思えない。

ならばこのまま追撃を続行するのみである。

（居もしない敵兵の影に脅え、ここでこやつらを撃滅する機会をみすみす逃したなどと、三太子殿下《レン・ティーン》に合わす顔がなくなるわ）

ただ果断な戦士だというだけではなく、冷静な将軍としてもそう判断した。

「このまま追撃を続行する！」

メロウを鉄鎖で攻め立てながら、後続の部下たちへ向けて声を張り上げるキンダットゥ。

兵にも気が利く者はいる。林を見て、自分と同じく伏兵を懸念する。この場は退くべきではないかと、迷いが生じる。追い足が鈍る。

だからキンダットゥは殊更に指示を叫び、隊全員の意思統一を図ったのだ。細かいことだが大事なこと。これもまたマルドゥカンドラやアクバルから学んだ、将たる者の機微だ。

「この〝戦士の王《ニヌルタ》〟に続けーッ！」

メロウと並走して干戈《かんか》を交えながら、キンダットゥはいの一番に林の中へ突っ込んだ。

彼を慕う兵たちが、迷いも恐れもなく付き従った。

そして、横合いから弓矢の猛射を浴びた。

林の中に潜んでいたアレクシス兵から、伏撃を受けたのだ。

キンダットゥの兵は成す術《すべ》もなく矢に斃れた。あるいは幸運にも矢傷で命を落とさなかった者たちは、落馬して結局は同じ末路を辿《たど》った。

「ばっ、馬鹿《ばか》なっ……」

完全に読みを外され、絶句するキンダットゥ。

胸中は、この伏兵を見落としたハルスィエセへの恨み言で、いっぱいだった。

自分自身こそ無事だったが、それはメロウと斬り結んでいたおかげか。味方への誤射を恐れたアレクシス兵が、狙いを外したに違いない。

否《いな》、生き残ることができたと考えるのは、早計であろう。

「よくわからんが、好機到来！」

今までずっと防戦一方だったメロウが、ここに来て一転、敢然と斬りかかってくる。

両手で構え直された片手半剣、その刀身が唸《うな》りを上げて迫る——

ざわ、とキンダットゥの肌が粟立った。

剣奴時代に鍛え抜かれた皮膚感覚で、身の危険を覚えていた。

それほどメロウの斬撃は鋭かった。

命惜しさに、のらりくらりとやりすごすだけの、二流止まりの男ではなかったのだ！

キンダットゥは知らない。

彼だけでなく現アレクシス軍の大半の者も知らないし、二太子《レン・ドー》の持つ情報にもない。

しかし、このどこか愛敬のある髭面の騎士こそ嘘偽《うそいつわ》りなく、かつてアレクシス騎士隊の三傑に数えられた、猛者《もさ》の中の猛者。

先代侯爵夫人ロザリアは彼の武勇を見込み、どこへ行くにも護衛として連れ歩いた。

さらには幼少のころのレオナートに、初めて武術の何たるかを叩《たた》き込み、師と呼ばれたことさえあるほどの騎士だった。


だが、それでもキンダットゥならば、〝戦士の王《ニヌルタ》〟ならば、武勇でメロウに後れをとることはなかったであろう。尋常に手合わせをすれば、マチルダやクルスらにも比肩し得る剛の者であったろう。

しかし、今の彼は純粋たる戦士ではなかった。

将としての自覚と自負を持っていた。それがこの場では完全に仇《あだ》となった。伏兵はいないと確信した、その予測が外れた動揺は大きかった。麾下兵《きかへい》を失った呵責《かしやく》にも苛《さいな》まれていた。

結果――

メロウの乾坤一擲《けんこんいってき》の斬撃に対応できず、肩口から斜めに致命傷をもらう羽目となった。

もしキンダットゥがただの一兵卒の立場にあったら、ごく順当にメロウを返り討ちにできたであろうに。


「ふぃー、危なかったぁ」

敵将キンダットゥを一刀の元に討ち取り、メロウは額の汗を拭《ぬぐ》った。

逃げるのに必死だった彼の兵たちも、状況に気づいて取って返してきた。

矢による奇襲は効果的だったが、さすがにガビロン兵が全滅したわけではない。死を免れた者たちもいた。その掃討に嬉々として乗り出したのである。

一方、林の中に潜んでいた友軍も姿を見せて、殲滅《せんめつ》作業に加わった。

「いやおかげで九死に一生を得たぞ！」

「よくぞ助けてくれた！」

メロウの兵らは例外なく彼らに感謝し、ともに残党狩りを行った。

また彼らの指揮官は、メロウの方へと歩み寄ってきた。

同じ意匠の黒い胸甲を纏《まと》った、初老の騎士である。

左の目を覆った眼帯が、すぐに何者かを教えてくれる。

「おう、ゼインか」

鞍《くら》から降りて、メロウは大げさなほど両腕を広げ、同僚を歓迎した。

「フッ。おまえさんのお気楽な脳天に、〝戦士の王《ニヌルタ》〟の鉄槌が下されたものとばかり思っていたが、どうやら命拾いしたようだな」

ゼインと呼ばれた初老の騎士は、むさ苦しい抱擁《ほうよう》には応じず、憎まれ口まで叩く。

同じアレクシス騎士として、二十年来のつき合いだからこその気安い間柄である。

「ゼインが撃退してくれたおかげだ。しかし、よくぞ駆けつけてくれた！」

「どうやらおまえさんたちらしき友軍を、キンダットゥが各個撃破に動いているという情報を入手できてな。これは助勢せねば勝てる相手じゃないと踏んで、急いだわけさ」

「何？　だったら最初から一緒に戦ってくれればよかったではないか。心臓に悪い」

「急いだが、ギリギリ間に合わなかったのだ。ならば、おまえさんたちが逃げてくるのを想定して、退路を予測して、待ち伏せをしていた方が多くの命を助けられると思ったのさ。キンダットゥを討ち取ることができたのは、ま、出来すぎの範疇《はんちゅう》だな」

ゼインはなんでもないことのように、カラカラと笑った。

しかし、メロウらが敗走するだろう予測まではいいとして、その退路まで読み当て、しかも周到に効果的な伏撃まで実行してみせるのは、まさに水際立った用兵というものである。

さすがは〝宵闇騎士団《ナイツ・オブ・ナイト》〟の、先々代の隊長だ。

智勇双全の名将とまで謳われたエイナムが後に現れるまで、歴代で最も長い期間、アレクシス騎士隊を指揮していたのはこのゼインである。

亡きロザリアにも重用され、後進に騎士隊長の席を譲った後も、軍事顧問として先代侯爵夫人の右に立ち続けた。

そのゼインが表情を引き締めて、

「敵将シャバタカへの行動指令書も入手できた。ゲレル殿が狙われているようだ。ここからでは間に合うか、ちと怪しいが、向かうぞ」

とんでもない事実を、しごくあっさりと口にした。

「応、承知」

メロウもまたそれを当たり前のことのように受け止めた。

ガビロン兵の殲滅を確認後、互いの兵らを指揮統率。生者には休息と治療を、死者には埋葬と鎮魂を手当てした後、次の戦場へと移動を開始したのである。

本来は機密であるはずの、ガビロン軍の作戦情報や行動指令書。

それらを入手できたとゼインは言った。

いったい、どのような魔法を用いたのであろうか？

東西に長いベルブラースには、州を横断する主道である〝ベルクス街道〟の他、各地の市町村を繋《つな》ぐ無数の支道が存在する。

そんな小街道の一つを、およそ三十ほどの人馬が騎行していた。

和気藹々《わきあいあい》と旅する風情《ふぜい》に見えて、移動速度は恐ろしく速い。

騎馬が駿足で、騎手が巧みな証左であった。

何しろ彼らは全員が、クンタイト騎兵なのだから。

そして一人が、秋晴れの空を指しながら言った。

「姫！　あれをご覧ください！　脚に文が括《くく》られております！」

人差し指の遥か先には、一羽の隼の姿があった。

地上からだとゆったり飛んでいるように見えるが、実際は南から北へと猛スピードで翔ていることだろう。

「言われずとも、とっくに見えておるわ」

姫と呼びかけられたその小柄な美女は、あくび混じりに悪態をついた。

誰あろう翼の大氏族《ダラウチオルス》族長の娘、ナランツェツェグであった。

しかし実際、彼女の悪態は大言壮語などではない。

果てしなき草海を生きるクンタイト人は、その全員が視力優れる狩人であるが、ナランツェツェグより目の良い者など、数万人いる氏族の中でも数えるほどしかいないのだから。

「墜とせ」

ナランツェツェグはまだ退屈そうにしながら、氏族の若武者たちへ横柄《おうへい》に命じた。

それで取り巻きたちが手綱も使わず、愛馬との阿吽《あうん》の呼吸だけで停止させる。

一斉に弓矢を構え、大空をゆく隼へ狙いを定める。

そうして争うように矢を射かけるが――駄目。誰も命《あ》てることはできなかった。

天翔る猛禽は、生きた的の中でも最も難しい獲物だからだ。決して射手の腕前が劣っているわけでもなく、むしろ生粋《きっすい》の遊牧騎馬民族たるクンタイト人の水準は極めて高い。

「まったく眠たい奴らじゃ。ダラウチ氏族の恥じゃ」

にもかかわらず、ナランツェツェグは容赦《ようしゃ》なく腐《くさ》す。

気怠げに自らも弓矢を構えると、さも仕方なさげに規範を示す。ひょう、と放てば、これを見事に一矢で射落としてみせる。名人芸を気負うことなく、あたかも児戯の如くやってのけたのだ。

「見たか？　これができてこそ、草海の勇者というものぞ」

まるで勝ち誇るでもなく、ナランツェツェグは周囲に言った。

「いやいやいやいやいや……」

「姫を基準にされると、草海には惰弱者しかいなくなりまするぞ？」

「あなたが大草海の申し子であることを、少しはご自覚くだされ」

「フン、御託はよい。さっさと獲物をひろってこぬか」

ナランツェツェグがつまらなそうに鼻を鳴らすと、一騎が尻を叩かれたように駆け出す。彼女が射落とした隼を、すぐに回収して戻ってくる。

「姫、姫、間違いなくハル……ナントカいう敵将の操る禽《とり》でした！　文を確認いたしました！」

「童のように喜び勇むな。おぬしの手柄ではなかろう」

ナランツェツェグは小馬鹿にしたように鼻を鳴らすと、差し出された文をひったくる。大して興味はなく、しかし一応、ざっと目を通す。

「文にはなんと、姫？」

「ダル某《なにがし》とかいう敵将に宛《あ》てた、クル某とかいう将を討てという命令書じゃな」

「クルス殿はお味方ですが、姫……」

「某呼ばわりはさすがに礼を失するかと、姫……」

「しかも彼は、端倪《たんげい》すべからざる馬術達者に槍達者ですぞ」

「ハッ。アレクシス軍には豪傑武人が綺羅星の如くと謳っておるが、わたしの旦那様を除けば雄の臭いのせん奴ばかりよ。どいつもこいつも、顔も名も記憶するのが難しいわ」

「出たよ……」

「最近の姫は、隙あれば惚気《のろけ》るからな……」

氏族の若武者たちが、やれやれという顔つきになるが、ナランツェツェグは素知らぬ態度。

「よいから近場の誰かに届けてやれ。本陣のティキ殿に届くよう手配も忘れるな。急げよ」

尊大に命じると、また一騎が文を持って駆け出していく。


アレクシス軍には〝動物王《ケルヌンノス》〟ティキがおり、ガビロン軍には〝大隼神《ホルス》〟ハルスィエセがいる。

ゆえに猛禽による情報伝達網を構築できることを、互いが互いに理解していた。

しかし、だからといって妨害対策の類を、ガビロン軍は用意しなかった。大空を東西南北へ、高速飛翔する猛禽を阻むことなど不可能だと思っているからだ。

一方、アレクシス軍はこの通り、ナランツェツェグらによる妨害作戦を実行していた。大陸に冠絶する「弓馬《ゆんば》の民」クンタイト人ならば、それが可能だと知っていたからだ。

むしろ、一度痛い目に遭っていたからだ。

まだアドモフ帝国へ電撃侵攻していた折、翼の大氏族《ダラウチオルス》一万とクレマーンヌ丘陵で交戦していた時のこと。

稜線の陰を使った奇襲と進路誘導作戦を行うため、自分たちだけはクンタイト人の位置情報を把握するため、大鷲を使って上空から偵察させる予定だった。だが、このナランツェツェグにあっさりと射落とされ、あわや作戦に支障を来すところだったという経緯だ。

クレマーンヌ丘陵の戦いにおける作戦発案者、〝殺戮の悪魔《グラシャラボラス》〟ジュカはその時の恨みを忘れず――もとい、払った授業料を今回活かして、妨害対策を考案したと言える。

彼女はクンタイト騎兵を約三十人で一組に分け、テヴォ河流域に放った。

彼らは自由に動き回りながら、目についた猛禽どもを片端から狩った。

ナランツェツェグには遠く及ばずとも、さすがに百発百中とはいかずとも、クンタイトには弓の名人が大勢いる。また草海で生きるために発達した視力は、ティキの操る猛禽についた目印を判別するのにも打ってつけで、誤って射落とすことはない。

つまりは決して魔法などではなく、純然たる人の優れた技と資質に寄るもの。

そうして翼の大氏族《ダラウチオルス》は暗躍し、隠然たる戦果を挙げていた。ガビロン軍の索敵網のあちこちに穴を開け、また前線へ宛てられた命令書を奪取した。マルドゥカンドラが指令した作戦の裏を、友軍が衝くのに幾度も貢献していた。

しかも何より、ガビロン軍はこの情報破壊工作に気づいていなかった。拡大しすぎた戦線の中で、わずか三十騎で行動している部隊をいちいち把握するなど、森で木の葉の一枚に気づけというようなものだからだ。

また、ティキにせよハルスィエセにせよ、猛禽を使役するというにも限度がある。所詮《しょせん》は畜生、役目を与えて空に放ったはいいが、そのまま蓄電するのはしょっちゅうだ。だから、前線に文を届ける時は、同じ内容の物を数匹に託して飛ばす。だから、うちの一匹が実は射落とされていて届かなかったとしても、「いつものことか」と気にも留めない。

ガビロン軍は自分たちの情報網に、強い信頼を抱いていた。

しかし、それは幻想でしかなかった。

実際にはアレクシス軍の部隊をいくつも見落とし、また自分たちの作戦や指示のいくつかは筒抜けという有様だったのだから。


〝双頭の蛇《アンフィスバエナ》〟マチルダは、かつてないほどの苦戦をしていた。

無論、過去に敗北を喫した経験は何度もある。例えばレオナートを相手に、矛を交えた時がそうだ。

しかし彼との戦いは、「全力で挑んでなお歯が立たなかった」という、敗れたりとはいえどこか胸が空く類のものであった。苦戦をさせられたという想いは、最中にも後から振り返っても、微塵もなかった。

しかし、今――マチルダはまさしく、地面を舐めさせられるような想いで戦っていた。周囲を毒の煙で巻かれ、吸い込まぬように姿勢を低くしたままでの戦闘を余儀なくされていた。ほとんど這《は》いつくばった状態の、まるで蜘蛛《くも》のような格好で敵将と対峙《たいじ》していた。

当然、こんな体勢で十全の膂力は出せない。得意独自の二槍は封印し、一本の槍を両手で突いて戦う。しかもそれとて、腰砕けの刺突にしかならない。無理な格好から繰り出された突きに、普段の迅さ、鋭さは見る影もない。

敵将が左手に構えた盾に、あっさりと弾き返される。

「ハハハ！　どうした、女？　我が僚将《とも》ギルナメを討ったという、槍の玄妙を見せてみせい！」

敵将が呵々大笑《かかたいしょう》しながら、右手に携えた彎刀《わんとう》を振り下ろしてくる。

マチルダはそれを、ほとんど地面を転がるようにして、ギリギリで回避する。

「嫌な男ね。あんたの妻子に同情するわ」

卑怯《ひきょう》にも毒の煙を使っておいて、こっちを全力で戦えない状態にしておいて、よくぞそんな台詞《せりふ》が吐けたものだと嫌味を返す。

しかし、キレがない。煙を吸い込まないよう、小声でボソボソ言うしかないからだ。

「ハハハハハ、聞こえん！　聞こえんぞぉ！」

敵将は嵩《かさ》にかかって彎刀を振りたくる。

マチルダは知らないがこの男、名をセベクエムサという。〝化蜥蜴《バジリスク》〟の異名を持ち、毒への耐性を持つダーフラ族の英雄である。背丈があり、笛のように長細い体躯をした一方で、異様に手足が短い。だから攻撃にリーチがない一方、刀遣いに小回りが利く。

マチルダはほとんど七転八倒しながら、どうにか敵将の連撃を凌《しの》ぐ。

体力にも自信のある方だが、早や息が上がっていた。毒煙対策で、口元に布を巻いて覆った弊害だ。呼吸がままならず、肺が引っ張られるような不快感に苛立《いらだ》たされる。

（今は我慢の時よ。我慢、我慢、我慢、我慢……っ）

マチルダは己に言い聞かせるため、胸中で何度も繰り返す。

ダーフラ族で構成された敵歩兵どもだけが、煙の中でも平気でいられるこの苦境で、マチルダの兵たちは無理な姿勢を強《し》いられつつも、忍耐強く戦ってくれている。自分が自棄《やけ》になるわけにはいかなかった。

（煙攻めなんて長くは続かない。この毒は、もうすぐ晴れる）

風が吹いているからこそ、敵の居場所まで毒煙を送り込んで、攻撃できるのだ。

そして、風が吹くからには煙も一所に留まらない。いつかは拡散されていく。風を操ることのできる妖術師《ようじゅつし》が実在するでもない限り、それが自然の法則だ。

実際、周囲を覆う煙の濃度は、刻一刻と薄まってきている。強い風がもう一吹きでもすれば、大気は無害化するはずだ。

（あたしはその風を待つ……！）

マチルダは歯を食いしばり、地を転がり土に塗《まみ》れながら、反撃の機を待った。

何事もとことんやる――それが彼女の信条であり、そんな強靭《きょうじん》なメンタリティの持ち主だからこそ、肉体的性差を跳ね返して超一流の武人と成れたのだ。どれほどの苦戦を強いられようと、マチルダは粘り強く奮戦した。

そして、その敢闘は報われることになった。

ゴウッ！

——と吹き抜ける、一陣の風。

待ちに待った、大自然の息吹《いぶき》だ。周囲に燻《けぶ》っていた毒気を掃き清めるのに、充分以上に強い風だ。これぞまさに「天」の助け！

そこへさらに、「人《じん》」の佐《たす》けまで加わることになる。

激しい風鳴りに混じって、無数の馬蹄《ばてい》が大地を叩く轟音《ごうおん》が聞こえてくる。

「煙は晴れた！　今だ、かかれいッ！」

「マチルダ卿をお救いいたせ！」

「お待たせしました、姐御《あねご》ぅ！」

援軍だ。アレクシス軍の「黒竜」旗を靡《なび》かせた軽騎兵隊だ。

頼もしき男たちが鬨《とき》の声とともに駆けつけ、ダーフラ族の戦士たちに斬り込んでいく。

毒煙のおかげで圧倒的優位に立ち、マチルダの兵たちを散々にいたぶってくれた連中を、今度は逆に馬上からの圧倒的優位で蹂躙《じゅうりん》する。

その先頭を馳《は》せるのは、白い外套《がいとう》を翻《ひるがえ》す美貌《びぼう》の青年。

当代の〝六全《りくぜん》たる昴星《すばるぼし》〟、オスカー・ユーヴェルだった。

辛《つら》く苦しい冬に終わりを告げ、人々に恵みをもたらす〝春風の軍神《イアリロ》〟もかくやの風情で、颯爽《さっそう》と現れる。

「ガビロンの〝化蜥蜴《バジリスク》〟とやらは、卿《けい》と見た！」

過たず狙いを定めるや、マチルダと対峙していたセベクエムサへ、横合いから打ちかかる。

白馬を巧みに操り、剣光一閃、鞍上《あんじょう》から愛刀を振り下ろす。わずか一刀の元に斬り捨てる。

毒を用いなければ戦えない卑怯未練な奴輩《やっぱら》など、この騎士の敵ではなかった。

「助かったわ、オスカー！」

「いや、貴女を助けたのはオレではない。ガビロン軍の命令指示書を入手してくれた、クンタイト人たちさ」

「とにかく、よく来てくれたわ！」

マチルダは感謝の言葉をケチらなかった。自分はともかく、おかげで麾下の兵が一人でも多く助かったことが、うれしくてならなかった。

「再会の喜びをわかち合うのはまた後としよう、マチルダ殿」

「ええ、大いに賛成」

「件の指示書から判明したが、このダーフラ族とやらは毒を得意とする面倒な奴ららしい」

「それも同意！　あたしたちも身をもって思い知らされたわ」

「よって、この機会に一掃せよとの本陣からのお達しだ」

「それはシェーラの仰《おお》せ？　ジュカの仰せ？」

「両軍師殿の一致した見解のようだ」

「ふふっ。じゃあ、とことんやらないとね」

うずくまっていたマチルダは、鞍上から身を乗り出したオスカーに引っ張り起こされる。

兵たちの遺体とともに転がっている、槍の一本を黙禱《もくとう》とともに預かると、改めて闘志を漲《みなぎ》らせ、得意独自の二槍構えをとる。

そしてマチルダは徒歩《かち》で、オスカーは騎馬で、ガビロン軍ダーフラ族の討滅を開始した。


もし神の視座を持つ者が、広くテヴォ河流域を一望したならば——

各地でアレクシス軍の部隊が、ガビロン軍の部隊を続々と撃破する様が、俯瞰《ふかん》できただろう。

マルドゥカンドラ肝煎りの諸将らが、十月三十日から十一月五日にかけてのわずか六日間で、次々と命を落とす様が目に入っただろう。

アレクシスの将兵らが有能だという事実は間違いない。しかし、ガビロンの将兵らが無能なわけでは決してない。

戦場が広くなればなるほど、混沌《こんとん》とした状況になればなるほど、情報というものの価値が跳ね上がっていくのは当然のこと。その情報面で優位に立ったアレクシス軍が、ガビロン軍を圧倒するのも自然《じねん》のこと。

そして、前線と本陣の距離があまりに遠く、連絡にひどくタイムラグが生じる以上、如何にマルドゥカンドラといえど、この劣勢に手を打つことはできなかった。

勝利を信じて送り出した諸将らが、しかし各地で敗戦を重ねているという、悲鳴のような報告が数日遅れで届けられ、蒼褪《あおざ》めたハルスィエセの口から聞かされた時、〝獅子頭将軍《ナラシンハ》〟は作戦の失敗を理解した。

ただちに奴隷狩りや敵将の抹殺任務を中断して、撤退するよう全部隊に指示を飛ばした。

個々の将や部隊を見れば、まだ健在なものも、むしろ勝利を挙げているものもいたが、マルドゥカンドラは微塵も、躊躇《ちゆうちょ》も未練も抱かなかった。

情報が数日遅れで入って来、折り返し連絡には十日がかかろうかという状況の中で、その正確な引き際の見定めは、まさに「魔眼」に他ならなかった。作戦失敗の出血を最小に抑えた。

しかし、その的確にして最速の撤退命令もまた、前線に届くまで数日がかかるのである。

テヴォ河流域に浸透した部隊の多くは何も知らぬまま、己らの優位と常勝を信じきって作戦に邁進し、しかしあべこべの現実に直面し、予期せぬ劣勢に狼狽するのである。

〝馬頭《キンナラ》〟シャバタカが率いる、王室騎兵隊《ウガルルム》千騎もその一つだった。

彼と彼の部隊が与えられた指令は、ゲレルという「双子の出涸《でが》らしの方」率いるクンタイト騎兵五百を、倍する兵力を以って撃滅すること。

そして、それは容易なことに思えた。何しろ相手が呑気《のんき》に、昼食を摂っているところを捕捉できた。すわ好機と急いで攻めかかれば、連中は慌てて応戦の態勢を整えるどころか、のんびりまったり緊張感のないこと甚だしき有様だ。規律の欠片《かけら》も見受けられなかった。率いるのが「双子の出涸らしの方」だから、兵らに舐められているのだろうとシャバタカは推測した。

（いくら相手が音に聞こえたクンタイト騎兵であろうと、これではなあ！）

己らの勝利は揺るがないだろう。

騎兵とはクンタイト人のみに非ず、ガビロンにも王室騎兵隊《ウガルルム》アリとその精強さを連中に叩き込んでやるべし。マルドゥカンドラ幕下にあっても「騎兵を統率させればシャバタカ」と謳われる自分との、指揮官の格差を思い知らせてやるべし。

シャバタカは勇んで、麾下一千騎の先陣を切った。

昼食を未練たらしく諦め、ようやく馬上の人となったノロマな連中へ、斬りかかった。

そして、己の誤算に蒼褪めることになった。

「「「Hrrrrrrrrrrrrrrr！」」」

クンタイト人どもが一斉に、奇怪な雄叫《おたけ》びを上げる。

まるでそれが目覚めの鐘であるかのように、連中の面構《つらがま》えが豹変《ひょうへん》する。

弓矢を構え、剽悍《ひょうかん》なるクンタイト騎兵となる。

草海の勇者となる。

「「「Ｈｒｒｒｒｒｒｒｒｒｒｒｒｒｒｒｒｒｒ！」」」

奇声を叫びながら、連中はてんでバラバラに散開していった。

一見、陣形や戦力集中の概念もないのかと呆《あき》れ返りそうなこの動きが、しかし恐るべき効能を発揮する。クンタイト人は騎馬を巧みに操ると、シャバタカらを遠巻きに、絶妙な距離感で着かず離れず、そこから弓矢を放ってくる。それも各自がバラバラに動き、四方八方から好き勝手に騎射を続ける。

シャバタカらからすれば冗談ではない。包囲されたまま矢を集中されれば、たとえ倍の兵力があろうと早晩、全滅させられる。

堪《たま》らず突撃陣形のまま北の方角へと斬り込んで、包囲を突破しようとする。

ところが、その北にいるクンタイト騎兵が、さらに北へと逃げていく。逃げながら上体をひねって、追いかけるシャバタカらに変わらず矢を浴びせてくる。

さらに東西南のクンタイト騎兵らが追ってきて、騎射を続ける。包囲網を維持する。

「転進！　転身だ！」

シャバタカは先陣で号令をかける。ならばと今度は東に位置どる連中を攻めようとする。

が、やはりクンタイト人どもはさらに東へ東へと逃げていくばかりで、全く追いつけない。

騎手の技倆《ぎりょう》と騎馬の速さで、クンタイト騎兵の方が一枚も二枚も上手だったのだ。

そして今度は北の連中が取って返して、東へ追うシャバタカらの死角から騎射を見舞う。

（こ、これはもはや戦《いくさ》などではない……）

ずっと包囲され続け、一方的に矢を浴び続け、シャバタカは絶句した。

クンタイト騎兵の――各個が自由に移動し、まるで遊興のように、あるいは嬲《なぶ》るように矢を射かけてくるこの様は、むしろ戦争以外の営みを彷彿《ほうふつ》させた。

つまりは、狩猟だ。獲物はシャバタカたち一千騎だ。

（これがこいつらの戦い方か！）

恐らくは草海で生きる日々において培われたのだろう。陣形や戦力集中の概念に囚われたガビロン人とは、全く異質で自由な戦闘教義《ドクトリン》。

集団として規律がないのではなく、これがクンタイト人の在るべき姿だったのだ。

「矢だ！　こちらも矢で応戦せよ！」

シャバタカは新たな命令を下した。白兵戦が不可能ならば、それしかない。

その判断に従って、兵らも刀槍を捨てて弓矢を構えた。

だがこの対応も、クンタイト騎兵にはまるで通用しなかった。こちらの矢はほとんど中《あた》らず、あちらの矢ばかりがスパスパと中るのだ。

そもそもの話、弓術も馬術もともに高等技術である。

素人が狙った的に中てられるようになるまで、言葉の通じぬ馬を操れるようになるまで、一朝一夕にできることではない。

ましてや騎射は、高等などという領域を逸脱した技術だった。

同時に馬を操らねばならないため弓だけに集中できず、しかも揺れ続ける鞍上から正確な矢を射かけるなど、これを至難と言わずしてなんと言おう?

無論、だからこそ王室騎兵隊《ウガルルム》も日々、その技量を鍛えている。その練度は精兵の域と称して、決して壮語ではない。

しかし、クンタイト騎兵のそれと比べれば、まさしく大人と子どもほどにも格差があった。


(恐るべきは草海の勇者たちか!)

シャバタカ自身はどうにか敵の一騎を射落としつつも、舌を巻かされた。

白兵戦には応じてもらえず、さりとて射撃戦では勝負にならず。かくなる上は、採れる戦法は一つきりだった。騎馬を降り、地に足が着いた状態で弓射に応じ、こちらの命中率を高めるのだ。同時に愛馬たちを、敵の矢を防ぐための壁に使ってもよい。

――と、その応手を思いつく程度には、シャバタカは凡愚ではなかった。

だが、その命令を口にすることが、どうしてもできなかった。

（騎兵たるものが勝てないからと馬を捨て、まして愛馬を盾にするなど……するなどっ……）

どこの国でも伝統的に、騎兵という人種は自尊心が強い。ましてシャバタカは代々、騎兵指揮官を輩出したエリート一族の出だ。僚将たちに常に敬意を払い、遜《へりくだ》ることと、騎兵としての誇りを捨てることは全くの別問題。

それらの背景が、将として下すべき冷徹な判断を阻害した。本来は俊英と褒《ほ》められるべきことだが、まだ二十七という若さもこの場合は足を引っ張る。


「あーあ。諦めて、馬を降りりゃいいのに」

どこか呑気な呆れ口調で呟《つぶや》いたのは、ダラウチ氏族の若武者たちを束《たば》ねるゲレルであった。

敵将シャバタカから「双子の出涸らしの方」と侮《あなど》られていた、まだ二十歳の青年だ。

団子鼻でお人好しそうな、つまりは頼りなげな風貌《ふうぼう》をしたゲレルだが、しかし彼もクンタイト人には違いない。気負うことなく弓に矢を番《つが》え、ごくあっさりと矢から指を離し、また一人を射殺する。まるで禽獣を狩るかのように罪悪感を覚えず、いっそのんびりとした殺伐さで。

仕留めたのは、これで早や十人目だった。騎射を得意とするクンタイト騎兵の中でも、図抜けた数だった。飛び抜けた技倆だった。ゲレルがこの五百人の上に立つ、資格の証明に違いなかった。

にもかかわらず、彼が「双子の出涸らしの方」と呼ばれるのは——事実なのである。

昔から、氏族の同胞たちから、何度陰口を叩かれたことか。だが、それもやむからぬことだと、当のゲレルが一番痛感していた。

何しろ父・トルグは、草海に十八人いる各氏族の長の中でも、特に一目置かれているほどの英雄にして大重鎮。

姉のナランツェツェグはもっと凄い。草海全土でおよそ十八万人はいよう戦士の中でも、弓馬をとってこの姉に勝る者など、恐らく存在しないと囁《ささや》かれるほどの腕前である（そして実際、後世のいくつもの史書に『この時代、この大陸において、こと騎射でナランツェツェグの右に出る者はいなかった』と断言されている！）。

俗な表現を用いれば、父・トルグは「十年に一人の天才」で、姉・ナランツェツェグは「百年に一人の大天才」だ。

比べればゲレルなど「草海の勇者たちの中で、上位一パーセントに入れる」程度の秀才止まりでしかない。双子の見劣りする方と悪し様に言われても、反論する気も起こらない。

テヴォ河流域におけるこの索敵・遭遇戦に赴く前にも、〝殺戮の悪魔《グラシャラボラス》〟に言い含められた。

「弟クンよ、ぶっちゃけ今回のオマエの役目は——囮《おとり》だ」

ジュカはそう言って憚《はばか》らず、意地悪く笑った。

彼女の本音としては、クンタイト騎兵は全員が全員、敵将ハルスィエセの索敵・情報網の破壊工作に動員したい。

しかし、ガビロン軍も馬鹿ではない。むしろ賢い。ゆえに、戦場に全くクンタイト騎兵の姿が見当たらないと、さすがに怪しまれる。ゆえに、ゲレルが一隊を率い、大手を振って奴隷狩り阻止作戦に従事することで、本命の情報破壊工作を行う他のクンタイト騎兵を隠すことができる。

さらに言えば、隊を率いるのがナランツェツェグでなく、不出来な弟の方だとわかれば、敵軍は「与《くみ》し易《やす》し」と見て、殊更に強襲してくる可能性がある。何しろ連中は賢いのだから。

ジュカは――アレクシス軍が誇る化物じみた参謀は、意地悪な笑みを浮かべたまま言った。

「わかるよなあ、弟クン？　おまえを舐め腐った裸人どもを、片っ端から返り討ちにしてやれってことだ。オマエだって草海《オ》の勇者《トコ》なんだと思い知らせてやれってことだ。できるよなあ？」

ゲレルは言われて、武者震いを覚えた。

ここまで期待をかけられたことなど――それもジュカほどの才人に――草海にいたころには、一度もなかった。

もちろんできると、二つ返事で引き受けた。

「じゃあやってみせなきゃ、格好つかないよなあ」

ゲレルは少し気合を入れて、十一人目の獲物を見定める。

恐らくはガビロンの指揮官だ。兵に向かって盛んに号令を下している男だ。狩猟《たたかい》が始まってからずっと敵部隊の様子を観察し、ようやく発見した。

ゲレルは知らなかったが、それぞまさしく敵将シャバタカだった。

（一番の獲物はいつも姉上に持っていかれるけど……。姉上がいない時くらい、おいらだって）

鞍上で弓に矢を番え、弦を引き絞る。

馬足は止めぬまま、慎重に狙いを定める。

この矢は外すわけにはいかない。急所に中てなくてはいけない。敵将が、自分が狙われていると気づけば、もう陣の奥に引き籠《こも》ってしまう可能性が高い。

だから、時間をかけてもいい。

揺れる鞍上、ともにゆらゆらと動いていた、番えた鏃《やじり》の狙う先だけが、徐々に、徐々に、ブレなくなっていく。

必中のための一点を捉《とら》えていく。

だが、結局――その矢が射放たれることはなかった。

狙いが完全に定まりきる前に、戦況が急変したのだ。

無数の馬蹄の音が、東の大地から聞こえてきたのだ。

「ガビロンの『一ツ目』紋旗だ！」

「援兵だ！　敵の増援が来たぞ！」

「ありゃ五百は下らんぞ、ゲレル！」

周囲にいる同胞たちが頻《しき》りに警告を叫ぶ。

五百の増援が加勢すれば、敵の兵力はこちらの三倍。

これは退却すべきか？　それともあくまで応戦か？

皆がゲレルの判断を仰《あお》ぎ、視線が殺到する。

さすが、臆《おく》している同胞は一人もいない。皆、知っている。退くも退かぬもどちらにせよ、やりようはあるのだ。ただし、決定は指揮官たるゲレルがしてくれと。

「応戦だ！　引き込め！」

ゲレルは迷わず判断した。

自分を侮ったガビロン人どもを、尽く返り討ちにしてみせると、有言実行するためだ。

同胞たちも、淀みなく動いてくれる。

東にいた者たちが包囲網を解き、敢《あ》えてガビロンの増援部隊を合流させてやる。

その後で改めて、千五百人になった敵部隊をまとめて包囲してやればよい。こちらにはそれだけの機動力がある。つまりは、引き込みだ。

敵増援はこちらの狙いを知らずか、あるいは知った上で合流すべしと判断したか、千五百騎の一塊《ひとかたまり》になる。

「ようこそ来てくださいました、クティル将軍！」

「当代の柳星《ぬりこぼし》！」

「百人力とはこのことです！」

加勢を得た敵兵たちの喜びようは、尋常ではなかった。士気を回復し、素早く突撃陣を再編し、二つの騎兵隊が一丸となってゲレルのいる北へと攻めてくる。

その先陣を飄々と駆る敵将と、目が合った。

先ほどゲレルが狙いを付けていた指揮官とは違う。援兵を率いてきた将だ。

若い。

といっても、さすがにゲレルよりは年上だ。二十四、五くらいか？

ゲレルは知らなかったが、この男は名をクティルという。

マルドゥカンドラの幕将では最年少で、且つ〝獅子頭将軍《ナラシンハ》〟の左を務めるほどの英才だ。

そのクティルが、ゲレルに弓矢を向ける構えをみせた。

激しく揺れる鞍上で、矢を番えようとしていた。

よほど己の腕前に自信があるのか、ふてぶてしく口角を吊《つ》り上げていた。

「よりにもよってクンタイト人《おいらたち》を相手に、騎射だって？」

ゲレルは思わず失笑した。

お人好しの彼にも、剽悍なる遊牧騎馬民族の血は流れているのだ。

が、
その笑みはすぐに強張《こわば》ることとなった。

鞍上のクティルの姿勢――矢を番え、こちらに向けてしっかりと狙いを定め、堂々と弦を引き絞るその構えを見て、戦慄《せんりつ》したからだ。翼の大氏族《ダラウチオルス》でも屈指の名人たちの構えと、遜色《そんしょく》ないほどに完璧な姿勢だったからだ。

（これは中る……っ）

ゲレルもまた並々ならぬ技倆の持ち主だからこそ、己に迫る不幸な未来を確信した。してしまった。

クティルがふてぶてしく微笑したまま、ひょう、と矢を放つ。

ゲレルも咄嗟に身をひねろうと努力したが、体が反応するより矢の方が速かった。

鏃が左目に突き立った。

「ぐわあああああああああっ」

「若！　若！」

「ご無事か⁉」

「だ、大丈夫だっ。命に別状は、ないっ」

左目の激痛を堪《こら》えながら、ゲレルは同胞たちに応答する。

脂汗を垂らしながら、眼球ごと刺さった矢を無理やり引き抜く。

クティルが力自慢でだけはなかったのが、不幸中の幸いだった。もうあと少し弓威があったら、矢は眼窩《がんか》を貫通し、鏃は脳に到達していた。即死だった。

「すぐにお手当いたします！」

「退け、退けーッ！　退却だ!!」

「若がやられた！　退くぞーッ！」

同胞たちが口々に叫び、撤退に移る。

ゲレルも止めはしなかった。「おいらのことはいいから戦え」と命令したところで、同胞たちがこうも狼狽していては、戦いになどならない。いくら殺伐としたクンタイト人といえど、指揮官がやられてなお士気を保つことは難しかった。

全員で尻尾《しっぽ》を巻いて逃げ出す。ただしガビロン人が追撃してきても、得意の振り返り弓射を浴びせてやる気構えで。

果たして──

連中はもう馬足を止めていた。てっきり、余勢を駆って追ってくると思ったのに。

おかげで大過なく逃げおおせることができ、ゲレル含む負傷者の手当てに専念できたが
──

（畜生……畜生……畜生……畜生……っ）

命拾いしただなどという安堵《あんど》が、ゲレルの胸を訪れはしなかった。

むしろ焼き焦《こ》がされるように苦しかった。左目を襲う激しい疼痛の比ではなかった。

（全部返り討ちにしてやるって、軍師殿の前で胸を叩いてみせたのに……っ）

いつも偉大すぎる父や姉の陰や脇で、ニコニコしているだけだった彼が、今は形相を歪め、

傷ついた左目から血を滴《したた》らす様は、凄絶《せいぜつ》なまでの悔し涙を流しているかのようだった。

「クンタイト人どもが逃げていきます！」

「追撃いたしますか、将軍⁉」

「ああ、要らない要らない」

中級指揮官たちから確認され、シャバタカを差し置いて答えたのは、クティルだった。

「野戦における草海の勇者の実力は、正直に言って想像を遥かに超えていた。これ以上戦っても、犠牲が増えるばかりだよ。それも戦略的に全く意味のない犠牲がね。せっかくあっちが逃げてくれるというんだ、喜んで見送ろうじゃないか」

クティルの判断は理路整然としたものだったが、どこか胡散《うさん》臭く聞こえてしまう、鼻持ちならなさがこの若者にはあった。

シャバタカの側近らが不服げな態度を醸し出す。

それを察したシャバタカが、場を収めるため自ら頭を下げ、周囲に示した。

「助太刀《すけだち》感謝いたします、クティル殿。おかげで全滅を免れました」

「なんの、なんの。このクティルでなくては、加勢に駆けつけても意味がないですから、僕が来たまでです。『木乃伊《ミイラ》取りが木乃伊になる』では笑い話にもなりませんからな」

クティルは上辺《うわべ》ですら謙遜《けんそん》してみせず、鼻高々になった。

こういうところが周囲から蛇蝎《だかつ》の如く嫌われる所以《ゆえん》で、年下の僚将相手にも常に遜った態度で接するシャバタカとは、まさに正反対の二人であった。

そして、シャバタカの謙遜は上辺だけのものではないから、心からの感謝をする。

「その他でもないクティル殿に助勢いただけたのは、全く僥倖《ぎょうこう》でした。確か、貴殿の任地は一番遠かったと記憶しております。よくぞ戻ってきてくださいました」

クティルはこのベルブラース州より二つ東にある、ポルックス州で奴隷狩りを行っている予定だった。今作戦の立案者が彼だったため、マルドゥカンドラが諧謔《かいぎゃく》混じりに、最も足労せよと命じたのだ。

その主の言葉に対してクティルは、「僕でなくてはいざという時の、引き返すタイミングの判断が難しいですからね」という豪語とともに拝命してみせた。

しかしクティルの自信は、またも決して過信ではなかった。

「一応、ポルックスまでは行ったのですがね。どうも嫌な予感を覚えて、すぐに取って返してきたのですよ」

「と、仰《おっしゃ》いますと？」

「ギルナメ殿が討たれたと、本陣から報せが届いたでしょう？　これはいかんなあと」

「……は？」

その報せはシャバタカも受けとっていたし、豪放磊落《ごうほうらいらく》な僚将を失ったことに胸を痛めていたが。しかし、まさかそれだけのことでクティルは、マルドゥカンドラから賜った命令を放棄し、勝手に動いたというのか？

「まさかそれだけのことで——と、シャバタカ殿の顔に書いてありますな？」

「あ、いえ、しかし実際、ハルスィエセ殿の索敵・哨戒網《しょうかいもう》も完璧というわけではありませぬ。予期せぬ遭遇戦が起こりえるのは想定の内ですし、鉢合わせた相手が悪く、力及ばずという事態も当然あり得るわけで……」

「その『完璧じゃない』というのが、そもそも僕は気に食わないのですよ。ギルナメ殿は本当に遭遇戦で、運悪く没したのかなあ？」

「アレクシス軍の索敵・哨戒網の方が、一枚上手だと？」

「そうかもしれないし、そうじゃないかもしれない。今の時点では、さすがの僕もわからない。だから予測ではなく、あくまで予感と申し上げた」

まるで自分は謙虚な人間ですとばかりの口調で、クティルはぬけぬけと言った。

「ともあれ、これは悠長に奴隷狩りなんかをやっている場合じゃないと判断したわけです。そして実際に取って返してみれば、あちこちで友軍が窮地に陥っていた」

どうやらクティルの「予感」に救われたのは、シャバタカの部隊だけではないらしい。

まさに八面六臂《はちめんろっぴ》の大活躍だ。それは称賛に値する。

（だが要するにこの御仁は、自分の能力以外の何物も信じていないのだろうな）

ハルスィエセの能力も信じていないから、わずかのことで作戦の綻《ほころ》びと感じる。僚将たちの実力も信じていないから、心配して世話を焼く。しゃしゃり出ずにいられない。

確かに目端《めはし》の利く男だ。稀《まれ》なる才覚の持ち主だ。

しかし例えばマルドゥカンドラの、幕下の将を信じて送り出し、もし過失が起これば起きたで「次は上手くやれよ」と慰撫激励《いぶげきれい》できる将器とは、大違いである。

「そもそも今作戦の発案者は僕ですからね。僚将の尻拭――もとい、火消しして回るのも僕の責任というものですよ」

なお手柄を誇ってやまぬクティルを見て、シャバタカは思う。

（この御仁は、人の上に立てる男ではない）

と。だが同時にこうも思う。別にそれでも構わない、と。ガビロン軍に君臨遊ばすのは三太子殿下《レン・ティーン》であり、この男はただの猟犬の一匹にすぎないのだから、と。犬ならただ役に立つものほど良いに決まっている、と。

そして正直なところ、同じ猟犬の一匹として、クティルの有能さには羨望《せんぼう》を禁じ得ない。

マルドゥカンドラの幕将には当然ながら、名門旧家の出自の者が多数いる。

シャバタカもそうだし、〝蝗の魔王《バズズ》〟ルバルガンダなどは特にそうだ。

しかし、こと家格を比較すれば、このクティルに勝る者はいなかった。

帝室を除けば、彼ほど著名な祖先を持つ者はいなかった。

その始祖の名を、〝柔靭《じゆうじん》なる柳星《ぬりこぼし》〟のアスランという。

そう――掛け値なしの名将揃いだった、渾沌《こんとん》大帝の二十八宿将の一角に源流《ルーツ》を発するのだ。

もちろん先祖が偉大だったからといって、末裔全員がそうとは限らない。

だがクティルは、〝柳星《アスラン》〟の再来だと見做《みな》されていた。

それはどんなに彼を嫌う者たちでも、認めざるを得ない事実だった。


「では僕はここで失礼いたしますよ、シャバタカ殿」

「他の友軍の様子も調べて回るのですね？　ぜひ私も同道させてください」

「お気持ちだけでけっこう！　火消しくらい僕一人で充分ですので」

「ですが、私が率いるのも王室騎兵隊《ウダルルム》です。遅れはとらないと思いますが？」

「『船頭多くして船山に上る』と申すでしょう？　一隊に二将はかえって邪魔です」

「私は副将として、クティル殿の命に従う所存ですが？」

「アッハハ！　さすがの僕も、僚将を顎で使うような真似はできませんよ」

軽薄に笑うクティル。

シャバタカなど足手纏いでしかないと、暗に言って譲らない。

「それでは失礼！　本陣までどうかお気をつけて、シャバタカ殿。全部隊に撤退命令を出すべきだと、クティルが申していたと三太子殿下《レン・ティーン》によろしくお伝えください。いや、英明なる殿下のことですし、既に発令されておるかもしれませんね」

どころか、まるで子どもの使い扱いしたまま、クティルはさっさと隊を率いて去った。

シャバタカはほぞを噛んで、見送るしかなかった。

何も言い返せなかった。言い返すことのできる実力が、クティルに比べて欠けていた。

かくして、後世に「テヴォ河流域の前哨戦《ぜんしょうせん》」と呼ばれることとなるそれは、終結した。

ハルスィエセの隼《はやぶさ》によって運ばれた撤退命令は、十一月六日には前線部隊全ての元に届き、同月十日を以って撤収が完了する運びとなった。

〝茶の道〟上、テヴォ河南畔に設営された本陣まで無事に帰還できた兵たちは、出陣した計二万五千のうちの、わずか六千にすぎなかった。マルドゥカンドラの決断は迅速《じんそく》にして的確だったにもかかわらず、この散々たる結果だ。

奴隷狩りと略奪《りゃくだつ》でクロード南部を蚕食《さんしょく》し、また阻止に現れるアレクシス軍諸将を逆に迎撃するという一連の作戦は、完全に失敗に終わった。

司令部たる大天幕に召集されたガビロン軍諸将は、皆一様に暗澹《あんたん》とした表情になっていた。

そんな一同の顔ぶれを見回して、〝蝗の魔王《パズズ》〟ルバルガンダがぼそりと言った。

「なんとも寂《さび》しくなりましたな……」

この饒舌《じょうぜつ》な男とは思えぬ短い台詞《せりふ》に、万感が込められているようだった。皆が身につまされた。あれだけ錚々《そうそう》たる面々だった諸将のうち、〝人喰い虎《マンティコア》〟ダルシャンがいない、

〝戦士の王《ニヌルタ》〟キンダットゥがいない、他《ほか》にもギルナメ、ナーナク、セベクエムサ等々、消えた者たちの顔を偲《しの》べば、確かにわびしい。

「僕が諸兄を救援して回らなかったら、もっと寂しくなっていたでしょうな」

クティルが空気を読まず、恩着せがましいことを言う。

この青年の言動はいつも気に障るが、今日ほど憎々しく思えたことは皆ないだろう。

ただでさえ忸怩《じくじ》たる想《おも》いを嚙《か》みしめているところに、ますます空気が悪くなる。

「大口を叩《たた》くな、若僧！」

「聞けば貴様、アレクシス軍の目ぼしい将とは遭遇していないという話ではないか」

「それで手柄面《てがらづら》とはなあ。まったく運の良いことよなあ」

「いや、本当に運か？　単に名のある敵将からは逃げ回っていたのかもしれんぞ？」

クティルに対して四方八方から悪口雑言《あっこぞうごん》、皮肉と嫌味がぶつけられる。しかし、これは完全に八つ当たりというもので、

「見苦しい。やめい」

と、お目付け役にして〝獅子頭将軍《ナラシンハ》〟の右腕たるアクバルから、雷鳴めいた叱声《しっせい》が落ちる。

たちまち皆が首を竦《すく》め、口をつぐむ。

そして、大天幕の中をしばしの間、重苦しい沈黙が支配した。

嫌な空気を破ったのは――彼らの主君、マルドゥカンドラ。

「認めよう。前哨戦は余の敗《ま》けだ」

有無を言わせぬ、きっぱりとした口調だった。

同時に、何ら深刻な問題ではないとばかりの、恬淡《てんたん》とした口調でもあった。

おかげで臣下たちは何も口を挟むことができない。「殿下に非はございません！」だとか「不甲斐《ふがい》なき我らをお叱《しか》りください！」だとか、反射的に口走ろうとして呑《の》み込む。

絶世の美貌《びぼう》を持つ両性具有者は、独演の如《ごと》く続けた。

椅子《いす》代わりとする影武者の屈強な背中に、形の良い尻《しり》を乗せたまま、艶然《えんぜん》と足を組み替えて。

闘志を漲《みなぎ》らせた精悍《せいかん》な面構《つらがま》えで。

「だが戦争《いくさ》というものは、最後に勝っていればそれでよいのだ。陳腐《ちんぷ》だが、それだけに真理だ」

そうだな？　と問いかけるように、一同を見回した。

「はい、殿下！」

「仰《おお》せの通りにございます、三太子《レン・ティーン》殿下！」

軍議机を囲む諸将が、隅に控える幕僚《ばくりょう》らが、口々に答える。

首を竦めていた者たちが居住まいを正し、背中を丸めていた者たちが胸を張る。

マルドゥカンドラの言葉は、これ以上にない激励《げきれい》であった。同時に皆の覚悟を問いかけるものであった。「前哨戦の敗北は気に病む必要はない」と。「だが以後、敗北を重ねることは許さん」と。そう言っているのだ。

それが伝わらぬ者など、意気に感じぬ者など、〝獅子頭将軍《ナラシンハ》〟の幕下にはいない。

皆の反応に、マルドゥカンドラも満足してうなずく。

それから声をひそめ、とっておきの内緒話を打ち明けるように、

「正直に言ってな——余はこたびの〝吸血鬼退治〟に、端《はな》から気乗りがしなかった。連合軍による同盟作戦など気に食わなかった」

とんでもない問題発言をぶっちゃける。

思わず前のめりになっていた臣下たちも、これには苦笑いを禁じ得ない。


もしガビロン独力でアレクシス軍を討つという話ならば、マルドゥカンドラは三太子《レン・ティーン》として喜び勇んで出征し、全身全霊を懸けて勝利をつかみにいっただろう。

しかし、三国による軍事行動となってしまったことで、勝利の条件が純粋なものではなくなった。面倒や負債はツァーラントとキルクス・パリディーダになるべく押し付け、自分たちはできるだけ美味《おい》しいところをさらっていく——そういうこすっからい戦争になってしまった。

「テヴォ河流域の前哨戦」がまさにそうだ。アレクシス軍とまともに戦わず、略奪に邁進《まいしん》しようなどという、迂遠且《うえんか》つ消極的な作戦を採ったのも、ガビロンによる単独軍事ならばあり得なかった。

「しかし、それが誤りであり、余の不覚悟だった」

マルドゥカンドラは懺悔《ざんげ》した。ただし、もうこれきりだという強い意志を込めて。

「アレクシス軍は強力だ。危険だ。盟友同士で駆け引きをしながら、討てる相手ではないと悟った。ゆえにここからはもうなりふりを構わん。持てる総力を挙げ、〝吸血皇子《ノスフェラトゥ》〟を絶対に滅ぼす――余はそう肚《はら》を括《くく》った」

将兵の意識を再統一するため、〝獅子頭将軍《ナラシンハ》〟は敢《あ》えて決意を口にする。

男性的な逞《たくま》しさと女性的な艶《なま》めかしさを兼備《けんび》するマルドゥカンドラの美声に、一同が知らず知らず惹《ひ》き込まれる。

うっとりとなる者さえいたそこへ、

「では三太子殿下《レン・ティーン》、いよいよアレを呼び寄せるのですね？」

またもしゃしゃり出たクティルの声に、耳を汚されたと顔を顰《しか》める者が続出する。

「ああ、その通りだ。既に伝令《ハヤブサ》も飛ばした」

一同の意識が敵意という形でクティルに移動する前に、マルドゥカンドラは己《おのれ》へと惹き戻す。

「もはや是非なし。アレクシス軍を確実に滅ぼすため、ここは一兄《エーク》に甘えさせてもらうとする。可愛《かわい》い三弟《おとうと》の特権だな」

諧謔《かいぎゃく》めかしてそう言ったが、〝獅子頭将軍《ナラシンハ》〟の目は欠片《かけら》も笑っていなかった。

王者の気風と余裕を常に纏《まと》う彼が、ここまで真剣さを見せることなど滅多にないことだった。

それこそアクバルら一部の宿将を除けば、初めて目《ま》の当《あ》たりにする者が大半だった。

そのアクバルらは、久方ぶりに主君の本気に触れることができて、満足げに瞑目《めいもく》していた。

静かに闘志を燃やしていた。

「皆、大儀であった。雪辱戦《せつじょくせん》の準備が整うまで、各々で牙《きば》を研《と》ぎ、また英気を養うがよい」

「「「はい、三太子殿下《レン・ティーン》！」」」

「「「〝獅子頭将軍《ナラシンハ》〟に栄光あれ！　常勝不敗の御旗《みはた》を必ずや、御身《おんみ》の陣頭に飾らん！」」」

マルドゥカンドラの号令で、全員が一斉に起立と拝礼をし、解散となる。


マルドゥカンドラが言うところの、「なりふり構わない戦い」。

またクティルの言った「アレ」。

その全容が明らかになり、アレクシス軍を震撼《しんかん》させるのは、この十日後のことだった。

十日後――クロード暦一一三年、十一月二十日。

帝国南部の冬は暖かい。しかも今季は例年よりも顕著に温暖湿潤で、風通しの悪い天幕の中に昼間からいると、じっとりと汗をかくくらいであった。

でもティキは気にせず、昼間からガライにべたべたと甘えかかっていた。

「は～、こんなにゆっくりできるの、いつぶりだろ～ね～」

「お互いずっと忙しかったからなあ」

恋人同士二人きり、誰の目も耳もあるわけではなく、じゃれ合うようなキスを重ねたり、また兵には聞かせられない弱音を吐く。

テヴォ河流域で好き放題に暴れてくれたガビロン軍は、とっくの昔に本陣への撤収をすませていた一方で、アレクシス軍はそうはいかなかった。なお後始末に奔走《ほんそう》させられた。民の疎開を促し、安全圏まで護衛する必要があったし、最低限の落ち武者狩りもせねばならなかった。

ガライなど、この防衛陣地に帰ってきたのは、つい昨日のことである。

ティキはもっと多忙を極めていた。来る日も来る日も、数えるのも嫌になるほどの作戦指示書を、猛禽類《もうきんるい》に託してはテヴォ河流域のあっちこっちへ運び、また帰ってきてもらうお願いをするという、彼女以外にはできない重要な役目があった。

「けどまあアタシはいいんだよ。夜はしっかり寝《やす》ませてもらったしね」

夜目の利《き》かない猛禽類は、夜間に伝令を飛ばすこともなければ帰ってくることもないからだ。

「それに第一、本陣《なか》にいれば安全だったしね。前線《そと》でみんなと一緒に命を張ってたガライに比べたら、アタシは全然マシだったよ～」

莫蓙《ござ》の上であぐらをかいたガライに、ティキはますますしな垂《だ》れかかると、

「ジュカから聞いたんだよ？　ガライがさ、敵のお偉いさんに目を付けられててさ、マッサツシレイ？　まで出てたんだって？」

「目を付けられていたのはオレ一人だけではなかったようだが、そういう話らしいな……」

ガライも後から事実を知って、ゾッと肝《きも》を冷やしたという。

小胆な彼は、その時の感情がぶり返したのか、今もまた大きな体躯《たいく》を縮こまらせる。

「アタシ、まじ心配してたんだからね？　ガライが無事に帰ってきてくれるか、毎日毎日ヤキモキしてたんだから！」

「オレも生きてティキのところへ帰ってこられて、本当にうれしいよ」

「うんうん、ガライは頑張ったよね！　なんか敵の将軍屋さんもやっつけたんだってね！　おっぱい吸う？」

ティキはご褒美《ほうび》とばかり、上着の裾《すそ》をたくし上げる。

だが、彼女のささやかな膨らみが覗《のぞ》く寸前、手をピタリと止める。

「……どうした？」

お預けを食らった落胆を、顔に出さないようガライが四苦八苦しながら訊《き》いてきた。

「いや、いつもだったらこーゆーイイところで、ナランツェグの奴《やつ》が乱入してくるよねっ

て警戒したんだけど……」

　その気配はない。

「ああ……」

　とガライの表情が変わった。哀愁《あいしゅう》を帯びたものとなった。

「ナランツェツェグさんなら今ごろ――」


　ナランツェツェグもまた昼間から、蒸し暑い天幕の中にいた。

　草原と風を愛する彼女だ。普段ならあり得ないことであった。

　一人ではない。ゲレルに宛てがわれた天幕で、無言であぐらをかいていた。ぐったりと横たわる双子の弟の、包帯で覆われた顔の左半分を見つめていた。医術にも通じたシェーラからは「命に別状はありません」と言われていた。しかし、高熱が続いているし、痛みもあるのだろう。ゲレルはずっと魘《うな》されていた。

　その様を無言で見守っていたが、とうとう耐えきれなくなって、一言呟《つぶや》く。

「阿呆《あほう》が」

　不出来な弟に対する、心からの叱責《しっせき》の言葉だ。

　意識のないゲレルには、聞こえていないだろう。しかしナランツェツェグは堰《せき》を切ったように、「阿呆が」と何度となく呟く。

ゲレルは次の族長として、翼の大氏族《ダラウチオルス》を背負うべき男だ。

しかし超実力主義のクンタイト人は、血縁だけでは後継を認めない。ゲレルは氏族全員の尊敬を勝ち得ないといけない。

そのためにこの弟が、常日頃《つねひごろ》からどれだけ努力していたか、ナランツェツェグは知っている。自分や父トルグとは似ても似つかない凡人なりに、この弟は本当によく励んでいた。それでいて潰《つぶ》れた肉刺《まめ》や滲《にじ》んだ血は、朗《ほが》らかな笑顔で隠していた。

そのことをナランツェツェグはよく知っている。

当たり前だ。生まれ落ちたその瞬間から今日までずっと一緒の、双子の姉なのだ。

「あと十年――いや、十五年も貫目《かんめ》を積めば、ダラウチはおまえのものであったろうよ」

いい、いいい、いい、いい、
でもゲレルの努力は全てご破算だ。

草海の男は、勇者でなくては認められない。弓術に長けていなくてはならない。

なのにゲレルは片目を喪《うしな》ってしまった。その道で人より秀でるのは、もう不可能だった。人間は両の目を使って、遠近感をとるようにできているのだ。隻眼《せきがん》の弓の名手など存在しない。

ガライだって〝単眼巨人《サイクロプス》〟と異名どっているが、右目をひん剝《む》いて、左目を眇《すが》めているだけだ。本当に片目だけで射ているわけではない。利き目を矯正する、彼独自の射法にすぎない。

クンタイトの男として、ゲレルの栄達の道は完全に閉じてしまった。

「阿呆が」

ナランツェツェグは手を伸ばし、弟の左目に包帯の上から触れようとする。

だが寸前、手を引っ込める。いつも傲岸不遜《ごうがんふそん》な彼女が、弟の傷の痛みを思って気遣う。

「阿呆が」

吐き捨てる。悔しくて、本当に悔しくて、歯軋《はぎし》りする想いで。

「阿呆が」

ゲレルを見守っていた視線が、虚空《こくう》を彷徨《さまよ》う。

その双眸《そうぼう》は獲物を求め、煮え滾《たぎ》った殺気でギラギラとしていた。戦場ですら眠たげにあくびをしているナランツェツェグが、激情を剝き出しにしていた。

「阿呆でも、二人といないわたしの弟だ。仇《かたき》はとってやらねばの」

普段、ゲレルのことをどれだけぞんざいに扱っていても。鬱陶《うっとう》しげに、邪険にしていても。

「弟など姉の奴婢《ぬひ》」だと口では言っていても。

一日も早く、いくさ場に出たかった。

それがナランツェツェグの、偽《いつわ》りなき本音だった。


「実際、一日も早い決着を望めば、こちらから打って出る選択もアリなんですよね」

シェーラが、青みがかった自分の銀髪の毛先を、点検しながら言った。

「実際、陣地にガン籠《こも》りなんざ、オレ様の趣味じゃねーしな」

ジュカが、赤毛混じりの自分の金髪を、ガリガリと掻《か》きながら言った。

両軍師、あるいは左右の軍師と並び称される、アレクシス軍切っての才媛《さいえん》たちだ。

場所は司令部として置かれた大天幕。

今は軍議の時間ではなく、中は閑散。

残る一人、レオナートが椅子で午睡《ごすい》をしていた。

この戦いが始まってからというもの、彼は熟睡できない日が続いていた。夜になると、寝ていても神経を張り詰めなくてはいけなかった。だから代わりにこうして何もない時は、昼寝をとってもらうことにしている。シェーラが按摩《あんま》で血行をよくしてあげれば一発撃沈だ。

「私たちがガビロンの三太子《レン・ティーン》に手間取っている間、アラン様は東で厳しい遅滞戦術を強《し》いられてるんですから、ジュカさん的にも気が気でないですよねー」

「ハァ？　アラ公に心配は要《い》らねーだろ？　ウナギと一緒でのらりくらり生きるのが、アイツの唯一の得手なんだからよ」

シェーラの揶揄《やゆ》を、ジュカは鼻で笑ってみせた。

彼女は長い軍議机の逆端で、暇潰しに盤上遊戯《キャスルチャレンジ》を並べていた。遠いし、盤面を睨《にら》んだままこっちを向かないから、その発言が強がりかどうか、表情からは読めない。

まあ、よし。ジュカの目がないのをいいことに、シェーラは両の乳房をレオナートの後頭部に押し当てて、「世界最高の枕《まくら》ですよ。いい夢をご覧になってくださいね♪」と囁《ささや》く。

「とにかく打って出るも何も、結局は彼我《ひが》の兵力差次第ってやつよ。色男はなんて？」

ジュカが盤面から顔を上げて訊いてきた。

「兵力三万前後ってとこらしいです」

シェーラはレオナートからさっと距離をとって、素知らぬ顔で答えた。

ジュカの言う「色男」とはオスカー・ユーヴェルのことで、シェーラの言った「三万前後」とはマルドゥカンドラ直卒軍の現存兵力のことだ。斥候隊《せっこうたい》を率いて、偵察してきてくれたのだ。

本来、この手の任務は〝不可捕の狐《テウメッソス》〟トラーメが最も得意なのだが、帝都クラーケンに残してきた以上、頼めない。そこをオスカーが買って出てくれた。

あの青年は本当に器用というか、万能というか、偵察任務も卒なくこなしてくれた。比較的新参の騎士だが、その重要性は日に日に増している。

「しっかしまー、五万いた裸人どもを一か月足らずで三万まで削るかよ。マジかよ。さすがのオレ様もビビるわ」

ジュカがまた盤面に視線を戻す。

「前線の皆さんが奮闘してくださったおかげですね」

その隙《すき》にシェーラはレオナートの後頭部に頬《ほお》ずりし、ツンツンした髪の感触を楽しんだ。

なおこの言葉は決して謙遜《けんそん》ではない本音だが——客観的に分析すれば——情報戦を制した結果の大勝である。シェーラとジュカが、お互い出し合ったアイデアが功を奏した。

こういう時いつもなら、ジュカが自分一人の手柄とばかりにウザいくらい勝ち誇るところだ。が、予想以上に勝ちすぎてか、かえって神妙になっているのがシェーラにはおかしい。

「ケケ、加えて裸人どもの、噂《うわさ》以上の弱兵っぷりだな。オマエもそう思うだろ？」

顔を上げたジュカが、一緒に爆笑しろよとばかりの同意を求めてくる。

「大半が奴隷兵ですからね。便利なようでも、いざって時に物にならないですよね」

シェーラはレオナートからさっと離れ、愛想《あいそ》笑いで応じる。

ガビロン軍は兵を二万も失ったというが、その全てが死者というわけではない。戦争というのは意外と、そこまで大量の兵が一度に死んだりはしない。まともな将は全滅する前に撤退を選択するものだし、兵も命惜しさに逃げだすものだからだ。

そして、ガビロン軍が失った二万の大半も、逃亡兵だった。何しろ彼らは奴隷兵ばかりなので、国家や軍隊に対する忠誠心というものがほとんどない。指揮官や憲兵の目が届かなくなればすぐにでも、これ幸いと自由を求めて逐電する。特に戦況が著しく悪くなった時や退却を整然と行えなかった時などに、混乱に乗じて姿を眩《くら》ますのだ。

「ただ、その大量の逃亡兵がテヴォ河流域にいっぱい残っていて、山賊野盗化すると思うと、頭痛いですけどねー。全部駆除するのに、何年かかるんですかねー」

「そのためにワガ軍はお優しくも、タミの疎開に骨を折ってやったんだろ？」

ジュカがまた盤面に目を戻し、ずっと検討していたらしい一手を指す。

「まだ三太子《レン・ティーン》をコルク地峡の向こうまで叩き返してやったわけじゃねーんだ。そんな先の話をするんじゃねー。鬼が笑うって言うぜ？」

「正論ですけどー。それでも先を見据えて頭を悩ますのが、軍師参謀《わたしたち》の性《さが》じゃないですかー」

その隙にシェーラはレオナートの肩へおでこを当て、頭痛を癒《いや》そうとする。

「いいや、オレ様は断然〝今〟の話がしたいね！」

ジュカが白黒両方の駒を交互に、小気味良く指しながら吠えた。

「要するに、打って出ようってことですか？」

シェーラは額《ひたい》をレオナートの肩に、快くすりつけながら応《こた》えた。

「こっちは三万、あっちも三万——ようやく互角になったんだ。もうオレ様たちは負けねーよ。打って出なきゃ嘘《うそ》だろ？」

「かの〝獅子頭将軍《ナラシンハ》〟をあまり侮《あなど》るのはどうかと思いますが……でも確かに早期決着したいですよねえ。アラン様の救援に早く向かって、ジュカさんも再会の抱擁《ほうよう》をしたいですよねえ」

「オレ様は戦略の話をしてるんだ！　すぐ恋愛の話にすり替えようとすんのはやめろ色ボケ！」

激昂《げきこう》するジュカ。しかし、ますます前のめりになって盤面に向き合うその横顔を窺《うかが》えば、少し頬が赤い。決して怒りのせいではないだろう。シェーラの指摘が図星だろう。

だがそれ以上、いじってからかうのはやめ。レオナートからもそっと離れた。

天幕の外から人の気配がしたからだ。

「失礼します、閣下ッ！　両軍師殿ッ！」

はきはきした口調ときびきびした歩調で現れたのは、バウマンの忘れ形見にしてレオナートの副官に抜擢《ばつてき》された少女だった。

「どうしました、ナイアさん？」

まだ昼寝中のレオナートに代わり、シェーラが報告を受ける。

「はい、シェーラ殿ッ。カイロンよりメリジェーヌ皇女殿下がお出でですッ」

ナイアは姿勢を正して告げた。

途端、閑散とした大天幕の中いっぱいに、鋭利な緊張が走る。

盤面から顔を上げたジュカと、シェーラは視線を合わせて互いにうなずく。

そして――

「ついに来たか」

二人の胸中を代わりに呟いたのは、ゆっくりと瞼《まぶた》を開いたレオナートだった。

「ええ。悪い想定というのは、どうしてこうも現実になってしまいがちなのでしょうね」

相槌《あいづち》を打ったのはメリジェーヌだった。

天幕の中へ、豪奢《ごうしや》な軍服姿を見せる。凛々《りり》しい顔《かんばせ》に似合いの、燃えるような彼女の赤毛。

おかげで天幕の中がさらに明るくなったようにも感じられる。

メリジェーヌはアドモフの第一皇女だ。政治的立場上、アレクシス侯の結婚相手として最も可能性の高い女性だが、男嫌いの上にレオナートを年の離れた弟のように思っている節があり、ゆえにシェーラの恋敵《こいがたき》にはなり得ない。

シェーラ自身もこの精力的で野心的で、且つその両者に見合う辣腕《らつわん》を持った皇女サマのことは、好ましく思っている。

「両軍師殿の予測が的中してしまったわ。グレンキース家の間者とベルリッツェンの両ルートから届いた報《しら》せよ。皆が耳にしたら、さぞや蒼褪《あおざ》めることでしょうね」

そう言って、メリジェーヌはやれやれと肩を竦めた。先ほども今の台詞も、不穏極まる内容を口にした彼女が――しかし――不敵なまでの微笑を湛《たた》えていた。

皇女手ずから携えた重大な報告書を二通、レオナートに直接手渡す。レオナートは一瞥《いちべつ》し、すぐにシェーラへ預けてくれる。

寄ってきたジュカと一緒に、食い入るように目を通した。そこに書かれているはずの「数字」を急いで探し、確認した。

そして、二人して悪い顔になって、お互いニヤリと見合わせた。

「メリジェーヌ様がいらっしゃったって、クルス?」

「ええ、そのようですな。マチルダ殿」

冬晴れの空の下、二人で鍋を囲みながら雑談する。

防衛陣地の内部に、地面に浅い穴を掘って作った簡易竈《かまど》が無数に並んでいる一角があって、周囲には兵卒たちもいて昼食を摂っていた。

もっと北の生まれのクルスやマチルダからすれば、十一月とは思えない暖かさで、焚火《たきび》と鍋の熱さに汗が止まらない。片口鰯《かたくちいわし》の塩漬けや冬野菜を一緒に煮込んだ米粥《こめがゆ》を、木匙《きさじ》にすくっては息を吹き吹き、適温に冷まして頬張る。辛《から》すぎるくらいの鰯の塩漬けが、汗をかいた分だけ体に染《し》みるように旨《うま》いし、菊苦菜《チコリー》の滋味と歯触りが米の甘みを引き立てる。

「よっぽどの事態が起きたってこと?」

「そう考えるのが自然でしょうな」

マチルダが苦手な南瓜《かぼちゃ》を――鍋から自分の木皿によそう時に、気をつけてよけていたはずなのに――見つけると、匙ですくってクルスの口元に突き出してくる。代わりに食べてという無言の要求。クルスは少年のようにはにかみながら、口を開けて食べさせてもらう。

「何が起きたか想像つく?」

「残念ながら、私に軍師の素養はありませんよ」

マチルダの問いへ率直に答える。クルスは真実、誇り高い男だからこそ、できないことをできると嘯《うそぶ》く見栄とは無縁だった。

「ただ、場合によっては全体戦略を見直す必要がある——それほどの事態だというのは、想像できます。でなければ、皇女殿下がわざわざいらっしゃる意味がないので」

その上で、自分にわかる範囲で簡単に説明する。


この野戦陣地から〝茶の道〟を北上したところに、グレンキース州都カイロンはある。大西海に面す一大港でもあり、陸・海両路の要衝《ようしょう》として栄えている。

メリジェーヌは後方支援のためにそこに残り、兵站輜重《へいたんしちょう》の采配《さいはい》を一手に担っていた。大アドモフでも屈指の軍政家として、辣腕を振るっていた。

三万の軍の兵站を過失なく支え、輜重を滞りなく手配するためには、卓越した事務能力や計数の強さ、多くの官僚を統率するリーダーシップが必要だが、彼女は天賦《てんぷ》と努力によってそれら全てをたっぷりと備えていた。メリジェーヌ一人の才覚のおかげで、レオナートらは後顧《こうこ》の憂《うれ》いなく戦うことができた。

その彼女が一時とはいえ後方を離れ、わざわざ前線に現れたのである。

ただ重大事を報せるだけなら、早馬を走らせるだけでよかった。しかし、それでは埒《らち》が明かないと判断したのだろう。恐らくはレオナートらと、じっくり話し合う必要があるのだろう。意見を交わすために、早馬を何度も行ったり来たりさせる時間が惜しかったのだろう。

前線だけの問題ではすまない、後方支援役のメリジェーヌまで動かざるを得ない相談事となれば——これはもう戦略レベルでの作戦変更を見据えた案件だと、別に軍師のような大局観を持っていなくても推測は可能だった。

「冴《さ》えているな、クルス殿」

いきなり誰かと思えば、オスカーがやってきた。

本日の斥候任務から帰還したところだろう。

賛辞は決して含みのないものだったが、クルスはこの恋敵のやることなすこと全てが気に食わないので、「皮肉か?」と顔を顰める。

一方、マチルダは一緒に鍋を囲もうと誘いつつ、

「オスカーは何か知ってるわけ?」

「任務の帰りに、たまたま殿下の御一行を見つけてな。護衛がてら同道してきた。その時、事情を教えていただいた」

オスカーは遠慮なく腰を下ろし、マチルダから木皿と木匙を受けとりながら、答えた。

「いったい何が起きたのだ?」

マチルダとの二人きりの時間を邪魔されたが、クルスもさすがに関心を覚えずにいられない。

「『ガビロン軍に増援アリ』との報せが入ったそうだ」

「えぇーっ。せっかくいっぱい減らしたのに？　あんなに苦労したのに？」

マチルダがうんざりしたように口を尖《とが》らせた。

「だからこそ〝獅子頭将軍《ナラシンハ》〟も手を打ったのだろうさ。援軍は既にガビロン本土を発《た》ち、コルク地峡を渡って、もうすぐブネファクトに到着するとの話だ。この前線に現れるのもそう遠くはなかろう。恐らく半月もかかるまいな」

ブネファクトとはクロード帝国最南部、旧アードベック州都の名だ。今はガビロン軍に占領され、クルエシュヌンナと名前も改められている。しかしクロード人の国民感情としては、ガビロン式の名前で呼びたくないというのは当然だった。

「ちなみに援兵の数は判明しているのか？」

肝心なのはそこだろうがと、クルスはじれったく思いながら質問する。

「ああ」

オスカーはまあ慌《あわ》てるなよとばかりにうなずくと、粥を一口、咀嚼《そしやく》して嚥下《えんげ》するまで散々待たせてくれてから、素っ気なく答えた。

「およそ五万だそうだ」

「は……？」

クルスはマチルダと一緒になって、唖然呆然《あぜんぼうぜん》とさせられる。

でもすぐにハッと我に返り、

「すまん、オスカー殿。よく聞こえなかったようだ。もう一度、言ってくれ」

「敵の増援の数は、五万だ。オレたちは先の戦いで奮戦し、三太子《レン・ティーン》の直卒軍から二万を削ることに成功した。しかしこの援軍によって、連中の兵力は合わせて八万となる。まったく、なんのための奮闘だったかと嫌になるな」

阿呆でもわかるようにとばかり、わざわざ話を整理するオスカー（こういうところが嫌味ったらしいのだ！）。

「誤報か、何かの冗談だって言って欲しいわ……」

マチルダが途方に暮れたように天を仰《あお》いだ。

「実際、誤報ではないのか？」クルスも落ち着いてはいられなかった。「そもそもマルドゥカンドラが最初に率いてきた五万という数だとて、ここ百年では稀《まれ》に見るほどの大軍だったのだぞ？　その上さらに五万をポンと追加だと？　まるで渾沌《こんとん》大帝の御代の話ではないか！　ガビロンには、振れば兵が出てくる魔法の壺《つぼ》でもあるのか⁉」

「オレにわめかれても困るぞ、クルス殿」

オスカーの抗議の正論臭さに、クルスは渋面《じゅうめん》になる。

対してオスカーはしたり顔で講釈を垂れる。

「ガビロンとしても合わせて十万もの兵力を動員することは、簡単なことではなかったと思うぞ？　ただ編成してクロードまで移動させるだけで、どれだけの金穀物資が消耗することか。国家経済に与える打撃は途方もなかろう。そうでないというなら、最初から十万で攻めてくればよかったのだからな。もはやなりふり構わずオレたちを討とうという意志の表れであろうよ」

「だとしてもさあ、十万だよ？　気合だけでそんな兵力、用意できるもん？」

マチルダが口を尖らせたまま、オスカーに不平をぶつける。

彼女相手だとオスカーは、「オレに言われても困るぞ」とは抗議しなかった（この野郎！）。

「普通はできないだろうな」

代わりにオスカーは丁寧に答える。

例えば、かつてのアドモフは総兵数二十七万を謳《うた》い、軍事大国として他国の追随を許さなかった。しかしそれでも、自慢の兵力は広い国土のあちこちや海軍に分散されていた。一処や一作戦に、五万も十万もの兵力を集結・運用するのは難しかった。だからこそアレクシス軍は政変の隙を衝《つ》き、電撃的に攻め滅ぼすことができた。

「かつての軍事大国《アドモフ》でも難しかったことが、できてしまう。なぜか？　つまりはガビロンの一太子《レン・エーク》が、政治の天才と呼ばれる所以《ゆえん》なのだろう」

「……あ」

クルスはマチルダと一緒になって、得心顔にさせられる。

常識外れともいえる大軍を用意できるのも、彼らが消費する莫大な金穀物資を捻出《ねんしゅつ》できるのも、一太子《レン・エーク》ネブカドネザルの傑出した政治能力があればこそだ。今回の大出征により、たとえ国家経済が年単位で疲弊することになろうとも、回復させる自信があるということだ。

また一度に運用する兵数が増えれば増えるほど、兵站輜重の構築が指数関数的に難しくなっていく。が、蛇の道は蛇――この時代の軍隊は、従軍商人に丸投げするのが通例だった。銭勘定や物糧の調達、運搬、管理を自前で稠密《ちゅうみつ》に行う、アレクシス軍やアドモフ軍の方が異端だった。そして、栄えた国には相応の豪商たちが居つくもので、一太子《レン・エーク》が特に目をかけたやり手の御用商人たちが集い、完璧《かんぺき》に兵站を代行する。

「ネブカドネザル……〝九財の夜叉王《クベーラ》〟の異名は伊達《だて》ではないか」

思わずクルスは嘆息《たんそく》した。

クベーラとは神話に言う、富と財宝を守護する鬼神《きしん》のことである。

「オレたちが相手にしているのは、よくよく恐るべき敵のようだ。皇子四人、それぞれ分野の違う天才と戦うとは、こういうことなのだと改めて思い知らされるな」

オスカーが余裕風を吹かし、口とは裏腹の態度をとった。

彼のやることなすこと全てが気に食わないクルスは、「強がりおって」と内心腐しつつ、

「皇女殿下がいらっしゃった理由もわかった。この野戦陣地を放棄すべきか否《いな》か、協議が必要

だったということか」

「いや、野戦陣地どころの話ではなかろうよ。相手が八万ともなれば、狭隘《きょうあい》なニムロース山脈まで戦線を下げねば、とても食い止められぬ」

「二年前にあたしたちが、アレクシス侯と戦った時みたいに、って？」

マチルダは当時、ブレアデト教導傭兵団《ようへい》とともに、レオナートと敵対するグレンキース公に雇われていた。そして、自分たちが倍の兵力を持っていながら、まさにニムロース山脈の隘路《あいろ》で身動きがとれず、アレクシス軍にいいようにやられた。

その時の戦いを再現すべきだという、オスカーの理屈はわかる。わかるが、

「つまりはクロードの南は全部捨てるってわけ？　グレンキース州も？　カイロンも？　アリスティア様のお膝元《ひざもと》も⁉」

皿も匙も地面に置いて、激昂するマチルダ。

クルスはそこまでわかりやすく腹を立てなかったが、気持ちはわかる。自分とてアリスティアには並々ならぬ思い入れがある。

同時に、メリジェーヌがわざわざ野戦陣地に出向いた理由も、ますます得心がいく。カイロンに残ったまま、こんな協議はできない。万が一にもグレンキースの者らに聞かせられない。

一方、オスカーは涼し気な顔で昼食を続けながら、

「アレクシス侯や両軍師殿がそう判断なさっても、批難はできまい。ガビロンがそうならば、

こちらもなりふりを構ってはいられぬよ」

「そりゃそうだけど！」

「待たれよ、ご両人。ここで我らが議論をしていても、仕方ありますまい」

クルスはしかつめらしい顔で仲裁に入る。マチルダとオスカーの木皿に、粥のお代わりをよそう。オスカーは恋敵だが、こういう真剣な話でマチルダと衝突しているところは見たくない。クルスはそういう男だ。そう、男なのだ。

「なあ、オスカー殿。八万もの兵力が相手で、しかも率いるのが戦争の天才となれば、普通に考えれば俺《おれ》たちに勝ち目はない。この陣地で迎え撃とうが、ニムロースまで後退しようが、そんなものは大同小異というやつで、普通に考えれば彼我兵力差で磨《す》り潰されるだけだ」

「つまり我らが両軍師殿が、まったく普通のことを考えるわけがないと、そういう話か？」

「そうだ。俺は彼女らの智嚢《ちのう》を買っている。破格だと思っている。だから、彼女らがこの絶望的状況に対してどんな手を打つのか、興味を覚えないか？　逆に楽しくなってこないか？」

「しかし、彼女らは決して魔法使いではないと、先日オレは言ったが？」

「しかし、俺はアレクシス軍に入ってから、彼女らの魔法めいた神算鬼謀を、何度となく目にしてきたのだ。比較的新参の卿《けい》とてそうだろう？　魔法の一つや二つ使えずして、どうして一侯爵が軍事大国を征服できる？」

「ふうむ……」オスカーは匙を持つ手を止め、しばし考え込んだ後、「なるほど、クルス殿は伊達者だ。酔狂《すいきょう》のなんたるかを知り尽くしている。オレも逆に楽しくなってきたよ」

「だろう?」

「フフ。アレクシス軍に馳《は》せ参じて、本当に良かったな。騎士冥利《みようり》に尽きるとは、まさにこのこと。メッシーラの片田舎《かたいなか》に残っていたら生涯、味わえなかっただろう」

そういうわけで、早く昼飯を平らげようとオスカーは提案した。ほどなく軍議の招集があるだろうからと。

クルスとマチルダも同意し、急いで鍋を空にすることにした。


「対策はある」

レオナートはきっぱりと断言した。

司令部に据えた大天幕。軍議に召集した一同に向かってだ。

「「「おお……」」」

と、あちこちから喜びの声が上がる。

居並ぶ者たち皆(ガライらごく一部を除いて)臆病風《おくびようかぜ》とは無縁の男たちであるが、それでも「敵方の増援五万」と聞かされては、気が気でなかったのだろう。メリジェーヌの言葉ではないが、さぞ蒼褪めたことだろう。

安堵《あんど》のため息を漏《も》らす者、胸を撫《な》で下ろす者、そんな一同の中でオスカーが一人、

「どのような『魔法』を以って、五万もの援兵をあしらうのか、お聞かせいただけますかな？」

まるでこれから上演される芝居の中身を訊《たず》ねるかのような洒脱《しやだつ》さで、楽しげに質問してきた。

レオナートは上座にどっかと腰を下ろしたまま、左右に侍《はべ》る両軍師たちに目配せをする。

それで右のシェーラが心得たように一礼すると、

「閣下に代わってご説明いたします」

それこそ役者顔負けの美声と音楽的な口調で、一同へ向かって告げる。

皆が固唾《かたず》を呑んで傾注するのを確認し、左のジュカが説明を継ぐ。

「そもそもオレ様たちは戦前から、ガビロンの増援くれー予測できていた——」


暦《こよみ》は八月三十日まで遡《さかのぼ》る。

まだ皆がアレクシス州都リントにいて、各方面へ出陣する前夜のことだ。

領主居城の談話室《サロン》にレオナート、アラン、シェーラ、ジュカ、メリジェーヌ——アレクシス軍の中核ともいえる五人がいて、身分ややなし崩しにした気安い空気の中、談笑に花を咲かせていた。思い思いに茶や酒を嗜《たしな》んでいた。シェーラとジュカは隣の卓で、

盤上遊戯《キャスルチャレンジ》に興じていた。

「マルドゥカンドラの直卒軍は五万という話だけれど、本当にそれだけで済むのかしら？　増援の恐れはないのかしら？」

話題と話題の切れ目、メリジェーヌが誰にともなく問いかける。

レオナートと違って決して朴念仁《ぼくねんじん》ではないが、彼女にとって「雑談」とは、この手の政治・軍事談義のことだ。やはり帝族、生まれながらの為政者《いせいしゃ》なのだ。

「しかし、リーザ様。今いる五万もの大軍を動かすだけでも、国家経済に与える負担は甚大《じんだい》でしょう。さすがに援軍まで手は回らないのでは？」

アランがメリジェーヌに酌《しゃく》をしながら答えた。皇女自身が持ち込んだアドモフ自慢の葡萄酒《ぶどうしゅ》の、それも年代物だ。ほとんど黒に近いほど濃い色の液体が、パリディーダ産の美しい硝子杯《グラス》に注《そそ》がれ、重厚に躍る。

「私はあると思いますよ。ガビロンの増援」

熟考の末に一手を指したシェーラが、一息つくように口を挟んだ。

聞き捨てならない発言に、紅茶のカップを傾けていたレオナートの手が止まる。

「あるのか？」

「はい、レオ様」

「多いにあり得ることだぜ、そいつぁ」

ジュカが黒駒をつまみ、ほぼノータイムで指し返しながら、おどけるように同意した。

亡きロザリアはこの遊戯《ゲーム》が大好きで、先代侯爵夫人に仕えた侍女団は全員、ある程度以上の腕前に仕込まれた。シェーラは中でも上位の方だったが、ジュカが相手となると役者が違う。何しろロザリアに互することができたのは、後にも先にもジュカ一人だけだったのだ。今もシェーラの方が劣勢のようで、「むむ」と唸《うな》りながら盤面に首っ引きになる。

その長考を待つ間、ジュカが退屈凌《しの》ぎとばかりに、

「せっかくだから、順を追って話してやろう。まずツァーラントの増援は、心配する必要がねえ。あの国の事情じゃあアラ公の言う通り、今の五万を出すだけでヒィヒィだろうさ」

大陸最北に位置するツァーラントは、長い冬と瘦《や》せた土地、凍った港に代々悩まされるお国柄だ。慢性的に食料が不足しがちで、人口も乏しい。

有能な皇帝が登極《とうきょく》し、巧みな政治的手腕を振るえば、いくらでも取り返しのつく範囲ではあるのだが、生憎《あいにく》と二代続いて暗君、凡君が出ているという政情があった。

「パリディーダもどうだろうな。増援が絶対にあり得ねえとは言わねえが、ま、難しいだろうぜ。宮廷内がゴタついてて、〝冷血皇子《ボレアス》〟に貸した三万がせいぜいってところだと踏むね」

大陸中央に位置するパリディーダは、地勢的に繁栄を約束された経済大国だ。

しかし、老いた今上は執務を放棄して後宮《ハレム》に入り浸り、代わりに国政を委《ゆだ》ねられた皇太子もまた、シェヘラザードなる愛妾《あいしょう》に入れあげるという始末。挙句《あげく》、ここ半年ほどは廷臣たちの

前に姿を見せることさえなくなり、詔書《しょうしょ》と玉璽《ぎょくじ》だけで無茶な命令を乱発するという状況になっているのだとか。臣下たちとの間に大きな溝を作り、不和を招いているのだとか。

時の権力者が傾城の美女に溺《おぼ》れ、国を危うくした事例は歴史において枚挙に暇《いとま》がないが、今のパリディーダがまさにその難局にあった。

そして、パリディーダ譜代の有力者たちは今回の三国同盟を快く思っておらず、皇太子もまた意思調整の類《たぐい》は行わず、独断で推し進めているという事情が明るみになっていた。

となれば、たとえ今上の代理といえど、皇太子が自由に動かせる兵は多くない。かの国では名将アルバタールら三人の老将軍（全員が帝族）が、実戦兵力の大半を掌握《しょうあく》しているためだ。

渾沌の大帝国が分裂し、大陸の七帝国が独立して二百年。

どこの国も多かれ少なかれ、旧弊悪弊が澱《おり》の如く蓄積し、膿《うみ》となって国情のあちこちに表出している。それこそ貴族制度蔓延《はびこ》るクロードだって変わらない。いや、もしかすれば七帝国で最も酷《ひど》かった。他を笑うことはできなかった。

「しかし、ガビロンは違うと？」

「一太子《レン・エーク》サマが政治の天才で、他の帝族も有能揃《ぞろ》いで、しかも家族円満ナカヨシコヨシとくらあ、国力が土台からして違うわなあ。いざとなりゃあ援軍の一つや二つ、組織できるわなあ」

「わたくしも同意見よ」

話題を切り出したメリジェーヌ自身がうなずき、

「ただ増援があるとして、その規模はどのくらいになるかしら？　そこまでは読めないわね」

「彼らがその気になれば三万。最悪を想定すれば五万――といったところでしょうか」

ようやく一手指し終えたシェーラが、盤面から顔を上げて、あっけらかんと言った。

「「「五万……」」」

レオナート、アラン、メリジェーヌが一様に絶句させられる。

ジュカだけが平気な顔で「スゲエ数だなー。恐《こ》えーなー」と、黒駒をとって指している。

シェーラがまた長考に入り、気まずい空気が談話室を支配した。

やがてアランがその雰囲気に堪《たま》りかねたように、情けない声になって訊ねる。

「その状況……僕たち、詰んでないか？」

「ケケケ、こいつの盤面とおんなじだわな」

ジュカがまるで他人事《ひとごと》のように意地悪に笑う。

シェーラが「まだ詰んでませんよ！　ここから私の華麗な逆転手をお見舞いしますよ！」と抗議し、ジュカが「ホントか～？　オマエ、大陸の情勢はキモいほど先が見えるけど、この遊戯はカラキシだかんな～」と嬲《なぶ》るように揶揄する。

が、両軍師たちのじゃれ合いなど、周りにはもう聞こえていない。

「遊戯の話は今は置こう」

レオナートはぴしゃりと言った。

テヘへと反省して舌を出すシェーラに、諮《はか》る。

「仮に五万の増援があったとして、打つ手はあるのか？」

主君に進言するためシェーラがすっと息を吸い込む、その機先を制し――

「あるぜ。オレ様だったら、なんとかできる。五万の増援も、このオワオワの盤面もな」

ジュカが自信満々で豪語した。

かと思えば、盤面を逆さに入れ替え、詰みかけだった白陣営《シェーラ》の方を持つ。

遊戯のことは一旦《いったん》、置こうと言ったのに、あくまでジュカはこだわるようだ。

「ああ、なるほど。そういうことですか」

その真意をすぐに悟ったのか、シェーラだけが納得顔。

レオナートたち三人は図りかねて、互いに顔を見合わせる。

「ま、夜は長いんだ。結論なんか急がずに、オマエラもたまには自分のオツムで考えてみろよ」

ジュカが底意地の悪い笑みを浮かべ、挑発してきた。

アランがそれに乗って、「どれどれ」とジュカの後ろに回り、盤面を覗き込む。

レオナートと違い、かつては帝都や領地で浮名を流し、「遊び」も心得た貴公子だ。この盤上遊戯《キャスルチャレンジ》も得意としている。その彼が、

「う、うーん。シェーラも善戦してるんだけどなあ。こりゃ敗勢だなあ」

さっきまで白を持っていたシェーラを傷つけないよう、言葉を選びながら論評する。自分の

棋力《きりょく》ではここからどうやって逆転するか、手が見つけられないと降参する。

「アランでもダメなの？」

メリジェーヌまで興味を持ってか、ジュカの後ろに回って盤面を覗く。

この盤上遊戯《キャスルチャレンジ》はアドモフ軍部でも盛んに遊ばれ、元帥皇女殿は相当の腕前で鳴らしていたと聞く。その彼女が、

「これは確かに白の詰みね。２－７槍兵《そうへい》の、二十六手」

「やるじゃん、皇女サマ。いい読みだぜ」

「でも、あなたなら逆転できるというの？　どうやって？」

「そうだよ。いい加減、教えてくれ。ジュカ」

メリジェーヌとアランの視線が、天下の奇才たる少女に集まる。

レオナートも焦《じ》れている。皆が楽しそうにしているのを中断させるほど度量が狭くはないが、結論を先延ばしにするのは嫌う性分だ。

「ケケケケ！　じゃー教えてやるよ。『絶対勝てない』『詰んでる状況』を打破するための、強烈な一手ってやつをよ」

ジュカは悪魔のように口角を吊《つ》り上げて笑うと、遊戯盤に手をかけた。

そして思いきりよくひっくり返し、白と黒の駒をぶちまけた。

目を瞠《みは》るアランたちの前で、してやったり顔になってケタケタ笑う。

「裸人どもとの戦争もこれと一緒さ！　五万も増援を連れてこられたら盤上、真っ向勝負じゃ絶対に勝てない。詰んでる。じゃー盤外からひっくり返してやればいいんだよ！」

それを聞いてアランは「え、普通に反則でしょ？」と憮然顔《ぶぜんがお》になるが、メリジェーヌは違った。いっそ面白《おもしろ》そうに何度もうなずきながら、

「なるほど……。あなた、レイヴァーンみたいな物の考え方をするのね？」

「言いたかないが、あの色白大将にゃあ高《た》っかい授業料を払わされたんでね」

かつてレイヴァーンの用いた毒の前に、完勝寸前からの手痛い敗戦を喫したジュカが、しかしもはや悔しげなそぶりは見せず、むしろ勝ち誇った。

それはこの素直ではない少女の成長であろう。元々シェーラの方がレイヴァーンと似た思考法の持ち主だったが、ジュカはそんな二人の長所をも吸収して、いよいよ〝殺戮の悪魔《グラシャラボラス》〟として大成していくのだろう。兵法家として亡きロザリアに追い付き、追い越していくのだろう。

「待たせたなあ、根暗皇子。盤外から連中をぶん殴る方法を、オレ様が教えてやるよ――」


「――ズバリ、海軍を使う」

ジュカが獲物を前にしたように、舌舐《な》めずりをした。

暦は現在、十一月二十日。

軍議のため大天幕に集まった一同に、両軍師が交互に説明する。

「斜陽と他国から後ろ指差される我がクロードですが、海軍は伝統的にまともです」

シェーラの言う通りだ。クロードは七帝国の中で、最も海洋交易を重視するお国柄。なにしろ帝都クラーケンからして、大陸最大規模の貿易港湾都市なのだ。これで海軍まで有名無実化していれば、水際から好き放題に侵略されてしまう。

「とはいえオマエラも知っての通り、海軍は所詮《しょせん》、防衛戦力だ。戦争の主役じゃねえ」

これもジュカの言う通り。この時代、この大陸において、出征に使うには海軍は出費が嵩《かさ》む。城市《まち》を陥《お》とし、制圧する能力も高くない。総じて無駄が多すぎる。ゆえにあくまで港を守るための戦力扱いだった。海軍が戦争の片翼を担うようになるのは、もっと後の時代――火薬や大砲が生まれてからのことである。

「でも今回は、敢えて海軍を派遣し、ガビロン本土を直撃します」

「なにせ十万もの兵力を、オレ様たちを退治するのによこしちまったからなあ。本土は手薄になるのが理屈だよなあ?」

「より具体的には、コルク地峡のガビロン側出口にある港湾都市、セーズを攻め陥とします」

説明しつつ、シェーラが軍議机に地図を広げる（後出の地図を参照のこと）。

クロードとガビロンの国土は、万名海《バルヴエニー》という東西に極めて長い湾（そう、正確には海ではない）によって隔てられている。

しかし、湾の西端にはコルクと呼ばれる地峡があり、行き来できる唯一の陸路となっている。天下の大街道である〝茶の道〟もこの地峡上を走っているし、両国の緩衝地帯の役目も果たす。そして、コルク地峡の北の玄関口ともいえる都市が旧アードベッグ州都ブネファクト（現クルエシュヌンナ）であり、南の玄関口が件《くだん》のセーズであった。

シェーラが地図に書き入れる。クロードの主要港である帝都クラーケン、ディンクウッド州都レーム、グレンキース州都カイロン等から線を引き、南へ目指して走らせる。

これが海軍の進路だ。

大西海を使ってコルク地峡の脇を迂回《うかい》し、戦うことなくガビロン軍の後背へ出て、港湾都市セーズへ向けてペン先を一気！

「どうしてセーズを陥とすのか、ここまで聞いて説明の要《い》る奴はいないよなあ？」

ジュカが馬鹿《ばか》にし腐ったように言うと、ガライとティキがおずおずと挙手しようとする。

「まさかいないよなあ？」

「もう、ジュカさんてば！　意地悪しないでください」

シェーラが注意し、また恐縮するガライとティキに「いいんですよ」と執《と》り成《な》す。

それから地図の、コルク地峡上を走る〝茶の道〟へ大きなバッテンを描き、

「もちろん、ガビロン軍の兵站線を遮断《しゃだん》するためですね♪」

マルドゥカンドラの直卒軍も迫り来る援軍も、コルク地峡を通ってきた。当然、兵站を維持

するための輜重段列も、同じ〝茶の道〟を通ってくるのが道理だ。

そこで〝茶の道〟上（イコール、兵站線上）且つ、マルドゥカンドラらの遥《はる》か後方にある一都市を制圧することによって、以後の輜重隊をそこでシャットアウト。前線まで物糧が届かぬようにするという作戦だ。

「軍隊てのは、そもそも大喰《おおぐ》らいだかんなあ。まして合わせて八万もの大軍が、メシが届かねえって事態になったら悲惨だぜえ？　想像するだけで楽しくなるぜえ？」

ケケケ、ケケケケ、と仄暗《ほのぐら》い愉悦《ゆえつ》に浸るジュカ。

「今、こちらに向かっている五万の敵増援も、早晩、撤退か飢餓かの二択を迫られることになります。まあ当然、前者を選ぶでしょうね。国家予算を食い潰しながら、トコトコ地峡を渡っているところ申し訳ないですが、スゴスゴお帰り願いましょう」

そう――ここで肝心なのは、度を越した大軍というものは、ただ動かすだけで途方もない出費を国家に強いるということだ。なんの成果も得られずに撤退しようものなら、それだけで敗戦に等しい負債を国庫に背負わせるということだ。

スゴスゴと地峡を引き返した敵増援が、セーズを奪還し、兵站線を回復させた後、もう一度改めてノコノコ地峡を渡ろう、などと簡単な話では決してすまないのだ。

「ついでに三太子《レン・ティーン》も侵略を諦《あきら》めて、直卒軍ごとお帰りくださるとうれしいんですが――」

「まあ、連中はもう最前線にいるからな。大人しく敗退を選ぶくらいなら、死に物狂いで攻め

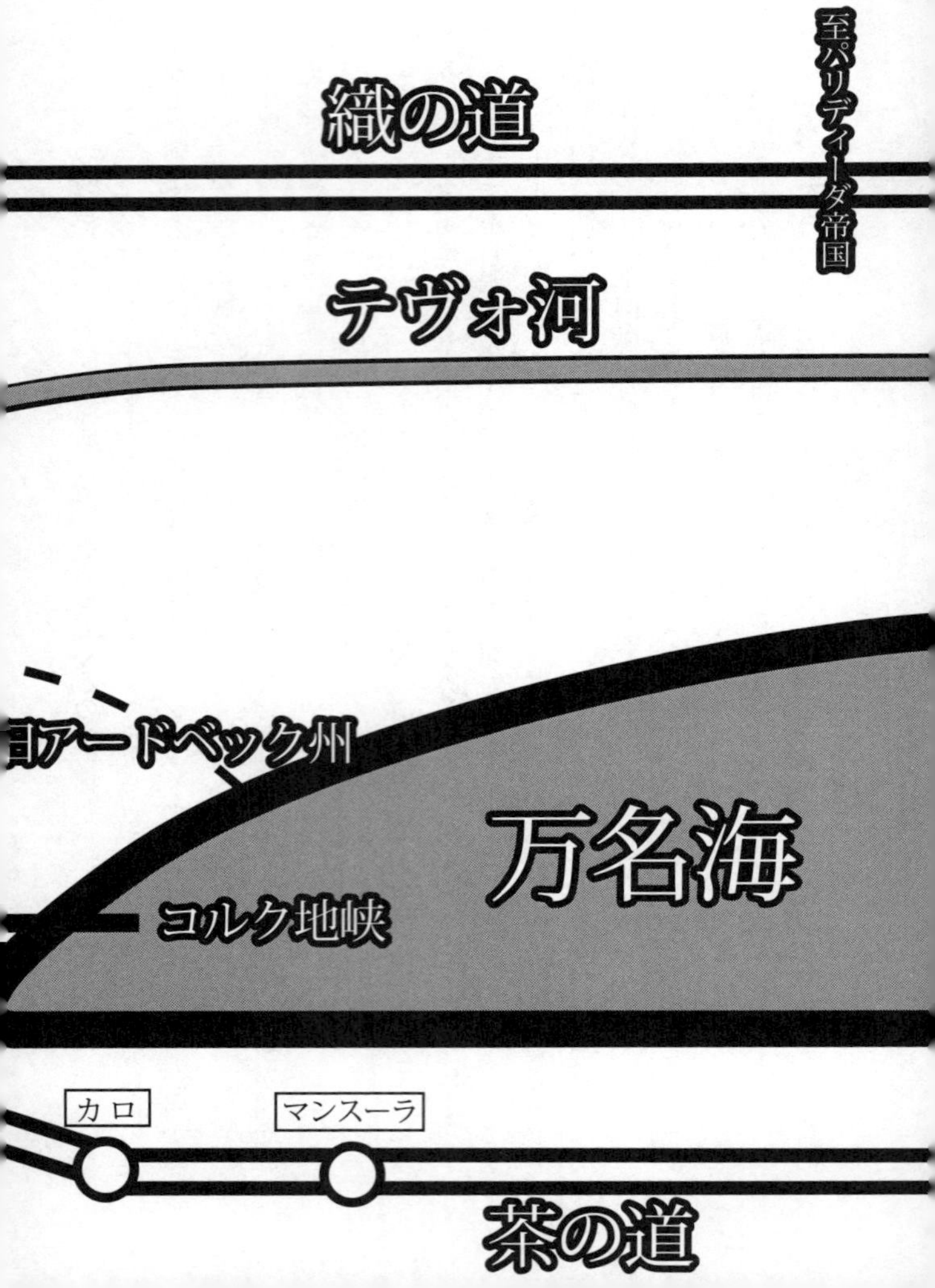
至パリディーダ帝国
織の道
テヴォ河
アードベック州
万名海
コルク地峡
カロ
マンスーラ
茶の道

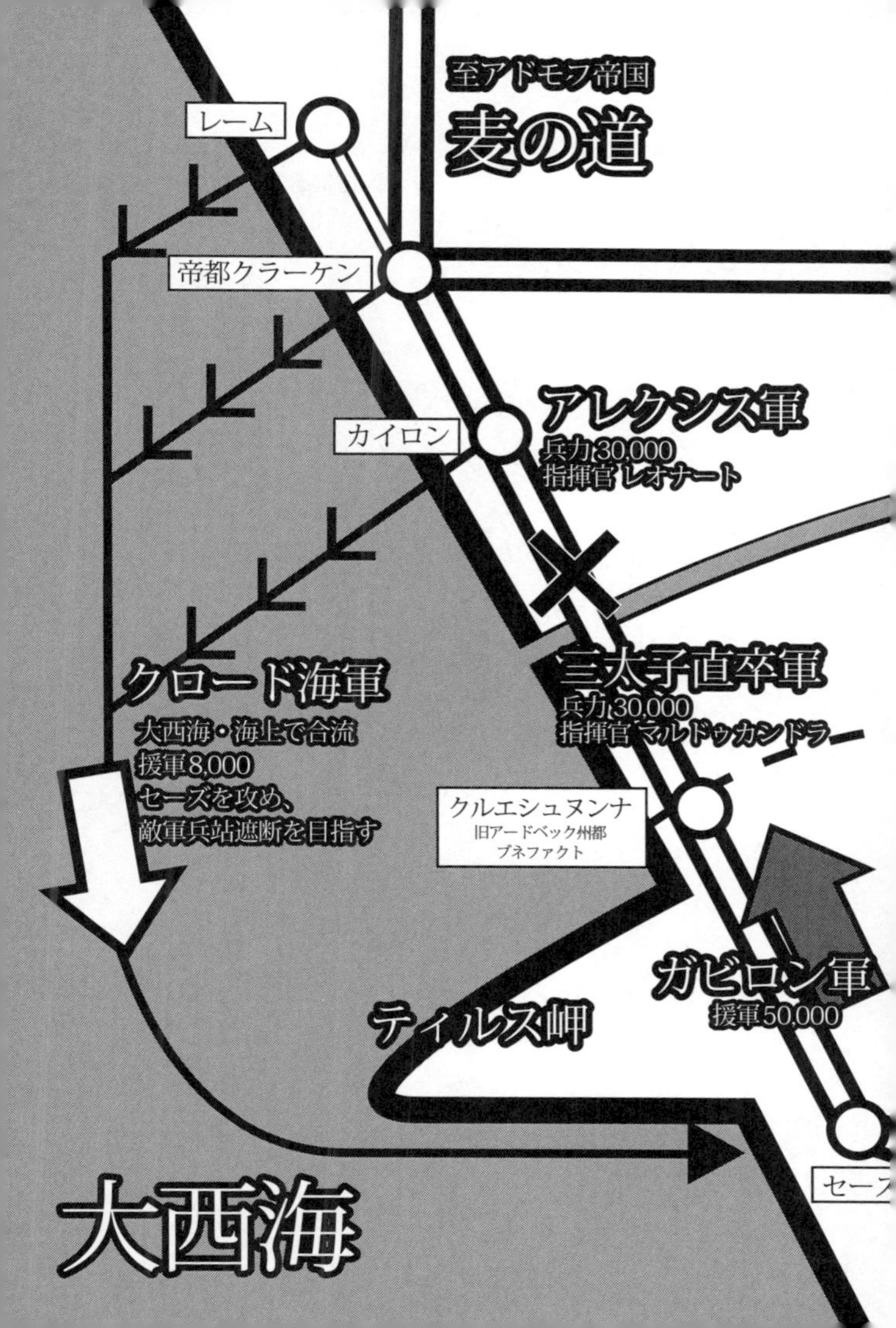
至アドモフ帝国
麦の道
レーム
帝都クラーケン
カイロン
アレクシス軍
兵力30,000
指揮官 レオナート
三太子直卒軍
兵力30,000
指揮官 マルドゥカンドラ
クロード海軍
大西海・海上で合流
援軍8,000
セーズを攻め、
敵軍兵站遮断を目指す
クルエシュヌンナ
旧アードベック州都
ブネファクト
ガビロン軍
援軍50,000
ティルス岬
大西海

てくる公算が高いわな」

アレクシス軍に勝てば兵糧《ひょうりょう》を奪える。さらにカイロン等、進軍途上の都市を陥としていけば、略奪で兵站を維持できる。マルドゥカンドラの視点に立てば、そういう話だ。

「いや軍師殿。三太子《レン・ティーン》との決戦ならば、望むところでござる」

「我らは元々そのつもりでしたからな！」

「最後に常勝不敗の旗を掲げているのはどちらか、白黒つけてやりましょうぞ！」

すっかり懸念が取り除かれ、居並ぶ主だった騎士たちが意気を取り戻す。

現金なものだが、士気が低いままよりは万倍よい。レオナートはそう思う。

「正面から戦わずして、五万もの敵増援を無力化する……か。オレ如きには予想もできなかった妙策《まほう》だ。さすがとしか言う外ありませんな」

最初の質問者だったオスカーも、惜しみのない賞賛を口にした。

ただ――シェーラたちはさも「全部、予測通りです」みたいな涼しい顔をしているが、これは皆に安心感を与える演技というもので、現実には違う。シェーラもジュカも稀代《きたい》の知恵者ではあるが、決して全知全能の神でも預言者でもないのだ。

例えば敵増援の兵力を、予測はできても予知はできなかった。

もしガビロンが五万もの援軍をポンと組織するのではなく、五千とか一万ずつ、ダラダラと小出しにしてきた場合、今回の海軍による迂回と兵站線遮断作戦は使えなかった。

無論、戦力の逐次投入は愚策も愚策なのだが、今回に限ってはそれをされると、実はアレクシス軍は追い込まれていたのである。皮肉なことに、ガビロンの皇子たちは極めつけに優秀だからこそ、両軍師の策がハマるという格好だった。

ともあれ、場合によってはクロード南部を放棄し、ニムロース山脈まで後退するしかなかった可能性まであったことを思うと、敵の卓見に感謝する他ない。情報が出揃い、メリジェーヌ手ずから届けられ、両軍師も交えた石橋を叩いて渡るような検討が行われ、「海軍作戦アリ」と結論が出た時には、シェーラも胸を撫で下ろしたものだった。


「てなわけで、ご理解いただけましたね、皆さん」

「オマニラは王面の三太子軍《レン・ティーン》にだけ集中すればいい」

両軍師の総括《そうかつ》に、一同が引き締まった表情で首肯する。

実際にはこれでようやく三万対三万の、互角の戦いになっただけ。しかし、シェーラたちにここまでお膳立《ぜんだ》てされて、なお後れをとろうものなら騎士の名折れ――彼らの雄々《おお》しい顔にそう書いてある。

「勝つぞ」

と、レオナートも短く宣言した。

それに皆が、天を衝くような気炎で応えてくれた。


ガビロン帝宮。その深部にある、二太子《レン・ドー》ナディンの居室。

薄暗く、常に妖《あや》しい香が煙り、揺蕩《たゆた》う広間である。

そこでナディンは、諜報工作隊《バシュム》の隠密頭と謁見していた。火急の報せを受けていた。

「——するとアレクシス軍は海路を用いて、三弟《ティーン》の背後を脅かそうと企《たくら》んでおるのか？」

「御意。敵将トラーメよりもたらされた、確度の高い密告です」

相変わらず額をこすりつけて低頭した隠密頭が、特徴皆無の声質で言上する。また恭《うやうや》しい手つきで、一通の書状を捧げてくる。

レオナートがトラーメに宛てた、正式な命令書だ。本来ここにあってはならないものを、トラーメが内通者として送ってきたのだ。

現在はクラーケン総督代理を臨時で務めるトラーメだが、本来はディンクウッド州都レームの代官職にあった。ゆえにその二大港の海軍は彼の隷下にあり、至急にガビロン本土へ向けて派遣するよう、事細かな指示が書かれている。

「クラーケンやレームの他、カイロン等各地に潜ませた手の者からも『海軍の出航、確認ス』

と、次々と報せが入っておりまする」

「うむ。この書によれば――彼奴等《きゃつら》はかき集めた艦艇七十隻、兵力八千を以って、我が領のカロを攻め陥とす腹算とのことだな」

ナディンは巨大な座布団《ざぶとん》で横臥《おうが》したまま、煙管で一服する。

カロとは、セーズから〝茶の道〟を十里南下したところにある、主要な港湾都市の名だ。兵站線を構築する上でも重要な機能を果たし、ここを失陥すればマルドゥカンドラのいる前線に輜重を届けることが難しくなる。

「カロにも最低限の守備兵はおりますが、ここは帝都《メディア》より援軍を派兵し、堅守するべきかと臣は愚考いたしまする」

隠密頭が進言した。まったく妥当な判断だ。

しかし、ナディンは即答しない。煙管をゆっくりと吸い、たっぷりの紫煙を吐く。

そうやって熟考してから、言った。


「臭うな」


〝香陰《ガンダルヴァ》〟と畏《おそ》れられるガビロン最高の策略家は、もう一度喫煙を堪能し、続ける。

「臭い、臭い。どうにも胡散《うさん》臭いわ。これは」

「と、仰いますと？」

「アレクシス軍は本当にカロを狙《ねら》っているのか？　トラーメが漏洩《ろうえい》した情報は正しいのか？」

ナディンの唱えた疑惑に、隠密頭も畏《かしこ》まって考え込む気配を見せる。

「単に兵站線を遮断するのが目的なら、カロである必然はない。セーズでもいい。マンスーラでもいい。そうであろう？」

ナディンが挙げた三つは全て、〝茶の道〟上且つ沿岸部にある主要な港湾都市だ。

「すなわち、この命令書はアレクシス軍の偽造である……と？」

「そうだ。我らの意識をカロの防衛に向けさせておいて、その実、ガラ空きのセーズなりマンスーラなりを攻める——そういう詭道《きどう》ではないのか？」

ナディンが諮ると、隠密頭はしばし黙考した後、御意、と短くうなずいた。

「御身の特別な〝嗅覚《きゆうかく》〟を疑ったことは、臣にはございませぬ」

ナディンが言うのならば正しいのだろうと、そこは肯定しつつ、

「もしトラーメが〝臭う〟根拠がございますならば、この愚臣にもご教授いただきたく」

と、決して思考停止をしない隠密頭。

この男の美点であり、ナディンが重用するところだ。

〝香陰《ガンダルヴァ》〟は紫煙をくゆらせた後、答えてやる。

「先日にもトラーメが漏洩した情報を元に、三弟《ティーン》が作戦を立て、送り出した将たちの大半が敗

亡した。生きて戻った者たちも、口を揃えて言ったそうではないか。余が彼奴より入手した情報に、わずかなりといえど齟齬《そご》があったと。そして、それが致命傷になったと」

「すなわちトラーメは我らの脅迫に屈し、また欲に眩んで内通したのではなく――」

「内通したと見せかけて、毒を含んだ偽情報を余らにつかませたのではないか？　無論、丸きりの嘘であれば、余がすぐに嗅《か》ぎ分けることができた。ゆえに『九の真実の中に、一の虚偽を混ぜる』といった、そういう露見しづらい情報工作をな」

「……直に尋問をした、臣の落ち度にございまする。どうかこの素っ首、刎《は》ね落として、けじめとしていただきたく」

「よい、よい。いっぱい食わされたのは、余も同罪だ」

ナディンは煙管を軽く左右に振りながら、寛大に赦《ゆる》した。

この巧みな情報工作は、果たしてトラーメの即興であろうか？　否であろう。恐らくは、切れ者と噂の敵の女軍師があらかじめ、トラーメに言い含めておいたのだ。ナディンが内通工作のため、トラーメに接触してくることまで見越して！

「ならば今度は、余が逆手にとる番だな」

ナディンは紫煙とともに静かな自信を立ち昇らせ、ほくそ笑む。

アレクシス軍は海路を用い、カロを制圧して兵站線を遮断する――このどこかに「一」の虚偽が紛れているとはいえ、「九」は真実であるはずなのだ。情報戦の天才であるナディンにとっては、何も知らされていないよりも遥かに助かる。権謀術数の競い合いは望むところだ。

一方で隠密頭も自分の頭で考え、献策した。

「でしたらカロに派兵するのではなく、セーズかマンスーラに援軍を送るべきでしょうか?」

「——とこちらに思わせて、今度は本当にカロを攻めるかもしれんぞ?」

ナディンは煙管箱に灰を叩いて落とし、

「カロを守るべきか、はたまたセーズかマンスーラか——そんなことを悩むだけ、既に敵の術中なのだ。熟考には値しない。仮に奴らがどこを攻めるのか的中できたとて、そんなものは博打《ばくち》の結果にすぎん。山勘に三弟《ティーン》の大事は預けられん」

「臣の短慮でございました。……しかし、絶対確実な対応策となりますと、例えば三都市全てに、等分に派兵をするといった?」

「それでは兵力分散の愚を犯すことになる。結局、三都市全ての守りが薄くなり、堅守とは到底言えん」

マルドゥカンドラに計十万もの大軍を預けた現在、ガビロン本土の防衛戦力に余裕はない。帝都の防備を疎《おろそ》かにするなど論外であるし、東の対チェン方面をあまり手薄にするわけにもいかない。北の対パリディーダ方面もだ。いくら同盟を結んだ相手とはいえ、隙を見せても構わないと考えるほど、ナディンの脳内にお花畑は広がっていない。

よってクロード海軍への対応に、多くの兵力を差し向けることはできない。その制限内で、兵をどう運用すれば効果的か？　策の案じどころであった。

「そうさな……」

煙管箱の縁を煙管の雁首《がんくび》で、一定の調子で叩きながら沈思黙考するナディン。

ガビロンに二人といない計略の大家は、やがて破顔一笑すると新たな葉に火を点《つ》けた。

肺の底までたっぷり吸い、その全てをゆっくり吐き出して、また違う香りを堪能する。

そして、隠密頭に結論を開陳する。

「こちらも〝ラハム〟を使うぞ――」


クロードに貴顕《きけん》二百家門ありしといえど、ヴァディス侯爵家ほどの変わり種は少ない。

百年前に貴族制度が復活した折、各家の領地をどう分配するかで意見を擦り合わせるため、まずは各当主の希望を募った。

初代ヴァディス侯爵となった第八皇子はこう主張した。

「当家の領地には、海を所望する」

そんな大胆な発想をする者は他におらず、彼の要望はすんなり叶《かな》えられた。

こうしてクロードの近海は全て、ヴァディス侯爵家の縄張りとなったのである。

代々の当主は自ら船を指揮し、人生の三分の二を海上ですごす。武装船団を率い、航行中の商船を発見しては臨検、通行料をせしめて税収とする。もし支払いを拒否された時は、そのまま海賊さながらに襲いかかり、殺して、奪って、火を放って沈めてと、蹂躙《じゅうりん》の限りを尽くす。

いつしか人々は侯爵家のことを、「海賊貴族」と呼び恐れるようになった。

百年経《た》った今日《こんにち》もまだ、ヴァディスはそれを生業《なりわい》としている。齢《よわい》五十近い現当主も、十三人いる彼の息子たちを含んだ有力親族も、それぞれが武装船団を統率して、いずこかの海原を気ままに航《わた》っている。


そんな海賊貴族《ヴァディス》だから、惰弱とは無縁な家風である。

かつての四公家には及ばぬとはいえ、武力も財力も唸るほど有している。他の多くの家門が永き泰平の間に堕落《だらく》し、政治を疎かにして享楽《きょうらく》に耽《ふけ》り、痩せ細る蔵をなんとかするため軍費を削り——と、そんな愚行が平然と罷《まか》り通っているのに比べれば、彼らはやはり変わり種といえた。悪く言えば強欲で野蛮、しかし良く言えば実際的で武断的な思想の持ち主だった。

そして、そんな海賊貴族《ヴァディス》だから、雑種の皇子と手を結ぶことも、さほど忌避感《きひかん》はなかった。

まさにこの年、クロード暦二一三年のことだ。

ガビロン、パリディーダ、ツァーラントの三国が宣戦布告をし、巨大な包囲網を敷いたことで、全てのクロード貴族は決断を迫られることになった。これまで曖昧《あいまい》に曖昧に誤魔化《ごまか》してきた旗幟《きし》を、いよいよ鮮明にしなければならなかった。

すなわち――

貴族の地位と領土と矜持《きょうじ》を捨て、築いてきた人脈を頼りに他国へ亡命するか。

とうとうクロードの実効支配に乗り出した〝吸血皇子《ノスフエラトウ》〟に、頭《こうべ》を垂れて臣従するか。

どちらも苦渋の決断だが、その二択以外はあり得ない。中立を謳ったところで、レオナートも侵略者たちも、絶対に認めも容赦《ようしゃ》もしてくれない。独立を気取ったところで、どちらかに踏み潰されて、結局は呑み込まれるのが目に見えている。

多くの当主たちが頭を抱え、意味もなく右往左往する中、海賊貴族の決断は早かった。

ヴァディス侯爵その人が陸《おか》に上がると、アレクシス州都リントへ手ずから向かい、レオナートとの一対一《サシ》での会合を求めた。

「あんたの下についたら、オレたちの海はそのままって約束してくれるのかい？」

まさしく貴族というより海賊そのものの面構えと口調で、啖呵《たんか》を切った。

この話の早さは、アレクシス侯レオナートにとってまさに好むところであった。

「約束しよう。卿らが結果を出してくれるなら、さらなる恩賞も」

「言ってくれるねえ。海賊貴族は伊達じゃねえって、お見せしようじゃないか」

即断即決、両者は君臣の契りを結んだ。

と、そんな経緯もあり――

レオナートの号令を受けて各地を出航し、洋上で合流した総勢七十隻もの大艦隊。その中核を担っているのが、ヴァディス侯爵家であった。

老いた当主に代わり、その嫡男《ちゃくなん》・リットリオが総指揮を執っていた。

二十六歳の青年で、黒々と日焼けこそしているものの、その風貌《ふうぼう》はあまり海の男らしくない。細面で、どこか詩人然とした趣きがある。四本帆柱《マスト》の甲板上、船縁で黄昏《たそがれ》る様はまさに詞藻に耽るが如しであった。

しかし、ヴァディス家に仕える荒くれどもの中に、この場違いなほど物静かな青年を侮る者など、一人としていない。

「大船長！　もうすぐティルスを越えます！」

檣楼《しょうろう》から聞こえてくる見張り兵の声にも、わずかに畏れの色が混じっている。

侯爵家で働く水兵なら、知らぬ者はいないからだ。例えば横領を働く不届き者が見つかった時。例えば哨戒《しょうかい》を怠けて船を危険にさらした馬鹿がいた時。例えばリットリオを風貌だけで侮った恐いもの知らずの新兵が下克上《げこくじょう》を企んだ時。

「私に勝てれば、帳消しにしてやる――」

リットリオは必ずそう言って、船刀《カトラス》一本による決闘を受け、連中を裁いた。身の毛もよだつような剣技で切り刻み、愚か者の肉片を鮫《さめ》のエサにした。

つまりは、リットリオは綱紀粛正——実力と恐怖を以って、荒くれどもを支配しているのだ。

そんな未来のヴァディス侯爵が、副船長を呼びつけた。

こちらは対照的に、絵に描いたような海賊然とした男だが、巨体を縮めて応答する。

「ご用ですかい、大船長？」

「全艦に戦闘準備をさせろ」

「せ、セーズはまだ遠いですぜ？」

副船長は恐怖で声を震えさせながらも、納得できない命令には反論する。

艦隊は今、ティルス岬《みさき》の沿岸を迂回するように航行していた。ティルスはコルク地峡の南端部から突き出た、太く長く高い大岬である。この岬の先端を越えると、ちょうど根本の辺りに目指す港町が見えてくる。艦隊は今まさにティルスを越えようかとしているところだが、たとえセーズが行く手に現れたからといって、到着まではまだ数時間がかかる。常識的に考えれば、戦闘態勢に移行するのはあまりに早計だ。

「上陸戦ではなく海戦だ。私の勘だ」

にもかかわらず、リットリオはにべもない口調で告げた。

副船長も、これ以上の反駁《はんばく》は命に関わると判断し、大人しく従う。

船足は止めず、全艦艇が慌ただしく戦闘準備を整えていく中、艦隊はいよいよ岬の先端を通り過ぎ、岸に沿って折り返す。

すると――

ちょうど岬の裏側に隠れるように、敵艦隊が待ち構えていた。

もしこちらが戦闘準備を進めていなかったら、危うく無防備なところを攻められていた。

「また大船長の勘が当たった！」

「神懸《かみが》かりだ！」

副船長らがどよめき、ますますリットリオへの畏敬《いけい》の念を強める。

それをリットリオはごく平然と受け止めた。

実は勘などではなく、純然たる思索によって求められた正解だったからだ。

今作戦は内通者によって筒抜けになっていることを、リットリオはあらかじめシェーラから言い含められていた。

ゆえに敵の迎撃艦隊が現れる可能性も考慮していたし、「もし自分がガビロンの艦隊指揮官ならば、この岬の陰で待ち構える」と考えていた。その予測が的中しただけのこと。

にもかかわらず「勘だ」と言い放ったのは、戦術・戦略上の話を部下たちとするつもりがさらさらなく、面倒だからというだけのこと。彼らは船乗りとしても水兵としても優秀だが、兵法を論ずるに足る相手ではない。長たるもの、人それぞれの扱い方というものを見誤ってはならない。

このリットリオという男、決して神懸かりなどではないが、若くして頭脳明晰で統率力に長けた海戦指揮官であった。後にシェーラの伝説伝承戦略《フォークロア》により、〝大渦の怪物《カリブディス》〟と広報喧伝《けんでん》され、アレクシス軍の重要な将として後世に名を残すほどの人物であった。

そのリットリオが船前方の甲板に移動し、敵艦隊を睨み据えながら口中で呟く。

「予想よりかなり多いな……」

ざっと見て、敵の数はおよそ百五十隻ほど。

リットリオが直卒する艦艇の、倍以上の大艦隊だ。

セーズ常駐の防衛艦隊が、これほどの規模であるわけがない。カロやマンスーラといった近隣の港からかき集めたとしても、まだ足るまい。まさか大西海側に配備した海軍のほとんどを、結集させたとでもいうのか？

「〝ラハム〟だ！」

と、部下の誰かが叫んだ。

敵艦隊のうち、こちらと同種の四本マストの帆船に混じって、多数のガレー船が目撃された。

その艦首には「一ツ目」紋が描かれていた。

「ガビロンの主力海兵部隊《ラハム》だ！」

無数に並ぶその「一ツ目」が、こちらを睨み返し、威圧してくるかのようであった。


「こちらも〝ラハム〟を使うぞ——」

と、二太子《レン・ドー》ナディンは告げた。

クロード海軍の作戦を阻止するため、最も効率的な兵の運用法とは何か？

セーズ、カロ、マンスーラのいずれか一つを、博打で死守することには非ず。

三都市全てに薄く兵力を派遣することには非ず。

そう、目には目を。歯には歯を。多くは兵力を割けないのならば、用いるべきはこちらも海軍。クロードの艦隊がまだ航行中のうちに、海上にて食い止めれば間違いはない！

ナディンはそう結論した。

ただし、ガビロンの海軍にはやや特殊な事情がある。

ガビロンとパリディーダの国境は、万名海《ボランダーリヤ》によって完全に隔てられている。

東西五百里（約二千キロメートル）に横たわるこの長大な湾は、海洋貿易路としてまたとない。ゆえに両国はその支配権を巡って争い、互いに覇を唱え、歴史的に敵対してきた。

当然、ガビロン軍は万名海のことは知り尽くしている。

内陸に位置し、波も風も穏やかなこの湾内では、一般的に普及している帆船より、櫂《かい》による人力で動かすガレー船の方が——特に海戦において——適している。

ガレー漕ぎは過酷で劣悪な仕事だが、奴隷制度を敷くガビロンにとってはなんら問題ではない。「櫂奴」と呼ばれる専門の奴隷を酷使し、臣民の階級にある者が操船をする。

ガビロンの海軍が特殊な形で発達した理由である。

彼らはティアマト女神が産んだ十一《ウーマーマーヌ》の怪物たちのうち、凶暴な海の魔物になぞらえて“海兵部隊《ラハム》”と呼ばれている。

特殊な事情はもう一つある。

万名海におけるガビロン海軍が精強無比である一方、大西海におけるそれは頼りない。

地勢上、クロードやアドモフと海域の棲《す》み分けができているため、この南北の貿易路を巡って争う必要性がなかったからだ。

外洋ではガレー船の利点がないため、ガビロンでも主に帆船を用いるが、その技術が他国に劣れど勝ることはないのも致し方ないこと。

正規の海兵部隊《ラハム》はわずかに二個艦隊、予備配備しているのみである。

そのうちの一個を、〝獅子頭将軍《ナラシンハ》〟から賜《たまわ》った女提督を、ネプタという。

彫刻細工の如く整った美貌と、でっぷりとした肥満体を持つ、三十五歳。

ガビロンでは〝海の女怪《スキュラー》〟の異名で知られている。

大西海沿岸の生まれで、船乗りの父に幼少時から鍛えられ、各地の暗礁の位置や潮目を読む技術に精通しており、マルドゥカンドラに抜擢された。

海兵部隊《ラハム》内では万名海側で戦う本隊に対し、大西海側の副隊は日陰者という風潮だが、戦《いくさ》の天才は彼女のような希少な技能の持ち主こそを重用した。

かつてとある宴席で、マルドゥカンドラが戯《たわむ》れに、ネプタに諮ったことがある。

「クロードも海軍だけは達者だとよく耳にするが、おまえの艦隊で打ち破る自信はあるか？」

果たしてネプタは、よく肥えた腹を揺すりながら答えた。

「はい、三太子殿下《レン・ティーン》。ごく沿岸部でならばガレー船も、帆船に対して劣るものではございません。それぞれ一長一短があり、臣は我が方の得意を押しつけ、敵方の苦手を衝き、翻弄《ほんろう》してみせる自信がございます。ただし――」

「ただし、なんだ？」

「もし必勝をということでございますれば、敵方の二倍の艦艇が欲しいところでございまして」

「ハハハ、よく言った！」

最後、戯れに戯れで返したネプタの諧謔に、マルドゥカンドラは大いに笑ったという。

人前に出るのが嫌いなナディンは、そのエピソードを隠密頭づてに聞き、憶えていた。

一兄《エーク》ネブカドネザルとも協議し、ガビロン本土の防衛体制を最低限維持しつつ、迎撃のために捻出できる艦艇と、セーズら三都市の常駐艦隊を合わせれば、なんとか百五十隻、かき集められるという計算になった。迫り来るクロード海軍の艦艇数を倍にして、まだ余る数字だ。

これをネプタに与え、迎撃に向かわせたのである！


一方、ネプタ当人もまた、自分が宴中に嘯いた言葉のことを忘れてはいない。

今さら酒の席での冗談だったと、引っ込めるつもりもない。

必勝――

己に与えられた任務と自ら背負った責任の、重大さを強く意識して不退転の覚悟で臨む。

「斬り込み隊、抜刀ッ。投石機、測量始めぇッ。火矢の用意もできているかッ」

太い体格に支えられた豊かな声量で、潮風の音を物ともせず号令する。

岬を越えて現れた、クロード海軍七十隻へと全速前進。

「敵艦隊の数はッ――」

――当方の半数以下であり、ゆえに恐れることなく前に進み、包囲殲滅《せんめつ》せよ。

ネプタはそう続けようとした。

しかし、続けられなかった。

「敵艦隊の数はッ――」

岬の向こう側から、新たに謎《なぞ》の艦隊が姿を見せたからだ。

「敵艦隊の数はッ――」

次々と現れてはクロード海軍に続き、艦隊の威容をにわかに膨れ上がらせていたからだ。

その総数は、二百隻を超えようとしていたからだ。

「何奴かッ」

ネプタは舳先《へさき》に向かって駆けると、血走った目で謎の艦隊の正体を暴こうとした。

前衛の七十隻は、クロード海軍に間違いない。「漆黒《しっこく》の大海蛇」紋旗の他、各艦の所属を示す旗――アレクシス軍の「黒竜」紋やグレンキース軍の「猛虎」紋等――を掲げていたからだ。

しかし、後続の艦隊が掲げた旗を、この距離から視認することは難しかった。

代わりに、檣楼にいた特別目のいい兵が、声を嗄《か》らして叫んだ。

「敵後続――『斧槍《ふそう》』紋旗ッ」

ざわ、とネプタの肌が一瞬で粟立つ。

その旗を掲げる艦隊は、彼女が知る限りただ一つ。

アドモフ海軍。


「艦隊全滅⁉　ネプタは戦死だと⁉」

二太子《レン・ドー》ナディンは思わず声を荒げた。

冷静沈着を通り越して陰気な彼だから、滅多にないことだった。

仄暗く、妖しい香の煙る広間に、ナディンの怒声が鬱々《うつうつ》と響く。

「ネプタには百五十隻もの艦艇をくれてやったのだぞ⁉」

「しかし、敵艦隊は二百隻を遥かに超えており、包囲殲滅の憂《う》き目に遭ったとのことで……」

隠密頭は額を床にこすりつけ、まるで己の非であるかのように謝罪口調で報告した。

「クロード海軍の後続に、アドモフ海軍までいたとのことなのです」

「おかしいではないか！　過剰戦力にもほどがある！　理屈に合わぬではないか！」

たかだかセーズ一都市を陥とすのに、アドモフから遥々《はるばる》百数十隻もの大艦隊を送り込むなど、出費や兵站のことを考えれば、あり得ない。

目先の勝利をひろうだけならば、そりゃあ兵力は多い方がいい。しかし、戦争とは政治の延長線上にあるものだ。成果と消費の天秤《てんびん》を、常に念頭に置くものだ。「獅子《しし》は兎《うさぎ》を捕らえるにも全力を尽くす」といえば聞こえはいい。しかし、一千の敵兵を討つために、毎回一万の兵を動員する王がいれば、その国は遅かれ早かれ経済破綻《はたん》に陥《おちい》る。戦では負けなしという名誉を抱いて溺死《できし》する。

「敵の女軍師とやらは、何を考えているのか……っ」

暗い天井《てんじょう》に向けて、抗議するように叫ぶナディン。

だがその間にも、彼の怜悧《れいり》な頭脳は状況を分析し、推測を交え、事態の全貌《ぜんぼう》を把握していく。

「――いや。あくまで余の策を読み切った上での……応手か？」

これでもかと目を剝き、生来の青白い肌を一層、蒼褪めさせる。

「つまりは、余は詭道で敵の女軍師に後れをとったのか？　このナディンが？　〝香陰《ガンダルヴァ》〟が？」

憤怒で声と体がわななく。

そもそもナディンはアレクシス軍の裏をかくため、トラーメを内通者に仕立てようとした。

しかし敵の女軍師はさらに裏をかいて、トラーメに最初から言い含め、毒を忍ばせた情報を送ってきた。

ナディンはそのさらに裏をかいて、偽情報を逆手にとることにした。迫るクロード艦隊を、倍する兵力で撃滅しようとした。

しかし敵の女軍師はさらにさらに裏をかいた。大艦隊を用意し、洋上で迎撃するというナディンの策を読んで――もっと言えば、ナディンがその策を案ずるように誘導して――こちらが用意できる以上の艦艇を、あらかじめ揃えていたのだ！


恐らくは〝夜の女神《ニュクス》〟の異名を持つ、銀髪の女軍師の方だろう。

「二十歳にもならん小娘に、このナディンが手玉にとられるか……っ」

ガビロンの二太子《レン・ドー》は、凄絶《せいぜつ》な形相で歯噛みする。

悔しさと忸怩たる想いで、腸《はらわた》が煮えくり返りそうになる。

「こたびは余の負けだ……っ。それは認めよう……っ」

口にするのも不愉快な台詞を、敢えて口にすることで己への罰や戒めとする。

だが一つだけ――己が自尊心のためではなく、祖国や家族のために――はっきりさせなければならないことがあった。

「リュフランにも間者は置いてあろう？　一報すらもなかったのか？」

ナディンは目を吊り上げて、平伏《ひれふ》したままの隠密頭を睥睨《へいげい》。

リュフランとはアドモフ最大の貿易港であり、この時代においてはイコール最大の軍港だ。

アドモフが海軍まで運用した、その動きを港で察知できなかったのかと詰問しているのだ。

「はい、二太子《レン・ドー》殿下。何もございませんでした」

「解《げ》せんっ」

ナディンは眦《まなじり》を決したまま、吐き捨てるように言う。


無論、密偵や諜報《ちょうほう》機関というものは、講談や戯作のように便利でも万能なものでもない。どこにもかしこにも工作員が目を光らせていて、機密を含むあらゆる情報を入手し、主のところへすぐ様送り届けるなどという真似《まね》は、絵空事の話だ。

何しろ電信手段や盗聴器の発明はおろか、望遠鏡すらまだ普及していない時代なのだ。間者から入ってくる情報はひどく限定されているし、諜報網だって人口の多い主要都市に敷くのがせいぜいの話。

それでも、リュフランほどの重要港なら常時、数人の間者を配置しているし、艦隊が出航すれば目的や行先は不明でも、「アドモフ海軍に動きアリ」くらいは報告できるはずだ。

それすらなかったというのは異常な話だ。


「どうやらアドモフに敷いた諜報網が、機能不全に陥っておるのかと……」

隠密頭が額を床に打ちつけ、今度こそ己の非だと謝罪する。

「……具体的には？」

「わかりませせぬ。想像もつきませせぬ」

「で、あろうよ」

ナディンは不快げに鼻を鳴らした。

例えば、潜伏させていた密偵が検挙される。任務の過程で捕まったり殺される――こういう形で諜報網が破壊されたというのならば、ナディンも理解できる。

しかし、それならば定時連絡が途絶えるなりなんなり、すぐに「破壊されたという事実」が露見したはずなわけで。

今までなんら異変や問題の報告が上がってこず、いきなり重要報告だけがすっぽ抜けていただなどと、そんな都合の良い「機能不全」があって堪るか。

「臣にわかることは唯一つです」隠密頭は恐縮頻《しき》り、震え上がって意見した。「かの国には、ジャン＝ジャック・ベルリッツェンがおりまする」

「総参謀本部の作戦局長官か……」

「隠密《われわれ》の世界で彼の名前を知らぬ者も、畏れぬ者もおりませぬ……」

「馬鹿な！　あれが妖怪《ようかい》だというのは、悪意に満ちたあだ名であろう？　それともベルリッツェンは、本当に妖術《ようじゅつ》が使えるとでもいうのか⁉」

「わかりませぬ……わかりませぬ……。わからぬからこそ、隠密《われわれ》は彼を畏れるのです……っ」

「ええい、埒が明かん！」

平伏したままの隠密頭の背中へ、唾棄《だき》するようにナディンは言った。

この埒を明ける方法は一つだった。

「三弟《ティーン》の出征が一段落ついたら、おまえ自身がアドモフへ赴き、調べて参れ」

「御意」

叩頭拝跪《こうとうはいき》したまま、するすると退《さ》がっていく隠密頭を、ナディンは苦虫を嚙み潰したような顔で見送る。

まったく忌々《いまいま》しい話だった。その調査結果の如何《いかん》によっては、彼はもう一度——今度はベルリッツェンにまで敗北感を味わわされることになるのだから。


ともあれ——

二太子《レン・ドー》の暗躍虚《むな》しく、アレクシス軍による兵站線遮断作戦を阻止することは叶わなかった。

三太子《レン・ティーン》の直卒軍三万と、移動中の援軍五万は背後を脅かされることになった。

増援の派兵は失敗、この上は拙速にでも引き返させるべきである。

最前線のマルドゥカンドラらは、本国からの補給を受けとれなくなったまま、孤立してしまった格好だ。

策謀で後れをとったナディンの失態は、ガビロンにとって誠に手痛いものとなった。

「それぞれが異なる分野の天才で、互いに協力し合い、何より信頼し合う四人の皇子たち――小官には完全無欠と思えた彼らが持つ、だからこそ切り離せない欠点」

冷や汗を布で拭《ふ》き拭き、ポジェ中将が言葉を紡《つむ》ぐ。

アドモフ帝都アートパイアは、総参謀本部・作戦局長官室。

内装調度に異国情緒溢《あふ》れる、渾沌としたベルリッツェンの巣だ。

部屋のヌシたる老人は、揺り椅子の上で痩身《そうしん》を遊ばせながら、戯れるように副長官へ問う。

「そろそろ正解がわかったかね、中将？」

「はい、閣下。この顚末《てんまつ》を見ますれば、さすがの小官にも――」

ポジェは一度生唾《なまつば》を呑み込み、恐る恐る答える。

「彼らはそれぞれの分野で傑出し、信頼し合っているからこそ――互いの職掌《しょくしょう》に口出しをしません。完全に兄弟《あいて》任せ、兄弟《あいて》頼りです。何より兄弟が後れをとるなどと、露とも思っていないのです。ゆえに、仮にもし兄弟の誰かが取り返しのつかない失態を演じた時、彼らは共倒れになってしまうのです」

「ホッホッ、正解よ」

ベルリッツェンはさも好々爺《こうこうや》然と、ころころと笑った。

ポジェはさらに縮こまって会釈《えしゃく》しつつ、話を続ける。

「そして、シェーラ殿も大将閣下と同じく彼らの弱点を見出し、且つ二太子《レン・ドー》こそを与《くみ》し易《やす》しと見做《みな》したわけですね」

「易しというほど他愛無い相手ではなかったろうが、ま、そういうことよな。政治も軍事も一朝一夕には成らず、覆すのもまた困難。しかし策謀ならば、会心の一手を以って大打撃を加えるのは可能。道理じゃろう?」

「はい、閣下。聞けば納得であることと、一から立案できることには、千里の隔たりがありますが。はい、確かに」

「あのシェーラという娘、さすが我が心の陛下にお側仕えするだけはある。若いのに感心、将来が有望な知恵者よな」

他人のことなど使い捨ての道具としか思っていないベルリッツェンにしては、珍しく気に入ったと言わんばかりの口調。

ポジェは手拭《てぬぐ》いで盛んに額をこすりながら、

「質問をよろしいですか、大将閣下」

「許可する」

「閣下はいつの時点で、シェーラ殿の計略《さくせん》の全貌を把握なさっていたのでしょうか?」

「実は最初からよ」

「は……？　い、いえ、それは、しかし……」

狼狽《ろうばい》するポジェ。いくら妖怪じみた諜報力を持つベルリッツェンだとて、さすがに影も形もない時点から全貌をつかむのは、不可能ではないかと。

「ホホッ、なんのことはない。他ならぬ軍師殿から、相談を持ちかけられたのよ。我が心の陛下と連名の書簡が届いたのよ」

「あ、なるほど……」

「あの娘一人でガビロンの二太子《レン・ドー》を相手取ってもよかったそうだが、必勝を期するために、借りられる力は全て借りたいという話でな。諜報ならば小官に一日の長がある、それをよくわかっておるということよ。我が心の陛下にも『頼む』、と。一筆書き添えられていては、小官に否やはなかった」

この老人がまさか素直に他人に手を貸すなどと、常ならばあり得ないことだったが。そういう事情ならポジェも得心がいった。同時に好奇心が湧《わ》き、

「して、閣下。どのようなご助力を？」

「黙秘する」

ニタリと、人のものとは思えぬ邪悪な笑みをベルリッツェンは浮かべた。

ポジェもピタリと口をつぐんだ。それ以上は探ろうとしなかった。家で待っている妻と子が大事だった。

二太子《レン・ドー》との謁見を辞した後、隠密頭は宛てがわれた庁舎──表向きは歴史編纂《へんさん》室。真実は諜報工作隊《バシュム》の本部──を目指し、帝宮の廊下を足早に進んでいた。

しかし物音一つ立てず、姿形さえ誰の目にも触れさせない。完璧な隠形《おんぎょう》だ。

ガビロン人を示す赤銅色の肌以外、顔にも声にも体型にも特徴がなく、青年にも中年にも見えるこの男。密偵としては大陸でも屈指の凄腕《すごうで》であり、だからこそ人嫌いのナディンが重用した。十数年に亘《わた》って側に置き続けた。

そんな彼が庁舎に戻り、自室に入り、誰の耳もないことを確認した上で、なお絶対に聞かれぬように胸中で呟く。

（この戦役が終われば、久方ぶりにアドモフへ帰れるな）。

鉄面の如く動かない表情の下で微笑《ほほえ》む。

（ベルリッツェン閣下にもお会いできよう。積もる話ができよう）

誰にも知られることのない懐旧に浸る。

彼は二重間諜《ダブルスパイ》だった。それが本当の正体だった。

十数年前、「謀略と諜報の天才」として頭角を現し始めたナディンに対し、ベルリッツェンが先手を打って密かに付けた、猫の鈴であった。

遥か後世、この事実が明るみになった時、「ガビロン通史」の編纂者たちは、こう記さずにいられなかった。

一言、『役者が違った』――と。

第七章 大会戦

The Alexis Empire chronicle

クロード暦二一三年、十二月三日。早朝。

喇叭《らっぱ》が高らかに号奏され、陣太鼓が重く鳴り響く。

アレクシス軍の「黒竜」旗が旒々《りゅうりゅう》とはためく下、野戦陣地は物々しい空気で包まれていく。


三太子《レン・ティーン》直卒軍、テヴォ河を渡る――


ティキの荒鷲《あらわし》よりもたらされた一報に、レオナートは一瞬の迷いもなく麾下《きか》将兵へ命じた。

「全軍出撃準備」

そう、全軍だ。防衛陣地には兵站輜重《へいたんしちょう》の人員のみを残し、テヴォ河北の平野部にて迎え撃つ。

マルドゥカンドラもまた迷いなく全将兵を率い、渡河していた。つまりは背水の陣。兵站線を失った彼らは、もはや前進するしかない。勝ち続け、そのたびに物糧を奪い続け、また途上の町村でも略奪《りゃくだつ》を繰り返して、無理やりに兵站を維持する以外に活路がない。

それほどの覚悟、気迫に当たり負けしないためにも、こちらも半端《はんぱ》な守りの意識は捨て、積極果敢にぶつからなければならない。

しかし逆に、陣地に引き籠《こも》って徹底防戦する作戦はどうか？

無論、圧倒的に有利に戦うことができるだろう。ただし、ガビロン軍が真正直に攻めてきてくれさえすれば。

現実問題、〝獅子頭将軍《ナラシンハ》〟とその幕将たちは、そんな愚かな選択はしないはずだ。もしアレクシス軍が野戦陣地にて待ち構えれば、ガビロン軍は迂回《うかい》しつつ騎兵の大部隊を先行させ、守備兵の寡《すくな》いカイロンを、損害度外視で攻め陥《お》としにかかるだろう。

もしその博打《ばくち》に成功されてしまうと、立場が完全に逆転する。ガビロン軍は略奪によって物糧を補給し、逆にアレクシス軍が兵站線を遮断《しゃだん》されることとなる。

相手が多勢というなら話は別だが、兵数互角ならば打って出るべきだった。

それに短期決着は本来、望むところ。アランらは今この時も、〝冷血皇子《ボレアス》〟相手に厳しい遅滞防衛戦を強《し》いられ、レオナートらの一日も早い救援を待っている。

と――以上、様々な観点から総合判断した上での、全軍出陣命令である。わざわざ誰かに諮《はか》るでもなく、その程度の兵理はレオナートもわきまえていた。

将兵ら全員が、広場となっている陣地内正面へ集合する。

歴戦且《か》つ、ブレアデト教導傭兵《ようへい》団の薫陶《くんとう》よろしき兵《つわもの》たちは、私語一つなく速《すみ》やかに整列し、レオナートの閲兵《えつぺい》を待っていた。

急拵《きゆうごしら》えの壇上に立つと、兵たちが一斉に歓呼する。

「「「レオナート！　レオナート！　驍勇《ぎようゆう》比類なき〝吸血皇子《ノスフェラトウ》〟！」」」

その熱狂的な声援に、片手を挙げて応《こた》える。

同時にそれは、無口な彼の「静粛に」のサインである。兵たちももう慣れたもので、サッと口をつぐむ。

そして、ここで副官たる者が、主君から兵らへ一言を求めるのが、今までの通例だった。以前はバウマンが務め、これからはナイアが父に代わって果たさなくてはいけない。

「アレクシス侯爵閣下は真実、常勝不敗の名将であらせられます！」

壇のすぐ下から、ナイアは気張って大声を叫んだ。

おや？　という空気が流れる。レオナートの一言を求める類《たぐい》の、話の流れに思えないからだ。

空気の読めないところがあるナイアは、気にせず続けた。

「小官は過分にも、閣下の常勝軍の副官を拝命いたしました！　そして、小官の代になった途端に負け戦《いくさ》となってしまったら……もう誰にも顔向けできません！　だから全力で閣下をお支え申し上げることを、ここに誓います！」

これでは主君の一言ではなく、副官の所信表明だ。兵らの間で悪意のない苦笑いが漏《も》れる。

またレオナートの右に立つシェーラまで揶揄《やゆ》口調になって、

「ナイアさんお一人で、ガビロン兵を千人くらい倒してくださると、助かるんですけど？」

「必要とあらば、この命に代えて！」

普段から冗談を解さないナイアは、大真面目《おおまじめ》に答えた。

しかし、結果としてこのやりとりがよかった。彼女の覚悟が兵らに伝播《でんぱ》し、徐々に影響していった。一人一人の顔つきが変わっていった。

その〝機〟を的確に捉《とら》えて、レオナートが一言。

「勝つぞ」

「「「おおおおおおおおおおおおおおおおおおおおおおおおおおおッ!!」」」

「「「アレクシス侯、万歳！」」」

「「「〝吸血皇子《ノスフェラトウ》〟、万歳！」」」

「「「レオナート閣下、万歳！」」」

短い言葉の中に込められた熱と想《おも》い。それを受けた兵らが先の倍する声量で叫び、またレオナートの名を歓呼した。

さらにはこの時、歴史上において特筆される出来事が起きた。

騎士の誰か、もしかしたら兵の中にいた学のある誰かが、興奮のあまり先走ったのであろうか。主君レオナートを讃《たた》え、歓呼するに当たって、初めてこの表現を用いた。

「大帝《チエーオス》、万歳《エタニア》！」


それは史上唯一、かの「渾沌《こんとん》」にのみ用いられていた敬称であり、古語による祝辞である。

大帝とは読んで字の通り、大帝国を統《す》べる君主のこと。

皇帝を超えた皇帝、帝国を超えた帝国の支配者を指す言葉だ。

レオナートが遠くない将来、クロードとアドモフに跨《また》る超大国を興し、君臨するだろうことを見据え――あるいは期待して――叫んだものと推定できる。

そして、それを耳にしたクルスやオスカーが、一興を覚えた。自分たちも「大帝《チエーオス》、万歳《エタニア》」と叫んだ。すると兵人気の高い彼らだから、真似《まね》をする者たちが続出した。後は一気だ。瞬く間に全体へ伝播していった。

「「「大帝《チエーオス》、万歳《エタニア》！」」」

「「「大帝《チエーオス》、万歳《エタニア》！」」」

「「「大帝《チエーオス》、万歳《エタニア》！」」」

にわかには収まらない大歓呼。大声援。

そんな天をも衝《つ》かん士気を維持したまま、いよいよ全軍を以って出陣する。

かくして後世にいう、「西グレンキース平野の戦い」は始まる。

神のみぞ知ることではあるが、両軍の正確な兵力（実戦闘員の数）はこの時、アレクシス軍が二万九千百二十四人、ガビロン軍が三万飛んで七百五十九人。数においては後者がわずかに勝り、質においては前者がわずかに勝る。総じて、まさに互角の戦いであった。

十二月とは思えぬ烈《はげ》しい日輪が南天に差し掛かり、ついに両軍は相見《あいまみ》える――


この大いくさに際し、アレクシス軍は兵を四つにわけ、中央・右翼・左翼・後方予備と並べるオーソドックスな陣立てをした。

レオナートは本陣を兼ねる予備を直卒し　また全軍の督戦と采配《さいはい》を行う。

そして愛馬ザンザスの鞍上《あんじょう》から、ガビロン軍の布陣を観察し、

「普通だな」

と短く、左右に諮った。

敵もまた軍を四つにわけて、中・右・左・予備とオーソドックスな陣を敷いていたからだ。

隣に轡《くつわ》を並べたシェーラが、

「古来より『大軍に兵法なし』って言うじゃないですか。あれって何も工夫が要《い》らないくらい

強いよ、むしろ変にいじった方が弱いよって意味の他《ほか》にも、大軍になればなるほど工夫の余地がなくなるよっていう訓戒でもあるんですよねえ」

また彼女の反対隣には、自分で馬に乗れないジュカが、ティキの鞍《くら》の後ろに跨っていて、

「あいつらのキテレツ軍ぶりは、ここまで散々に見せつけられてきたがな。こっからはケレンミなしの正面対決ってわけよ。そんで三太子《レン・ティーン》サマの幕下にゃあ、ごくマットーな指揮統率を得意とする、ごくオリコーな将軍たちも揃《そろ》ってるはずだぜ」

「分厚いな。人材が」

両軍師の言葉に、レオナートは重くうなずく。

さて——

両軍が一町（約百メートル）ほどの距離をとり、睨《にら》み合っている現在、互いに白旗を掲げた軍使を出して、いくさ前の口上をやりとりしていた。古来よりの作法として、互いに己《おの》が大義名分を訴え、相手を批難していた。

なおガビロン軍の言い分に、レオナートは端《はな》から耳を貸すつもりはない。連中のこれは明白な侵略戦争であり、どれだけ美辞麗句で取り繕《つくろ》ったところで大義などあるはずもないからだ。マルドゥカンドラとてわかった上で、白々しい名分を軍使に語らせているのである。

ゆえにこちらも修辞の限りを尽くして、「いいから失せろ」と言ってやるだけ。

互いの軍使が舌戦を終えて、本陣に引き返してくる。

文明人のふりは終わった。ここからは軍の本質——ただ目の前の男たちと戦い、殺す、蛮行に明け暮れるのみだ。

レオナートはすぐ後ろに控える新副官に命じる。

「全軍前進」

「我らみなアレクシス侯の旗の下に！　天地にあまねく軍神《かみがみ》よ、ご照覧あれ！　全軍進めッ！」

ナイアが亡き父に負けぬ声量で、号令を張り上げる。

進軍喇叭が号奏され、麾下将兵が整然と前進を始めた。

ガビロン軍も同じくし、彼我《ひが》の距離はみるみる詰まっていった。

「「「大帝《チェーオス》、万歳《エタニア》！」」」

「「「ナラシンハの神威、我らに宿り給えかし！」」」

両軍の兵が鯨波《げいは》とともに激突した。

アレクシス軍右翼を率いるのは、マチルダだった。

今日もまた先陣を切って、男どもの誰よりも早く敵陣へと突入する。

繰り出す左右の槍《やり》で、ガビロン兵の眼窩《がんか》を、喉《のど》を、裸の胸を一突きにして絶命させる。一人を仕留めるのに、二刺しは要らない。精密にして迅速《じんそく》。

冴《さ》え渡るその槍技を前にして、奴隷兵《ウリデイムマ》たちがたちまち恐慌状態に陥《おちい》る。勇気も忠義も薄い彼らは、我を忘れて尻尾《しっぽ》を巻く。しかし、味方もひしめく隊列の中では、逃げ出すためのスペースがない。結果、ガビロン兵同士で押し合い圧し合い、混乱が巻き起こる。

そこへマチルダに追いついた、クロード歩兵たちが殺到する。

「見ろ！　姐御《あねご》が突き崩してくれたぞ！」

「オレたちも続けぇっ。後れをとるなぁ！」

「姐御にいいところ見せたれやあ！」

皆で一斉に槍を突き出し、逃げ惑うガビロン兵たちを殺戮《さつりく》する。

マチルダが敵陣に作った小さな綻《ほころ》びを、後続の彼らが拡大する。

右翼部隊の多くが、彼らグレンキース州兵で構成されている。アレクシス軍の中でも、ブレアデトの教導を受けた期間が最も長く、ゆえに精鋭である。

陣形というものは通常、右翼が攻撃力に長け、左翼が守備力に秀でる。これはほとんどの人間が、右利《き》きであるためだ。右手に槍を持ち、左手に盾《たて》を構えるからだ（そしてこの時代、この大陸の軍では、左利きの人間もそうするように矯正される）。

なればこそ最も練度の高い彼らが、右翼に配置されるのは自然《じねん》の理といえよう。

いや、今日だけの話ではない。

未来の公爵夫人であるアリスティアが、異母兄たるレオナートに恭順を誓って以来、グレンキース州兵はずっとアレクシス軍の盟友であり続け、常に右翼を担ってきた。

その矜持《きょうじ》にかけて、ガビロン左翼を突き崩さんとした。

攻めて、攻めて、攻めまくった。


しかし、ガビロンの左翼はビクともしなかった。


崩れているのは、マチルダが暴れているほんの周辺だけのこと。

全体を俯瞰《ふかん》して見れば、ガビロン兵たちはよく敢闘し、グレンキース州兵の猛攻をよく凌《しの》いでいた。奴隷兵部隊《ウリディムマ》とは思えぬ粘り強さを見せていた。

彼ら左翼を指揮する男が、歴戦の宿将だからだ。

そう、三太子《レン・ティーン》の兵馬の師であり、直卒軍のナンバーツーとも目されるアクバルだ。

「全身の古傷の数だけ、大きな戦場を渡り歩いた」ともいわれるこの老将は、軍勢を指揮することにかけて人後に落ちなかった。また地の利を用いる術《すべ》が図抜けていた。

見渡す限りの平野といえど――地均《じなら》しもされていないのに――真っ平な土地など存在しない。当然、ごくなだらかな起伏があり、それは神の視座では取るに足らない凹凸でも、人の視点では決して馬鹿《ばか》にできない地形といえる。

わずか半丈（約一・五メートル）周囲より高い、丘陵とも呼べぬような場所でも、陣取って矢を射るには絶好地。わずか三尺（約九十センチメートル）周囲より低い、窪地《くぼち》とも呼べぬような場所でも、下半身を隠しながら戦える胸壁として利用することはできる。

アクバルはそうした地の利をも巧みに活かす用兵で、マチルダとグレンキース州兵を寄せ付けなかった。これぞまさしく年の功だった。彼が故国では、〝不死身の修羅《ヒラニヤカシプ》〟と畏敬《いけい》される所以《ゆえん》だった。

鞍上、巌《いわ》のような面構《つらがま》えで、粛々と采配を執る。

齢《よわい》六十とは思えぬ逞《たくま》しい体つき。弛《たゆ》まぬ鍛錬の証《あかし》。

悍馬《かんば》さえ飼い馴《な》らし、乗りこなして、不平不満の嘶《いなな》き一つさせない。

轡を並べる副将格の青年が、

「なんとか持ち堪《こた》えられそうですね。ナーナク殿を喪《うしな》って、どうなることかと内心、思っておりましたが。さすがの一言ですよ、アクバル殿」

と、笑顔で胸を撫《な》で下ろした。

かつてのキンダットゥのように見込みがあるというので、手元に置いて育てている途中の青年だ。だからアクバルは、にこりともせずに答えてやる。

「戦場で長生きをしたければ、勝ってもいないのに笑うな。そして、ないものねだりをするな」

確かに青年の言う通り、ガビロン随一の堅将である〝山亀《アクーパーラ》〟ナーナクが存命だったら、左翼前線に立ってくれていたら、防戦はもっと楽だったことだろう。しかし、

「兵数、物糧、人材、果ては運不運に至るまで諸々、戦場では常に何かが足りぬものだ。何もかもが十全に揃った戦など、この私でも生涯数えるほどしかない。ゆえに将たる者は、あらゆる不足を補わなければならない。ないものねだりをする癖《くせ》だけはつけるな」

「きっ、肝《きも》に銘じますっ」

「二度とは言わせるなよ？　ならばよい」

青年を横目でじろりと睨むと、アクバルはもう指揮に専念する。

アレクシス軍は強い。その精鋭たるグレンキース州兵は油断ならない。

なぜ戦争の天才《マルドウカンドラ》が、軍事顧問として信用する宿将を隣には置かず、敢《あ》えて左翼を任せなければならなかったのか――己の役目の重大さを、理解できないアクバルではない。

漆喰《しつくい》を幾重《いくえ》にも塗り固めるが如《ごと》く、分厚い堅陣の構築と維持に心を砕く。


マチルダが攻めあぐねている一方、クルスもまた苦戦を強いられていた。

彼は今回、中央の部隊を預かっている。

本来はアランが歴任してきた、重要なポジションだ。何せここが崩れたら、それだけで敗戦が決定する。それも全軍潰走《かいそう》の憂《う》き目に遭う、再起不能の大敗だ。

とにかく慎重で繊細な用兵が求められる。

（――正直に言えば、私の性分には合わない）

できれば騎兵を率いて先陣を切るか、右翼で大攻勢を仕掛けて先陣を切りたい。

しかし、クルスにその任は与えられなかった。アランがいない、フェルナンドがいない、トラーメもいない、他に適任がいない。だから自分に白羽の矢が立った、それは事実だろうが。

（マチルダ殿が右翼で、私が中央……その逆ではなかった意味は、受け止めねばな）

クルスが将としてマチルダに劣ると見做《みな》されたわけでは、決してないはずだ。今いる将の中で、クルスならばこの要を全うできるという判断のはずだ。

なにせ決定したのはジュカだから。あの〝殺戮の悪魔《グラシャラボラス》〟の、思い遣《や》りだとか人情の機微だとかを一切《いっさい》排した、苛烈《かれつ》なまでの合理性はいっそ信頼できる。

「彼女ができると判断したのだ。できなければ、このクルス・ブランヴァイスの名折れよ」

気炎を吐いて、指揮統率に邁進《まいしん》した。

マチルダはかつてクルスの槍術《そうじゅつ》をして、「良い師匠《せんせい》から真面目に学んだ、誠実な槍」と評したことがある。これはまさに卓見というもので、クルスは伊達者《だてもの》で洒落《しゃれ》を好み、弁が立つゆえに軽佻浮薄《けいちょうふはく》な男と誤解されがちだが、その性根は勤勉・実直・真摯《しんし》でできていた。

しかし、相手が悪すぎた。

初めて中央を預かったクルスに比べて、経験という点ではまさに対極にあるような敵手。対面、ガビロン軍の中央を掌《つかさど》る将を、リンツーという。

齢五十五の、マルドゥカンドラ幕下でも特に異色の経歴を持つ男だ。

馬に乗れないため奴隷に輿《こし》を担がせ、その上から竹の指揮杖《しきじょう》を振って部隊を操《あやつ》る。鎧《よろい》を纏《まと》う筋力がないため、東方《ヂエン》様の服を着て、また帽子をかぶる。顎《あご》に蓄えた豊かな白髯《はくぜん》をしごく様は、将軍というより学者もかくやの風情《ふぜい》。

実際、元は東方眞《ヂェン》帝国生まれの兵学者だった。

近年はアドモフの先進的な軍学に後れをとっている感こそあるが、古典や名著と呼ばれる兵法書のほとんどは、ヂェンで執筆されたもの。リンツーはそんな伝統軍学の権化、申し子ともいうべき人物で、特に重要とされる「兵経」や「十六武」など、合わせて二十二書百十七巻三百六十一篇を、一言一句違えることなく諳《そら》んじているほどの学識を有している。

加えて温厚篤実《おんこうとくじつ》、忠義の士だった彼は、人品も考査される官吏登用試験でヂェン史上最高成績を獲得し、当時のクォン太子（第一皇子）の太傅《たいふ》（教師）に任じられた過去を持つ。

ただし、これは抜擢《ばってき》人事とは言い難かった。クォンは手の付けられない放蕩暗愚《ほうとうあんぐ》で、太子太傅になりたがる有力官吏がいなかった。ゆえに能吏だが、如才なく立ち回ることなど考えもしない生真面目なリンツーに、お鉢が回ってきたという格好だ。

リンツーは太子太傅としてまめまめしく仕えたが、彼が真摯に教鞭《きょうべん》を執れば執るほど、怠惰なクォンには憎まれ、疎まれるという有様だった。

そのクォンが二十二歳の時に、病没した父皇帝の跡を継ぎ、戴冠した。

この死は、下の皇子たち六人の共謀による暗殺であることが、すぐ後に発覚する。しかも彼らは、即位したばかりでまだ権力を掌握《しょうあく》しきれていない新皇帝に対し、反旗を翻《ひるがえ》した。


これがヂェン史上最悪、最大規模の武装蜂起《ほうき》事変といわれる、「六王の乱」である。

クォンは弟たちの造反に対し、当然速やかに鎮圧に乗り出す。この時、官軍全ての司令権を持つ大将軍に指名したのが、まだ三十二歳という若さのリンツーだった。

そして、これもまた抜擢人事では決してなかった。泰平の世に生まれ育った有力将軍たちが尽《ことごと》く大叛乱《だいはんらん》を前にして臆したこと、リンツーへ恨みを持つクォンが半ば報復で危険な前線に送り出したこと等が、その実相だ。

しかし、リンツーは忠義と愛国心のままに奮戦した。連勝を重ね、彼の脳漿《のうしょう》に収まった兵法と学識が、ただの机上の空論でないことを証明し続けた。さらには十三年もの歳月を忍耐強く戦い抜き、「六王の乱」の完全平定に成功した。

その武功は比類なく、リンツーは位人臣を極めるのだろうと宮廷雀《すずめ》たちは噂《うわさ》した。ところが、現実はそうはならなかった。クォンは国を救ったリンツーへ感謝するどころか、むしろその高すぎる実力を恐れ、あまつさえ嫉妬《しっと》し、疎んじ、遠ざけたのだ。

リンツーは南西国境に左遷され、対ガビロン方面の防衛司令官に任じられた。

にもかかわらず、彼は不平一つこぼさなかった。彼は誠心の人であり、立身栄誉など最初から求めていなかった。帝室への忠義は揺るがなかった。粛々と護国に努めた。

しかし、いざ南西国境へ赴けば、さらなる苦難が待っていた。「六王の乱」を平定してみせたほどの名将が、連敗を重ねることになった。

何しろ相手は〝獅子頭将軍《ナラシンハ》〟なのだから！

この時、リンツーは四十三歳。マルドゥカンドラは弱冠十九歳。

内乱の傷もまだ癒《い》えやらず、兵站支援を受けることもままならないという状況もあり、さしものリンツーもガビロン軍の侵略速度を遅滞させるのが関の山だった。

だが勝機もあった。政治の天才《ネブカドネザル》の手腕により、ガビロンの国力は二正面作戦が可能なほどに横溢《おういつ》していたが、主たる敵国はヂェンではなく因縁深いパリディーダである。よってマルドゥカンドラもヂェン方面の作戦にかかりきりではなく、万名海《チャハイ》に臨む時間も長い。ゆえにリンツーは〝獅子頭将軍《ナラシンハ》〟の留守を見計らい、その幕将たちを打ち負かすことで、三太子《レン・ティーン》に奪《と》られた分だけ領土を奪り返せばよかったのだ。

リンツーとマルドゥカンドラの戦いは七年間にも及び、互いの国境線は一進一退を繰り返した。直接対決ではリンツーは一度も勝てなかったが、あと一歩という惜敗も多く、戦史上に残る名勝負がいくつも生まれた。マルドゥカンドラは彼を「我が唯一人の好敵手」と呼んだ。

そして、果てなく続くと思われた名将同士の戦いは、呆気《あっけ》なく幕を閉じた。

チェン宮廷に巣食う佞臣《ねいしん》が、「リンツーは既にガビロンと内通している。戦争の天才を相手に一進一退の八百長を演じ、御国を最も高く売れる機を見計らっている」と讒言《ざんげん》し、歳《とし》を重ねるごとに暗愚が増す一方の皇帝クォンは、真に受けてしまったのだ。

佞臣の手配した兇手《きょうしゅ》（暗殺者）がリンツーに迫った。しかし側近の機転もあり、リンツーは凶刃を免れた。所詮《しょせん》、凡愚に用意できる刺客など実力もたかが知れ、計画も杜撰《ずさん》だった。

事ここにいたり、鋼《はがね》のようだったリンツーの忠誠心でさえ揺らいだ。

そしてガビロンの謀略の天才《ナディン》は、その隙《すき》を見逃さなかったのである。間者を派遣し、亡命するように唆《そそのか》した。しかも口説き文句は、マルドゥカンドラの直筆によるものだった。

名将は名将を知る――戦争の天才《マルドゥカンドラ》のラブコールは熱烈で、且つリンツーを的確に評価してくれていた。今までどれほど誠心誠意仕えても、クォンや宮廷が彼を認めてくれたことなど一度もないのに！

「もしガビロンに降《くだ》っても、チェンとの戦には参陣しない」という条件にも、マルドゥカンドラは二つ返事で承知してくれた。もはやリンツーに、亡命しない理由は残っていなかった。

以来、三年。

リンツーは生来の謙虚さもあり、〝獅子頭将軍《ナラシンハ》〟の幕下においても客将として、常に分を弁《わきま》えていた。譜代の諸将らに対し、差し出がましい真似は謹んでいた。だが、このアレクシス軍との決戦に際し、ついに譜代の僚将《りょうしょう》らを差し置いての、中央の都督という重要な役目を仰《おお》せつかった。リンツーがその生涯で初めて享《う》ける、正真の抜擢人事だった。

「――人生意気に感ず、功名誰かまた論ぜん」

リンツーは古詩を胸に、静かに闘志を燃やしていた。

対峙《たいじ》したクルスが奮戦虚《むな》しく、苦闘を強いられているのも当然のことだった。

しかもしかも、白銀の騎士が見舞われた逆境は、この難敵だけに留まらないのである。

リンツー率いる中央のすぐ後背には、十六台もの塔車が並んでいた。車輪を付けた、移動可能な櫓《やぐら》ともいうべき兵器である。

この上に弓兵がひしめき、クルスらアレクシス軍中央に矢の雨を降らせる。

あるいはその不気味な矢音から、飛蝗《ひこう》の大群と例うべきか。

ガビロンにおいて〝速射弓兵隊《ウームー・ダブルートゥ》〟と呼ばれる彼らは、全員が特殊な射法を習得していた。

弓を構える左手に、同時に三本の矢を持ち、立て続けに射放つのだ。

この速射術により、あたかも弓兵の数が何倍にも増えたかのように、殺傷力や面制圧力が向上する。その分、弓勢が通常よりやや劣るのだが、それは高所から射ることで位置エネルギーを利用し、補うことができる。

彼らを束《たば》ねるのは、〝蝗の魔王《バズズ》〟ルバルガンダである。

弓束《ゆづか》とともに十本の矢を握り締め、部隊の誰よりも速く、誰よりも多く射出する。普段は周囲を辟易《へきえき》させるほど多弁な彼だが、戦場では極めて寡黙に敵兵を射殺し続ける。武の名門に生まれた男の、沈毅《ちんき》な風格を漂わせる。

またルバルガンダは智勇兼備《けんび》の良将で、特に軍事全般の博覧強記ぶりは凄《すさ》まじい。

史上最も著名な兵法書の一つに、「楊武公問対」がある。これは渾沌大帝と、二十八宿将の一位に列せられた〝無比なる心宿《なかごぼし》〟のヤンレイによる、対話形式の傑作だ。そしてかつてヂェンでは、「『楊武公問対』をリンツーと語り合うことができる者は、大帝とヤンレイ本人しかいない」と謳《うた》われていた。

リンツーが亡命してきた直後、ルバルガンダはこの風聞に挑戦した。客将の屋敷に連日押し掛け、七夜に亘《わた》って軍事と兵法と戦史のなんたるかを徹底討論した。八日目の朝、とうとうルバルガンダはリンツーの前に膝《ひざ》をつき、「師父」と呼ぶことになった。

しかし、リンツーも徹夜明けとは思えない晴れやかな顔で、ルバルガンダの手を取って立たせると、「かほどに玄妙なお話を語り合えたのは、貴公が初めてです」と彼を称賛した。

二人は親子ほど年の離れた、無二の親友同士となった。

そんなルバルガンダがリンツーと連携をとって、後方から支えるのだから、これはまさに鬼に金棒のようなもの。


対するクルスは本来、陣頭に立って自ら槍を振るうことのできる、勇将である。

しかし、ルバルガンダらが降らせる矢の制圧力が凄まじいため、前に出てこられないでいる。その類稀《たぐいまれ》な武勇を発揮できないでいる。

もちろん、クルスに限って臆病風《おくびょうかぜ》に吹かれたわけではないが、要所を任された彼が、万が一にも矢に斃《たお》れるわけにはいかず、慎重になっているのだ。

すなわちクルスは二重、三重に得手を封じられつつ、悪戦苦闘を余儀なくされているわけで、これを逆境と言わずしてなんと言うだろうか？

「だが、よくやっている」

とレオナートは、本陣からクルスの敢闘を見て言った。

無口な彼からすれば、最大限の激賞だ。

「な？　オレ様の人事が、またもやズバリ的中だろう？」

ジュカが自分の手柄のように誇ったが、これもひねくれ者の彼女からすれば、クルスに対する最高の誉め言葉だ。

「ですけど、相手もさすがですよねー。戦の天才は虚名じゃないですよねー。こっちの布陣、見事に読まれてますよねー」

一方でシェーラがぼやく。

アランらの不在を糊塗《こと》するジュカの人事の妙も確かなものだが、マルドゥカンドラのそれもまた恐るべきものだった。堅忍不抜の宿将を当てて、マチルダの突破力を凌ぐ。速射弓兵隊《ウームー・ダブルートウ》を用いて、クルスの個人武勇を封じる。まさに魔眼——これらはアレクシス軍諸将の配置をあらかじめ読みきっていなくては、不可能な采配だった。

「狐《きつね》にちょっと歌わせすぎたんじゃないか?」

ティキの鞍の後ろに跨ったジュカがぼやく。

内通を装ったトラーメの口から、一の虚構を混ぜつつも九の真実を相手に与えたのは事実。だからこそ戦争の天才は、こちらの布陣を推測できたはずだ。

「でもトラーメさんの情報工作がなかったら、テヴォ河流域の前哨戦《ぜんしょうせん》で大勝できてませんし、ガビロン軍の兵站線も遮断できてませんよ?」

シェーラはぐうの音も出ない正論でやり返した。

この程度のじゃれ合い、彼女らにとっては頭の体操みたいなものだったが、

「しかし、ジュカ殿も敵軍の布陣を読みきっているのですから、互角ではありませんか」

と副官ナイアが大真面目に二人を執り成す。

小手を着けた指で差した先には、我軍中央部隊の背後に並ぶ十台の塔車と、そこから弓射を続けるガライら千人の姿。敵中央のリンツーとルバルガンダの連携に、クルスが苦しめられるだろうと予測したジュカが、せめてもの助けになればと置いたのだ。

「ハン。苦肉の策だよ」

珍しくジュカが的中を誇らず、面白《おもしろ》くなさそうに鼻を鳴らした。

実際、その通りだからだ。本当ならガライは右翼に回し、マチルダの突破を支援させたかったからだ。ないものねだりをしても仕方がないが、仮にアランかトラーメに中央を任せられたならば、そうしていただろう。

ともあれ——

マチルダの右翼は攻めあぐね、クルスの中央はかろうじて膠着《こうちやく》状態に持ち込めていた。

「後は左翼次第か」

「私の人事だってなかなかのものですよ。三太子《レン・ティーン》の意表を衝くところ、ご覧になってください」

シェーラのそれは可愛《かわい》らしい強がりか否《いな》か。しかし確かに　いくら魔眼めいた読み予測ができるマルドゥカンドラといえど、全知全能ではあるまい。

レオナートは銀髪の軍師とともに、自陣左翼へと視線を向けた。

そのアレクシス軍左翼を指揮するのは、オスカー・ユーヴェルであった。

比較的新参の彼は、今までいつも遊撃等の――決して軽視はできないものの、小部隊で戦う――任務を与えられていたが、ここに来てついに一翼を担うことになった。

これもまた抜擢人事といえるが、彼を強く推したのはシェーラだ。

初めて大軍を任されたオスカーは、果たして彼女の起用に応えられるか否か――

その左翼が、押しに押されまくっていた。

ガビロン軍右翼の猛攻を浴び、じりじりと後退を繰り返していた。

この有様には敵将も、苦笑いを禁じ得ない。

「〝六全《りくぜん》たる昴星《すばるぼし》〟の裔《すえ》というから、どれほどのものかと思えば。なんとも不甲斐《ふがい》ないな！」

ガビロン右翼を直卒するこの青年は、クティルであった。

〝柔靭《じゅうじん》なる柳星《ぬりこぼし》〟のアスランを始祖に持つ、新進気鋭にして直卒軍のナンバースリー。

つまりは奇しくも二十八宿将の末裔《まつえい》同士が、対峙していた格好だ。

「二太子《レン・ドー》殿下が入手なさった情報では、底の知れない実力者とのことでしたが……」

と副将格の中年まで、拍子抜けになっている。

クティルからすれば風采の上がらない、しかも倍も年嵩《としかさ》の男だが、そんな人物まで腐さずにいられないというのが、小気味良い。

オスカーの美点長所は、それこそ耳にタコができそうなほど聞かされていた。曰く、「思わず見惚《みほ》れるほどの剣の達人」。曰く、「用兵も巧みで騎兵を手足の如く率する」。曰く、「政治、軍事、果ては芸能教養古今に至るまで、あらゆる知識も一流」。などなど。

だから実際、「テヴォ河流域の前哨戦」でも、マルドゥカンドラは一番の標的にリストアップし、ハルスィエセにも捜索させた。

「それが蓋《ふた》を開けてみれば、これか！　口の端《は》に上らせるのも畏《おそ》れ多いことだが、二太子殿下《レン・ドー》はまたも偽報をつかまされたと見えるな」

馬上でクティルは呵々大笑《かかたいしょう》する。

副将がその不敬を咎《とが》めるというよりは、やんわりと窘《たしな》めるような大人の態度で、

「あるいは、二太子殿下《レン・ドー》の別調査によりますと、オスカー・ユーヴェルは未《いま》だ大軍を率いた形跡がないとのことでしたので。所詮は匹夫《ひっぷ》の勇でしかなかったのかもしれません」

「どちらにしても虚名がすぎる！　先祖の名が泣いているじゃないか」

「仰《おっしゃ》る通りです、クティル殿。あなたとは大違いですな」

副将の言ったこれは、決してゴマすりなどではない。クティルは若さと才気を鼻にかけるため、周囲から蛇蝎《だかつ》の如く嫌われてはいるが、その実力を疑う者はいないのである。

「よろしい！　これ以上、ユーヴェルの名が汚れる前に、このクティルが鎧袖一触《がいしゅういっしょく》にして差

し上げよう」

クティルは部下にこと細かく指示を出すと、攻勢の圧をさらに上げた。

その胸中では、ユーヴェルの家名に対する対抗心が燻《くすぶ》っていた。

何しろ〝六全《りくぜん》たる昴星《すばるぼし》〟は、二十八宿将の中でも五指に数えられているほどの、名将中の名将。「軍事、政治、武芸、技芸、人望、美貌《びぼう》」を兼ね備えていたからゆえの六全《りくぜん》だ。

一方で〝柔靭なる柳星《ぬりこぼし》〟のアスランは、十指に入るとも目されていない。

いや、二十八宿将に列せられるだけでも、アスランの威名は歴史に燦然《さんぜん》たるものなのだが、クティルにはその程度では我慢ならないのだ。

さらには先祖《むかし》は先祖《むかし》、当代《いま》は当代《いま》と言ってしまえばそれまでのことなのに、気にかけずにいられないのがクティルという男だった。鼻持ちならないほど自画自賛がすぎる彼だからこそ、他者や歴史が下す評価を無視できない。

そしてクティルとアスランが、血が繋《つな》がっているだけの別人でしかないことを、あたかも無自覚に証明するように、クティルの将才はアスランに比べて攻めに偏っていた。

だが、この場合は適材適所。マルドゥカンドラも理解しているから右翼を任せた。

若きクティルの才気が荒々しいばかりに牙《きば》を剝《む》き、オスカーの左翼へ突き立てる。

押して、圧して、対峙する敵陣をさらに後退させていく。

「このまま突き崩してやれ！」

クティルは嵩にかかって麾下兵を動かす。

だが、その時――


「「「Hrrrrrrrrrrrrrrrrrrr！」」」


独特の雄叫《おたけ》びとともに、クンタイト騎兵が飄然《ひょうぜん》と現れた。

「クティル殿！」

副将が警告を発した時には、もう遅い。

およそ千騎の草海の勇者たちは、瞬く間にクティルの右翼のそのまた右方へと回り込むと、大外からこちらの柔らかい横腹へと、激しく矢を射かけてくる。わずか一千、されど一千。騎射の技術がずば抜けているため、恐ろしく殺傷力が高い。奴隷兵たちがバタバタと斃れていく。

ここは後退しつつ陣形を再編して、守りを固めるべきだった。が、にわかには難しかった。

「ユーヴェルが口ほどにもなかった分、僕たちが突出してしまったか！」

「あるいはユーヴェルに、我軍の突出を誘われたのやもです」

副将の分析を、クティルは受け容れなかった。

「根拠なく、敵を過大評価する馬鹿がいるか！」

むしろ声高に叱責《しっせき》した。

しかし、どちらが正しいかは、すぐに明白となった。今まで情けなくも後退を繰り返していた敵左翼が、突如として反転攻勢に出てきたのだ。

おかげでクティルの部隊は、正面と右側面――二方向から痛打を浴びる羽目に陥った。

このままでは右翼が崩壊する。主君や僚将に顔向けできなくなる。

まさに絶体絶命の窮地だったが、不幸中の幸いは、クティルは決して一人で戦っているわけではなかったことだ。

「クティル殿をお助けせよ!」

と――〝馬頭《キンナラ》〟の異名を持つシャバタカが、王室騎兵隊《ウガルルム》を率いて救援に駆けつけてくれた。

彼らは果敢にも、クンタイト騎兵へと突撃していく。

否、悲壮にもというべきであろうか。草海の勇者たちは、草海の勇者ならぬ騎兵を料理する術を熟知していた。恥じることなく尻尾を巻くと、そのまま距離をとって、追いすがろうとするシャバタカらへと振り返り様に弓射を浴びせる。

軽騎兵同士だ。シャバタカらがどれだけ愛馬を急き立てようが、クンタイト産の駿馬に追いつくことができない。逃げる彼らと追う彼ら、ずっと同じ距離感が保たれたまま、振り返り様に騎射を続ける草海の勇者らの矢を、一方的に喰《く》らい続ける。

王室騎兵隊《ウガルルム》から夥《おびただ》しい死者が出ることになった。それでもシャバタカは、クンタイト騎兵を追うのをやめなかった。あまりにも勝算のない突撃だった。

しかし、シャバタカの目的は最初から、クンタイト騎兵の駆逐ではなかったのだ。追えば逃げる彼らの戦闘教義《ドクトリン》を逆手に取り、クティルの右翼から遠ざけるのが狙《ねら》いだった。そう、自分たちの命を犠牲にして！

「助太刀《すけだち》痛み入りますぞ、シャバタカ殿！」

クティルの副将がぶるりと奮え、ありったけの感謝と感激を叫んだ。

一方、クティルはといえば無感動だった。シャバタカらの文字通りの献身により、九死に一生を得ておきながら、

（つい先日、僕がシャバタカ殿の命を助けてあげたのだから、その恩義を返してくれるのは当然の話だろう）

としか考えていなかった。

いいいいいい、そんなことよりもユーヴェルだ。

後顧《こうこ》ならぬ右顧の憂《うれ》いもなくなり、クティルはいよいよ正面の敵との戦いに専念する。アレクシス軍左翼の軍配を執る、当代の〝昴星《すばるぼし》〟との決着を求める。

「温い温い温い温い！　それでも僕の兵か、攻めの圧がまるで足りない！　僕が求めるのは本日中の勝利だ！　それも完膚《かんぷ》なきまでの大勝利だと知れ！」

いつもは小憎らしいほど澄まし顔を崩さない彼が、今はがむしゃらになって叫び、麾下を叱《しか》り飛ばし、大攻勢に駆り立てる。

督戦憲兵隊《ギルタブリル》がますます盛んに鞭《むち》を振るい、奴隷兵部隊《ウリデイムマ》に玉砕覚悟の突撃を強いる。

だが、オスカーの左翼は揺るがなかった。

先ほどまでの惰弱ぶりは、本当に偽退でしかなかったらしい。今や春風駘蕩《しゅんぷうたいとう》たる余裕を漂わせて、烈火の如きクティルの攻勢を軽々、受け流してみせる。むしろクティルの方が無理攻めする形になって、出血が増えていく。

かつてのアスランは、守勢を得意とする将軍だったという。どれだけ激しい攻めに遭っても、柳に風と受け流すその才覚から、〝柔靭〟の二つ名で呼ばれたという。

翻って今――オスカーはまるでそのアスランを彷彿《ほうふつ》させる手腕で、柔らかく靭《しな》やかな陣を形成していた。〝柳星《ぬりこぼし》〟の真似くらい簡単にできるのだと、主張しているかのようだった。その後裔たるクティルを煽《あお》っているかのようだった。

「よくもこの僕の前で、洒落臭《しやら》い真似を！」

クティルは激昂《げきこう》すると佩刀《はいとう》を抜く。

そのまま馬腹を蹴《け》り、最前線へとまっしぐらに駆け上がっていく。副将も制止まではしない。

陣頭に躍り出たクティルは、凄絶《せいぜつ》な形相で剣を振るった。

一太刀で一つ、二太刀で二つ、鮮血が紅蓮となって咲き、アレクシス兵が絶命する。

神は彼に何物を与えたのか、クティルは剣腕においても超一流だった。

「もし貴様が始祖に顔向けできるほどの武人ならば、僕の前にもその面を出すがいい、当代の

〝昴星《すばるぼし》〟！　我が名はクティル！　当代の〝柳星《ぬりこぼし》〟だ！」

「騒がしいな。そんな大声を出さずとも、聞こえているぞ」

涼しげな声で応《いら》えがあった。

アレクシス兵の槍衾《やりぶすま》が左右に割れて、奥から一騎が颯爽《さっそう》と姿を見せる。

（こいつが当代の〝昴星《すばるぼし》〟か！）

クティルは歯軋《はぎし》りした。ついに対面を果たしたオスカーが、すこぶる美男子だったからだ。

ますますコンプレックスを刺激されたからだ。

「いざ尋常に立ち会え、当代の〝昴星《ユーヴェル》〟！」

「構わんよ。当代の〝畢星《ジーラッハ》〟は素晴らしい武人だったが、さて貴殿は当代の〝柳星《アスラン》〟の名に羞《は》じぬ男か、興が湧《わ》いた」

「ほざけっ。我が始祖を！　この僕を！　あんな裏切りの一族と同列に語るな！」

クティルは騎馬を突進させると、オスカーへ真っ向から斬りかかる。

オスカーは慌《あわ》てず騒がず、腰の剣を抜き打ちにして、クティルの斬撃を撥《は》ね返す。

周囲にいる両軍の兵士たちが、思わず戦いの手を止めて見入るほどの凄まじい剣撃の応酬。

たちまちのうちに十合を数える。

繰り返すが、クティルは超一流の剣士だ。そしてだからこそ、たったそれだけの手合わせで、理解することができた。

（……ダメだ。……僕はこいつには剣で敵《かな》わん）

初めて見《まみ》える超一流をさらに超えた剣士の存在に、絶望を味わわされた。

背筋を蝕《むしば》む、死の予感と悪寒。恐怖に衝き動かされるように、逃走を図るクティル。巧みな馬術で馬首を巡らし、一目散。

（僕は三太子殿下《レン・ティーン》から右翼を預かった将だ！　匹夫の勇で劣ったところで羞じることはない！）

胸中で負け惜しみを叫びながら、懸命になって馬腹を蹴りまくる。

オスカーは当然、追ってくるだろう。このクティルの首級を求めるだろう。

果たして逃げ切れるか？　顔面蒼白《そうはく》で背後を確認する。

ところが――オスカーはその場に留まったまま、剣を鞘《さや》に納めていた。

「興覚めだ。天はよくよくオレに、因縁の戦いというものを用意してはくれぬようだ」

「なんだと⁉　このクティルの首級《クビ》など無用だとほざくか⁉」

プライドを逆撫でされ、蒼褪《あおざ》めていたクティルの顔に、カッと怒りの赤《いろ》が差す。

「オレとて武勲は欲しいが、別に焦《あせ》るほどのものではない。だから、今回は譲るさ」

「譲るだと⁉　誰に⁉」

答えは、オスカーの後方から現れた。

駿馬に跨り、優男のすぐ脇を瞬く間に駆け抜けると、尋常ではない速さで追ってくる。

女だ。それもクンタイト人だ。

すなわち、ナランツェツェグだ。

同胞たちを直卒するのではなく左翼に潜み、この機会を虎視眈々《こしたんたん》と窺《うかが》っていたに違いない。

「……よくも愚弟の目を奪ってくれたな、クティルとやら」

その瞳《ひとみ》が、憤怒と憎悪でドロドロと煮え滾《たぎ》っていた。

ゲレルの前では決して見せぬ、姉の瞋恚《しんい》と真意であった。普段の彼女をよく知る者ならば、

「これがあの、いつも眠たげなナランツェツェグか！」と驚いたことだろう。

揺れ暴れる鞍上で、ダラウチ氏族の姫は恐ろしく静かに、弓に矢を番《つが》える。

その構えを目の当《ま》たりにして、クティルは悟った。彼は弓の腕前も超一流だった。ゲレルや
草海の勇者たちを凌ぐレベルだった。そしてだからこそ、理解することができた。

（……ダメだ。……この矢は絶対に外れないっ）

ほんのわずかの間に、二度目の絶望を味わわされた。

オスカーが剣の化物なら、このナランツェツェグはそれ以上――正しく弓の魔物だった。

死の予感と悪寒を覚えた時にはもう、クティルの眉間《みけん》に彼女の矢が突き立っていた。

「く、クティル様がやられたぞ⁉」

「馬鹿な……クティル様は当代の〝柳星《ぬりこぼし》〟だというのに……」

「相手も当代の〝昴星《すばるぼし》〟というではないか！　土台、勝ち目などなかったのだ！」

主将を失ったガビロン軍右翼は、覿面《てきめん》に動揺した。

「今だ！　一気に押し返すッ」

その隙を見逃すオスカーではなかった。彼はただの優男ではなく優れた将であり、甘いのはその顔の造作だけだった。

始めに敵を欺く偽退を見事に演じ、次いで〝柳星《ぬりこぼし》〟を思わせるほどの強靭《きょうじん》な防御陣を構築してみせたオスカーが、今度は一転、クティルのお株を奪うような大攻勢を実現する。自ら剣を執り、勇敢に先陣を切ることで、麾下の猛進を誘発する。

ガビロン右翼の副将も無能には程遠く、なんとか兵の士気を取り戻そうと奮起していたが、オスカーがそれをさせない。押して、圧して、敵右翼の混乱を拡大していく。

万に迫ろうかという大部隊を、初めて指揮するとは思えぬほどの用兵家ぶり。

誠に末恐ろしい将才、将器というべきであった。

そう——

彼の始祖、〝六全《りくぜん》たる昴星《すばるぼし》〟のユーヴェルは、歴史に不朽の名を残した。

そこから数えて十四代目に当たるオスカーもまた、〝春風の軍神《イアリロ》〟の異名とともに、歴史に

消えぬ偉業の数々を刻むことになる。

これより三百年の後に編纂《へんさん》される「大帝国史」においても、アレクシス大帝の二十八神将に数えられ、しかもその第四位に列せられている。

ただ偉大な先祖を持つ秀才ではなく、偉大な先祖に勝るとも劣らぬ傑物だということだ。

比べて、クティルの名は歴史にほとんど残っていない。わずかに「ガビロン通史」において、こう著述されているだけ。

『かのマルドゥカンドラが左に置いたのだから、一定の才はあったと思われる。ただ己惚《うぬぼ》れがすぎ、他者を侮《あなど》る人格の劣悪が、クティルの夭折《ようせつ》を招いた。仮にあと二十年ほど精神面で熟《こな》れれば、化けた可能性はあったかもしれない』

と、短く。


遥《はる》か後世に書かれるその史書を、シェーラは見てきたわけではなかったが、

「周りから嫌われる性格って、将としては致命的だと私は思うんですよね。他にどれだけすごい長所があっても、それ一つで台無しというか。兵もついてきてくれないし、補佐してくれる人もミスを本気で止めてくれないっていうか」

「その基準だと、トラーメはどうなる？」

嫌われ者ではないのかと、レオナートは真顔で訊《たず》ねる。

「何を仰いますか、閣下。トラーメ卿は大変に人望の厚い方ですよ？」

「他の騎士さんとか兵隊屋さんにも、根回しにゴマスリに徹底してるからねー」

ナイアに大真面目に、ティキに揶揄混じりに指摘され、それもそうかと納得する。

ともあれ、クティルの人望のなさは、大して調べなくても聞こえてくるほどだった。だから
シェーラは三太子直卒軍《レン・ティーン》のナンバースリーが、案外に与《くみ》し易《やす》しと考えていたのだ。

「加えて、オスカーさんはご当代の〝昴星《すばるぼし》〟でしょ？　因縁の対決で且つ優勢にできたら、
味方は沸くし、敵は萎《な》えるじゃないですか」

そういう効果を狙って、クティルにオスカーをぶつけたのだ。

「それも伝説伝承《フォークロア》だな」

「ええ、これも伝説伝承《フォークロア》です」

とはいえ、とシェーラは可愛らしく舌を出し、

「オスカーさんがここまでデキる方だとは、さすがに予想できてませんでした」

「ああ。出来すぎだ」

オスカーの部隊が対面する敵部隊を散々に叩《たた》く様は、見応えがあった。防戦に回るのが普通
の左翼が敵右翼を突き崩す、あべこべの状況はいっそ壮観であった。

ただし――これで勝ち戦だなどと楽観する者は、レオナートの周りにはいない。

なにしろ相手はマルドゥカンドラと、その直卒軍なのだ。

実際、彼らはすぐに応手を打ってきた。

〝獅子頭将軍《ナラシンハ》〟のいる本陣（後方予備）から、一千騎が派遣された。

しかも王室騎兵隊《ウガルルム》ではなく、〝選抜七部隊《ウシュムガル》〟だ。

ウシュムガルとは、ティアマト女神が産んだ〝十一の子ら《ウーマーマーヌ》〟の一柱で、偉大なる竜王のこと。

その異名を冠した彼らは、ガビロン軍二十五万の兵士たちの中から選りすぐられた、たった七隊七千人の最精鋭たち。

その一隊が、火消しのために現れたのだ。

「こっちも騎兵を切るぞ！」

ジュカの進言に、レオナートはただちにうなずく。

ガビロン軍が精鋭騎兵隊を以ってオスカーの左翼の横腹を衝く算段なら、黙って見過ごすわけにはいかない。こちらも同数か少し多い騎兵をぶつけて妨害すべきだ。

しかし、その予測というか常識を、ウシュムガル騎兵一千を率いる指揮官は裏切ってきた。

アレクシス軍左翼の脇腹へすぐに食いつくのではなく、むしろ大して攻め上がってこず、「そっちがそれ以上攻めてくるなら、こっちも横を衝くぞ」「いつでも衝けるぞ」とばかりに、絶妙な距離をとって牽制するだけに留めたのだ。

レオナートは急ぎ、ジュカに命じた。

「騎兵はとりやめだ」

「わかってら!」

さほど攻め上がっていない——すなわち、敵本陣に近いところにいる——ウシュムガル騎兵を相手に、こちらの騎兵を切るわけにはいかない。切れば、マルドゥカンドラはさらに騎兵を投じるだろう。すると今度はこちらもさらにとなるが、そうして互いに騎兵というカードを逐次投入し続けた場合、交戦場所が敵本陣に近いため、援軍が早く到着するのは常にガビロン側になってしまう。このディスアドバンテージを覆せない以上、レオナートは動けない。

だからといって、大量の騎兵戦力を最初から投入するのもなしだ。マルドゥカンドラはその動きを見た後で、安全に大量の騎兵戦力を切ることができる。具体的には、戦場の反対翼に派遣し、マチルダの脇腹を衝いたり、あるいは大胆にレオナートの本陣直撃を狙ってくる恐れさえある。こちらは既に大量の騎兵を切っているので、その動きにもう対応できない。

打撃力と機動力に優れる騎兵戦力というものは、不測の事態に即応できる、貴重で高価な兵科である。一撃で勝利をつかめる〝機〟が訪れた時を別として、相手の出方を窺いながら慎重に切るべきカードである（なおちなみに、戦力の逐次投入をどんなケース下でも愚策だと決めつけるのは、予備という概念を理解していない全くの誤解というものである）。

「巧い手だな」

ザンザスの鞍上で、レオナートは腕組みして唸《うな》る。

ウシュムガル騎兵一千の動きを見て、オスカーは前がかりになった兵を鎮める選択をした。

大攻勢を続けて敵右翼を押し込んでいけば、どうしてもオスカーたちだけが突出する格好になる。そこをウシュムガル騎兵に横槍入れられれば、先ほどクティルがクンタイト騎兵にしてやられたのと、ちょうど同じ苦境となる。

結局、ウシュムガル騎兵の指揮官は「絶妙な距離感で牽制する」というその一手で、一兵も損なうことなく味方右翼の窮地を救ったわけだ。これを巧みと言わずしてなんと言おう。

レオナートからは遠く、ために窺い知れなかったが、この指揮官は〝伏蛟《アガースラ》〟プラデーシュだった。冷静沈着さでは右に出る者のいない、声帯を喪った禿頭《とくとう》の智将だ。先年の「テヴォ河の戦い」においても、アレクシス軍はカトルシヴァ・アードベック連合軍を潰走に追い込んでおきながら、ウシュムガル一隊を率いるこの男の埋伏によって追撃を阻止された経緯がある。もしレオナートが神の視座を持っていたら「またもおまえか！」と、恨めしくも賛辞を贈らずにいられなかったに違いない。

戦場左方の状況が落ち着いたところで、マルドゥカンドラは退却太鼓を打ち鳴らさせた。これ以上、戦闘を続けたところで益なし、また劣勢になることはあっても優勢にはならないと考えたのだろう。撤退の判断が素早く的確なのは、名将の条件だ。死者、重傷者、合わせて千人も出てはいまい。

余力のあるうちに整然と退却していくガビロン軍に対し、レオナートも追撃命令を出すことができない。下手にちょっかいをかければ逆撃を受け、手痛いしっぺ返しを食らう可能性がある。ここは未練なく、こちらも退却喇叭を号奏させる。

「緒戦は上々だな」

レオナートの評価に、左右の軍師も首肯する。

本日はそれでよい。

第八章 大決戦

The Alexis Empire chronicle

「緒戦はしてやられたな」

マルドゥカンドラが渋い表情でぼやいた。

そんな顔をしていても、この絶世の麗人は華やいで見えた。

会戦の直後。司令部に据えた大天幕でのことである。

軍議机を囲む諸将の表情は、一様に暗い。

敗因は明白だった。分析や検討の必要さえなかった。つまりはクティルの用兵が、あまりに軽かったからだ。

だが、誰一人としてクティルを批難しない。たとえ内心、「ザマを見ろ」とは思っていても、死者を糾弾《きゅうだん》することの非建設性を理解できない者など、マルドゥカンドラの幕下にはいない。わずかに「シャバタカ殿を亡くしたのは痛かった……」と、彼の悲壮な死を悼む声が聞こえるだけである。

いま必要なのは、明日どう戦うかという建設的な意見。

戦争というものは、最終的な勝利さえ納めればよいのだ。緒戦を落としたところで、常勝不敗の看板に傷がつくものではない。マルドゥカンドラとて区々たる戦いでならば、煮え湯を飲まされたことくらいあるし（特に対リンツーでは何度も）、それはアレクシス軍とて同じ。正真正銘に全ての勝ち星をひろうことなど、神ならぬ人には不可能なこと。

「誰か。何か」

マルドゥカンドラは腹積もりを決めつつも、試しかけるように諸将へ諮《はか》る。

そして、己《おのれ》と全く同じ意見を持つ者がいた。

「はい、三太子《レン・ティーン》殿下。そろそろ某《それがし》に、出番をいただけませぬかな？」

そう言って挙手したのは、恰幅の良い中年男。〝不可止の巨獣《ジャガンナート》〟ウダラジャだった。

「食糧に不安がある今、このままずっと温存という状況が続きますと、さすがに無駄飯喰《ぐ》らいの誹《そし》りを受けても言い返せませんからな。あやつらが可哀想《かわいそう》だと思っておったところです」

気さくなウダラジャは沈鬱《ちんうつ》な空気を打ち払うように、自分の突き出た腹を叩《たた》いて、おどけてみせた。全く得難《えがた》い男である。

他《ほか》の将や幕僚《ばくりよう》たちの顔にも、納得の色が浮かんでいた。

「良ろし。明日はおまえに先鋒《せんぽう》を任す」

「はッ。勅命《ちよくめい》、賜《たまわ》りました」

ウダラジャが朗《ほが》らかな態度のまま、恭《うやうや》しい口調で拝命した。

皆、クティルの失態を目の当《ま》たり《あ》にした直後だ。〝不可止の巨獣《ジャガンナート》〟の気負いのない態度が、なんとも頼もしい。一同の顔にそう書いてあった。


翌十二月四日。午前。

西グレンキース平野に、両軍が対照的な顔を合わせた。

緒戦の勝者であるはずのアレクシス兵たちは戦意乏しく、逆にガビロン兵たちは意気軒昂《いきけんこう》。

三太子《レン・ティーン》直卒軍の布陣に、昨日から大きな変更点があったのがその原因だ。

予備戦力を兼ねて本陣を据え、その前に右・左・中央の三隊を並べるのは緒戦と同じ。しかし今日は、そのさらに前に特殊な兵科を配置していた。見上げるほどの、巨大な生き物の群れが立っていた。

象だ。

それも百頭はいようかという。

対峙《たいじ》するアレクシス兵たちが、怖気《おじけ》づいてしまうのも無理はない。

本日も古式に則り、副官ナイアが手配した軍使が戦《いくさ》の前の口上を便宜《べんぎ》的に叫んでいるが、明らかに気圧《けお》されている様子だった。昨日に比べて舌鋒《ぜっぽう》が鈍かった。

自陣後方にいてさえ伝わってくる象どもの迫力に、レオナートですら緊張の面持《おもも》ちを隠せず、

「……来たな。ついに」

「ええ。ガビロン自慢の〝象兵部隊《クサリク》〟ですね……」

シェーラもまた、いつものように冗談めかす余裕がない。

象はこの広い大陸でも、ガビロンの密林地帯にのみ棲息《せいそく》する。巨体相応に大食いであることや、巨体に似合わぬデリケートな性格をしていること、特に寒さに弱いことなど、遠征させるには向いていない。強力な兵科だが、本来はあくまでガビロン本土防衛用の戦力である。

それが今年の異常気象に加えて、クロード南部の冬はそもそも温暖だという条件が重なり、フンババ王朝ガビロン史上初の国外での部隊運用と相成った。

レオナートらからすれば、不運としか言いようがない。

「しかし閣下は以前、象如《ごと》き物ともなさらず、仕留めたことがおありですよね？」

「あの時、象は一頭だけだった」

妙に誇らしげに言った副官のナイアに、レオナートは仏頂面《ぶっちょうづら》で答えた。

亡きグレンキース公の叛乱軍《はんらんぐん》と戦った時のことを指しているのだろうが、今日とはまるで話が違う。公爵は追い込まれた後に、苦し紛れに一頭、用立てしただけのこと。対してマルドゥカンドラは大群を、しかもその扱いに長けた専門の兵まで引き連れてきたのだから。

レオナートは天下無双の驍勇《ぎょうゆう》の持ち主だが、さりとて絵空事の世界から抜け出してきた超人ではない。百頭の象を相手に単騎駆けして、勝利できる人類など存在するわけがない。

シェーラもやんわりと窘《たしな》めるように、

「ものすごーく限定的な例外を別にして、戦象の部隊とまともに戦って勝てた例なんて、歴史上ないんですよ、ナイアさん」

「えっ⁉ し、しかし、それでは渾沌《こんとん》大帝はどうなるのですか？ 大帝はガビロンの領土も平らげたのですから、当然ながら象兵にだって勝っているはずですよね？」

「あ、それ聞く？ 聞いちゃう？」ジュカが意地悪く口を挟んだ。「これだから無知無教養な奴《やつ》って、恐いものないよなー」

同僚がキツい物言いでナイアの心をへし折る前に、シェーラが優しく講釈する。

「渾沌大帝は戦象と正面から戦うことを、徹底的に避けたんですよ。彼の天才的な戦略眼と長年かけて用意させた精密な地図、騎兵隊の機動力を駆使して、象の寝ているところに夜襲をかけたり、行軍中に後ろから襲ったり、象のエサの集積所を焼いたりして」

「あの大帝ですら⁉」

他者に遅れること随分、今さらながらにナイアの顔が蒼褪《あおざ》めていく。

「わ、我々に勝ち目はあるんでしょうか……？」

「正直、わかりません♥」

「シェーラ殿⁉ 軍師殿⁉」

ナイアが多分に批難混じりの悲鳴を上げた。

「別に無策ってわけでも、勝算ゼロって言ってるわけでもねえよ」

とジュカがぶっきら棒に諭さなかったら、大騒ぎだったかもしれない。

「そ、そうですよねっ。象兵部隊《クサリク》がいるって事前にわかってたんですし！」

「おおよ、ちったあオレ様のこと信頼しろ。勝ち目ゼロなら、ハナっからあっちに亡命してる」

「そ、それは信頼していいことなんでしょうか……？」

レオナートでさえ今のはジュカ一流の悪趣味な諧謔《かいぎゃく》だと理解できるのに、輪にかけて朴念仁《ぼくねんじん》のナイアは真に受けて冷や汗を垂らす。

「てなわけでレオ様。ご命令を」

口上を述べ終えた軍使が、こちらへ帰還してくるところを見計らい、シェーラが言った。

象兵部隊《クサリク》を破るために、彼女とジュカがどんな作戦を用意したか、当然レオナートも聞かされている。その策を改めて、司令官の口から発令しなければならない。

いざ戦の準備が整ってナイアも深呼吸を一つ、すっかり副官らしい面構《つらがま》えになっていた。平時は粗忽者《そこつもの》に見えても、急時になれば腹が据わる。こういうところが全く父親似だ。

「全軍退却」

という仰天するようなレオナートの命を、副官が疑問一つ挟まず大声で号令する。

「隊列を維持したまま、撤退を開始する！　総員、回れ～～～～～～～～～～～～～右ッ!!」

たちまち退却喇叭《らっぱ》が号奏され、また各級指揮官たちも復唱し、全体に命令を伝播《でんぱ》させていく。

訓練された約三万の兵が一斉に転身、陣形を維持したまま戦場から離脱を図る。

一方、ガビロン軍は威勢よく、進軍太鼓を打ち鳴らしていた。

象兵《クサリク》部隊が突撃を開始していた。

家よりも大きな巨体を持つ怪物が百頭、横列を作って一斉に駆けてくる様は、腹の底が裏返るような恐怖をアレクシス兵たちにもたらした。まさに肉の壁——否《いな》、肉の怒涛《どとう》であった。ただ走るだけで大地を揺るがし、地響きを鳴り起こすほどであった。

クサリクとは、ティアマト女神が産んだ〝十一の子ら《ウーマーマーヌ》〟の一柱で、山の如く魁偉《かいい》な体躯《たいく》を持つ聖獣のこと。神話では象ではなく牡牛なのだが、ガビロン人は戦象が部隊を成して突進する様に、雄々《おお》しさだけには留まらない神々しさを感じ、なぞらえたのであろう。

迫る肉の大津波。

アレクシス軍が追いつかれるのは、時間の問題だった。整然と軍容を維持したままでは、退却する速度などたかが知れている。

そのことに気づいた兵らが一人、また一人と恐慌状態に陥《おちい》っていく。味方を追い抜き、隊列を乱し、我先にと逃げ出す。槍《やり》と盾《たて》を放り捨て、兜《かぶと》も脱ぎ捨てて、少しでも身を軽くする。一人が軍令を破れば十人が真似《まね》をし、十人が破れば百人が続き、千人、万人、たちまち全軍が無様な潰走《かいそう》を始める。

だが憐《あわ》れなるかな！　それで逃げきれるものではない。戦象はその背に頑丈な輿《こし》と数名の兵士を載せてなお、人間よりも速く走ることができるのだ。

このままでは追いつかれ、兵らは遮二無二《しゃにむに》逃げるその尻《しり》を巨象たちに蹴《け》り飛ばされ、また踏み潰《つぶ》される羽目になるだろう。そう、このままでは。

「ナランツェツェグに伝令を」

こんな時でもツンと澄まして退却するザンザスの鞍上《あんじょう》、レオナートが次の命令を達した。

「もう出してら！」

隣を騎行するティキの腰にしがみつきながら、ジュカが怒鳴り返した。

そして、北へと潰走する三万人とは逆行し、南へと進撃する千騎の姿があった。

クンタイト騎兵だ。草海の勇者たちだ。

剽悍《ひょうかん》なる彼らは全く恐れげなく、戦象どもの群れへと向かっていく！

「もし象兵部隊《クサリク》に対抗できるとしたら、皆さんしかいないんですよ」

戦前——それもグレンキース州都カイロンを出陣する前に、ナランツェツェグは銀髪の軍師からそう言われた。

「軍学の世界では昔から盛んに議論される、永遠の命題というか茶飲み話がありまして。『ガビロンの象兵部隊《クサリク》とクンタイト騎兵、戦ったらどっちが強い？』っていうんですけど」

「なんじゃ、それは。わたしたちは酒の肴《さかな》ならぬ茶のお供か」

ナランツェツェグはたいそう気分を害したが、シェーラは宥《なだ》めるように説明を続けた。

「今のクンタイトがそう呼ばれるようになる以前から、草海の勇者の皆さんが、象兵と戦った記録って皆無なんですよね。合ってますよね？」

「ま、わたしたちは自分の氏族以外の歴史などとんと興味はないが……少なくともダラウチでは伝え聞いたことがないな」

「クンタイトは傭兵《ようへい》の帝国ですから。ヂェンやパリディーダに雇われて、ガビロンと戦ったこと自体は何度もあるんです。ありますよね？」

「うむ。そういう話はダラウチでも、爺様《じいさま》らがウザいほど自慢げにしておった」

「でもそれは、ヂェンやパリディーダが防衛側のケースばかりで、ガビロンへ侵略する時にクンタイト騎兵を雇った記録はないんです。ないですよね？」

「ま、それは当然じゃな。ガビロンとかいう辺土は確か、走って気持ちの良い場所ではないのじゃろう？　いくら金のためとはいえ、そんなところまで戦いに行くのは真っ平御免じゃな」

というナランツェツェグの言う通りだった。

ガビロンの版図は、その五割近くが密林や湿地帯に覆われ、河川と沼沢が入り組んでいる。

騎兵で攻めるのに全く向いていない地形で、ヂェンやパリディーダにしたって、そうとわかってなお大金を払ってまで草海の勇者を雇いたいとは思わないだろう。

こんな土地柄にもかかわらず、騎兵を見事に運用してみせた渾沌大帝の戦略眼が破格なのであり、またどれだけ手間暇かけて案内地図を作成させたかという話でしかない。

「つまりガビロンの内へ攻めていかないクンタイト騎兵と、ガビロンの外へ出ていかない象兵部隊《クサリク》では、ぶつかりようがなかったんですね。だから、もし実際に戦ったらどっちが勝つのかなあって話に、偉い兵法家たちが何百年も花を咲かせたんですね」

「馬鹿馬鹿《ばかばか》しい」

「ええ、ホント。馬鹿馬鹿しい四方山話《よもやまばなし》で終わったら、それが一番よかったんですけど。今回、そうはいかなくなりまして……」

史上初めて、クンタイト騎兵に象兵部隊《クサリク》と戦ってもらわねばならない、勝ってもらわねばならないと、シェーラは困り顔に弱り顔で言った。

「馬鹿馬鹿しい、とわたしは言ったぞ？」

ナランツェツェグは不機嫌に鼻を鳴らした。

「勝つのはわたしたちに決まっておる。議論するだけ無益よな」

——と。

それが決して大言壮語ではないと、満天下に知らしめねばならない。

ナランツェツェグは同胞たちの先陣を切って、迫る肉の怒涛へと愛馬を駆る。

たとえ調教された軍馬でも、象の巨軀《きょく》を見れば恐れおののき、使い物にならないのが普通だが、クンタイト騎兵が跨《またが》る駿馬たちは例外だった。草海の勇者は常日頃《つねひごろ》から、愛馬と寝食を共にする。もはや家族のようなもので、ゆえに相手がどんなに奇怪な怪物だろうと、共に戦ってくれるのである。

俊足を誇る騎馬兵と、意外に速い象兵が、互いへと突撃を仕掛ければ当然、彼我《ひが》の距離など見る見るうちに詰まっていく。

ナランツェツェグは一番矢の誉れを得んと、揺れる鞍上で弓に矢を番《つが》えようとした。

すると、先頭を馳《は》せる彼女の隣に並ぶ者が現れる。

弟のゲレルだ。眼帯の如く左目に包帯を巻いたその顔は、精悍《せいかん》さが二割増しになったように思える。団子鼻で童顔で、いくつになってもあどけなさが抜けない三枚目だったのに。

その勇者《おとこ》の顔で、同胞たちを振り返って咆《ほ》える。

「これが最後だ！　象兵部隊《あいつら》さえ討てたなら、おいらはもう思い残すことはない！　だから今日だけ、おいらもおまえたちの同胞《なかま》に認めてくれ！」

聞いて同胞たちが、感極まったように叫び返す。

「何を仰《おつしや》るか、若！」

「左目を喪《うしな》おうと、弓の腕前が落ちようと、若は若だ！」

「オレたちを率いるのに相応《ふさわ》しい！」

うれしいことを言ってくれる。

（しかし、それは氏族全体の総意ではない）

現実主義者のナランツェツェグは、口には出さず呟《つぶや》いた。

ここにいる千騎は皆、同年代の若武者たちだ。ガライに嫁ぐとナランツェツェグが決めるや、同行を求めて氏族を飛び出してきた、いわば自分たち姉弟の子分みたいな連中だ。

氏族本隊に残った大人たちは、決してゲレルのことを認めまい。

ゲレルもそれを弁《わきま》えているからこそ、今日を境にけじめをつけると宣言しているのだ。

ナランツェツェグは何も言わず、ゲレルに先頭を譲った。

「ありがとう、姉上」

弟の姉を呼ぶ口調から、かつてそこにあった甘えが抜け落ちた。「お姉様」と呼ばなくとも、ナランツェツェグはもうぶたなかった。

「Hrrrrrrrrrrrrrrrrrr！」

ゲレルはなお愛馬を駆り立て、単騎で肉の怒涛へと突っ込んでいく。いっそ無謀に見えるほどの果敢さで、象兵部隊《クサリク》との距離を詰めていく。危険領域をあっさり越えて、弓に矢を番えて一射。二射。たとえ今のゲレルでも、それだけの近距離、これだけの大きな的であれば、外すことなどあり得ない。一頭の象の、二つの目を見事に射抜いてみせた。

その勇猛さに、氏族の若武者たちが沸く。

「さすがは若だ！」

「オレたちも負けてられんぞっ」

「Ｈｒｒｒｒｒｒｒｒｒ！」

「「「Ｈｒｒｒｒｒｒｒｒｒｒｒｒｒｒｒｒｒｒｒｒｒｒ！」」」

皆が勇気と騎射技術を競うように矢を射放ち、千の矢が一斉に象兵部隊《クサリク》を攻め立てる。

狙《ねら》ったのは目だ。直前にナランツェツェグが言いつけた通りだ。見るからに分厚そうな皮膚を持つ象といえども、生物であるからには、矢から眼球を守ることはできまい。

そして、その采配《さいはい》は的中した。ゲレルも不可能ではないと率先垂範《すいはん》してみせた。ならば千騎の草海の勇者たちにとって、百頭ぽっちの象どもの目を尽《ことごと》く射抜くことなど、造作もないことだった。八人が外しても、二人が命《あ》てればよい計算だ。寝ていてもできる話だった。

ゲレルは、クンタイト騎兵たちは、巧みな馬術でほとんど直角に右折し、象兵部隊《クサリク》の突進コースから脇へと余裕で逃れていく。

逆に象兵部隊《クサリク》は堪《たま》らない。目を潰された戦象たちが、視界を喪った恐怖と痛みで暴れ出す。しかも突進中のこと、いきなり停止できるものではない。足をもつれさせては、互いに互いの巨体をぶつけ合いながら倒れる。また横たわったその巨体が障害となり、後続が衝突して被害が拡大する。戦象の持つその最大の武器が、己ら自身を殺していく。上に乗っていた兵士たちの末路は、推して知るべしだ。人の形をした死体など一つも残らなかった。戦象を管理・指揮させたらガビロン随一のウダラジャも、何一ついいところなく圧死した。

“不可止の巨獣《ジャガンナート》”の名が泣くだろうか？　否。あまりに相手が悪すぎただけである。

かつて軍事大国《アドモフ》最高の智将レイヴァーン・ブラッカードをして、「野戦でクンタイト騎兵に勝つ術《すべ》など思いつかない」と言わしめた、草海の勇者たちが強すぎた。巨象よりよほどに怪物だった。

「ほれ見よ、馬鹿馬鹿しい」

とナランツェツェグがあくび混じりに吐き捨てる。

クンタイト騎兵たちはゲレルを中心に勝ち誇りながら、退却中の味方と合流する。天まで轟《とどろ》くような歓呼と賞賛で迎えられる。

この日より以降——軍学者の間で「宴席で議論するタネが、一つなくなってしまった」と、大いに嘆かれることになるのだが、それはまた別のお話である。


翌十二月五日。

早朝より小雨が降る中、両軍は三たび干戈《かんか》を交えた。

盾で己の急所を守りつつ、鷹《たか》のような目付きで、対峙する敵歩兵の隙《すき》をじりじりと窺《うかが》う。気勢とともに槍を繰り出す。見事、穂先で相手の喉《のど》を穿《うが》つ。だが相手のしごいた槍もまた、こちらの喉を貫いている。二人同時に絶命し、雨で湿った地面をさらに血で濡《ぬ》らす。その水溜《た》まりと血溜まりの上を、同胞の軍靴が駆けていく。槍折れ、盾割れ、最後に腰の剣を抜いて、敵陣へと決死の覚悟で斬り込んでゆくのだ。

そんな勇ましくも物悲しい一幕が、戦場の随所で繰り広げられる。

マチルダは馬上からまた一人、倒れ伏したアレクシス兵を看取りながら、右の槍を繰り出してガビロン兵を屠《ほふ》る。その彼の仇《かたき》を討ってやる。長い黒髪を雨で重く濡らし、泥濘《ぬかるみ》を嫌がる愛馬を宥めながら、混迷を極めていく戦況の中、闘志を貫く。

「こいつら、強い……」

と歯噛《はが》みさせられながら。

敵左翼を指揮するアクバルは歴戦の宿将だ。その用兵は高い次元で安定している。ゆえにそこに変化もない。だというのに、マチルダの右翼は一昨日《おととい》の緒戦以上に攻めあぐねていた。

「なんという圧だ。一昨日とはまるで違う……」

と思わず漏《も》らしたのはクルスだった。

中央の最前線から一歩下がった位置で、周囲の兵たちを鼓舞し、督戦する。緒戦以上に大きな声を出していかねば、矢継ぎ早の指示を出していかねば、最初から攻勢に出てきたガビロン軍を食い止められず、陣のど真ん中から衝《つ》き破られてしまいそうだった。

「変わったのは、敵兵の質か……っ」

兵の掌握《しょうあく》に専念することで、将として視野を広げつつあるクルスの目は間違っていなかった。

ガビロン中央を都督する客将リンツーは、アクバル同様に良い意味で安定した、熟練の指揮官である。にもかかわらず緒戦よりも敵軍の攻めが激しくなったのは、敵陣を構成する兵一人一人が別物になっていたからだ。

士気の低い奴隷兵部隊《ウリディムマ》ではなく、選抜七部隊《ウシュムガル》が最前線を張っていたからだ。

ガビロン軍の本気度合いが窺えようもの。緒戦でも苦戦を強《し》いられたマチルダとクルスが、なお押されるのも当然のこと。


「象兵部隊《クサリク》を失って、いよいよ虎の子のウシュムガルまで出してきたわけか」

と独り納得したのは、左翼を率いるオスカーである。

そもそも最精鋭の部隊などというものは、軽々しく用いるべきではない。彼らを錬磨《れんま》するまでにかけた途方もない歳月と予算を考えれば、さして重要でない戦で使って損耗《そんもう》するなど、愚かしいにもほどがある（そして無論のこと、最精鋭といえど彼らは決して不死身ではない！）。

だから実際、ガビロン二百年の歴史においても、七部隊全てを集結させたことなど数度しかないし、こたびは大胆にも全隊従軍させると決定したマルドゥカンドラでさえ、いざ運用となれば慎重だった。「テヴォ河流域の前哨戦《ぜんしようせん》」のような、不確定要素の強い戦場には出陣させない。またこの決戦でも、初日は七隊全て予備戦力として後方に置くのみだった。

それが今日になっていきなり、惜しみなく投入してきたのだ。本陣予備には一隊を残すのみで、中央・右翼・左翼それぞれに二隊ずつ配置したのだ。

「オレたちが緒戦、次戦と連勝した気分でいつまでもいれば、やられるのはこちらだな」

兜の緒を締めよと、兵らに号令すべきだろうか？　否、戒めるまでもなく、迫り来るウシュムガルの圧力を前にして、兵らも背筋を正す想《おも》いであろう。

そして、戦死したクティルに代わり、敵右翼のウシュムガルたちを指揮する男を、サムスィルナといった。マルドゥカンドラの幕下にあっては二線級の将軍だが、その手堅い采配ぶりに、まだこれほどの能才がいたかと感心するほど人材の層が厚い。もしいずこかのクロード貴族に仕えていたなら、間違いなく戦上手と評判になっただろう。

「いやはや全く難敵というしかないな、〝獅子頭将軍《ナラシンハ》〟とその直卒軍は！」

オスカーほどの男をして、そう言わざるを得なかった――

ガビロン軍が大きく陣容を変更したことは、アレクシス軍後方本陣からもよく様子が窺えた。

自軍が、特にクルスの中央が、押し込まれつつあることも見えていた。

レオナートは仏頂面になって呟く。

「ようやく、だな」

シェーラも珍しく毅然《きぜん》とした表情で首肯する。

「ええ、ようやくです」

ジュカだけがいつもの、人を食った態度で嘲笑《ちょうしょう》する。

「散々苦労させられてきたがな。ようやく見えたぜ――ガビロン軍の底ってやつが」

そう、確かに選抜七部隊《ウシュムガル》は危険な相手だ。

何しろガビロン軍、最強にして最後の切り札だ。

しかし、マルドゥカンドラがそのカードをなりふり構わず切ったということは――逆に言えば――彼らがもうこれ以上の手立てがない、切羽詰まった状況だという証左である。

莫大な国力に支えられ、膨大な兵力を揃《そろ》え、多士済々の人材を抱え、奇抜な戦い方を挑んできたかと思えば、王道の戦い方も得意とするガビロン軍が、ついに音を上げるに至ったのだ。

アレクシス軍もまた両軍師が知恵を絞り、諸将らがその才腕を尽くし、兵らも奮闘してくれて、戦略・作戦・戦術とその全てで成功を積み重ね、逆にガビロン軍が最初から持っていた優位を一つずつ根気よく取り除いたからこそ、この状況にまで持ち込むことができたのだ。

まさに総力戦であり、その総決算が今日というわけだ。ガビロン軍が底を見せたということは、今日の会戦の趨勢《すうせい》こそが最終的な勝敗の分水嶺《ぶんすいれい》になることは間違いない。

「ここまで来たら、勝つしかないですよ」

シェーラが手綱をとる拳《こぶし》を握りしめた。

「色男も様子見をやめたみたいだぜ」

ジュカが自軍左翼を指し示した。

致し方ないことだが、敵将アクバルとリンツーの相手は、さしものマチルダやクルスといえど荷が重い。ならば今日も決め手となるのは、オスカーの采配か。

レオナートは両軍師とともに、その行方《ゆくえ》を見守る。


「いやはや全く難敵というしかないな、〝獅子頭将軍《ナラシンハ》〟とその直卒軍は！」

オスカーほどの男をして、そう言わざるを得なかった——だからこそ彼は、笑顔になるのを抑えきれなかった。

何をやらせても超一流で、しかも苦労や挫折というものをしたことがない男だけに許される、敢《あ》えて障害を求めてやまぬ境地であった。

「我に続け、兵士諸君！　まさか、臆しているわけではあるまいな？　確かにウシュムガルは強い。しかし、アドモフの近衛軍団とて練度でも精強さでも負けていなかった。昨年、その彼らを破ったのは誰だ？　君たちだ！　誇れ。そして戦え。いざ吶喊《とっかん》ッ！」

馬上、オスカーは剣を掲げて高らかに講じ、麾下《きか》将兵に発破をかける。

自ら先陣を切って、敵陣へと斬り込んでいく。

彼の演説は兵たちに、己らもまた古強者《ふるつわもの》であることを思い出させた。且《か》つ、オスカーが口だけの男とは程遠い勇者ぶりを見せたことで、凄《すさ》まじい説得力となって兵らの士気を奮い立たせた。兵らの中には、オスカーに早や心酔する者たちさえ現れた。その数は少なくはなかった。

アレクシス軍左翼は一丸となって、対峙する敵に大攻勢を仕掛けた。

そして、その猛攻を受け止める力は、ガビロン軍右翼にはなかったのである。前線でウシュムガル歩兵がどれだけ敢闘しようと、彼らを指揮するサムスィルナの将器には不足があった。

確かにクティルは口ほどにもない将だったが、さりとて後釜に座ったこの彼の方が優れているなどということはなかった。所詮《しょせん》、代役は代役にすぎなかった。

「「「大帝《チェーオス》、万歳《エタニア》！」」」

彼ら左翼は緒戦同様に、敵右翼をあべこべに、押して、圧して、衝き崩したのである。

期待に違わぬ将軍オスカーの実力者ぶりに、レオナートも感嘆した。

「彼は確か、メッシーラの騎士だったな？」

「ええ、そうですね。マチルダさんと同郷です」

「メッシーラ伯も、よくよく恐ろしい男を飼い殺しにしていたものだな」

「クロード貴族のほとんどは、軍事なんて関心なかったっていうか、せいぜい箔付《はくづ》けくらいにしか思ってなかったですからねー」

「そりゃあ獅子《しし》と猫の区別もつかなかったんだろうぜ」

シェーラとジュカの感想に、レオナートもうなずく。

それから沈毅《ちんき》に命令する。

「クンタイト騎兵に左翼の支援を」

副官ナイアが「はい、閣下ッ」と敬礼し、伝令を走らせる。

左右の軍師たちも同じ絵図を思い描いていたのだろう、いちいち口を挟まない。

後方予備にいたナランツェツェグらが出陣し、戦場の大外から敵右翼を騎射で脅かす。

ガビロン軍も堪らず、本陣予備から王室騎兵隊《ウガルルム》を割き、クンタイト騎兵の迎撃に当たらせようとする。

「こちらも騎兵を」

レオナートはすかさず命じ、シェーラが足りない言葉を補ってナイアに説明。副官から伝令へ、伝令から本陣にいる騎兵隊に下達される。

二千騎が出撃し、ナランツェツェグらを自由にさせるため、迎撃に現れた王室騎兵隊《ウガルルム》への逆迎撃を敢行する。

応じてマルドゥカンドラが、新たに騎兵を一千切った。先の増援として派遣する算段なのは明白だった。

すかさずレオナートも追加の千騎を出陣させる。騎兵というカードの切り合いならば、望むところだった。緒戦の時とは違って、敵は予備に選抜七部隊《ウシュムガル》の一隊しか残していないため、怖さがない。だから、いくらでも大胆になれた。

その戦術上の機微を、レオナートの強い意志を、マルドゥカンドラも酌《く》みとったのだろう。あちらも素早い対応に出た。すなわち、騎兵同士が実際にぶつかり合うより早く、退却太鼓を打ち鳴らさせたのだ。今日はもう敵《かな》わぬとその魔眼で見たか、貴重な騎兵が無益な血を流す愚を避けたのだ。

レオナートもすぐに攻撃中止の喇叭を号奏させて、安易な追撃は無用と全軍に通達する。

粛々と撤退していくガビロン軍の姿を目で追い、遠ざかるにつれて徐々に小さくなっていく様を、皆で固唾《かたず》を呑《の》んで見守る。饒舌《じょうぜつ》なシェーラやジュカでさえ、一言もしゃべらない。武人が敵手の死を看取るまで、決して気を抜かないのと同じ。すなわち残心だ。

そして、ガビロン軍の影が完全に消え去ったのを確認して、シェーラが張り詰めていた何かを吐き出すように、一言。

「勝てました……」

それが合図であったかのようにナイアやティキ、周囲にいた騎士たちが爆発的な歓声を沸かす。この大一番を乗り越えることができたのだ。勝ち鬨《どき》を上げる者がいる。馬上から身を乗り出して、抱き合う者までいる。

各々の部隊で待機していたゼインやメロウたちもやってきて、

「あまり優秀すぎる敵将というのも、困りものですな」

「ヤバイと見るや、さっと退いちまいますからね。歯応《はごた》えがねえっつーか……結局、オレたち〝宵闇騎士団《ナイツ・オブ・ナイト》〟の出番が一度もないまま、終わっちまいましたよ」

戦勝の昂揚《こうよう》もあってか、軽口を叩く。聞いた者たちが爆笑する。

しかし、レオナートは笑わない。笑えない。いっそ、しかつめらしい顔になって、

「かくありたいものだな」

と小さく嘆息《たんそく》した。

果たして己が逆の立場だった時、マルドゥカンドラのように潔く撤退を選択できるだろうか。敗北を認められるだろうか。もう少し頑張れば勝機が見えてくるかもしれない、あと少し耐えれば相手がミスをするかもしれない――そんな風にずるずると時間を費やし、将兵らにあたら無用の流血を強いてしまうのではないだろうか。考えるだに恐ろしい。

(見習わねばな)

とレオナートは強く思った。

勝てたのはあくまで皆のおかげと断じ、敗者からも貪欲に学び取ろうとする。彼はまだ己が二十歳の青二才でしかないことを、わきまえていた。

そう、レオナートはまだ若い。マルドゥカンドラに比べて、八つも歳下《としした》だ。

加えて彼自身が潔白の人であり、また雄敵に対して敬意を払う性分も持っていた。

だから、ガビロンの三太子《レン・ティーン》という人物をまだ見誤っていた。

マルドゥカンドラが決して潔いだけの将軍ではないことに気づかされるのは、日も変わらぬうちのことであった――


戦の後、主だった者たちを大天幕に集め、その日の反省や翌日の打ち合わせ、また情報交換等を行うのは、アレクシス軍の常である。

三太子《レン・ティーン》直卒軍の撤退を見届けた直後こそ戦勝に沸いたが、既に一同の表情に浮かれた様子は見られない。レオナートの前で皆、真剣に明日の展望について話し合っていた。

「ガビロン軍との格付けは、既についた」

「奴らはウシュムガルを六隊も投入してなお、我々に勝利し得なかったのだからな」

「もはや逆転の手は、彼奴《きゃつ》らにも残ってはおるまい」

「とはいえ、まだ戦が終わったわけではないぞ。奴らが降伏するなり、某らが奴らを全滅させるなりするまで、慢心は厳禁。それこそ奴らに逆転する隙を与えることになる」

「いやいや、三太子《レン・ティーン》が――仮にも帝族が、降伏はすまいよ」

「然《しか》り。それくらいなら、自刃を選ぶだろうな。人質になれば、自国に多大な迷惑をかける」

「ならば降参しろとまでは言わぬから、潔く講和を検討して欲しいものだ。さすれば常勝不敗の面子《めんつ》も、大切な将兵も守れるし、三太子《レン・ティーン》としても悪い選択ではあるまい」

「ああ。こちらとしても、いち早くアラン様のところへ駆けつけることができるしな」

――と。

諸将や騎士たちが意見を交わしているところへ、伝令兵が外から駆け込んできた。

「失礼しますッ。ガビロンの軍使が侯爵閣下にお目通りしたいと、参っております！」

「構わん。通せ」

レオナートが即答すると、伝令兵は敬礼して踵《きびす》を返す。

一方、他の者たちは軍使を迎える準備を整える。兵を呼んで軍議机や床几を外へ運ばせ、代わりに謁見用の椅子《いす》を持ってこさせる。上座に据えたそこへ、アレクシス侯としてレオナートが着席。すぐ両隣にシェーラとジュカが立ち、また諸将らも左右にわかれて居並ぶ。

その間、多分に喜色混じりの雑談が、天幕内のあちこちで聞こえる。

「言っておる傍《そば》から、三太子《レン・ティーン》の方から講和を求めてきたと見えるぞ」

「さすがは稀代《きたい》の名将でござるな。即断即決とはこのことだ」

「戦況優勢に立っているのは我らだし、五分五分での講和にはならんよな？」

「うむ、そこは三太子《レン・ティーン》も承知であろうや。アードベッグ州を返還するくらいの条件は、付けてくれるのではないか？」

「おお！　それならば我らも奮戦した甲斐《かい》があるというものぞ」

「まあ、待て。確かに目の前の戦いは我らが優勢だが、敵はガビロン一国ではないのだ」

「全体として見れば、決して優勢とは言いきれぬ。あまり高望みはできまいよ」

「然り。条件交渉で長引けばその分、キルクス・パリディーダ軍への対処が遅れる」

「アードベッグ州の半分でも返還してもらえば、この場は恩の字ではないか？」

「最悪、五分の講和でも良しとせねばならぬやも……」

「そう暗くなるな！　なんにせよ、オレは講和はありがたいね。勝ったとはいえ、〝獅子頭将軍《ナラシンハ》〟との戦はもう懲り懲りだ。〝化蜥蜴《バジリスク》〟に毒煙を食らわされた時も、〝蝗の魔王《パズズ》〟に矢の雨を降らされた時も、生きた心地がしなかった」

「ははは、違いない」

――と。

諸将や騎士たちが半ば談笑しているところへ、伝令兵が軍使をつれてやってきた。

一同の視線が殺到し、レオナートも正面から相対する。

軍使は一人きりだった。普通はもう少し護衛を付けるものだが、なんという胆力か。

歳のころは五十前後ほど。小柄で、およそ肉体を鍛えている様子はない。髪は耳上の辺りだけを残して禿《は》げ上がり、頭頂部が脂でてらてら光っている。両目がぎょろりと大きく、しかもほとんどまばたきをしないので、どこか魚を彷彿《ほうふつ》させる人相だった。

「フシャルフシャルと申しまする」

レオナートへ通り一遍の挨拶《あいさつ》と感謝をすました後、軍使はそう名乗った。

途端、一同からくぐもったざわめきが起こる。レオナートも瞳《ひとみ》に警戒の色を浮かべる。

ガビロン軍では参謀団のことを、クルールと呼んでいる。神話にいうティアマト女神が産んだ〝十一の子ら《ウーマーマーヌ》〟の一種で、魚の頭を持つ亜人族になぞらえている。

そしてフシャルフシャルは、〝参謀の中の参謀《クルールクルール》〟と囁《ささや》かれるほどの謀将だ。軍使としてやってくるには、あまりにキナ臭い。

当人とて、にわかに剣呑《けんのん》となったこちらの態度に、気づいていないわけでもなかろうに、

「お祭しの通り、三太子殿下《レン・ティーン》は貴軍との講和を望んでおられます」

と、どこか空々しく聞こえる口調で言った。レオナートはその真意を窺おうとしたが、魚のようにガン開きの目で口をパクパクと動かす様は、どうにも非人間的で表情が読めない。

「無論、こちらも望むところだ。条件次第だがな」

仕方なくレオナートは、単刀直入に答えた。腹芸は好むところではない。

「ありがたいお言葉でございます。そして、もちろん当方としても条件の設定で揉《も》めて、講和の成立が遅れるのは本意ではありませぬ。また三太子殿下《レン・ティーン》からも、状況が状況ゆえ、こたびは

ガビロン側がいくつか譲歩するのもやむなしと、仰《おお》せつかってございます」

「なるほど。例えば？」

「三太子殿下《レン・ティーン》のご提案を、臣が代わって申し上げさせていただきます」

フシャルフシャルは一礼すると、講和条件を順に述べていった。


一つ、アレクシス軍は〝人喰い虎《マンティコア》〟ダルシャンら捕虜を全て、即時返還すること。

一つ、テヴォ河以南のクロード領十六州を、ガビロンへ割譲すること。

一つ、十年間の相互不可侵条約を締結すること。


「――以上、当方が譲歩に譲歩を重ねたご提案にございまする。双方にとって大いに利益のある条件かと存じます」

フシャルフシャルは魚のような表情の窺えない顔で、いけしゃあしゃあと言ってのけた。

聞かされた一同、しばし声を失っていた。あるいは怒りで。あるいは呆《あき》れで。

「……横から口を挟んですまない、フシャルフシャル殿。私はクルス・ブランヴァイスと申す者だが、質問しても構わないだろうか？」

「もちろん、なんなりと。白銀の騎士殿」

「条件の一番に捕虜を返すよう求めるのは、誠に素晴らしい。三太子殿下《レン・ティーン》が如何《いか》に将兵を大切になさっておられるか、窺えようというもの。そこはいい。だが……貴軍が捕らえたクロード人捕虜の方は、返すつもりはないという風に聞こえたのだが、私の穿ちすぎだろうか？」

「いいえ、いいえ。穿ちすぎだなどと、とんでもないことでございまする。クルス殿の仰る通り、我々は貴軍にガビロン人捕虜の即時返還を求めますが、クロード人捕虜は身代金でもいただかぬ限りはそちらへ返すつもりはないと、私は確かにそう申し上げましたとも」

慇懃無礼《いんぎんぶれい》な態度でほざくフシャルフシャルに、クルスはまたも唖然《あぜん》とさせられる。

「私も質問させてもらおう。十年間の不可侵条約というのは、いったいどういう了見かな？」

「ええ、それはですね、オスカー殿――」

と、クルスと違って名乗っていないにもかかわらず、フシャルフシャルは正確に応答した。

「――三太子殿下《レン・ティイーン》は貴軍と干戈を交え、誠に天晴《あっぱれ》とご感心なさったよし、以後は敵対するのではなく友誼《ゆうぎ》を結びたいとの仰せにございまして」

「おためごかしを申すな。ならば十年と言わず、恒久的にとすればよかろう。そちらの腹など見え透いているぞ？　十年あれば、こたびの敗戦の傷も癒《いや》すことができる――逆に言えば、十年の間は我々に逆侵攻されたくないと、そういう魂胆なのだろう？」

「さてはて。クルス殿と違って、オスカー殿は穿って捉《とら》えすぎにございますな」

相変わらず魚のようなぬめっとした顔で、フシャルフシャルは空惚《そらとぼ》ける。

「何よ、尽くそっちだけお得な条件じゃないの！　これで何を譲歩してるって!?」

マチルダが憤懣《ふんまん》やる方ない様子で詰《なじ》った。

しかし、フシャルフシャルは痛痒《つうよう》を感じた様子もなく、

「この条件では承服できぬということでございますれば、仕方ありませぬな。講和の話はなかったということで。当方としてもこれ以上、譲歩するつもりは一切《いっさい》ございませんので、貴軍に平和の価値の重さを思い出していただけるまで、戦い続ける所存ですな」

「そちらにはもう勝ち目が残っていないというのに、悪あがきするというのか？」

〝宵闇騎士団《ナイツ・オブ・ナイト》〟の重鎮にして古強者、ゼインが隻眼《せきがん》で睨《にら》み据える。

「無駄に兵を殺すことになるぜ？　それに、そっちは奴隷兵を大量に使ってるんだ。劣勢状況が続けば、夜な夜な逃亡していく奴がわんさと出てくるだろうさ」

同じく重鎮にして三傑にも数えられたメロウが、髭面《ひげづら》を掻《か》きながら脅迫した。

しかし、このフシャルフシャルという謀将は、煮ても焼いても食えぬ男だった。

「それでも我々は三太子殿下《レン・ティーン》の旗の下、戦い抜く覚悟でございまする。たとえ悪あがきだろうが、逃亡兵が出ようが。一か月でも、二か月でも」

と、さも武人の如く毅然たる口調で断言してみせる。参謀団《クルール》の長たる彼は、決して前線に出ることはないし、兵らと違ってさほど命懸けでもあるまいに。

他方でクルスが、

「一か月でも、二か月でも戦い抜いてみせると？　詭弁《きべん》ですな。補給を断たれた貴軍に、そん

な長期の戦が可能なはずがない」

と彼の槍技同様の鋭さで、フシャルフシャルの言葉の不合理を衝く。

他の騎士たちも大いにうなずく。

ところが、フシャルフシャルはやはり全く動じなかった。

「それが可能なのですよ」

「強がりを申すな！」

「いいえ、強がりでも嘘でもございません」

フシャルフシャルは毅然たる口調で断言した。表情が読めない容貌《ようぼう》という特技を利用した、演技のようには到底思えなかった。

「なぜならば皆様の仰る通り、我が軍が劣勢だからです。ええ、悪あがきを続けたところで、兵らが大勢死ぬだけでしょうな。逃亡兵も大勢出ることでしょうな。しかしその分、長く兵站は保つ。何しろ死者は飯を食べませんし、逃亡兵を養ってやる義理はないのですから」

そして実際に、決して不可能ではないことを証明してしまった。

ただし、フシャルフシャルが語った言葉の内容は、おぞましいにもほどがあった。

「間引くっていうの？　自分たちの兵を？」

と、勇敢さに何一つ不足なきマチルダでさえ、ゾッと蒼褪めていた。

フシャルフシャルは肯定も否定も明言せず、ただ口元を歪《ゆが》めた。魚の如く表情の読めなかった顔に、初めてニタリと嫌らしい笑みを浮かべたのだ。

広い天幕内が、しんと静まる。気温すら下がったように感じられる。

そんな中、フシャルフシャルの得意げな忍び笑いだけが、くつくつと響く。

これもこの手強《てごわ》い弁士の、演出であろうか。一頻《ひとしき》り笑った後で、

「我々が悪あがきを続け、貴軍は小さな勝利を連日、収め続ける。いやはやご立派、しかし、それで貴軍は何を得られるので？　士気の高揚《こうよう》？　武人としての誉れ？　そのようなもの、欲しいですか？　むしろ、失うものばかり増えるのでは？　いくら貴軍が優勢だとて、損害を一切出さずに戦い続けることはできますまい。メロウ殿に頂戴したお言葉を、そっくりそのままお返しいたしましょう。『無駄に兵を殺すことになるぜ？』……でしたかな？」

揶揄《やゆ》されたメロウが、屈辱で顔面を紅潮させる。

フシャルフシャルはさらに畳みかけるように、

「よくよくご考慮くださいませ、皆様。戦が長期化して本当に困るのは、果たして当方でしょうか？　いいえ、あなた方でございますね？　なぜなら、あなた方の敵は我らガビロン軍だけではないからです。遠く東方では皆様のご盟友が、別動隊として今も戦っておられます。悪鬼羅刹《らせつ》の如きキルクス・パリディーダ軍を食い止めるために、小勢を以って抗さねばならないその艱難辛苦《かんなんしんく》に、ぜひ想いを馳せていただきたい！　……とと、そういえば別動隊を率いるエイドニア伯は、侯爵閣下の無二の親友であらせられるとか？　ああ、心配でございますなあ」

と、濡れてもない目元を、白々しく拭《ぬぐ》ってみせる魚面の中年。

その態度が、ますますアレクシス騎士たちの神経を逆撫《さかな》でする。しかし、言っていることは腹立たしいほどの正論であり、誰も言い返せない。

そんな一同に代わって口を開いたのは、これまで敢えて沈黙を保っていた両軍師たちだった。

「連合軍として勝利し、我々アレクシス軍を滅ぼすためならば、貴軍が出血することになっても構わないと仰るんですか？　それってキルクス殿下やパリディーダばかりが漁夫の利を得て、貴国がだいぶん貧乏クジを引かされるって話なんですけど、それでご納得できるんですか？」

「オマエラとアイツラってそんな仲良かったっけ？　つか、勝ちすぎた〝冷血皇子《ボレアス》〟やパリディーダが調子に乗って、オマエラを裏切って同盟反古《ほご》にするとか考えねえの？　信じてんの？」

シェーラが疑念たっぷりに確認し、ジュカが皮肉たっぷりに嘲弄《ちょうろう》する。

果たして、フシャルフシャルは気にもせず答えた。

「納得できるわけがないでしょう。ですから三太子殿下《レン・ティーン》は、こたびは譲歩すると仰せなのです。本来ならば、クロード領の半分ほどいただかなくては割に合わないところを、負けに負けてテヴォ河以南だけで勘弁して差し上げるとと、妥協なさっておられるわけです。一方で貴軍は、この軽い、軽い、軽い条件を飲むだけで、エイドニア伯の窮地に駆けつけ、救うことができる。三国包囲網を脱し、敗亡を免れることができる。もうご理解いただけましたかな――」

そして、最初に言った台詞《せりふ》を繰り返した。

「――双方にとって大いに利益のある条件かと存じます」

煮ても焼いても食えない魚面いっぱいに、笑みを浮かべた。先ほどと違い、ひどく人好きのする笑顔だった。相場より高く物を売りつける商人のそれに酷似していた。

能弁なフシャルフシャルが、それきり黙り込む。言うべきことは言い終えたという態度だ。

講和締結か、破談か、後はそちらが決断する番だと無言で催促していた。

居並ぶ諸将や騎士たちもレオナートを振り返り、主君の判断を仰《あお》ぐ。

レオナートは瞑目《めいもく》し、黙考する――


実は、ガビロン側が講和を求めて提案してくるのではないかという話は、極めて早期のうちから予測されていた。

まだレオナートたちが、アレクシス州都リントにいた時分だ。ガビロン軍とキルクス・パリディーダ軍による二方向からの侵攻に対し、どう処するか？　その難問に両軍師たちが激論を交わし、得た答えが、「より与《くみ》し易《やす》いガビロン軍を、主力を以って可及的速《すみ》やかに撃退した後、別動で足止めしていたキルクス・パリディーダ軍との決戦に臨む」というものだった。

彼女らの智謀は信用しつつも、しかしレオナートには一つ疑問があった。

「ガビロン軍の方が、本当に与し易いのか？」

〝獅子頭将軍《ナラシンハ》〟は戦の天才だと専らの話で、その直卒軍は常勝不敗。兵力も多い。両軍師は彼らがキルクス・パリディーダ軍より弱いと言いきったが、にわかに信じ難いものがあった。

果たして、シェーラとジュカは真剣に答えてくれた。

「それが『戦争は生き物』と呼ばれる所以《ゆえん》でして」

「盤上遊戯《キャスルチャレンジ》の腕前じゃねえんだ。強い、弱いは単純な話じゃねえんだよ」

「具体的には？」

「例えばですけど今回の同盟、ガビロンはそこまで乗り気じゃないと思うんですよね。あそこの四兄弟は全員天才で、お互いすごく信頼し合ってるって話ですけど、裏を返せば他人は簡単に信頼しないし、自分たちだけでなんでもできるって、独立独歩の気風が強いと思うんですよ」

実際に末弟カトルシヴァを除く三人はこの同盟に否定的だったのだが、シェーラは兄弟たちが話し合う様子をまるで自分の目で見てきたかのように読み当てた。

「だったらあの裸人どもは、三国同盟に最後までつき合う義理はねーって考えるわな？　自分たちだけ美味《おい》しい想いをして、他のマヌケどもを出し抜く機会を常に窺うわな？」

「だからガビロンは遅かれ早かれ、講和を持ちかけてくると思うんですよね。『領土くれるならもう侵略やめるけど、どうする？』みたいな感じで」

「その条件次第じゃ、こっちも手打ちにできる。いち早く別動部隊に駆けつけられる」

「なるほど、ガビロン軍の方が与し易い」

レオナートも深く納得した。

「後はジュカさんの言う通りで、条件次第なんですけど……正直、テヴォ河より南をあげて、それで彼らがすぐ帰ってくれるのなら、即握手したいくらいなんですよね」

「とはいえ、人間は欲の皮が突っ張ってっからな。クロード領の半分くらいよこせって、言ってきても不思議じゃない。その場合はモチ、断固拒否な。半分も渡したら、今後はずっとガビロンの脅威に震える羽目になっちまう」

そこが落としどころだと、両軍師は言う。

「現実的に、ガビロンはなんと要求してくると思う?」

「まずは一戦、してからでしょうね。そこで彼らが優勢となれば、私たちの足元を見て、より過大な要求ができますし。逆に私たちが実力を示すことができれば、今度は彼らが要求を引き下げてでも、早期の手打ちを望んでくることになるかと」

「ま、オレ様はそのまま勝っちまうくれーのつもりで戦《や》るけどな!」


――と、そんな話があったのだ。

(そして現実に、ガビロンは講和を提案してきた。シェーラとジュカの予測は当たった。だが、まさか奴らの敗北が決まったこの状況で、逆転の一手として持ちかけてくるとは、な……)

レオナートはフシャルフシャルが口にした要求を吟味し、瞑目したまま熟考を続ける。

ただでは敗《ま》けぬという、マルドゥカンドラの笑い声が聞こえてきそうだった。

なんとも厭《いや》らしいやり口だ。それこそ、レイヴァーン辺りが好んで使いそうな搦手《からめて》だ。

一筋縄ではいかぬとは、まさにこのこと。改めてマルドゥカンドラの底知れなさに、舌を巻かされる。

（これが一か月前……せめて二週間前の話ならば、迷わず応じたが……）

両軍師の神算鬼謀と将兵らの獅子奮迅《ふんじん》により、実質的な勝利を収めたこの状況でもまだ、足元を見られなければならないのだろうか？

レオナートは即断即決の男である。しかしそれは、考え足らずに博打《ばくち》を好むという意味ではない。簡単には答えの出せない難問に対し、彼が即断即決したのは「フシャルフシャルを一旦《いったん》、下がらせて、皆でよくよく協議すべき」という判断だった。

レオナートは瞼《まぶた》を開けると、右に立つシェーラへ「軍使殿に酒と食事を」と命じる。

シェーラも同じ判断だったのだろう。心得たように一礼しかける。

ところが一瞬早く、左に立つジュカが言い放った。

「手打ちなんざするかよ！　そっちがそのつもりなら、オマエラ全員ぶっ殺すまで戦ってやらあ。早々に降伏しなかったことを後悔しろって、帰って三太子《レン・ティーン》サマに伝えな」

「ちょ、ちょ、ジュカさん……？」

シェーラが慌《あわ》てて窘めに入る。そこには「ナニ勝手に決めてんですか!?」という叱責《しっせき》と、

「愛《いと》しのアランさんの助けが遅れていいんですか⁉」という忠告の、二重の意味がある。

しかし、ジュカは完璧《かんぺき》に無視。フシャルフシャルへ向けて右手の指を五本、左手の指を二本、重ねるように立てて見せると、

「宣言するぜ？　七日だ。あと七日以内に、オマエラを壊滅させる」

強気にもほどがある啖呵《たんか》を切ってみせた。

これにはフシャルフシャルよりも、居並ぶ諸将や騎士たちの方が目を白黒させる。

しかし、レオナートは違った。

かつて亡き伯母が、「我が〝殺戮の悪魔《グラシャラボラス》〟」と呼んだ少女の軍才を信じ、追認した。

そう、今度こその即断即決。斬り込むように宣言する。

「聞いての通りだ、軍使殿。今なら五分での講和を結ぼう」

それが不服ならば、どちらかが滅びるまで徹底的に戦おう、と。こちらが譲歩することは一切ない、と。巌《いわ》の如き態度で言外に語ってみせる。

聞いたフシャルフシャルの顔色が変わった。笑顔が消えただけではない。本人は例の、表情を読ませない魚めいた面持ちをしているつもりだろうが、すっかり蒼褪めてしまっていた。血色までは制御できないでいた。

「そのご決断、どうか後悔なさいますな」

と脅迫してきたが、それが捨て台詞でしかないことは明らかだった。

堂々と現れたのとは対照的に、すごすご退散していくその背中がひどく小さく見える。

フシャルフシャルが完全に天幕の外へ去ったのを見計らって、

「だーかーらー、後悔すんのはそっちなんだっつーの」

ジュカが片頬《かたほお》を吊《つ》り上げて腐し、居並ぶ何人かの失笑を誘う。

フシャルフシャルに直接ぶつけなかったのは、単身で訪れた勇気ある軍使を嘲《あざけ》るような、卑《いや》しい真似は慎んだということだろう。ジュカは確かに意地が悪いが、それ以上に誇り高い少女なのだ。

そのジュカが一同に向かって、居丈高に言う。

「いいか？　オレ様はオマエラの実力を見込んで、七日以内にケリつけるっつって大見得切ったんだ。誰か一人でも慢心しやがったら、計算が狂う。もしオレ様に恥をかかせやがった奴は、軍師特権で玉砕任務に就かせてやるから覚悟しとけよ？」

素直に激励《げきれい》しない、なんとも彼女らしい物言いに、今度は居並ぶ大半が苦笑を誘われる。

しかし、気後れする者は一人もいない。

レオナートも大いに満足し、明日からの戦いに備えて皆に告げる。

「軍議を再開する」

「「「はッ」」」

かくして、〝獅子頭将軍《ナラシンハ》〟との戦いは続行となった。

アレクシス軍にとっては、七日以内に決着をつけるための最後の戦い。

ガビロン軍にとっては、無益な戦いを長期化させるための最後の悪あがき。

果たして成るのは、ジュカの電撃勝利宣言か？　マルドゥカンドラの遅滞作戦か？

その行方を占う一日目。

「「「大帝《チエーオス》、万歳《エタニア》！」」」

「「「ナラシンハの神威、我らに宿り給えかし！」」」

両軍は西グレンキース平野にて会戦する。

アレクシス軍の陣立てに変更はない。一方、ガビロン軍は選抜七部隊《ウシュムガル》を完全に後方予備へと下げ、代わりにまた奴隷兵部隊《ウリディムマ》を矢面《やおもて》に立たせていた。貴重な精鋭たちを「間引き」するわけにはいかないという、冷酷だが当然の判断だろう。

「こっちとしてはやりやすいですけどね」

シエーラが呆れ半分、批難半分で言った。

レオナートと轡《くつわ》を並べ、後方の本陣から督戦する。

彼女の言う通り、選抜七部隊《ウシュムガル》をほぼ全投入しても勝てなかったガビロン軍が、それを温存して如何《いかが》するというのか。

案の定、オスカーの指揮する我軍左翼が、敵将サムスィルナ率いる右翼を早々にやり込め、突破を図る。するとマルドゥカンドラがいつも通りに素早く撤退の判断をし、壊乱に追い込まれる前に整然と退いていく。

「追撃するか?」

レオナートは左に諮った。

これまではガビロン軍の組織的な退却に対し、追撃判断はしなかった。手ぐすね引いて逆撃される危険を避けた。しかし、これからはリスクを負ってでも、追撃を仕掛けるべきかもしれない。少し戦っては撤退し、翌日に仕切り直す――という作戦を許せば、マルドゥカンドラの思う壺《つぼ》だ。砂金よりも大事な時間を浪費させられてしまう。

「いや、まだ焦《あせ》る時じゃねえ」

だがジュカは鷹揚《おうよう》にかぶりを振った。今日もティキの鞍《くら》の後ろで、しがみついている状態なので格好つかなかったが。

ともあれ、他でもないジュカがそう言うのならば、主君たるレオナートは信じて任せるのみ。追撃命令は出さず、翌日の仕切り直しに応じた。

二日目。

ガビロン軍はさらに布陣に手を加えた。右翼でやられっ放しのサムスィルナと、左翼で重厚且つ熟練の宿将ぶりを発揮していたアクバルを、入れ替えたのだ。

しかし、これは全くの付け焼刃というよりほかなかった。

確かにオスカーは攻めきれなくなった。〝不死身の修羅《ヒラニヤカシプ》〟が敵左翼を監督した途端、脆《もろ》いはずの奴隷兵たちの戦いぶりが打って変わって粘り強いものに代わり、部隊は重層の堅陣と化した。未来の名将に対し、歴戦の老将が指揮統率の何たるかを見せつけるかのようだった。

一方でオスカーも憎らしいほどの冷静さで、もう突破にはこだわらず、代わりに「九を失い、十を取る」ような地味な采配を執って、粛々と優勢の維持に専念した。

そして反対翼のマチルダが、水を得た魚の如き活躍を見せた。サムスィルナとて決して凡将ではなかったが、彼女は非凡の一言では言い表せぬレベルの猛将であることを見せつけた。アクバルにこそ歯が立たなかったマチルダだが、これまでの鬱憤《うっぷん》を晴らすかのように両手の槍で、魔下の兵で、敵陣を衝いて、衝いて、衝きまくった。サムスィルナはこの猛攻にたじたじの態となり、マチルダたちが敵左翼を突破するのは時間の問題であった。

その状況を見て、〝獅子頭将軍《ナラシンハ》〟は今日も撤退判断を過たず、ジュカも追撃令は出さなかった。またも早々の仕切り直しとなった。

三日目。

ガビロン軍の悪あがきは続く。オスカーと対峙する右翼はアクバルに預けたまま、左翼の指揮官を交代させる。ジャンギールという、マルドゥカンドラの幕下ではやはり二線級の将軍に、マチルダの相手を一任する。

左右の翼《よく》をいじり続ける一方でマルドゥカンドラは、客将リンツーを中央から絶対に動かそうとはしなかった。それどころか、この日は選抜七部隊《ウシュムガル》のうち二つを彼に分け与え、リンツーは最前線に並べて部隊をより強固なものとした。

「狙いは何だ?」

その敵陣の変化を見て、レオナートは左右に諮る。

「中央だけは突破されたら一巻の終わりですから、下手にいじるのは恐いですしね」

「逆にこっちの白いのをカモと見て、あわよくば中央突破したろうって腹じゃねーの?」

ジュカの言う白いのとは、クルスのことである。

この「西グレンキース平野の戦い」が開戦してからこっち、彼は本当にいいところがなく、対峙するリンツーの恐るべき手腕にやり込められていた。速射弓兵隊《ウームー・ダブルートウ》が降らす矢箭《やせん》の雨に苦しめられていた。

副官ナイアが忠義のままに進言する。

「クルス殿には、オスカー殿と交代していただくのは如何でしょうか?　その方がクルス殿も伸び伸び戦えるでしょうし、オスカー殿の将器ならばリンツーとも互することができるかもしれません」

意見してくれること自体はありがたいが、これは却下だ。レオナートは「ならん」と即座にかぶりを振る。

「どこに問題がございましょうか、閣下?」

レオナートが答えるより先に、口を開いたのはジュカだった。

「そいつぁさすがに、白いのの面子が丸潰れだよ。オマエはあの優男より下だって、はっきりさせるようなもんだからな。これが槍マンとチェンジなら惚《ほ》れてる相手だしまだ面目《めんぼく》も立つだろうけど、優男はダメだ。白いのが普段から張り合ってるライヴァルだろう?」

「え、どしたの、ジュカ? なんか悪いものでも食べたの?」

普段、軍議には口を挟まないティキが、狐《きつね》につままれたような顔になった。あのジュカが、クルスへ思い遣《や》りたっぷりの配慮をするのを聞いて、信じ難い想いなのだろう。

「この〝殺戮の悪魔《グラシヤラボラス》〟は確かに人間《ひと》の心は持っちゃいないが、他人《ひと》の心が理解できないわけじゃねーんだよ!」

ティキの腰にしがみついていたジュカは、その脇腹を思いきり抓《つね》って悲鳴を上げさせる。

「それが勝つために必要なら、オレ様は他人の心情なんか踏みにじるぜ? でも、あの白いのはこの先ずっと、アレクシス軍に必要な男なんだよ。今日、勝つためにあいつの自信をへし折っちまったら、明日も明後日《あさって》もずっと泣きを見ることになるんだよ」

ジュカは得意げに講釈を垂れて、ティキを感心させる。

一方、レオナートはそっとシェーラと目を合わせる。

（今のジュカを、伯母上が見たらどう思うか……）

きっと大喜びするに違いない。「あんたもちったあオトナになったね」とかなんとか、憎まれ口を叩きながら。

ともあれ、ナイアも納得して意見を取り下げた。

「クルスはよくやってくれている。報いねばな」

勝った後のことを語るにはまだ早すぎるが、レオナートは敢えて皆に明言しておく。

一番損な役回りを不平も漏らさず請け負って、一番難しい役目を苦戦しつつも大過なく全うしてくれているのだ。何も派手な戦果だけが勲功《くんこう》ではない。

「おうよ。あの白いののために、たっぷりと恩賞を用意しとけよ？」

ジュカが意味深長に目配せしてきた。

しかし、レオナートはその意味を深く考えなかった。クルスならリンツーの相手も務まると抜擢《ばってき》したのはジュカで、実際ここまでその通りになっているのだから、己の先見の明を誇っているのだろうと、そんな程度に思っていた。

そして、クルスはこの日もどうにか凌《しの》ぎきった。彼と中央の兵たちが耐え忍んでいる間に、マチルダが敵左翼を衝き崩した。対峙するのがサムスィルナだろうと交代したジャンギールだろうと、この女将軍にとっては有象無象と言わんばかりに格の差を見せつけた。

それを見てマルドゥカンドラがさっと撤退し、ジュカはやはり追撃を自重した。


四日目は雨天となったのを除き、大同小異の展開と結果に終わった。

ガビロン軍は早々に撤退していき、戦いはまたも翌日に仕切り直しとなった。

もしレオナートが並の胆力しか持たない司令官であったら、さぞやきもきしたことだろう。

しかし雨に打たれる彼は、二十歳の若僧とは思えぬ風格で鞍上に佇《たたず》み、同じく小娘でしかない軍師の好きにさせるのみであった。


五日目。

敵陣に、大きな変化が起こった。それも異変というべきもので、決してマルドゥカンドラが積極的な意図で布陣に手を加えたわけではなかった。

ガビロン軍中央の最後列。横に並べた十六台の塔車。そこには〝蝗の魔王《パズズ》〟ルバルガンダ率いる速射弓兵隊《ウームー・ダブルートウ》が満載されていて、まさに飛蝗《ひこう》の大群の如き不気味な矢音を鳴らしながら、連日、大量の矢を射放っていた。

それが今日になって、嘘《うそ》のように静かになったのだ。アレクシス軍中央に降り注《そそ》ぐ矢量が、目に見えて疎《まば》らとなったのだ。

「あちらさん、ついに備蓄を切らしちまったようだぜ」

待ってましたとばかり、ジュカがせせら笑う。

ガビロン軍の速射弓兵隊《ウームー・ダブルートゥ》は、訓練した特殊な射法により一人が並の弓兵の二、三人分の働きをするという兵科である。だが長所と短所は表裏一体で、矢の消費量もまた通常の二、三倍になるという計算だ。

それをガビロン本土の豊かな森林資源と、「矢奴」と呼ばれる専門の奴隷に制作させることで人件費を極限まで削減し、どうにか賄っているという兵站《へいたん》事情がある。

そして現在、三太子《レン・ティーン》の直卒軍はその本土からの補給が断たれた状態なのだから、矢が尽きるのも当然の帰結だった。

「メシは兵隊《アリンコ》を討ち死にさせりゃあ口減らしできるが、矢はそういうわけにはいかねーからな」

ジュカの言葉にレオナートは首肯し、また訊《たず》ねる。

「これか」

「は？」

レオナート特有の言葉少なな物言いに、きょとんとなったジュカへシェーラが補足して、

「ジュカさんが七日以内に決着をつけるって宣言した根拠が、これなのかなって」

「ああ、そういう話か」

ジュカは納得顔になった後——すこぶる悪辣《あくらつ》な表情でニヤーッとほくそ笑んだ。

「いんや、これだけじゃねえよ。よーく見とけ」

クルス率いる自軍中央に、刮目《かつもく》せよと指し示した。


「天は我に味方し給うたか！」

晴れ渡った空を見上げ、クルスは快哉《かいさい》を叫んだ。

この「西グレンキース平野の戦い」が始まってからというもの、来る日も来る日も彼らの目に映る空は、南より飛来する無数の矢で覆われ、うんざりさせられていたのだが。

無論、矢の雨がやんだのは、ゼウスやセトら天候を司る神がクルスに味方したわけではなく、単にガビロン軍の懐《ふところ》事情にすぎないわけだが、そこはこの伊達者《だてもの》一流の修辞である。

(早晩こうなるだろうとは、ジュカ殿にも言い含められていたしな)

意気揚々と白馬を駆るクルス。

万が一にも矢を浴びるのを避け、ずっと最前線に躍り出るのは自重していた。そこから一歩下がった場所で、兵の監督に専念していた。

しかし、もう遠慮する必要はない！

クルスは敵陣へとまっしぐらに突っ込むと、自慢の槍を縦横に振るい、また刺突する。特注の、刃状の矛先が白銀の煌《きら》めきを一閃《いっせん》させるたびに、ウシュムガル歩兵の首が一つ刎《は》ね跳び、また胸甲《きょうこう》ごと心臓が一刺しにされる。

「やあ、やあ！　このクルス・ブランヴァイスの居場所は、やはりここだな！　殺気混じりの風を直に浴びることの、なんと心躍ることよ！　右を向いても左を向いても敵、敵、敵――この景色こそ、我が求める戦場よ！」

「たわけ者が！　オレたちウシュムガルを相手に壮語するか！」

ガビロン最精鋭の歩兵たちが、たちまち連動して四人でクルスを取り囲む。

しかし、白銀の騎士はものともしなかった。馬上で一差し舞うように愛槍を大きく一旋、ただそれだけで迫る四人の首が右から順に刎ね跳んだ。

クルスの武勇をウシュムガル兵たちが目の当たりにするのは、これが初めてのこと。まず驚愕《きょうがく》に襲われ、次いで恐怖に打ちのめされる。

いくら最精鋭といえど、士気をくじかれては雑兵と変わらない。中・下級指揮官たち――ガビロンでは〝十一の子ら《ウーマーマーヌ》〟になぞらえ、ムシュマッへーと呼ぶ――が声を枯らして叱咤激励《しったげきれい》し、立て直しを図る。

が、クルスはそれを許さない。麾下兵を一斉に前に出して、その突撃力で殺戮《さつりく》を拡大させる。

そう、以前の彼であれば、兵たちに自分を追い越させることなど、以《もっ》ての外だと思っていた。一番危険な陣頭に、常に自分を置くのが矜持《きょうじ》だった。また槍の代わりに兵を駆使して、効率よく敵を討ち取るという発想がそもそも出てこなかった。

だが今の彼は、自ら槍をとって先陣を切ることも、一歩下がって兵を使うこともできる将となっていた。我先に突撃して、兵たちが後についてくればそれだけで勝てるという、己の類稀《たぐいまれ》な武勇頼みの戦い方からは卒業し、確実に視野が広がっていた。

一旦、愛馬の足を止め、鬣《たてがみ》を撫でてやりながら、戦況をつぶさに見回すクルス。

軍というものは、互いにぶつかり合った瞬間が最も殺傷力が高い。この時はとにかく勢いが大事で、将がその指揮能力を発揮する余地がない（武勇はまた別の話）。

そして軍は時間の経過に従い、殺傷力を衰えさせる。衝力とでも呼ぶべきものを失っていく。多かれ少なかれ膠着《こうちゃく》状態へと移行していく。ここで初めて、将の指揮能力が問われる。

横に長い自陣最前部の、劣勢に陥っている箇所を見つけ出して、より後方の兵を救援に送り込むのは基本。クルスも知識としては理解していた。

ただ、いざ実行してみれば、これが本当に難しい。万に近い大部隊で、クルスの命令を末端まで浸透させようと思えば、煩悶《はんもん》とするほど時間がかかる。「あそこに兵を百、救援を」と命じて、その百人が到着するころには状況が悪化し、兵百では間に合わない……といった事態が多々ある。つまり読み予測が重要となる。究極的には、実際に劣勢になる前に救援を送り、陣容を分厚くしておけば、出血を最小限に抑えることも可能ということだ。槍と同じで、基礎こそ最も奥が深いというわけだ。

リンツーという敵将は、この読み予測が恐ろしく鋭い。それは才能のもたらすものか、努力のもたらすものか、経験のもたらすものか――その全ての乗算であろう。クルスも見様見真似でやっているが、なかなかリンツーのようにはいかない。

一方、基礎があれば応用もある。自陣の優勢な箇所を見つけ出して、そこへ後方から増援を派遣することで、敵陣の傷を拡げるという采配だ。リンツーはこの「応用」も見事にやってのけるのだが、クルスはてんでダメだった。見様見真似の域にすらならなかった。

なぜ「基本」はできるのか？　自陣の劣勢な箇所とは――残酷な表現を用いれば――麾下兵が大勢、死傷している箇所のことである。クルスはそこへ援兵を送り、味方の屍《しかばね》を越え、欠けた穴を埋めて戦えと、将として命じるわけだ。

では、なぜ「応用」は上手《うま》くできないのか？　自陣の優勢な箇所とは、つまりは味方にあまり損害が出ていない箇所のこと。そこへ下手に援兵を送ると、渋滞が起きるばかりでせっかくの兵数を活用できないのだ。

（どうやれば、自陣に渋滞を起こさずにすむのだろうか？）

自軍中央を任されて以来、クルスはずっと試行錯誤していた。

兵らにああしろ、こうしろと、こと細やかに指示を出して伝令に託すのだが、これが上手く伝わらない。あるいは兵が実行できない。軍隊という生き物は巨大化すればするほど鈍重になり、首脳部が発する複雑な命令も遂行できなくなるものなのだと、何度も痛感させられた。

(だがリンツーは複雑な命令でも、さらっと実行させているように見える。なぜ奴にはできて、私にはできない？　単に経験の差と割り切っていいものだろうか？)

クルスは何度も自問自答した。真面目《まじめ》で勤勉で、何よりも誇り高い彼は、リンツーとは歳も経歴も違いすぎるのだから致し方ないと、割り切ることがどうしてもできなかった。

ゆえに諦《あきら》めず続けた試行錯誤と思索の果て、クルスは一つの閃《ひらめ》きを得た。

思い出したのだ。複雑な命令を兵に実行させるという点にかけて、リンツーよりもアドモフ軍の方が遥《はる》かに高度なことをやっていたではないか。そして彼らのレゴ戦術の要訣は、「約束事の徹底だ」とレイヴァーンが何度も言っていたではないか。

(レゴ戦術ほど極端でも高度でもなくとも、リンツーもそうしているのではないか？　戦場で軍を当意即妙に動かそうとするのではなくて、現場で出す命令はあくまで単純明快。それでも兵らが複雑な問題を処理できるように、事前にいくつもの取り決めを言い含めているのではないか？　用兵の優劣とは、その時点でもう着いているのではないか？)

――と。その気づきに至ったのが、一昨日のことだった。

だから昨日のうちから、クルスは新たな試みを始めていた。

事前に言い含めるといっても、あまり煩雑《はんざつ》な取り決めは兵らも呑み込めないだろう。泥縄でリンツーやレゴ戦術の真似は不可能だろう。

だからシンプルに布陣に手を加え、自陣の左右両端に古参の兵《つわもの》たちを集めることにした。

すると狙い通りに、指揮がやりやすくなった。

まず両端に手練《てだ》れを集めたので、そっちは当然、優勢になりやすい。しかもクルスが増援を送っても、さほどの渋滞は起きない。クルスがあれやこれや細かく指示を出さずとも、古参兵らが勝手にうまぁく隊列を組んでくれる。

逆に手練れがいなくなった自陣中央部は、劣勢になりやすい。しかし、そこにはクルスもいるわけで、よく目も声も届く。クルスにもなんとかできる指揮の「基本」で、自陣に致命的な穴が開く前に救援を派遣できる。しかも皮肉な話だが、決して優勢にはならないので「応用」を使う必要がない。渋滞を恐れる心配がない。

勁《つよ》い心で、己の短所から目を逸《そ》らさなかった者だけが出せる、冴《さ》えたアイデアといえた。

しかもこのアイデアは、シンプルにもかかわらず三段構えの優れものであった。

速射弓兵隊《ウームー・ダブルートウ》の矢が尽きたことで、クルスが陣頭に躍り出ることが可能になったことで、その二つ目の効果が発揮される！

「いざ、白銀の騎士が推して参らん――」

しばし兵の督戦に専念していたクルスが、再び愛馬を駆って敵陣へと突撃する。

愛槍が舞い踊り、ガビロン人の鮮血が飛沫《ひまつ》となって大地を彩《いろど》る。

ウシュムガル兵たちが恐慌を来し、アレクシス兵がそこへ殺到して首級を挙げていく。

そう、クルスの個人武勇が敵の精鋭を雑兵なさしめることで、周囲にいる麾下の兵たちが比較的経験の浅い者ばかりでも、思う様に暴れることができるのだ。

これが将としての新境地とばかり、クルスは自らの槍と自分の兵を交互に使い分け、敵陣の中央に致命的な穴をこじ開けようとする。

が――

「噂《うわさ》に違わぬ槍達者ぶりよな、クルス・ブランヴァイス！　しかし、このゴルヤートが来たからには、もう好きにはさせぬわ！」

敵軍も然る者、素早く手を打ってきた。敵陣奥深くから、きらびやかな鎧《よろい》を纏《まと》った大柄な武将が、槍を携え現れる。跨る乗騎の馬格もまた素晴らしい。

このゴルヤートという男、武器を扱えぬリンツーのためにマルドゥカンドラが付けた副将である。〝大眠大食の巨人《クンバカルナ》〟ギルナメや〝戦士の王《ニヌルタ》〟キンダットゥには及ばぬものの、ガビロンでも有数の剛の者だった。

そのゴルヤートが悍馬《かんば》を駆り、自慢の槍をしごいて襲い来る。

力強く穂先が唸《うな》る様は、まず豪槍と言って差し支えない。

しかしクルスにとっては、ただ力任せの粗雑な刺突。なんなく見切ると、瞬きのうちに決着をつける。相手の突きの軌道に、寸毫狂わずこちらの突きの軌道を合わせて、穂先の頂と頂を完璧に衝突させ、そのまま相手の槍だけを二枚に下ろすという、彼独自の妙技を披露する。

「げぇっ」

全く不意討ちに得物を失ったゴルヤートは、精神的な衝撃で低く呻《うめ》く。間髪入れず、クルスに喉を刺し貫かれ、もっと低い苦鳴を漏らしながら落馬した。ギルナメやキンダットゥ当人ならともかく、それに次ぐ程度の武人など白銀の騎士の敵ではなかった。

だがゴルヤートの剛勇をよく知るガビロン人からすれば、それがあっさりと討ち取られた事実に声を失う。クルスを見る瞳が、もはや恐怖を通り越して畏怖《いふ》に染まり果てる。

「かかれッ！」

すかさず叫んだクルスの号令一下、アレクシス兵たちがウシュムガル兵たちを蹂躙《じゅうりん》開始。その勢いは留まるところを知らず、敵陣のど真ん中から突き破っていく。

ここに来てクルスが事前に仕込んだ工夫《アイデア》の、三番目の効果が現れたのだ！

そう――

アレクシス軍中央の部隊が、その左右両端に手練れを集めたことで、リンツーは対応を迫られていた。ガビロン側もまた両端へと救援を送る機会が、どうしても増えた。リンツーは優れた将だからこそ、その応急処置は的確で迅速だった。見る見るうちに、彼の部隊の陣形は左右へと寄っていった。その分、中央が薄くなっていった。後から振り返ってみれば、リンツーの極めつけの優秀さこそが己の首を絞めることとなった。

そうして敵陣の脆くなった箇所へ、クルスが極めつけの個人武勇を活かした、強烈な突撃をお見舞いしたのである。たとえリンツーほどの将が指揮する部隊といえど、ド真ん中から突き崩すことは決して不可能ではなかった。

しかもリンツーの部隊に配置されたウシュムガルは、最前線にいる二千だけ。これまた左右に間延びして布陣した、彼らの薄い層を突き破ったその奥には、士気の低い奴隷兵《ウリディムマ》部隊の層があるだけ。最精鋭でも食い止められなかったクルスの中央突破を、どうして弱兵たちに防ぐことができるだろうか?

結果——リンツー率いる中央部隊は、その真ん中から二つに割れようとしていた。

「正直、あの白いのに中央を任せたのは、最初はただの消去法だったよ」

その豪快な光景をアレクシス軍後方本陣から眺め、ジュカが述懐する。

「本当は、騎兵の一隊でも率いるのが適正なんだろって思ってた。でもアラ公も狐目もいねえから、しょうがねえって思ってた。あの白いのは意外と泥臭い奴だし、ド根性でなんとかリンツーに食い下がってくれりゃあ大金星だって思ってた」

「だが、違った」

レオナートの確認に、ジュカが思いきり悔しそうにうなずいた。

「あの白いのは――クルス・ブランヴァイスは、今回の戦で一皮剝《む》けた。いや、化けた。大軍を率いる適正も持った、一廉《ひとかど》の将だって自ら証明した」

「相手がお手本みたいな指揮を執る百戦錬磨の名将だったのが、かえってよかったんでしょうね。もっと癖《くせ》の強い将だったら、クルスさんも学べるところがなかったかも」

とシェーラの言う通り。ヂェンの古今の兵法書を諳《そら》んじ、実戦で活かすことのできるリンツーだからこそ、その指揮統率ぶりは格好の教科書となったのだ。勤勉なクルスは、そんなところからも真面目に吸収したのだ。

後世の史家も曰く、

『出会いは人を変えるというが、クルス・ブランヴァイスにとって、リンツーとの対決がまさにそれだった。もし、この当代一流の名将との「出会い」がなければ、クルスは将として成長する機会がなく、重要な将が一人欠けたアレクシス軍の覇業にも支障が発生し、後の歴史は大きく変わっていたかもしれない。少なくとも〝一角聖《ユニコーン》〟が二十八神将の七位などという上席に選ばれることはなく、もっと下位に甘んじたことは疑いない』

と覚書を残している。

シェーラの感想はまたも、この未来の文書を見てきたかのようだった。


ともあれ――

ガビロン軍はクルスの中央突破を半ば許してしまったことで、マルドゥカンドラのいる敵本陣にも激震が走っていることだろう。こうなればもう、いつものように整然と退却などという真似はできない。クルスの部隊を押し返すか、できずに壊乱潰走するか、二つに一つだ。

「無論、オレ様的には『今日ここで奴らをぶっ潰す』一択だがなあ！」

ジュカが吠え、伝令を右翼へ走らせようとする。

ところが、いち早くマチルダが動いた。中央突破を図るクルスに呼応し、猛然と敵左翼へ攻めかかる圧を上げた。敵指揮官ジャン某《なにがし》の必死の抵抗など物ともせず、突き崩しにかかった。

「まさに阿吽《あうん》の呼吸というか、あのお二人はよいコンビですね」

と、これにはシェーラもほっこり。

一方、左翼を率いるオスカーは、対峙するのが宿将アクバルということもあって、無理はしない。ただし、決して楽はさせない。もしアクバルがリンツーの援護に動く気配を見せようものなら、その隙を衝いて一気呵成《いっきかせい》に叩き潰す構えをとる。

「一番いいところをクルス殿にとられてしまったな！」

と、彼の涼しげな笑い声が本陣《ここ》まで聞こえてくるかのような、絶妙な判断と用兵である。

おかげでジュカが、八つ当たりでティキの脇腹をくすぐりながら唸る。

「オレ様の仕事がねえじゃねえか！　格好つかねえじゃねえか！」

などと言いつつ、どこかうれしげであった。

そして前線の三将たちが、本陣の指示を仰ぐまでもなく巧妙な指揮ぶりを発揮したとしても、軍師の仕事が本当になくなるわけではない。

ジュカは新たに伝令を出し、ナランツェツェグらクンタイト騎兵に出陣させる。敵左翼の大外から騎射を浴びせて、マチルダの大攻勢を支援させる。

当然、マルドゥカンドラも迎撃のため、本陣の予備戦力から軽騎兵を割く。

応じてジュカも軽騎兵をぶつけ、さらにマルドゥカンドラが新たに一隊を派遣しと、互いにカードを切り合うような状態となる。まるで五日前の戦いの再現だが、あの時と違ってマルドゥカンドラの手持ちの札は、ただの騎兵ではなく選抜七部隊《ウシュムガル》だ。正面からぶつけ合えば、アレクシス軍の方が分が悪い。

にもかかわらず、ジュカは強気にカードを切っていった。ゆえに否《いや》が応《おう》もなく、マルドゥカンドラも騎兵部隊を立て続けに出撃させた。そうしてあっという間に、互いに手持ちの札のほとんどを使い果たした。

結果――戦場の西側（レオナートたちから見て右）のさらに西で、両軍の騎兵同士がぶつかる大混戦となった。合わせておよそ八千騎が日頃鍛えた馬術と武術で鎬《しのぎ》を削り、およそ三万の馬蹄《ばてい》が大地を打ち鳴らす様は、凄まじい迫力であった。

状況としてはウシュムガル騎兵がアレクシス騎兵を実力で捻《ね》じ伏せ、クンタイト騎兵だけがウシュムガル騎兵を圧倒し、全体ではやはりこちらの分が悪いという形勢に落ち着く。

しかし、これは全くジュカの狙い通りで、皆も理解している。

「〝機〟だ」

とレオナートは一言、面甲を下ろした。

髑髏《どくろ》を模したそれが青年の容貌を覆い隠し、まるで人ならざる魔物と化したかのような、妖《あや》しく危険な雰囲気を醸し出す。

それを見た副官ナイアが、あるいは古参のゼインが、メロウが――〝百騎夜行《ナイトウオーカーズ》〟たち全員が、次々と髑髏の面甲を下ろしていく。静かに闘志を燃やしていく。

重装騎兵は戦場の華。アレクシス軍が誇る最強戦力として、ただ一撃に総てを背負う真打として、極限まで集中力を高めていく。

今――

両軍が手持ちの騎兵の大半を出撃させた結果、互いの本陣にはほとんど戦力が残されていない状態であった。

レオナートもマルドゥカンドラも、その大将首を曝《さら》け出している格好であった。

ならば斬り合い、上等。

この世紀の大いくさに勝って終止符を打つ、千載一遇の好機である。


レオナート麾下、総勢七百十七騎が粛々と出陣する。

「ご武運を、レオ様！」

シェーラの真摯《しんし》な見送りに、片手を挙げて応えて征く。

戦場の東側、すなわち騎兵同士による大混戦の反対側を、大きく迂回《うかい》してゆく。

もはや何も遮《さえぎ》るもののない地平を、誰にも邪魔のできぬそこを、騎行してゆく。

最初は悠然と。徐々に速度と勢いをつけて。

速歩《はやあし》へ。駈歩《かけあし》へ。そして、襲歩へ――


「あれが名にし負う、アレクシス軍の〝宵闇騎士団《ナイツ・オブ・ナイト》〟か」

マルドゥカンドラは鞍上、嘆息した。

迫り来る〝髑髏戦団《スケルトン・ウォーリアーズ》〟の異様なまでの重圧感だけで、ずいぶん寂《さび》しくなったこの本陣くらい、拉《ひしゃ》げてしまいそうな錯覚さえ抱いた。

「敗けだな。今度こそ」

嘆息が止まらなかった。栄光に彩られた三太子《レン・ティーン》の人生で、こんなことは初めてだった。

それはそうだろう。常勝不敗の御旗《みはた》を、とうとう下ろす羽目になるのだから。

だが、嘆いてばかりもいられない。アレクシス侯レオナート率いる騎士隊がこの本陣を直撃し、マルドゥカンドラの抱いた錯覚が現実になる前に、腹を括《くく》らなければいけない。

「白旗を用意せよ。それと停戦の太鼓も」

誰にともなく命じる。

それで従軍近侍なり参謀なりが、意を酌んでよろしくするのが常だった。

ところが、誰も動かない。勅命に従わない。

「どうした？　急げ。余の素晴らしき兵たちも、あの天晴な兵たちも、これ以上、死なすには惜しい。今度の今度こそ無益な流血だ。余は潔さなど犬に食わせてきたが、愚者と堕《だ》すのは我慢ならぬ」

「そう仰るのでしたら、殿下。どうか潔く降伏などと、お考え直しくださいませ」

周囲一同の想いを代表するように諫止したのは、獅子頭《ししがしら》の剝製《はくせい》のついた毛皮を顔から被《かぶ》った男であった。マルドゥカンドラの付き人兼、護衛兼、影武者。本当の名をテオテッサという。

「敗《ま》けを認めるなと申すか？」

「いいえ、敗けは敗けでしょう。しかし、どうかお身柄をアレクシス侯に預けるなどと仰らず、この場は臣どもに任せ、殿下だけはお逃げくださいませ」

「！」

「三太子《レン・ティーン》殿下あってこそのガビロン軍、それすなわち殿下お一人ご健在ならば、ガビロン軍もまた不滅なのです。御身《おんみ》の素晴らしき兵がいくら斃《たお》れようとも、物の数ではございませぬ」

「……あい、わかった。おまえたちの忠心、この胸にしかと刻んだ」

マルドゥカンドラはこの期に及んで、押し問答などしなかった。刻一刻と〝宵闇騎士団《ナイツ・オブ・ナイト》〟が迫る今、そんな愁嘆場《しゅうたんば》めいた茶番をしている暇はない。

ただ絶世の麗貌《れいぼう》に艶然《えんぜん》たる笑みを浮かべ、死を覚悟した彼らへの餞《はなむけ》とするのみ。

そして代わりに、テオテッサが被った毛皮をするりと奪い、形見として受けとる。

「で、殿下、それでは……っ」

テオテッサが狼狽《ろうばい》した。大方、影武者として振る舞って敵の目を惹《ひ》きつけ、マルドゥカンドラが落ち延びる可能性を少しでも高くするつもりだったのだろう。

(だが、アレクシス軍がそんな粗忽《そこつ》だとは思えない。奴らは勝つために、徹底的に準備をする)

今日まで常勝不敗だったマルドゥカンドラだからこそ、アレクシス軍の強さの秘訣《ひけつ》を知る。

当然、彼らは三太子《レン・ティーン》のことだとて徹底的に調べ上げているだろうし、テオテッサのような先入観だけで勘違いさせる、本人と似ても似つかない影武者など通用しないだろう。

だがテオテッサに素顔をさらさせたのは、それだけが理由ではない。

「勅命である。どうせ戦うのならば、おまえはおまえとして戦い、散れ！　テオテッサ！」

「………御意っ」

テオテッサは感極まったように泣き堪《こら》えの表情になると、一礼して出陣していった。

重装で待機させていた、最後のウシュムガル一隊一千騎を引き連れていった。

マルドゥカンドラは最低限の供を連れて、戦場からの離脱を急ぐ。

後ろ髪を引かれる想いを何度も堪えた。未練たらしく振り返るのは、臣下の忠勇を疑うことに他ならないから。


「ウシュムガルの、重装騎兵か」

レオナートは激しく揺れる鞍上で呟いた。

彼ら〝百騎夜行《ナイトウオーカーズ》〟を迎撃するため、敵本陣から出撃してくる千騎を睨み据えた。

立派な兜と胸甲を身に着け、槍や薙刀《なぎなた》、戦斧《せんぷ》、盾などで武装し、騎馬にも要所を鉄甲で鎧《よろ》わせるその雄姿。こちらと装備において遜色《そんしょく》なし。

ならば勝敗を分けるのは、互いの武と勇に相違なし。

例えるならば、鍛え抜いた拳と拳を激突させる真っ向勝負。

互いの先陣を切るのは、片やザンザスとともに馳せるレオナート。片や筋骨隆々の偉丈夫だ。

その男が大剣を振りかぶって咆える。

「我が名はテオテッサ！　三太子《レン・ティーン》殿下を守護奉る最後の壁なり！　このオレの生ある限り、殿下の御前には一騎たりとも通さん！」

凄まじい気迫だった。

鎧の隙間《すきま》からも窺えるほど、縄のような筋肉がうねる。溢《あふ》れる膂力《りよりよく》が余すことなく担いだ大剣に伝わる。一撃必殺、捨身《しやしん》の構えだ。アレクシス侯の首級を殺《と》るためなら、命など惜しくもない！　火を噴くような瞳がそう物語っている。

レオナートにはこの行きすぎた気迫を、いなすという選択肢があった。わざと麾下の馬群に埋もれて、テオテッサに肩透かしを食らわせる手段があった。

(だが俺《おれ》は、逃げも隠れもせん)

それが伝説伝承《フォークロア》というものだからだ。それこそが伝説伝承《フォークロア》というものだからだ。

いくさ場の作法に習い、名乗りを返す。

「アレクシス侯レオナート」

俺はここにいるぞと、かかってこいと、雄敵に伝える。

烈火の如きテオテッサの視線を、自らに集める。

そして、一丈一尺四十斤の大薙刀を振りかぶる。テオテッサの捨身に対応するため、柄《つか》をいつもより短く持って、あたかも大剣を担ぐように構える。

最後は気組みだ。心胆で後れをとっていては、勝てるものも勝てない。

レオナートの双眸《そうぼう》に、鬼火の如き赤光《しやっこう》が灯《とも》る。


それはテオテッサの瞳に宿った烈火を、丸ごと呑み込んでしまいかねない怪異な光。

髑髏の面甲の眼窩《がんか》の奥で、爛々《らんらん》と輝いた。

もしテオテッサに捨て身の覚悟がなかったら、この時点でもう気圧されていただろう。

しかし、三太子《レン・ティーン》の最後の壁を自称する男は、臆することなく吼えてみせた。

「死ね、魔王っ!!」

絶叫とともに大剣を振り下ろしてきた。

「いざ――」

レオナートもまた鋭い息吹《いぶき》とともに大薙刀を振るう。刀身へ刀身を叩きつける。テオテッサの大剣を叩き折る。勢いそのまま、賞賛に値する男の強靭《きょうじん》な肉体を斜めに叩き斬る。それらを全て一刹那《ひとせつな》の間に行う。

そして、胴の半ばを失った男を乗せた、ガビロンの駿馬と行き交う。すれ違い様、レオナートは彼の冥福を祈る。

それから大薙刀の柄を長く持ち直すと、荒れ狂う暴風の如く辺りを払った。テオテッサの後続たちを――最精鋭のウシュムガル騎兵たちを、雑草を刈るが如く薙《な》ぎ倒していく。最後の壁でも阻むことができなかったものを、いったい誰が止められようか！

「閣下に続けーッ！」

「「「大帝《チェーオス》、万歳《エタニア》！」」」

ナイアが男に負けない声量で号令し、〝百騎夜行《ナイトウオーカーズ》〟どもが襲いかかる。構えた槍で、ある者はウシュムガル騎兵の眉間《みけん》を突き、ある者は眼窩を抉《えぐ》り、ある者は口腔を貫いて、喉元を刺して、胸を刺して、腹を刺して、次々と討ち取っていく。ほとんど一方的に屠っていく。レオナートの驍勇に続けとばかり、鍛錬に鍛錬を重ねた武勇を見せつけていく。

「こいつら、本当に同じ人間か……？」

逆にウシュムガル騎兵たちは、完全に委縮していた。思い知らされていた。

ガビロン軍最精鋭であるはずの自分たちが、〝宵闇騎士団《ナイツ・オブ・ナイト》〟を前にした今、まるで子どものようにあしらわれていた。どうしてここまで実力差があるのかと、どれだけの修羅場をくぐり、切磋すれば、これほど精強な騎士団が出来上がるのかと、想像もつかなかった。

アレクシス騎士たちが揃いで着ける髑髏の面甲が、本当は素顔なのだと言われても、その方が信じることができた。

もし、ここが既に冥府《めいふ》で、自分たちは地獄の羅刹どもと遭遇してしまったのだとしたら、せめて安らかに眠らせて欲しいとそれぞれの神に祈りながら、〝髑髏戦団《スケルトン・ウォーリアーズ》〟が振るう刀槍の餌食《えじき》になっていった。

「閣下ッ。こちらの損害、ほとんどありません！」

副官ナイアの報告を背中で聞き、レオナートは行く手を見据えたまま首肯で応える。

敵重装騎兵隊をものともせず打ち払い、このまま敵本陣へと急行する。

馬足はまだまだ充分。余勢を駆って、叩き潰すのだ！

「おおッ！」

レオナートは大薙刀を担いで吼える。ザンザスが優雅に嘶《いなな》き、王《あるじ》と女王《かのじょ》の到来を敵軍に知らしめす。

人馬一体、誰よりも速く敵本陣へと突入。大薙刀を振るうレオナートを中心に鋼《はがね》の嵐《あらし》が吹き荒れ、敵兵の血が驟雨《しゅうう》となって降り止まない。

さらには麾下七百騎が続き、敵本陣を蹂躙。奴隷兵部隊《ウリディムマ》だろうが王室騎兵隊《ウガルルム》だろうが参謀団《クルール》だろうが、そこに残った全ての敵を撃ち滅ぼさんと得物を振るい、逃げ惑う敵を騎馬で蹴散らす。

三太子《レン・ティーン》こそ取り逃したものの、ガビロン軍全体を後方から指揮する首脳部を壊滅させる。

その結末を目の当たりにした、ガビロン将兵らの衝撃たるや、如何《いかん》ばかりであろう？

動揺で士気を失い、恐怖で我を忘れる。奴隷兵たちは言うに及ばず、臣民の階級にある者たちでさえ帝室への忠誠や愛国心を擲《なげう》つ。我先にと逃げ出す者が続出する。

この場に留まることは死を意味するからだ。司令部たる本陣を叩き潰された以上、もはやガビロン軍は組織的な戦闘を維持できないからだ。

もちろん、アクバルやリンツーといった名指揮官たちは、周囲の兵を掌握し、巧みに戦い続けることはできるだろう。しかし、全体を俯瞰《ふかん》しながら采配を採れる者がいなくなったのだ。小さな戦闘単位でどれだけ奮闘しようが、全隊が一個の生物として連動できるアレクシス軍に早晩、丸呑みにされてしまうだろう。

だから逃げる。誰も彼もが遮二無二、逃げる。武器を投げ捨て、兜を脱ぎ捨て、散り散りになって逃げる。

つまりは潰走だ。もはや軍隊の態をなしていない。


逆にアレクシス軍は当然、追撃にかかる。

こうなれば罠《わな》や逆撃を受ける恐れはなく、戦う意志を失ったガビロン人たちを追い立て、駆り立て、背中から屠るのみ。

あるいは逃げずに抵抗する勇敢な者たちは、寄ってたかって取り囲んで磨《す》り潰す。

ジュカがすかさず掃討喇叭を号奏させ、勇ましい楽の音が戦場を支配し、アレクシス軍将兵らの戦意をこれでもかと高揚させる。

「追え、追え、追え！」

「一兵も逃すな！　見失い、潜伏されたら面倒ぞ！」

「敵将の首を挙げた者には金貨百枚をとらす！」

「生け捕りならば、その倍だ！」

各級指揮官たちが快哉半ば相まった命令を叫び、兵たちが首級を求める猟犬と化す。

追撃戦と掃討戦はそのまま落ち武者狩りに移行し、夜を徹して行われた。ガビロン軍の死傷者は時を追うごとに加速度的に増加していき、放置された死体が野辺にごろごろと横たわる光景は酸鼻を極めた。命乞いをしてくる者も多かったが、投降を認めずその場で斬り捨てた。今のアレクシス軍には、膨大な捕虜を受け容れる余裕などなかった。

そう、彼らは軍隊がどう取り繕《つくろ》っても究極の暴力装置でしかないことを、ただただ証明し続けた。ガビロン人に容赦《ようしゃ》も斟酌《しんしゃく》もしなかった。なぜなら、もし立場が逆だったらば、野辺に転がっていたのは自分たちの方だとわかっているからだ。まして侵略者たるガビロン側にその覚悟がなかっただなどと、言わせるつもりはないからだ——

マルドゥカンドラと随伴の二百騎もまた、夜を徹して駆けた。

「日が落ちれば、敵軍の〝動物王《ケルヌンノス》〟も禽《とり》を使役できません。闇《やみ》は御身にお味方いたします。空からの目がないうちに、なるべく遠くへ逃げるべきです」

というハルスィエセの進言を採用したのだ。

しかし、その夜が来るまでがひどく長く感じられた。テヴォ河をどうにか渡り終えた後でさえ、いつ〝動物王《ケルヌンノス》〟の放った鷲《わし》や鷹に捕捉されるかと思うと、みな気が気でなかった。ハルスィエセも隼《はやぶさ》を放って周囲を警戒してくれたが、気休めにしかならなかった。

とはいえ天が味方したか——何事もなく夜の帳《とばり》は下りて、一行は闇に紛れて移動した。

目指すはアファラス。

テヴォ河口から南へ十里（約四十キロメートル）のところにある港町だ。商船がしばしば寄港地として使うため、そこそこ栄えている。

払暁《ふつぎょう》、町を囲む簡素な外壁が行く手に見えてくると、将兵たちが歓喜に沸いた。マルドゥカンドラ自身、安堵《あんど》のため息を小さくついた。

不寝番の門兵に身分を明かし、少なくない賄賂《わいろ》を渡して、町の責任者に取り次ぐよう頼む。

ここは立派なクロード領であり、長はヤーゲラース伯爵に仕える代官だが、港の男たちというのは独立独歩の気風が強いというのが通り相場だ。会ってみれば話のわかる人物だったし、金品に目のない俗物だった。船を一隻所望すると、町で一番のものを水夫ごと貸してくれた。

まあ、仮に彼らが愛国心の発露で、マルドゥカンドラを害そうとしたところで、手勢の二百騎だけで町を制圧する自信はあったのだが。武力に物を言わせなかったのは、争う時間が惜しかったからだ。

そうしてマルドゥカンドラ一行は朝日を浴びながら、馬上の人から船上の人となる。

海原に出たたった一隻を捕捉することは、アレクシス軍といえどもはや不可能。後は海路でクルエシュヌンナに戻るなり、ガビロン本土まで帰国するなり、思いのままだ。

「正直、少し拍子抜けしました」

ハルスィエセが浮き浮きとして言った。三太子《レン・ティーン》の無事を確保できた安心感と達成感からか、普段よりも五割増しで口が軽くなっていた。

「というと?」

「はい、三太子殿下《レン・ティーン》。臣がアレクシス軍でしたらまず真っ先に、近隣の港を全て封鎖しておくからです。半ば戦闘も覚悟していたのですが、彼らが詰めを誤ってくれて助かりました」

と、ハルスィエセはにっこり。

実は――マルドゥカンドラも内心、同じことを思っていた。なぜアレクシス軍はそうしなかったのかと、不気味に思っていた。

だが不確実なことを言って、この忠臣らを不安にさせるのも詮無きことなので、

「アレクシス軍も案外、兵に余裕がなかったのやもしれぬな」

と答えるに留めた。


――マルドゥカンドラたちは知らない。

アレクシス軍諸将は、あらかじめ銀髪の軍師に言い含められていたのだ。

「もし三太子《レン・ティーン》がわずかな手勢を伴って逃走した場合、これを追ってはダメです」

と。

聞かされた皆が疑問に思い、理由を訊ねた。

「絶対確実に生け捕りにできるのなら、追ってもいいんですけどね」

シェーラは苦笑いしつつも明瞭に答えた。

散り散りに逃げる敵を追う場合、こちらも手分けしての捜索や追撃となる。すると中・上級指揮官の目が行き届かなくなり、命令違反や事故が起きやすくなる。

そして、万が一にも三太子《レン・ティーン》を殺してしまったら、大変なことになる。

「彼の兄弟たちの逆鱗《げきりん》に触れることになります。絶対に私たちを許さないでしょうし、どんな犠牲を払ってでもすぐに弔い合戦を挑んでくるだろうこと、疑いありません」

それではなんのために三太子《レン・ティーン》直卒軍を撃退したのか、わからなくなる。

「でも逆に、マルドゥカンドラを生かして帰国させることになっても、それはそれで構いません。彼は今日の反省を活かして、臥薪嘗胆《がしんしょうたん》の末に再び攻めてくることになるかもしれませんが、それは数年先のことと予測できます。何しろ彼は名将ですから。今度こそ勝利できる確信が得られるまで、短慮や拙速は避けるはずです」

その年単位の猶予《ゆうよ》が今は、喉から手が出るほど欲しい――シェーラの説明に、今度こそ皆も納得した。

だからマルドゥカンドラの身柄は、敢えて見逃したのだ。

代わりに、彼の将兵を討つことに全力を注いだのだ。一兵でも多く討ち取り、一将でも多く捕虜とできれば、それだけガビロンの軍事力に打撃を与えることができる。マルドゥカンドラの再出征を遠のかせることができる。そこに遠慮は必要ない。

特に、主君を落ち延びさせるために、少しでも時間を稼ぐために、頑強に抵抗する忠良たちは――心を鬼にし、敬意を払い――念入りに仕留めなければならない。

全軍が潰走を始める中で、二千もの兵を掌握せしめたアクバルは、オスカーが斬った。

クルスの中央突破を許したリンツーは、敗戦の契機を作った責をとるため、夕刻まで徹底抗戦を続けた後、三太子《レン・ティーン》への感謝を詩句にして部下に託すと、独り自刃して果てた。

塔車を取り囲まれて身動き取れなくなったルバルガンダは、速射弓兵隊《ウームー・ダブルートゥ》全員の助命と引き換えに投降した。

ウシュムガル騎兵一隊を直卒していたプラデーシュは、その最後の一兵になるまで戦い抜いたが、ナランツェツェグに生け捕りにされた。

その他、テオテッサにサムスィルナ、ジャンギール、フシャルフシャル、名のある者たちが尽く、討ち取られるか生け捕られるかした。

マルドゥカンドラが船を調達している裏で、ハルスィエセが呑気《のんき》なことを言っている陰で、それだけの数の幕将を失ったのだ。

さらにはクティルやウダラジャ、ダルシャン、ナーナク、シャバタカ、キンダットゥ、ギルナメ、セベクエムサ、ネプタらの命運は、既に語られた通りである。

船上、潮風はどこまでも心地よかったが、到底胸の張れる帰路ではなかった。

命を賭《と》して逃がしてくれたテオテッサらの忠心に応えるためだけに、マルドゥカンドラは無理やり笑い、己が無事を喜び、ハルスィエセらと歓談を続けた。

かくして――

常勝不敗の旗を掲げる二つの軍が戦い、一つが下ろした。

クロード暦二一三年。暑い冬のことである。

Epilogue

エピローグ

The Alexis Empire chronicle

アレクシス軍の野戦陣地が、にぎやかな空気で満ちていた。

もう夜更《よふ》けだというのに、兵たちが乱痴気《らんちき》騒ぎをしているのだ。百年ぶりの大いくさに勝利したことを誇り、また死闘に次ぐ死闘を生き延びた喜びを祝い、酒を飲み、肉を食らう。大声で歌い、裸になって踊る。

負傷者の手当てや死者の埋葬といった戦後の処理は、兵站輜重《へいたんしちょう》を担当する後方の兵らに任せ、今はただただ歓喜と酒精に酔い痴《し》れる。前線で戦い続けた彼らには、そして明日にはまた次の戦線へと赴くことになる彼らには、それだけの権利がある。

「うふふっ。みなしゃん、もうへべれけですにぇ」

とシェーラが笑った。そう言う彼女こそ、既にべろべろだった。

野営陣の中心地、大天幕を畳んだ司令部跡で、軍の主だった者たちが集まり、酒宴を開いていた。皆で焚火《たきび》を囲み、杯を片手に夜風を楽しみ、満天の星空を愛《め》でる。

否《いな》――愛でていた、というべきか。辺りにはジュカをはじめ酔い潰《つぶ》れた者たちで、すっかり死屍累々《ししるいるい》の様相を呈している。かろうじて意識が残っているシェーラや、虚空《こくう》に向かって談笑を続けているナイアなどは、まだしも無事な部類だった。

「ティキが周辺の警戒を買って出てくれた。今夜くらい羽目を外してもよかろう」

レオナートは酔っ払いの戯言《たわごと》に、律義に答える。

下戸《げこ》の彼は一滴も酒を嗜《たしな》んでいなかった。逆に一番、泥酔とは無縁でいた。

「うふふっ。ティリしゃんは、頼りになりますからにぇ」

狼《おおかみ》の群れを率いる〝動物王《ケルヌンノス》〟は、よほどの斥候《せっこう》よりも遥《はる》かに夜間哨戒《しょうかい》に長けている。

「ああ。彼女がいなければ、三太子《レン・ティーン》に勝てた気がせん」

レオナートはこれも大真面目《おおまじめ》に答える。恐らく「テヴォ河流域の前哨戦《ぜんしょうせん》」の時点で、各個撃破される憂《う》き目に遭っていただろうと。

「ぶー。わらしだっていっぱい、レオしゃまのお役に立ってますよぅ」

「……それは無論だ」

自分でティキを褒《ほ》めたくせに、レオナートも褒めると嫉妬《しっと》剝き出しで拗《す》ねるシェーラ。酔っ払いとはなんと面倒な人種だろうか。

「そう思っれらっしゃるんにゃら、わらしのことも褒めてくだしゃい！　もっと！　言葉と態度を全部使っれ！」

「……酔いすぎだ」

「ちっとも酔っれなんかないっすようふふふふふふっ」

そう言いつつシェーラは、もう座ってもいられないくらい背筋がふにゃふにゃで、レオナートにべったりと寄りかかってくる。

「あらあら、ご主君は軍師殿に慕われているわね」

その様を見てからかってきたのは、元帥皇女メリジェーヌだった。

彼女の周りには空瓶《からびん》が林立しているが、この酒豪はわずかに頬《ほお》を赤らめる程度である。その紅潮が焚火の明かりで強調され、得も言われぬ色気として照らし出されている。

「対立しているよりはよかろう」

「そういう意味で言ったのではないのに！」

レオナートがしかつめらしく答えると、メリジェーヌは堪《たま》らぬ様子で噴き出す。

その間にも、シェーラがすやすやと寝息を立て始める。話し相手がもうメリジェーヌしかいなくなる。だからか、メリジェーヌは立ち上がると傍《そば》まで移動してきて、シェーラの反対隣に腰を下ろす。

「まだそうつき合いが長いわけではないけど、シェーラがこんなに酔った姿は初めて見るわ」

レオナート越しにシェーラの寝顔を見て、メリジェーヌが言った。

「彼女ほどの知恵者でも、三太子《レン・ティーン》との戦いは重圧の日々だったのでしょうね。勝てるかどうか、本当は不安で堪らなかったのでしょうね」

「だろうな」

「わかっているのなら、もっと褒めてあげたら？　彼女の望み通り、言葉と態度で。もっと」

「……やっているつもりなのだがな」

「足りないのよ。愛が」

「……愛と言われてもな」

レオナートは仏頂面《ぶっちょうづら》にさせられながら、水杯を舐《な》める。

自分もたまには酒を飲んでみようかと考える。でも、瓶を手にしてすぐにやめる。主だった者たちがどれだけ酔い潰れようが、総司令たるレオナートは素面《しらふ》だと周知されているからこそ、皆も羽目を外すことができるのではないかと思い直す。代わりにメリジェーヌの杯へ、慣れない手つきで酌《しゃく》をする。

「閣下お手ずから、光栄ですわ」

「からかうな」

メリジェーヌが忍び笑いしながら杯に口をつけ、レオナートが生来寡黙なのも相まり、しばし会話が途切れる。

聞こえてくるのは、近くは徐々に強くなる夜風の音。遠くは兵らのお祭り騒ぎ。

誰かが音頭をとったのだろうか？　口を揃《そろ》えた兵たちが、何やら感極まった様子で歓呼、連呼を始めた。

「大帝《チエーオス》、万歳《エタニア》」――と。

　レオナートはまた酒が欲しくなった。

「兵にも慕われているわね、レオ」

「だとよいがな」

「で、なるの？」

　何に？　とは問い返さなかった。朴念仁《ぼくねんじん》のレオナートでも、その意味は取り違えなかった。

「必要であらば。そして、恐らく必要なのだろう」

「そう……。なら、わたくしも腹を括《くく》らなくてはね」

　今度は、メリジェーヌの言葉の意味がわからなかった。

　しかし聞き返すより先に、寝こけていたはずのシェーラがいきなり、すっくと立ちあがる。

「風が出てきましたね。申し訳ありません、レオ様。失礼して先にお寝《やす》みをいただきます」

「ああ。構わん」

「ほらほらジュカさん、仮にも乙女《おとめ》が股をおっぴろげて寝てちゃダメですよ。ナイアさん、運ぶの手伝ってください」

　酔っ払いの副官を急き立てて、一緒にジュカを連れていった。

「あらあら、気を遣わせたみたいね」

「なんのだ？」

　訊《たず》ねると、メリジェーヌは答える代わりに大胆な行動に出た。レオナートの頭をぐっと抱き寄せ、彼女の豊かな胸元《むなもと》とともに包み込むようにしたのだ。

「酔っているのか、リーザ？」

「そうね。男嫌いのわたくしが、弟のように思ってる相手なら、このくらいの触れ合いなら、気にならない程度にはね」

どうすべきかと考えて、レオナートはすぐに考えることをやめた。目を閉じ、されるがままになった。自覚こそなかったが、六歳の時に母親を失った彼は母性というものに飢《かつ》えていた。

メリジェーヌもまるで子守唄でも聞かせるように、囁《ささや》いた。

「わたくしと結婚なさい、レオ。至尊を超える至尊の座が必要なら、それが早道だわ」


アレクシス軍の兵士らが、戦勝に浮かれ騒いでいるそのころ――

遠く離れた帝都クラーケンで、同じ月を見て酒杯を傾ける男がいた。

代理総督トラーメである。

接収した館の談話室《サロン》で、侍女のイルマに相伴を命じている。

果たして二太子《レン・ドー》ナディンは、こちらの偽通工作に気づいたか、否か。トラーメの方からはわかりようがないので、もしバレて報復に来られた時のことを考慮し、このごろはイルマを常に

手元に置くようにしていた。

イルマも最初は恐縮していたし、何より自分が人質にとられたせいでトラーメが脅迫される羽目になったと気に病んでいたのだが、「心配するな。これも軍師殿の想定の内だ」と耳打ちしてやると、すっかり活気を取り戻した。元々、肝《きも》の据わった女なのだ。

「いいお酒ってすぐに酔ってしまいますね、トラーメ様」

「するする喉《のど》を通るしな」

などと上機嫌な彼女と、献上品の葡萄酒《ぶどうしゅ》を楽しむ。

妙に寝付けない夜だった。だから、その気の起きない女でも、話し相手がいるのはありがたかった。一人酒ではなんとも味気ない。

そして、ほどなくトラーメは気の鎮まらない理由を知る。我がことながら、まったく〝不可捕の狐《テウメッソス》〟の勘がなせる業だったのだ。

夜半にもかかわらず、玄関扉が激しくノックされる音が聞こえてきた。

「……なんでしょうか？」

「いい。オレが出る」

そうは言ってもおっかなびっくりついてくるイルマと一緒に、玄関へと向かう。

「誰だ？」

「大変です、隊長！」

扉の向こうにいたのは、レーム防衛のために残してきたはずの、ディンクウッドの不良騎士隊の一員だった。馬を替えながら、昼夜を徹して遥々《はるばる》走ってきたのだろう。目は血走り、全身は旅塵《りょじん》に塗《まみ》れていた。

「まあ、入れ」

「いいえ、ここで！」

寸暇《すんか》も惜しいとばかりの騎士の態度に、これはよほどのことだぞとトラーメも身構える。

「わかった。何があった？」

「レームが襲撃に遭っております！」

「ンな馬鹿《ばか》な。誰から？　どこから？」

「海からです！　ツァーラント騎士を満載した軍船が、北から攻め寄せてきたのです！　俺《おれ》は隊長に伝えるため、城市《まち》が包囲される寸前に脱しましたが、今ごろは陥落しててもおかしくありません！　そうなれば連中、この帝都を目指して進軍してくるはずです！」

「…………」

予想だにしない状況に、饒舌《じょうぜつ》で知られるトラーメが声を失った。

（ツァーラントの、海軍だぁ？　そんなの有名無実の代名詞だろうがよ……）

最北の帝国《ツァーラント》では一年の半分以上、港が凍る。ゆえにツァーラントでは海路は重視されないし、海軍も形ばかりのものしか持っていない。

しかし、トラーメは気づく。そんな張り子の虎でも、今のレームを陥落させるのは容易《たやす》い。なぜならば現在、クロードとアドモフの軍船という軍船は三太子《レン・ティーン》直卒軍の兵站線を遮断《しやだん》するために出払い、両国は事実上の制海権を放棄している状況だからだ。

（問題は、いつから攻める準備してたんだよ？　今、冬だぞ？　ツァーラントの海は凍ってるだろ？　そんな数か月も前には出航してたっていうのか？　レームの軍船が出払うのを見越して？　冗談……だろ？）

ゾッ――と背中が凍える。精霊か妖魔《ようま》に、化かされたような気分に陥《おちい》る。

だが、トラーメは無理やりその思考と感情を頭の外へ叩《たた》き出す。ここで原因をとやかく考えても仕方がない。いま重要なのは、ツァーラント軍がこの帝都へ迫りつつあるということ。海軍と違い、屈強で知られる騎士の国の騎士たちがだ！

一方、トラーメの手持ちの兵は、わずか五千。

もちろん、レオナートへ早馬を出すが、果たして主力軍が取って返すまで、この帝都を守りきれるだろうか……？

深夜の急使を迎えたのは、トラーメ一人ではなかった。

アレクシス州都リント。

太守として領主居城を預かるフランクは、爆睡しているところを夜番の兵に叩き起こされた。慌《あわ》てて身支度を整え、客室で待つ急使に会いに行く。

「火急の用件にて深夜の訪問、ご無礼仕る！」

と一部の隙《すき》もない敬礼をしたのは、青い軍服を身に纏《まと》うアドモフ将校だった。

彼はパリディーダとの国境を守る東部第三軍団の所属で、マイダス大将からの伝令を携え、強行軍をしてきたという。

その内容とは――

「過日、パリディーダのアルバタール将軍が二万五千の兵を従え、国境線を越えて襲来。現在は第三軍団が迎撃に当たり、一進一退の攻防を続けております。問題は、アルバタール将軍は別動隊推定八千も用意し、このエンズ大森林に侵入させたことです。その狙《ねら》いはリント陥落にあることに疑いはありません！」

その別動隊までは食い止める余裕がなかった詫びと、迫る危険を報《しら》せるために、この将校は昼夜を徹して駆けつけてくれたというわけだ。

「そ、そいつは大変なことだぁ……」

大兵肥満のフランクは丸い頭を抱え、情けない悲鳴を漏《も》らした。

このリントは、彼やレオナートたちにとって魂の故郷。もはや誰にも明け渡すわけにも、土足を許すわけにもいかない。

しかし、かつては堅牢を誇った城塞都市も、今は外壁の一部が崩落したまま工事が終わっておらず、守城の兵はたったの三千。

「どうしよぉ、どうしよぉ……レオナート様やアラン様に助けを求めても、絶対に間に合わねぇよぉ……。クラーケンのトラーメ殿が来てくれたら、なんとか間に合うかぁ……?」

夜も深まり、次第にアレクシス軍の野戦陣地も静まっていった。

徹夜で騒ぐつもりのわずかなお調子者たちを除き、みな就寝したのだ。

陣地の至るところには天幕が張られており、中では十人前後の兵たちが雑魚寝している。

そんな天幕と天幕の間を、オスカーは月を愛でつつ散策していた。

急時の実戦指揮を含め、今夜の見回りを買って出ていたのだ。

オスカーは、自分が鼻持ちならない類《たぐい》の風流人であることを自覚している。ゆえに兵たち特有の野卑《やひ》で男臭い乱痴気騒ぎに交じるなどと、ご免被《こうむ》った。

本音を言えば、マチルダと二人きりで……せめて少人数で、祝勝の宴を開きたかった。しかし、彼女は兵人気が凄《すさ》まじく、引っ張りダコだった。そんなマチルダに悪い虫がついたりしないよう、どさくさに紛れて不埒《ふらち》な真似《まね》に及ぶ兵《おとこ》が出ないよう、護衛役は白銀の騎士殿にお任せして、オスカーはさっさと退散した。

しかし、ただ酒の席を断るでは角が立つので、こうして軍務に精励しているのである。

特に順路も決めず、軍需物資が積み上げられた辺りをぶらぶらしながら、

「やれやれ、ようやく騒がしさも一段落か。ゆっくり月との逢瀬《おうせ》も楽しめるというものよ」

酒杯があればなおよかったのだが、と苦笑いを浮かべるオスカー。


瞬間、物陰から凄まじい殺気が爆発するのを感じた。

咄嗟《とっさ》に佩刀《はいとう》へ手をかけ、抜き打ちに走らせる。

超一流を超えた武人ならではの、素晴らしい戦勘と対応だった。

が、それでもなお足りなかった。

殺気の主へと斬りつけた愛刀は、無惨に半ばで叩き折られていた。

しかも素手で。刀身の腹を軽ぅくコツンと殴られただけで。

さしものオスカーも、ぎょっとさせられる。

その隙へ、陰から現れた人物がすかさず攻めかかってくる。オスカーの喉元を狙った抜き手をギリギリかわし――否、かわしたと思ったが、わずかに打撃を受けて咳《せ》き込まされる。さ

らにその隙へ、腹部を狙った拳打《けんだ》を見舞われる。これもギリギリ身をよじって回避できたと思ったが、内臓が裏返ったかと思うほどの衝撃が走り、一撃で足腰に来てしまう。

不意討ちとはいえ、オスカーほどの武人が手も足も出なかった。

にもかかわらず、襲撃者は莞爾《かんじ》と笑って言う。

「今のに反応し、生き延びるかよ。おまえさん、綺麗《きれい》な顔をして化物じゃなぁ」

月明かりの下に出てきたのは、ひどく小柄なヂェン人の老爺《ろうや》だった。

オスカーは知らない。

この男、半ば伝説的な兇手《きようしゆ》であり、ために祖国にいられなくなった流浪人《るろうにん》である。

つい先年まではアドモフ皇帝ウィランに雇われ、〝巨きな小人《スプリガン》〟と名乗っていた。

「その化物を軽くあしらう、貴様はなんだ？」

オスカーは皮肉を返そうとするが、喉を潰され、まともに声にならなかった。

だから、老爺も無視して自分の話を続ける。

「おまえさんを殺すのはひどく骨が折れそうじゃが、ハハ、幸いに依頼主の標的はおまえさんじゃあないからのう」

気味の悪い笑い声だけを残し、まるで夜の闇《やみ》に溶けるように姿を消す。

「ワシぁ金にならん殺しで苦労するのは嫌でな。お互い助かって、めでたしめでたしよ」

「待て‼」

オスカーは周囲に報せるためにも大声を出そうとするが、やはり嗄《しゃが》れた声を出すのが精一杯。追いかけようにも、足腰にまともに力が入らなかった。

「クソッ」

何をやらせても超一流の男が、滅多につかない悪態をつかされる。

老殺し屋の狙いは、明白だった。野営陣地のこの奥には、司令部勤めの首脳陣たちが起居する天幕がある。

例えば、ナイアの使っている天幕が。

例えば、シェーラの使っている天幕が——

シェヘラザードに公的な地位や身分はない。皇太子アムジャドの寵姫《ちょうき》とはいえ、所詮《しょせん》は無位無官の女だと、廷臣たちからは陰口を叩かれている。

にもかかわらず、彼女はパリディーダ帝宮の外廷に、まるで大臣や将軍たちの如《ごと》く広壮な自室を与えられていた。それも一室ではなく、専用の寝室や浴室、厨房《ちゅうぼう》、書斎、客間等が続きとなった、贅沢《ぜいたく》極まる居住空間を。

皇太子にして摂政たるアムジャドをその美貌《びぼう》と閨房《けいぼう》の技で骨抜きにし、その上で薬を用いて傀儡化《かいらいか》したからこそ、たかが愛妾《あいしょう》が絶大な権勢を誇っていられるのだ。

深夜——そのうちの一室である居間に、三人が集まっていた。

一流の職人が手掛けた寝椅子《ねいす》に、しどけなく横たわっているのは部屋の主人。シェヘラザード。甘やかな蜂蜜色《はちみついろ》の髪を指に巻いて弄《いじ》りながら、ローテーブルに広げられた地図へ物憂《ものう》げ且つ退廃的な眼差《まなざ》しを注《そそ》いでいる。

「ね？　妾《わたし》の言う通りになったでしょう？」

と悪辣《あくらつ》な微笑で口元を歪《ゆが》める様は、まさしく魔女の風格である。

おかげで残る二人——彼女に仕える腹心たちは、緊張を強《し》いられる。

「……はい。全てシェーラ……ザード様の予言の通り、クロードとアドモフから軍船はほとんど出払い、アルバタール将軍は自発的に侵略を開始いたしました」

主の言葉を肯定したのは、リリアーニヤだった。

かつてアレクシス侯爵夫人ロザリアに侍女として仕え、〝毒の悪魔《ブエル》〟の異名を賜った才媛《さいえん》。しかし今はレオナートたちと袂《たもと》を分かち、また彼らを憎悪している。

「妾の占いは、昔からよく当たるのよ」

シェヘラザードは手元に転がしていた水晶球を撫《な》でながら、自慢げにほくそ笑んだ。

しかし、リリアーニヤはその台詞《せりふ》には肯定を返さず、内心では否定している。彼女が誰より尊敬したロザリアは、極めて開明的な思想の持ち主だった。怪力乱神を信じなかった。だから、リリアーニヤも信じないのだ。

それに理由がもう一つ。シェヘラザードの「予言」の正体は、あくまで天才的な戦略眼であることにリリアーニヤは気づいている。同じ天賦《てんぷ》の持ち主がいることも知っている。かつての彼女の同僚で、且つあまりの智謀の差に、リリアーニヤに絶望を教え込んだ銀髪の少女だ。

（世の中には三人、そっくりな人間がいるとは言うけれど、それはあくまで顔の造りの話でしょう？　あの嫌味な女と名前や物の考え方、あげく稀有《けう》な才能までそっくりな人間が、世にもう一人いただなんて、本当に信じがたい話……）

この世界はなんと数奇な運命に溢《あふ》れていることだろうか。

しかしシェーラを憎悪し、その死を願うリリアーニヤとしては、今の主人が同等の才覚の持ち主であることに感謝の念すら抱く。

「──ともあれ、シェヘラザード様の予言のおかげで、アレクシス軍への包囲網はさらに重厚なものになりました。〝吸血鬼退治〟はほぼ予定通りに進んでおります」

リリアーニヤの広げた地図上には、クラーケンにツァーラントの騎士団を表す白駒が、リントにアルバタール軍を表す黄駒が置かれている。シェヘラザードがその類稀《たぐいまれ》な頭脳でアレクシス軍の兵力配置を予見し、まさしく戦略レベルでガラ空きの後背を衝《つ》いた格好だ。

「ツァーラントの騎士公ニースは案外、真剣に話を聞いてくれたんですがね。アルバタール将軍をそれとなく唆《そそのか》すのは、ちょっと骨が折れましたぜ」

筋骨隆々、胸毛深々《ふかぶか》、ひどく男臭い容姿の壮年が、意外と似合うウインクをする。

彼の名はタウンズ。元アドモフの情報参謀で、リリアーニヤとは恋仲の関係だ。

「手数をかけましたね。将軍は妾のことを良く思ってはいないから、正面からお願いしても素直に聞き届けてはくれないのよ。アムジャド殿下の持つ玉璽《ぎょくじ》を使っても、なんのかんのと言い訳してサボタージュを決め込むはずだし、ね」

「でも、アルバタール将軍もいいお歳《とし》をして野心家ですから。今ならリントが手薄だと、自然と耳に入るようにすれば、ご自身の野心には素直になろうというもの。あくまで自分の頭で考えたと信じ込んで、シェヘラザード様の掌《てのひら》の上で踊ってくれようというもの」

「男なんて皆、単純ですもの」

女二人、顔を見合わせて冷笑し、この場に唯一の男であるタウンズがばつが悪そうにする。

だがアルバタールの耳に、自然といいお得情報が伝わるように仕込んだのは、このタウンズである。出入りの商人を買収して吹き込ませたのだが、この種の情報工作はさすがお手の物だった。

「まあ、そもそも要するに、アレクシス侯には敵が多すぎたのよ」

「それも魔王捏造《アンラ・マンユ》でございますか?」

「ええ、これも魔王捏造《アンラ・マンユ》ね」

寝椅子に横たわったまま、シェヘラザードがくすくすと妖艶《ようえん》に微笑する。

「リントかクラーケン——そのどちらか片方でも拠点を失陥すれば、〝吸血皇子《ノスフェラトウ》〟は敗亡必至」

アレクシスの両軍師がガビロン軍の大侵攻に対し、遥か後方の兵站線を遮断して勝利を図るだろうことを予見し——逆手に取って——同じく遠く後方の兵站線遮断によりアレクシス軍を敗北へ追い込もうとする、金髪の魔女。

「そして、これがダメ押しの一手」

寝椅子からテーブルの上へ手を伸ばすと、地図外にあった黒駒をとって地図内に叩きつける。図上、西グレンキース平野の辺りにたくさん並んでいた駒の一つ——銀色のそれを弾《はじ》き飛ばして退場させる。

黒い駒が意味するのは、シェヘラザードが雇い入れた伝説的な兇手。

一方、銀色の駒が意味するのは——

「決起以来の同志を、右腕を、そして数々の勝利をもたらした知恵袋である彼女を喪《うしな》った時、アレクシス侯はどんな顔をするのでしょうね？」

パリディーダ帝宮にいながらにして、大陸全土を天上から見下ろすが如き神秘的な目をした金髪の魔女は、くすくすと妖《あや》しく喉を鳴らし続けた。

あとがき

皆様、お久しぶりです。あわむら赤光《あかみつ》です。

本当に本当にお待たせいたしまた、「我が驍勇《ぎょうゆう》」十巻をお届けすることができました。

どうしてこれほど長い期間、書き上げることができなかったのか――端的に申し上げれば、風呂敷を広げすぎてしまい、それをすぐに畳むことのできる力量がございませんでした。

もう少し詳しくお話しさせてください。この「三国大包囲網」編の構想というかプロットは上中下の三巻構成の予定で、最初から終わりまでしっかり筋書を作った上で九巻の執筆に着手いたしました。はい、頭の中ではしっかり作ったつもりでした。

しかし、構想通りに九巻を書き上げた後、いざ十巻に着手し、その初稿を書き終え、完成に向けて推敲したところで気づきました。僕の頭の中にあった当初のプロットが全く面白くないことに、遅まきながら……。

具体的に何が問題だったかと申しますと、当初のプロットで思い描いていたマルドゥカンドラが、個性も魅力もなければ、大して強そうに見えないキャラになってしまっていたんです。有り体に言えば、五巻で決着をつけたレイヴァーンの方がずっと強そうという……。

もちろん、レイヴァーンは作中において極めつけに有能な人物だと設定しております。僕は節度を失うほどのパワーインフレ展開や、仲間になった途端に弱くなるキャラ作りを好みませんし、レイヴァーンの相変わらずの凄まじさは、九巻をご覧になった皆様にはわかっていただけると思います。

ただ、とはいえマルドゥカンドラが――作中で「戦の天才」とまで表現されているキャラクターが――こと会戦においてレイヴァーンより弱く見えてしまうのは、これは興醒めです。

さらに問題はもう一点、ございました。当初は三万対五万の軍隊同士でドッカーンとぶつかり合って、決着をつけるというストーリーラインだったのですが、これもいざ推敲してみると到底、納得のいくものではないと思い直しました。

九巻でも強調した通り、アレクシス軍がついにここまで大きくなって、シリーズ初且つ最大規模の戦争を行うわけです。作中設定でも百年ぶりくらいの、史上稀《まれ》な大いくさなわけです。しかも率いる将は凡夫には程遠い男たちなわけです。「それがこんな単調な戦争になるか？　するか？」「もっともっとあらゆる手段を尽くして勝ちにいくだろ？」「あらゆる手段を用意できる戦力と国力がお互いにあるだろ？」とセルフツッコミせずにいられなかったのです。

なので僕は当初のプロットと十巻初稿を完全に破棄し、構想を大修整せざるを得ませんでした。しかも九巻を上梓してしまった後なので、完全に一からやり直すことはできません。風呂敷を広げすぎたというのはこのことです。

そして、レイヴァーンを超える「戦の天才」を、個性的で魅力的なキャラを描き、なお且つアレクシス軍が苦しめられながらもしっかり打倒する物語を思いつき、描ききるのに僕の筆力ではこれほどの時間を要してしまいました。本当に本当に申し訳ございません。

ただ、自慢にもなりませんが、長い時間をいただきました結果、この十巻は最高に面白い一冊に仕上がっております。そこだけは物書きのプライドにかけて死守いたしました。ボリュームもシリーズ最長で、短めのライトノベルの二冊分くらいあって読み応えも十二分です。

続く十一巻も最高に面白い一冊になることをお約束いたします！

ロング弁明を聞いていただき、誠にありがとうございます。この流れで謝辞に参ります。

まずは絶世の美貌を持つ両性具有者を完璧に描いてくださいました、イラストレーターの卵の黄身様。僕がなかなか完成まで漕ぎつけられないばかりに、本当に本当にご迷惑をおかけしました。正直、「もうこのシリーズ降ります」って見限られても不思議ではない、むしろそれが正当レベルにお待たせしてしまったのに、変わらずイラストレーションをお引き受けくださり感謝に堪えません。卵の黄身様の優しさとプロ意識のおかげでシリーズ続行できました。ありがとうございます!!

同じくGA文庫の皆さん。普通なら打ちきられても仕方ないほど完成まで時間がかかったにもかかわらず、「待ってくださってる読者の皆様のためだからね」と刊行継続を認めてくださり、ありがとうございます！

担当編集のまいぞーさんにも多大なご迷惑とストレスをかけてしまったにもかかわらず、ずっと僕を励ましてくださり、またたくさんのアドバイスをくださり、感謝感激です。こんな僕ですが、今後ともよろしくご担当お願いいたします。

スクウェア・エニックス様のアプリ「マンガＵＰ！」で、原作がストップしている間も精力的にコミカライズ連載を続けてくださっている佐藤勇様。熱の入った作画と多数のオリジナル展開を交えつつ原作一巻部分を丹念に描いてくださり、もう感無量です。コミカライズ版最新五巻も、この原作十巻とほぼ同時に刊行されると聞いておりますので楽しみにしております。

そして、勿論、ずっと待ってくださっていた読者の皆様、一人一人に。

広島から最大級の愛を込めて。

ありがとうございます！！！！！！！！！！

続く十一巻も最高に面白い一冊になることをお約束いたします！（二十行ぶり二度目）

まだまだ続く窮地、窮地、窮地——レオやシェーラ、そしてアレクシス軍の運命や如何に？

乞うご期待であります。

ファンレター、作品の
ご感想をお待ちしています

〈あて先〉

〒106－0032
東京都港区六本木2－4－5
ＳＢクリエイティブ（株）
GA文庫編集部 気付

「あわむら赤光先生」係
「卵の黄身先生」係

本書に関するご意見・ご感想は
右の QR コードよりお寄せください。

※アクセスの際に発生する通信費等はご負担ください。

https://ga.sbcr.jp/

我《わ》が驍勇《ぎょうゆう》にふるえよ天地《てんち》10
~アレクシス帝国興隆記《ていこくこうりゅうき》~

発　行　　2021年2月28日　初版第一刷発行
著　者　　あわむら赤光
発行人　　小川　淳

発行所　　SBクリエイティブ株式会社
〒106-0032
東京都港区六本木2-4-5
電話　03-5549-1201
03-5549-1167(編集)

装　丁　　AFTERGLOW

印刷・製本　中央精版印刷株式会社

ISBN978-4-8156-0197-3

Printed in Japan　　GA文庫

試読版は
こちら!